» LA GAJA SCIENZA «

VOLUME 1133

IL DOMINATORE
Immortal

Romanzo di
ALMA KATSU

Traduzione di
MICHELE FIUME

LONGANESI

www.longanesi.it

ISBN 978-88-304-3342-7

Titolo originale
The Reckoning

IL DOMINATORE

Immortal

PARTE PRIMA

1

Londra

Eravamo quasi giunti al Victoria and Albert Museum quando vedemmo una folla di gente raccolta davanti all'ingresso, tanto da invadere Cromwell Road e costringere il nostro taxi a fermarsi in mezzo alla strada. L'autista si voltò verso di me e Luke con un gesto di rassegnazione, a indicare di non poter procedere, visto che centinaia di persone si ammassavano sotto l'arcata dell'ingresso in un turbinio di colori e di movimenti, come un branco di pesci. Erano tutti lì per vedere la mia mostra.

Uscii dal taxi, incapace di trattenermi un secondo di più, e il mio sguardo fu subito attirato dall'imponente striscione appeso in alto. TESORI PERDUTI DEL DICIANNOVESIMO SECOLO c'era scritto a lettere nere su uno sfondo arancione brillante. Sotto la scritta c'era l'immagine di un ventaglio, aperto a mostrare il raso bianco teso sulle ossa di balena e il laccio di seta con un fiocchetto curvato all'insù come la coda di una tigre. Ancor più preziose dei gigli e delle rose dorate dipinti sul ventaglio erano le parole tracciate a mano sulla fodera: *Per l'uomo l'amore è una cosa a parte, per la donna è tutto ciò che c'è. Byron*

Il museo aveva scelto quell'oggetto minuscolo e piuttosto intimo per rappresentare tutta l'esposizione, come i gioielli della corona, e l'aveva riprodotto sullo striscione e nelle pubblicità, preferendolo alle opere di artigiani e artisti ben più rinomati e a reperti etnici e antichi provenienti dalla via della seta. Ma potevo ben immaginare l'emozione dell'impiegato del museo quando aveva scoperto che quelle parole e quella firma appartenevano a George Gordon Noel, Lord Byron.

Ero molto affezionata a quel ventaglio e non avrei mai voluto separarmene. Quando stavamo preparando gli scatoloni da inviare anonimi al museo (spedendoli attraverso il mio avvocato, ovviamente, per rendere impossibile risalire a me), l'avevo tenuto da parte, con l'intento di rimetterlo al suo posto sopra il camino, ma Luke l'aveva infilato in uno scatolone, convinto che fosse sfuggito dal mucchio di ricordi e oggetti da spedire. Avrei voluto riprendermelo, ma era troppo tardi: non sapevamo come richiederlo al museo senza suscitare troppe domande. Quel ventaglio era uno dei pochi doni che Jonathan, l'amore della mia vita, mi avesse mai fatto. Dopo essere fuggiti da Boston, eravamo finiti in Italia, a Pisa; il caldo era insopportabile e dopo un po' Jonathan, stufo delle mie lamentele per la cappa di afa che ammantava la nostra piccola camera d'albergo, mi aveva comprato quel ventaglio. Era molto elegante, un accessorio da grandi occasioni, non certo l'ideale da impiegare nelle mie umili circostanze. Ma Jonathan non si intendeva affatto di moda femminile e non era certo abituato a corteggiare, visto che era sempre stato lui a essere oggetto di corteggiamento, perciò il suo regalo mi parve una prova che mi amava davvero, tanto da volermi accontentare.

Quanto alla scritta sul retro, Byron l'aveva apposta per offrirmi una sorta di consolazione segreta per tutte le volte in cui ero stata costretta a nascondermi dietro il ventaglio e a tacere mentre una serie infinita di nobildonne italiane si gettavano ai piedi di Jonathan davanti ai miei occhi.

Ma ormai era passato tanto tempo. Ormai lui non c'era più, da tre mesi.

Stavo ancora osservando lo striscione quando Luke finì di pagare l'autista e uscì dal taxi, posandomi una mano sulla schiena per guidarmi attraverso la folla. I suoi occhi erano colmi di eccitazione. «È un successo incredibile. Chi avrebbe mai pensato che così tante persone si sarebbero interessate a tutte quelle cianfrusaglie che tenevi in salotto?» scherzò. Sapeva fin troppo bene quali meraviglie avessi tenuto per me per così tanto tempo.

Ci insinuammo fra la gente e raggiungemmo la prima galleria. L'androne riecheggiava di mille conversazioni sommesse. Non ero del tutto sorpresa che la mostra, soprannominata «l'esibizione misteriosa» dalla stampa, avesse quel successo. La città era stata pervasa da un fremito di eccitazione sin da quando sui giornali si era sparsa la notizia della donazione anonima. Il Victoria and Albert Museum non era l'unico museo ad aver ricevuto donazioni misteriose – lo stesso era accaduto in Francia, Italia, Russia, Turchia, Egitto, Marocco e Cina, dove erano giunti carichi di tesori misteriosi – ma l'istituto britannico aveva ricevuto la quantità maggiore di reperti, in tutto più di trecento pezzi. La storia, ripresa da giornali e televisioni di tutto il mondo, aveva generato talmente tanta curiosità che i direttori del Victoria and Albert avevano deciso di allestire in fretta e furia una piccola esposizione per soddisfare i desideri del pubblico.

MAI ESPOSTI PRIMA recitava un cartello alla nostra sinistra, mentre la fila procedeva. Ed era vero: quegli oggetti erano stati archiviati in segreto per più di un secolo. Mi erano stati donati, o li avevo ricevuti come pagamento, quando non li avevo rubati io stessa, quelli particolarmente irresistibili, davanti ai quali non ero riuscita a trattenermi.

La scelta di liberarmene era dovuta a Luke, in effetti, perché attraverso lui avevo visto la mia casa con occhi diversi e avevo capito che era diventata una specie di mausoleo, un sepolcro adornato di ricordi delle mie vite precedenti, stanze e stanze zeppe di cose che non ero stata capace di lasciare. Cose che avevo accumulato e a cui, nel tempo, mi ero aggrappata con passione irrazionale, dicendomi che era così che facevano i collezionisti. Ora sapevo di aver mentito a me stessa per troppo tempo, di aver voluto soltanto sfuggire la verità, e cioè che li collezionavo per compensare la sola, unica cosa che volevo e non ero mai riuscita ad avere: Jonathan.

Svoltammo un angolo del corridoio e il primo oggetto esposto che vedemmo, isolato e poggiato su un piedistallo, fu proprio il ventaglio. Un faretto lo illuminava e pareva brillare, luminescente come un fantasma. La gente si radunava attorno al piedistallo, spintonandomi mentre io, immobile, fissavo quell'oggetto che un tempo mi apparteneva.

«L'ha scritto davvero Lord Byron?» mi chiese Luke, dimenticandosi per un istante che le persone attorno a noi non conoscevano il mio segreto.

Inarcai le sopracciglia. «Sembra proprio di sì, o almeno così dice la targhetta.»

Eravamo intrappolati nella folla che si spostava nella galleria. Riuscivo a fermarmi davanti a ogni oggetto soltanto il tempo necessario a ricordarmi la sua storia, in un momento di silenzio in cui lo guardavo come se fosse un parente lontano che non vedevo da tempo e a cui non sapevo più cosa dire.

C'era il vaso in cui di solito mettevo gli ombrelli quando abitavo a Parigi. Il mio amico Savva l'aveva vinto a carte da un paio di esploratori inglesi che gli avevano garantito che fosse un'urna funeraria egizia rubata da un sito archeologico. Accanto c'era una sedia stile Impero che occupava un posto sul pianerottolo del terzo piano: proveniva da un piccolo appartamento a Helsinki dove, per un breve periodo, ero stata l'amante di un ufficiale britannico. Per ogni oggetto che vedevo, mi ricordavo la sua provenienza; avrei dovuto essere contenta dei ricordi della mia vita, una vita ricca di avvenimenti, ma non lo ero affatto. Non riuscivo a smettere di pensare a Jonathan. Era come se lui fosse accanto a me e non esanime e freddo, sepolto in una fossa anonima in un cimitero lontano.

C'erano già stati lunghi periodi della mia vita senza Jonathan al mio fianco, ma stavolta era diverso, me lo sentivo nelle ossa. Le altre volte sapevo che lui era da qualche parte, lontano da me, felice senza di me, per motivi che a lui parevano giustificati e che invece a me sembravano ingiusti e dolorosi. Ma adesso la sua assenza era permanente. Avevo amato Jonathan per tutta la mia vita, per tutti i duecentoventi e passa anni della mia vita. E ora dovevo fare i conti con il fatto immutabile che non l'avrei mai più visto.

Quando alla fine Jonathan era ritornato da me, per breve tempo, avevo capito che era cambiato, cambiato in un modo inimmaginabile. Non era più l'adolescente narcisista che avevo conosciuto, era andato a fare il volontario, ad assistere i poveri e i malati, mentre io, a essere onesti, non ero cambiata molto. C'era una parte di me che era convinta di meritarsi la punizione dell'immortalità, una punizione impartitami da un uomo incredibilmente crudele. Anche Adair aveva visto il male che mi abitava, anche lui sapeva che mi meritavo quella punizione. Potevo soltanto sperare di essermi redenta quando avevo consegnato Jonathan al nulla, come lui stesso mi aveva chiesto. Tuttavia, avevo il presentimento che qualsiasi cosa in me avesse attirato Adair non si fosse affatto consumata, che fosse ancora dentro di me. Prova ne era il fatto che all'ospedale avevo fatto di Luke la mia preda, avevo sfruttato il dolore di un uomo devastato da una perdita recente perché mi aiutasse a fuggire.

E naturalmente c'era il dolore dovuto al fatto che ero stata proprio io a uccidere Jonathan. E sapevo che quel dolore non si sarebbe mai sopito. Mi sforzai di scacciare quel pensiero: quel giorno ero lì per dire addio al passato e abbracciare il presente.

«Tutto bene?» mi chiese Luke, riscuotendomi dai miei pensieri.

«Sto bene, è solo che...»

«È troppo, lo capisco.» Mi carezzò dolcemente una guancia. Forse ero arrossita. «Mi sa che non è stata una buona idea venire qui... vuoi che ce ne andiamo?»

«No, non ancora» risposi, stringendogli la mano. Lui rispose alla stretta.

Proseguimmo lentamente nella visita, e mentre Luke si concentrava sulla mostra, io osservai il suo volto di profilo. Lui non si accorse del mio sguardo, era tutto assorbito dai reperti esposti. Luke non si riteneva molto attraente, specie in confronto all'esemplare di bellezza rappresentato da Jonathan, che Luke aveva visto di persona all'obitorio. Ma io avevo cercato a più riprese di fargli capire che anche lui era attraente, a suo modo.

Eravamo una bella coppia, io e Luke, anche se l'età era così diversa. In pubblico spesso lo scambiavano per una figura paterna e io ero la ragazzina infatuata dell'uomo più grande. Nessuno che ci vedesse avrebbe mai potuto sospettare che fosse l'esatto contrario, che io ero più vecchia di lui di un'impossibile quantità di anni. La verità era che io mi sentivo a mio agio con un uomo dell'età di Luke. Non mi importava che tra i suoi folti capelli castani ne stessero spuntando di grigi: gli uomini più giovani mi annoiavano. Non avrei potuto più sopportare le crisi di impazienza, di gelosia, di rabbia. Ero stata troppe volte testimone del passaggio all'età adulta di un ragazzo e avevo imparato che in quel momento l'ultima cosa che quegli uomini erano in grado di accettare era la guida della loro donna. No, preferivo di gran lunga l'affidabilità di Luke, la sua saggezza.

E non era solo questo. Ero in debito con lui. Mi aveva aiutata a scappare, evitandomi un processo per omicidio. Un uomo diverso, un uomo più debole, avrebbe rifiutato di credere ai propri occhi, avrebbe respinto la prova che gli avevo offerto, la prova che io non potevo morire, mi avrebbe consegnato allo sceriffo senza pensarci due volte. Luke invece mi aveva nascosta, mi aveva accompagnata attraverso il Maine e oltre il confine canadese e aveva abbandonato la propria vita, seguendomi fino a Parigi e, ora, a Londra. Come avrei potuto non amarlo dopo tutto quello che aveva fatto per me?

Non era stato soltanto il coraggio che aveva dimostrato quel giorno ad attirarmi. Io avevo bisogno di Luke. Era il mio sostegno, la mia consolazione. Mi impediva di chiudermi del tutto in me stessa, oppressa dal peso dei miei errori. Per la prima volta dopo tanto tempo c'era qualcuno che si prendeva cura di me, che mi adorava e mi proteggeva. Era molto lusinghiero essere oggetto della sua ammirazione, essere sempre in cima ai suoi pensieri, essere così desiderata che non riusciva a non toccarmi di continuo. E il suo tocco forte e deciso mi faceva sentire al sicuro, e c'era qualcosa nei suoi gesti – forse era la sua esperienza di dottore – che mi faceva credere di poter continuare a vivere. Senza di lui, sarei stata impietrita dal dolore.

Luke mi sfiorò invitandomi a osservare un tappeto rosso e oro in stile Hereke, morbido come un fazzoletto di seta, acquistato in un viaggio a Costantinopoli. Mi avevano detto che era un tappeto magico, capace di volare (un'antica tecnica di vendita tipica dei turchi), ma non aveva mai spiccato il volo: era sufficiente la sua bellezza a creare magia. «Scusa, dovevo forse spedirlo in Turchia?» mi sussurrò all'orecchio.

«No, è giusto che sia qui» lo rassicurai. A dire il vero, non importava in quale museo fosse finito, importava soltanto che il passato fosse spazzato via e che io fossi pronta finalmente ad andare avanti con la mia vita.

In quel momento notai lo sguardo di Luke posarsi su due ragazzine in coda davanti a noi, le piccole mani strette in mani più grandi, adulte, i loro volti sorridenti rivolti verso l'alto a guardare il padre. L'espressione di Luke si rabbuiò. Le sue figlie gli mancavano, tanto quanto a me mancava Jonathan. La sua ex moglie, Tricia, era stata sconvolta quando aveva scoperto che l'ex marito non soltanto mi aveva aiutato a scappare ma era venuto a vivere con me; sospettava che lui avesse perso il senno. Odiavo il fatto di essere io la ragione per cui non poteva più vedere le sue figlie. Solo dopo un lungo scambio di email con Tricia aveva ottenuto il permesso di sentirle per telefono.

«Fermati» gli dissi, facendolo mettere davanti a uno dei cartelli. Gli scattai una fotografia col cellulare. «Mandala alle ragazze.»

Fece una smorfia gentile. «Sicura che sia una buona idea? Tricia è ancora furiosa con me per essermene andato senza avvertirla. Dice che lo sceriffo di St. Andrew continua a chiamarla per chiederle se mi sono fatto vivo. Potrebbe dare di matto se le mandassi una foto di me in vacanza mentre lei è costretta a gestire i miei casini.»

«Forse. Ma almeno le ragazze sapranno che qualunque cosa fai o dovunque tu sia le stai pensando, che pensi sempre a loro.»

Luke annuì e mi strinse il braccio. Proseguimmo nella visita. Alla fine, l'oppressione della folla mi divenne insopportabile. Tirai Luke per una manica e dissi: «Devo andarmene da qui», e lui senza una parola mi prese la mano e mi accompagnò fuori dalla galleria.

Era ora di dimenticare per sempre il passato.

Salimmo al terzo piano ed entrammo nella lunga e buia galleria in cui erano esposti i dipinti del diciannovesimo secolo, inglesi e americani. C'era molto silenzio, come se il tempo trattenesse il respiro. Il resto del museo era più vuoto del solito per via dell'inaugurazione della mostra speciale, e i nostri passi riecheggiavano tra le mura come spiriti tormentati che percuotevano le pareti.

Quella galleria, con le pareti ricoperte di vecchi dipinti a olio, mi aveva sempre attratto. L'avevo visitata ogni volta che ero capitata a Londra, immancabilmente. Ho sempre amato la luminosità dei Rossetti e i dettagli pieni di malinconia dei Millais. I quadri di Burne-Jones ci osservavano dall'alto, i Blake, i Reynolds. Donne dall'incarnato di giglio con lunghi capelli ondulati, volti carichi della follia dell'amore, bouquet di rose stretti al petto, vestiti simili a quelli delle tragedie greche. Forse ero così attratta da quella galleria perché era quello il mio posto, in una campana di vetro, esposta assieme a tutto ciò che non apparteneva più al proprio tempo. Sarei stata una curiosità, come un automa indovino o un uccello estinto, una di quelle stranezze che tanto andavano di moda in epoca vittoriana, con l'unica differenza che io sarei stata un artefatto dotato di vita, a cui i visitatori avrebbero potuto rivolgere domande e ottenere risposte.

Stavo osservando un dipinto, socchiudendo gli occhi per l'oscurità diffusa in quella zona del museo, quando avvertii un formicolio alla base della nuca. Sulle prime pensai che si trattasse semplicemente di un'emicrania dovuta all'eccitazione di quel giorno o alla claustrofobia che mi aveva causato tutta quella folla attorno a me (cosa che evitavo quando possibile), o allo straniamento dovuto al vedere tutte le mie cose in un contesto sconosciuto... Solo che io non avevo mai emicranie, proprio come non potevo prendermi un raffreddore o rompermi un osso. Il formicolio si intensificò, localizzandosi proprio alla base del cranio, nel punto in cui si congiungeva con la spina dorsale, e mi serpeggiò lungo tutta la schiena, come un vecchio ingranaggio rimesso in moto dopo tantissimo tempo. Conoscevo bene quel formicolio. Non era soltanto una vibrazione: sembrava trasmettere emozioni, proprio come uno sbuffo di profumo può accendere dei ricordi. Quella sensazione era tutto questo insieme e, una volta che me ne accorsi, non riuscii a pensare ad altro.

Solo a quel punto capii che si trattava di un segnale, come l'impulso di corrente elettrica che accende un macchinario. Ero stata contattata, e un terrore che mi portavo dentro da due secoli mi esplose nel petto, incendiando ogni cellula del mio corpo.

Potevo cercare di sfuggire al mio passato, ma il passato non era ancora disposto a lasciarmi andare.

Mi voltai verso Luke e mi aggrappai a lui. Il terrore mi appannava la vista, era tutto frammentato in milioni di pixel, il sangue sembrava essersi condensato nelle mie vene.

« Lanny, che succede? » mi chiese Luke, preoccupato.

Mi strinsi disperatamente al suo petto. « È Adair. Si è liberato. »

2

Boston

All'inizio fu soltanto un rumore, fuori dalla sua cella, un rumore più forte di qualsiasi cosa avesse udito da tanto, tanto tempo. Poi, a mano a mano che il rumore si avvicinava, tutto prese a tremare, il pavimento vibrava sotto i suoi piedi come se qualcuno stesse percuotendo il terreno con un enorme bastone.

Ai suoi tempi, Adair aveva sperimentato valanghe e mostruose tempeste, tuoni e fulmini che avevano sollevato il terreno, ma niente di così persistente. Aveva sentito di eruzioni vulcaniche che con il loro fuoco infernale avevano incenerito interi villaggi in pochi attimi, di terremoti che avevano squarciato la terra formando abissi in cui erano state risucchiate e inghiottite case e abitazioni. Forse ciò che stava accadendo in quel momento era proprio un terremoto, pensò, una forza della natura venuta finalmente a liberarlo.

Stretto nella piccola nicchia fra le pareti in cui era stato rinchiuso – la sua cella, come l'aveva definita – Adair posò le mani sugli imponenti muri di pietra che non avevano ceduto per... per quanti anni? Aveva perso il conto, non c'era alcun modo di misurare il tempo in quell'oscurità perenne. Aveva persino cercato di invocare delle forze che abbattessero quel maledetto muro, ma non era accaduto nulla. Ma adesso, con sua grande sorpresa, il destino, dopo essere stato sordo alle sue preghiere così a lungo, aveva ceduto. Il muro di pietra crollò.

E rivelò una parete di cemento armato. Prima che Adair potesse maledire il proprio destino, ci fu un frastuono orribile sopra di lui, metallo contro pietra, assi che si spezzavano, e il soffitto iniziò a crollare, le pareti si curvarono e tutto cadde, pietra, legna, mattoni, cemento... tutto.

Quando Adair rinvenne, si trovò sepolto da un cumulo di

macerie, schegge di intonaco grigio tenute insieme da ciuffi di crine, assicelle spezzate, mattoni frantumati. Aprì gli occhi e il sole lo accecò, tanto che fu costretto a richiuderli subito per bloccare quella luce così improvvisa e intensa. Quando a poco a poco le pupille si riabituarono al chiarore, alzò lo sguardo tra i detriti del muro esterno della casa e vide il cielo, un vasto e benedetto squarcio di azzurro. L'aria sul suo volto era come un bacio fresco e profumato.

Tutti i suoi sensi furono assaliti insieme, vista, tatto, udito e olfatto. Il sapore dell'intonaco sulla sua lingua, l'odore dell'aria aperta nelle sue narici. Era rimasto rinchiuso al buio, senza riuscire a muoversi o a sentire qualcosa di diverso dal pavimento sotto i piedi e i mattoni davanti agli occhi... L'oscurità contro cui aveva combattuto, la solitudine immensa della sua prigione minacciarono di sopraffarlo ancora, e fu solo con grande sforzo che riuscì a respingerle. Finalmente era libero, finalmente poteva tornare nel mondo dei vivi. Altre persone lo avrebbero circondato, avrebbe udito le loro voci, seguito le loro conversazioni, i soprani e i tenori, gli allegri e i tristi. Avrebbe toccato di nuovo la pelle di un'altra persona, morbida e dolce al tatto, madida di eccitazione o di terrore. Era di nuovo libero di cibarsi dei piaceri e delle peculiarità della vita umana, piaceri di cui era stato privato per un tempo immenso e irrecuperabile.

Ma la prima cosa che voleva fare – doveva fare – era mettere le mani sulla donna che gli aveva tolto tutto. Lanore.

Una furia cieca e assoluta lo invase, finalmente libera dopo decenni di costrizione. Voleva urlare quel nome, scuotere i cieli e gli inferi chiedendo giustizia. Portate al mio cospetto quella strega ingannatrice, pensò, e le infliggerò la punizione riservata ai traditori. Voleva stringere le mani attorno al suo collo – ora, subito – e strapparle la vita. Ma era impossibile: sentiva che lei non era nelle vicinanze.

Ma quel giorno sarebbe arrivato e le avrebbe fatto pagar caro il suo tradimento. Le aveva dato più libertà di quanta ne avesse mai concessa ai suoi accoliti a causa di ciò che provava per lei, e lei aveva approfittato della sua generosità. E, cosa ancor più oltraggiosa, l'aveva tradito per Jonathan, un uomo troppo innamorato di se stesso per ricambiare il suo amore. Adair l'aveva amata, sinceramente e profondamente, ma il suo amore non le era bastato. Per un così grave errore di giudizio, la morte non sembrava una punizione irragionevole, e di sicuro lei l'aveva messa in conto quando aveva preso quella decisione. Ma Adair non l'avrebbe uccisa subito. Anche se la soddisfazione che ne avrebbe tratto sarebbe stata incommensurabile, era una pena troppo breve e immediata. No, avrebbe dovuto soffrire a lungo, era ciò che meritava per la sua perfidia. Adair avrebbe tratto maggior soddisfazione prolungando la punizione, rendendo ogni suo giorno un inferno, dandole tutto il tempo di rimpiangere la sua decisione. E lui avrebbe goduto inventando ogni giorno un nuovo modo per torturarla, traendone quotidiana soddisfazione.

Per quanto Adair volesse rialzarsi dai detriti e abbandonare la propria prigione, il peso che lo opprimeva era troppo. Doveva attendere che qualcuno scavasse e lo recuperasse. Giacque inchiodato dai brandelli di muro e ascoltò le voci, le urla, i rumori meccanici lontani, come una schiera di cannoni automatici messi in posizione. Forse era in corso una guerra e Boston era sotto attacco.

A un certo punto, un uomo iniziò a sollevare le macerie. Era vestito in modo strano, il capo coperto da un insolito elmetto, piatto come una scodella, per nulla simile all'elmetto di un soldato. Parve trascorrere una straziante eternità prima che l'uomo fosse abbastanza vicino perché Adair potesse chiamarlo sottovoce, in modo da non attirare l'attenzione di altri. L'uomo seguì la voce di Adair fino a scovarlo in mezzo ai detriti, e iniziò a spostare velocemente le pietre, urlando nel frattempo: «C'è qualcuno qui! Resisti, amico, ci sono quasi. Ti farò uscire tra un minuto». Era vicino, a pochi centimetri, e stava armeggiando con uno strano apparecchio appeso alla sua cintura quando Adair riuscì a liberare un braccio e lo afferrò per il colletto. Aggrappandosi all'altro, immobilizzato dallo shock, Adair riuscì a tirarsi su.

«Cristo santo, figliolo, come hai fatto a sopravvivere con tutta la casa che ti è crollata addosso? Doveva pesare tonnellate.» L'uomo con l'elmetto smise di parlare e osservò Adair, forse per lo strano modo in cui era vestito. Del resto, anche Adair trovava inconsueto l'abbigliamento del suo salvatore. L'uomo rimase a bocca aperta e occhi spalancati sotto gli occhiali protettivi tutti impolverati, mentre Adair si spazzolò la polvere dalle maniche, dalla giacca e dai lunghi capelli.

«Che anno è?» chiese Adair con voce roca.

«In che senso, che anno è? Devi aver preso una bella botta in testa se non ti ricordi più in che anno siamo.» L'operaio edile prese la radio appesa alla cintura. «Ascolta, tu stai qui tranquillo, io devo fare rapporto... E comunque come hai fatto a entrare qui dentro? Abbiamo sigillato questo sito una settimana fa. Che cosa sei, uno di quegli attori che ingaggiano per le visite guidate? Meno male che non hai portato qui dentro un gruppo di turisti...» Indicò la camicia antiquata di Adair e scosse il capo.

Le mani di Adair raggiunsero la gola dell'uomo prima ancora che finisse la frase. Gli spezzò il collo. Provò una punta di rimorso per aver ucciso il suo salvatore, ma date le circostanze non poteva fare altro. Tolse all'uomo i pantaloni e la camicia – era evidente che la moda era cambiata dal 1820, da quando era stato imprigionato – e abbandonò sul posto i propri vestiti malconci. Poi, dopo essersi allacciato gli stivali troppo larghi che aveva sottratto all'operaio, Adair fuggì dalla casa semidistrutta. Mentre si muoveva, comprese con orrore di quanto fosse cambiato quel quartiere. Prima vide le gigantesche macchine metalliche radunate attorno alla sua villa, intente a farla a brandelli come avvoltoi dall'enorme becco d'acciaio. Poi scorse delle specie di carrozze che sfrecciavano veloci per le strade, senza cavalli, alcune molto grosse che si muovevano addirittura senza essere trascinate da buoi. Le strade e i marciapiedi erano compatti e solidi sotto i piedi, non c'era fango, non c'erano ciottoli. Ma c'era un frastuono infernale: trombe e sirene, gente che urlava parole incomprensibili, e musica, anche se non si vedeva nessun musicista. L'intrico di strade gli parve un girone infernale, e Adair si sforzò di contrastare la crescente sensazione di panico. Alla fine si rifugiò in un edificio vuoto, cercò l'angolo più riparato e si sedette per terra, appoggiando la schiena a una parete. Chiuse gli occhi.

Dovette rilassare la mente e allontanare i pensieri prima di riuscire a sintonizzarsi sulla vibrazione nel suo cervello, il segnale che lo univa alle sue creazioni. All'inizio della prigionia, Adair si era reso conto che il legame psichico che lo univa ai suoi accoliti era stato reciso; non riusciva a oltrepassare gli spessi muri della cella per raggiungerli. Dopo, si era sforzato di non sentire più il segnale, di diventare insensibile a esso – altrimenti sarebbe impazzito dalla frustrazione – ma ora tornò a lui con un sapore dolce.

Adair perlustrò la propria mente, torcendola come un cuore stretto in un pugno, nella speranza di riuscire a ravvivare la scintilla. Rimase seduto per quasi un'ora, sforzandosi di recuperare il segnale. All'inizio, i fili sottili che lo connettevano alle sue creature furono non più di un pizzicore irregolare alla nuca, che si disintegrava come una ragnatela non appena la si toccava. A poco a poco, però, la sensazione si consolidò, il filo divenne abbastanza saldo da poterlo seguire, e quella solidità gli fece capire che una delle sue creature era nei paraggi. Adair si alzò e si incamminò seguendo il segnale a piedi e chilometri dopo bussò alla porta di una casa.

Ad aprire la porta fu Jude, l'uomo che si travestiva da prete e vagava per gli insediamenti puritani nordorientali del Maine, sposando uno stile di vita che scandalizzava e seduceva allo stesso tempo i contadini. Ma adesso fu lui a essere sconvolto. Adair notò che la sua prima reazione al ritorno del padrone non era stata certo di piacere, anche se Jude riuscì quasi subito a mostrare un'espressione più adeguata alle circostanze. Si fece da parte e Adair attraversò di furia la soglia. «Mio Dio, sei davvero tu! Ho sentito la tua presenza, stamattina, per la prima volta da... da millenni, mi sembrava... ma non mi aspettavo certo l'onore di una tua visita.»

Adair sapeva riconoscere benissimo l'ipocrisia. Jude lo osservò con attenzione e con una curiosità un po' ostile, come se Adair fosse tutt'altro che benvenuto. Era da tanto che non frequentava Jude, ma la memoria gli stava tornando con orribile nitore, dopo essere stata sopita per decenni. Jude aveva ancora quell'ombra di follia nello sguardo, quel sorriso inquietante sulle labbra; sembrava ancora l'uomo spregiudicato ed egoista che aveva attirato l'attenzione di Adair molte vite prima, ad Amsterdam.

Jude si mantenne a distanza mentre Adair inclinò il collo per ammirare l'alto soffitto a volta dell'ingresso. Pareti bianche immacolate si slanciavano per due piani e al soffitto era appesa una strana scultura che assomigliava a un gigantesco carciofo, con vetri bianchi e opacizzati al posto delle foglie. Il pavimento era di larghe assi dipinte di nero. L'insieme aveva un'aura di potere e di austerità, senza alcuna traccia dell'oro, delle volute ornamentali e dell'opulenza dell'epoca che conosceva.

«Ti prego, mettiti a tuo agio. Vieni al piano di sopra. Ti preparo un bagno e ti procuro un cambio d'abiti.» Jude allargò le braccia. «La mia casa è anche casa tua.»

Adair salì le scale senza dire una parola. Un'ora più tardi, dopo un delizioso bagno e dopo essersi pettinato i capelli districandone la matassa, vestito con i ridicoli abiti di Jude, Adair raggiunse il suo ospite in un ampio salotto nella parte anteriore della casa.

Jude gli sorrise premuroso. «Mi sono sempre chiesto che fine avessi fatto. Tutti ce lo siamo chiesti. Sei sparito, così, all'improvviso.» Jude fece un gesto con la mano, mimando un palloncino che si sgonfia.

«Quindi hai visto gli altri?» gli chiese Adair.

Jude scrollò le spalle. Troppo tardi, aveva già commesso un errore. Aveva ammesso di aver parlato di Adair con gli altri e non in sua presenza, e parlare era l'anticamera del cospirare, che era proibito.

«Tu e gli altri avete discusso della mia scomparsa eppure non siete venuti a cercarmi?» ringhiò Adair.

«Non avevamo alcuna traccia. Non riuscivo più a sentire la tua presenza, nessuno di noi ci riusciva. Non sapevamo da dove cominciare a cercare» spiegò Jude, ma Adair capì subito che la sua preoccupazione non era sincera. «Sono andato all'ultimo indirizzo che avevo, la villa dall'altra parte del parco, ma era vuota. Era stata saccheggiata. Se n'erano andati tutti, tranne quel piccolo omuncolo, quello che sembrava un prete, con la faccia color cenere...»

«Alejandro?» Era una descrizione perfetta, pensò Adair. Alejandro portava addosso il peso delle sue colpe come se fosse un prete scomunicato, anche se era ebreo.

«Sì, lo spagnolo. Mi ha detto che eri partito per Filadelfia con i tuoi ultimi accoliti, la donna della foresta e il suo bellissimo amico. Alejandro credeva che ti fossi stufato di lui, di Tilde e dell'italiano, e che li avessi abbandonati senza un soldo.»

Adair raddrizzò le spalle. «Quella donna e quell'uomo mi hanno imprigionato. Jonathan. E Lanore.» Adair vide una breve smorfia attraversare il volto di Jude quando questi ricordò ciò che era accaduto tanto tempo prima. «Te la ricordi, vero, Jude? Ha carpito i miei favori, poi mi ha tradito. È una strega pericolosa. E quando l'avrò scovata...» Lasciò le ultime parole in sospeso. Per decenni aveva pensato solo alla vendetta, accumulando la rabbia, accarezzandola come ci si accarezza una vecchia cicatrice per provare di nuovo il piacere della ferita che l'ha provocata. Ma a un certo punto il suo desiderio di vendetta era diventato talmente forte da costringerlo a fermarsi. La frustrazione l'aveva condotto alla soglia della follia, e barcollare sull'orlo di quell'abisso era fonte di un tale terrore che era stato costretto a ritrarsi.

Aveva sfogato la propria rabbia sui muri che lo rinchiudevano, ma i muri avevano resistito, portandolo a pensare che ci fosse qualcosa di soprannaturale in Lanore, qualcosa che le permetteva di fermarlo. Lei *era* davvero una strega, altrimenti come spiegare la sua prigionia? Quel muro era solo uno strato di roccia e mattoni. Nel tempo, si era quasi convinto che Lanore avesse lanciato un incantesimo per renderlo impenetrabile ai suoi sforzi.

Adair ripensò al momento in cui aveva ripreso conoscenza e aveva scoperto che Lanore e quel bellimbusto di Jonathan lo avevano murato vivo. La rabbia lo aveva soffocato, rendendogli impossibile aprire bocca. Ricordava di aver strattonato le corde che gli legavano i polsi, sforzandosi per quelle che erano sembrate settimane finché i legacci non si erano allentati e lui era riuscito a sfilarseli. A quel punto si era tolto anche il bavaglio. Aveva urlato, gridato come un ossesso, percosso i muri con tutta la sua forza, ma nessuno l'aveva sentito. Nessuno era venuto a salvarlo. Nessuno sapeva che era lì, o forse a nessuno interessava ritrovarlo.

Dentro la sua tomba, aveva ascoltato il mondo cambiare attorno a lui. Famiglie che si trasferivano nella sua villa, famiglie che se ne andavano. Udì i rumori di nuove costruzioni, il tremore delle fondamenta. Ogni volta aveva concentrato tutta la sua forza di volontà per imporre ai muri di frantumarsi, al soffitto di cedere, ma non era mai accaduto nulla.

Fino a quel momento.

«In che anno siamo?» chiese Adair.

«Non ci crederai mai.» Jude sogghignò maligno, come il gatto del Cheshire. «Siamo nel 2010, amico mio. Tutto è cambiato. Tutto. Il mondo ora è un posto molto diverso da come lo conoscevi. Ti farà impazzire.» Il sogghigno si trasformò in qualcosa di più serio e minaccioso. «E hai bisogno di me, hai bisogno che ti mostri tutto, perché, credimi, da solo non riusciresti a fare niente. Finanze? Nessuno porta addosso tanti soldi, oggi. Usiamo queste.» Jude prese da una tasca un piccolo rettangolo rigido, lucido e colorato. «Carte di credito. Un sistema portatile e personale simile alle vecchie lettere di credito. Ti permettono di comprare qualsiasi cosa in qualsiasi parte del mondo, subito, senza dover mandare lettere tramite banchieri e avvocati.» Porse la carta a Adair, che la esaminò con attenzione. Al tatto gli sembrava strana, immateriale.

«E puoi raggiungere qualsiasi parte del mondo in poche ore. Volando. Volando a bordo di aerei grandi quanto navi merci.»

«Com'è possibile che una cosa grande quanto un veliero a due alberi riesca a volare?» protestò Adair con tono di derisione, sicuro che Jude lo stesse prendendo in giro, anche se quel pazzo di olandese doveva sapere che non era certo conveniente prendersi gioco di Adair.

«Con ali abbastanza ampie, tutto può volare. Ma non è questa la cosa più sorprendente.» Jude prese un oggetto sul tavolo, un aggeggio che Adair aveva scambiato per un piccolo pannello di vetro appoggiato a un insolito supporto. «Tutto ciò che un tempo veniva fatto su carta e spedito tramite corrieri o piccioni viaggiatori oggi viene trasmesso nell'etere, quasi istantaneamente, come per magia. Si chiama computer.» Indicò con un gesto imperioso una lamina di vetro nero incorniciata di metallo argentato. Adair la guardò scettico.

«Magia? Quindi mi stai dicendo che oggi tutto funziona con la magia?» Adair si chiese se la magia fosse diventata di dominio comune.

«No, no, *sembra* magia solo perché è tutto facile. Ma è tutto basato su principi fisici, te lo garantisco. Viene tutto inviato tramite onde di energia, attraverso un codice.» Jude agitò le mani sul computer come un prestigiatore che evoca una colomba dal nulla.

Adair non ne fu particolarmente impressionato. «Assomiglia all'alchimia: usare la conoscenza per controllare le forze che animano gli elementi.» Da quanto aveva detto Jude, sembrava lo stesso che conoscere i giusti incantesimi, la maniera di ridurre una cosa al suo stato elementare, la giusta quantità di energia da incanalare. Era la medesima arte magica, solo confezionata in modo diverso per permetterne il controllo anche a persone che non credevano all'esistenza di cose che non potevano essere quantificate o spiegate con algoritmi. Ma che cos'altro era un algoritmo se non una ricetta, una formula che indicava il modo esatto in cui combinare diversi elementi per ottenere un dato risultato? La scienza spesso era indistinguibile dalla magia per chi era di mente semplice. Importava davvero il nome con cui la si definiva? In fondo, alla base di tutto, era una questione di energia.

Jude scosse il capo, liquidando il paragone di Adair tra il computer e l'alchimia con un gesto della mano. «Non cercare di incastonare questo nuovo mondo nel tuo vecchio modo di pensare. Non funzionerà. È meglio se impari ad accettare il nuovo per quello che è e dimentichi il passato.»

«Allora usa la tua magia per portare Lanore da me» gli ordinò Adair. «Adesso.»

Jude si mise a sedere, lanciando uno sguardo conciliatorio a Adair. «Lo faremo, la troveremo. Ma... ci sono faccende più urgenti da sistemare.»

«Niente è più importante che trovarla.»

«Ogni cosa a suo tempo. Ascoltami, non voglio farti pressioni, ma ci avrai pensato... Hai riflettuto sulle tue proprietà? Su tutto ciò che possedevi all'epoca in cui sei stato...»

«Imprigionato?» Adair finì la frase al suo posto, mentre l'impazienza nei confronti di Jude aumentava. Era irritato dalla sua esitazione a eseguire gli ordini e dalla sua arroganza.

«Sì... Possiamo controllare i dettagli non appena ti sarai, diciamo, riambientato, ma credo che tu abbia perso tutto.» Una volta buttate fuori quelle parole tutte d'un fiato, Jude tacque, sbattendo le palpebre.

Tutto perduto... Adair ricordava di aver posseduto parecchi beni: la vecchia ed enorme tenuta in Romania, un'altra nella foresta nera. Una casa a Londra. Ricchezze accumulate in diversi conti presso le più antiche banche d'Europa. Aveva seppellito interi tesori e aveva lasciato strumenti di vitale importanza nelle mani di un individuo di cui si fidava, una delle sue creature, perché se ne prendesse cura. Con ogni probabilità, quei tesori erano stati da tempo scoperti, e chissà cos'era accaduto a quell'amico di cui si fidava. Possibile davvero che la sua fortuna fosse scomparsa, che fosse senza un soldo e senza una casa?

«Sono sicuro che, dopo tutto questo tempo, le proprietà e i conti bancari siano stati confiscati» spiegò Jude, più gentilmente possibile. «Scrivi i numeri di conto, le banche, tutto quello che ricordi, e faremo alcune indagini, ma preparati all'inevitabile...»

Era tutto scomparso, ovvio. L'amarezza invase Adair, unendosi alla rabbia verso Lanore: quella donna maledetta gli aveva portato via tutto... Naturalmente anche gli altri, accortisi della sua scomparsa, potevano aver trovato il coraggio di mettersi in cerca delle sue ricchezze per appropriarsene. Forse era per questo che Jude riteneva che fosse uno spreco di tempo mettersi a cercarle; forse lui stesso aveva già cercato invano di localizzarle. Jude, astuto e avido come una volpe affamata...

E in quel momento gli venne in mente che anche ciò che la casa conteneva era perduto ormai, tra cui i suoi libri di formule e di incantesimi. Il panico gli assalì le viscere e il cuore e la gola gli si serrò. Perdere le sue terre e le sue ricchezze era un tremendo inconveniente, certo, ma perdere la fonte del potere – i due libri di incantesimi – l'avrebbe reso inerme.

A mano a mano che la verità sulla sua situazione attuale si mostrava, Adair si sentiva come trascinato sul fondo dell'oceano da una pesantissima ancora legata al petto. Le numerose conoscenze che aveva accumulato nel tempo, sottraendole ai migliori maestri delle arti oscure, ottenute con fatica e pazienza nel corso di vite intere, tutte *perdute*... Per non parlare del sangue che aveva versato per ottenere quelle conoscenze e quel potere, tutto invano. Un tempo era stato l'uomo più potente della terra, con abilità pari a quelle degli dei; ora invece, a meno che non riuscisse a ricordare a memoria quegli incantesimi, non aveva altra scelta che ricominciare da capo la sua ricerca.

Poi un altro pensiero si fece strada nella sua mente, causandogli una fortissima nausea. Forse Lanny aveva compreso il valore di quei volumi e li aveva tenuti per sé. Forse era così che era stata in grado di lanciare un incantesimo su quel maledetto muro che l'aveva tenuto imprigionato tutti quegli anni. Era meglio non sottovalutarla.

«È molto peggio di quel che pensavo» disse Adair alla fine, sforzandosi di non protestare contro quegli orribili sviluppi, di non mettersi a ululare di fronte alla crudeltà del suo destino, di non fracassare tutto ciò che aveva a portata di mano in preda a una rabbia incontrollabile e impotente.

Jude posò una mano sulla spalla di Adair, il primo contatto umano e compassionevole che Adair sentiva da lunghissimo tempo. «Temo che sia così.»

Adair lasciò che la disperazione gli attraversasse il corpo come una febbre bruciante ma breve. Era troppo stanco per riuscire a mettere a frutto la propria rabbia. Era meglio accoglierla, ricordare quella sensazione di completa impotenza e serbarne tutta la furia per il giorno in cui finalmente si sarebbe trovato di nuovo faccia a faccia con Lanore. Quella rabbia l'avrebbe sospinto e alimentato lungo tutta l'impervia strada che lo attendeva, più impervia di quanto aveva immaginato se ciò che diceva Jude corrispondeva al vero.

Jude toccò di nuovo la spalla di Adair, stavolta con più rigidità, e Adair non riuscì a capire se quel gesto esitante fosse dovuto al nervosismo o all'insincerità. «Duecento anni da solo... dio, dev'essere stato un inferno. Come è stato?»

Rinchiuso in uno spazio non più grande di un armadio per bambini? E come credi che sia stato? avrebbe voluto urlargli Adair, ricordando l'orrore dell'essere sepolto vivo. Niente di ciò che aveva sperimentato nella vita avrebbe potuto prepararlo per quella tortura. Il mondo che conosceva era scomparso, un mondo fatto di sole, di piante e di terra era stato rimpiazzato da un orizzonte nero e infinito. A volte, immerso in quell'oscurità, riusciva a riconoscere la propria situazione, sapeva di essere intrappolato in uno spazio ristretto e sotterraneo, con soltanto i ragni a fargli compagnia. Ma per la maggior parte del tempo, tuttavia, gli sembrava di essere stato trasportato in un altro posto, un abisso vuoto e desolato dove a tratti udiva stralci di conversazioni tra voci che gli pareva di conoscere ma che non riusciva a identificare. E in quei momenti veniva pervaso da sensazioni indescrivibili che sapeva di aver già provato in precedenza. Era più terrorizzante di quanto ritenesse possibile, lui che aveva sempre creduto di avere il ghiaccio nelle vene. Ma avrebbe affrontato un plotone di inquisitori piuttosto che ammetterlo a chiunque. Specialmente a Jude. Adair distolse lo sguardo e tacque. Si spostò, si mise a sedere su un divano e lasciò che fosse il proprio silenzio a rispondere.

«Il tormento è finito e in qualche modo sei riuscito a sopravvivere» osservò Jude. «Non riesco nemmeno a immaginare come tu ci sia riuscito, ma lo hai fatto, ed è incredibile. Un uomo di minor valore sarebbe impazzito.»

La pazzia gli era stata più vicina di quanto Adair volesse ammettere. Aveva impiegato dei trucchi per tenersi occupato: era tornato con la mente al suo castello in Romania, passeggiando per le stanze, ricordando i suoi dettagli preferiti – gli arazzi fiamminghi nel salone d'ingresso, il pesante baule che era stato intagliato in Bavaria e che veniva utilizzato per conservare le posate d'argento – e la vista da certe finestre. Quando si stancava di quel passatempo, cercava di richiamare alla mente i nomi e i particolari di tutte le sue conquiste sessuali – quelle di cui si era preoccupato di conoscere il nome, quantomeno – e poi, esaurita quella lista, i nomi di tutti i suoi cavalli. Aveva esplorato le file di minerali e di metalli, i materiali organici e botanici conservati in vasi e in bottiglie sugli scaffali del suo laboratorio, elencandone i nomi uno alla volta, avanti e indietro, rievocandone gli usi e le applicazioni. Ma alla fine aveva esaurito ogni distrazione. Conosceva soltanto quei giochi di memoria e non potevano certo durare secoli.

E quando non sapeva come occupare i pensieri, quando la forza della sua rabbia si affievoliva e cedeva il passo alla stanchezza... Rabbrividì al ricordo. Le orribili visioni che fuoriuscivano dall'oscurità per tormentarlo, gli incubi che lo torturavano come spiriti dannati...

Nel frattempo, Jude continuò a dargli pacche sulle spalle, come per consolare un vecchietto. «So che ora ti sembra impossibile, ma vedrai che ritroverai l'antica forma. Ci vuole soltanto il giusto tempo.»

Era questo che era diventato? si chiese Adair. Un uomo che perfino Jude si sentiva di dover commiserare? Si alzò dal divano, sentendo le forze riprendere a scorrere dentro il suo corpo. « Sì. Mi riprenderò tutto quello che ho perduto, e succederà prima di quanto immagini. Su questo non ho alcun dubbio. E a quel punto ci dedicheremo a Lanore, la troveremo e le infliggeremo la punizione che merita. »

3

Londra

Adair era libero. Era giunto il giorno che avevo sempre temuto. Spesso mi ero chiesta che cosa avrei fatto una volta appreso della fuga di Adair dal luogo in cui l'avevo rinchiuso. Ora quel giorno era arrivato e non avevo idea di cosa fare. Perché in verità non c'era niente che potessi fare, non c'era modo di fermare ciò che non può essere fermato.

Non mi accorsi di essere fuggita dal museo fino a quando Luke non mi raggiunse a mezzo isolato di distanza. Dovevo essere sfrecciata giù per le scale, attraverso l'esposizione cinese, ed essermi fatta strada tra la folla all'entrata di Cromwell Road. Luke mi prese per la spalla e mi fece voltare verso di lui.

«Cosa stai facendo? Non puoi scappare così all'improvviso. Qual è il problema? È vicino?» L'esperienza di medico del pronto soccorso di Luke prese il sopravvento quasi automaticamente. Mi guardò le pupille come avrebbe fatto con una persona sotto shock, in cerca dei sintomi di un trauma, proprio come aveva fatto la notte in cui ci eravamo conosciuti, quando ero stata arrestata dalla polizia e condotta in ospedale.

«No, non è davvero vicino. Ma era da... da tantissimo tempo che non avvertivo la sua presenza. Mi ha terrorizzato.» Mi portai una mano al petto e premetti sullo sterno, cercando di calmare il battito frenetico del mio cuore. «Starò bene, ora mi passa. Perdonami se sono fuggita via così.»

Luke mi strinse a sé e io affondai il volto nel suo petto e sentii il suo cuore battere rapido per la corsa che aveva fatto inseguendomi. Speravo che si ricordasse di ciò che gli avevo raccontato a proposito di Adair, delle atrocità che aveva commesso e di cui era capace. Se se ne ricordava, anche lui avrebbe provato il mio stesso terrore. Il demonio in persona era fuggito dall'inferno, un demonio che non poteva essere soddisfatto né ostacolato e che presto si sarebbe messo sulle nostre tracce. Un pensiero mi folgorò: avevo forse messo in pericolo anche Luke? Non avevo alcun dubbio: Adair non si sarebbe fermato davanti a niente pur di ottenere vendetta.

Luke mi accarezzò i capelli, come sua abitudine, e cercò di calmare sia me sia se stesso. «Se sei sicura di ciò che sta avvenendo, secondo te cosa dobbiamo fare?»

Non lo sapevo, ma lui aveva bisogno di una risposta. «Dobbiamo fuggire, Luke» fu il meglio che riuscii a dirgli. «Dobbiamo andare da qualche parte dove non verrà mai a cercarmi.»

Decidemmo di lasciare subito l'albergo elegante accanto al museo. Avendo ricominciato ad avvertire la presenza di Adair nella mia mente, non riuscivo a fare a meno di pensare che fosse vicino, e rimanere fermi troppo a lungo nello stesso posto mi rendeva nervosa. Una volta giunti in albergo, però, Luke provò a farmi cambiare idea, mentre io gettavo gli abiti alla rinfusa dentro le valigie che avevamo svuotato soltanto poche ore prima. «Lanny, sii logica» mi implorò. «Non abbiamo motivo di cedere al panico. Per favore, sii ragionevole.» *Logica, ragionevole, nessun motivo di cedere al panico* – ora che la paura iniziale gli era passata, Luke era tornato al modo abituale in cui affrontava le cose. Era molto più a suo agio quando poteva riflettere metodicamente su ogni cosa, senza lasciarsi prendere dall'emozione – a volte impiegava mezz'ora perfino per scegliere che birra ordinare al pub – e quando io mi facevo prendere dall'emozione, lui diventava subito sospettoso. A poco a poco era diventato un motivo di litigio sempre più frequente tra noi.

Luke cercò di togliermi dalle mani un reggiseno mentre io ero in piedi sopra una valigia. «Capisco la tua paura. Senti la sua presenza» continuò, «ma è appena successo, giusto? Il che probabilmente vuol dire che lui è appena scappato, non credi? E se è così, è ancora dall'altra parte dell'oceano. E non sappiamo se sa qualcosa su di te o come rintracciarti. Forse non è cambiato nulla. Non devi lasciarti prendere dal panico.»

Invece era cambiato tutto. E il panico – un panico giustificato – era proprio ciò che sentivo. Luke non aveva mai sentito l'aria crepitare di elettricità in presenza di Adair. Non aveva mai provato la sensazione di gelo dovuta a uno sguardo di disapprovazione di Adair, non si era mai sentito raggelare fino al midollo presentendo una delle punizioni umilianti e orribili di Adair. Lui era capace di mangiarti viva, di manovrarti come una marionetta, e una volta nelle sue grinfie era quasi impossibile scappare. La forza della sua volontà non era semplicemente carisma: era qualcosa di soprannaturale. In duecentoventi anni avevo conosciuto principi e generali, leader ribelli e attori famosi, ma Adair era l'unico uomo che avessi mai incontrato con una presenza scenica così prepotente.

Frustrato dal mio disaccordo, Luke mi afferrò per le spalle e mi guardò negli occhi. «È impossibile che sappia dove ti trovi se non sa chi sei. Pensaci: anche se si è liberato da qualche giorno, impiegherà molto tempo a rintracciarti. Hai un nuovo nome, una nuova identità. Il mondo è grande e lui ne è stato tagliato fuori per due secoli. Deve recuperare un bel po' di terreno prima di potersi mettere sulle tue tracce, credimi.» C'era una punta di irritazione nella sua voce. «E da un punto di vista logico» – ecco ancora quella parola – «la sensazione che provi potrebbe essere qualsiasi cosa, no? Insomma, sono passati duecento anni, quante sono le probabilità che si tratti davvero di Adair? Forse è soltanto... un'emicrania.»

Mi staccai da lui e lo fissai con durezza. «Non è un'emicrania. Lo *so*. Forse non so ancora dove sia, se sia lontano o vicino, ma so benissimo cosa rappresenti questa sensazione. È lui.» Anche se ero stata insieme a Adair per pochi anni, avevo avvertito la sua singolare, invadente presenza per tutto il tempo, fino al giorno in cui Jonathan e io l'avevamo murato vivo. Era una specie di corrente elettrica che mi attraversava la mente come un cavo scoperto, e non c'era modo di spegnerla. Era una sensazione del tutto unica al mondo.

«Può usarla per rintracciarti?»

«Non lo so» risposi sommessa. La sola idea che quella corrente elettrica potesse essere seguita come una traccia di briciole di pane per giungere fino a me mi terrorizzava, ma non lo credevo possibile. Alla fin fine, avevo avvertito la presenza di Jonathan per tutto il tempo che eravamo stati divisi, ma non ero mai stata in grado di distinguere se si trovasse nella stanza accanto o dall'altra parte del mondo. Naturalmente Adair era molto più potente e certo sapeva come interpretare le sfumature della nostra connessione, sapeva cosa voleva dire quando era intermittente o confusa, o quando era tanto forte da ottundere il pensiero. Avrei voluto domandare spiegazioni a Adair su questa sensazione, così come avrei voluto chiedergli molte altre cose, ma avevo paura delle risposte e, stupidamente, speravo che se avessi ignorato la mia condizione, a un certo punto sarebbe svanita. Dopo averlo murato vivo, attesi di vedere se l'incantesimo avrebbe perso la sua potenza e se mi sarebbe stato permesso di invecchiare e tornare umana, ma nel mio cuore sapevo che era soltanto un'illusione.

Adesso, in quella situazione di stallo con Luke, mi domandai per l'ennesima volta se non avessi commesso un errore. Ero stata egoista a portarlo con me, era un rischio enorme, ma ero ridotta in condizioni pietose. Avevo appena perso l'uomo che, in un modo o nell'altro, era stato con me per tutta la vita, e Luke, razionale, affidabile, mi era parso il rimpiazzo perfetto. Diversamente da Jonathan e dal tipo d'uomo che di solito mi attraeva, Luke era un uomo a cui potevo appoggiarmi. Ma adesso avevo le idee più chiare e mi sembrava difficile credere che la nostra relazione potesse durare, non soltanto per ragioni pratiche.

E in più dovevo anche fare i conti col rovescio della medaglia delle virtù di Luke. Ciò che un tempo mi sembrava affidabilità e serietà ora mi pareva ostinazione. Al confronto, apparivo impetuosa, come se io fossi una bambina e lui il padre. Non era sua intenzione imporsi su di me, ma a poco a poco avevo iniziato a provare del risentimento verso le sue continue correzioni e coercizioni. Quella tensione sembrava un altro segnale che non eravamo fatti per stare insieme.

Inoltre, dentro di me sapevo che stare con Luke – stare con qualsiasi mortale, in effetti – non avrebbe portato a niente di buono per me. Anche se avevo promesso a Luke che sarei rimasta con lui fino alla fine – era la mia parte dell'accordo che avevamo fatto quando mi aveva aiutato a fuggire – non mi era mai stato facile osservare i mortali della mia vita morire accanto a me. E – altro segno che ero stata troppo impulsiva quando mi ero unita a Luke – avevo promesso a me stessa di non sedurre mai qualcuno con bambini, eppure l'avevo fatto, avevo costretto Luke a scegliere tra me e le sue figlie. Certo, Luke aveva le sue responsabilità e aveva preso le sue decisioni tanto quanto io avevo preso le mie, ma non riuscivo a scrollarmi di dosso la sensazione di averlo irretito approfittando di un suo momento di debolezza. Avevo sbagliato a coinvolgere Luke nella mia vita, e adesso dovevo fare i conti con il prezzo dei miei errori.

«Credi che la mia reazione sia esagerata, vero?» gli dissi, gettando le mie ultime cose nella valigia. «Ma ti assicuro che non è così.» Lo guardai seria, tetra.

Luke prese fiato prima di parlare. «Credo soltanto che sia importante conservare la calma, almeno fino a che non sapremo con precisione cosa stiamo affrontando.»

«Non mi sentirei al sicuro se rimanessi qui. Puoi anche non seguirmi, se vuoi, ma io me ne vado» replicai, e Luke alla fine si arrese: aveva capito che non avrei cambiato idea. Alla fine trovammo un albergo economico lungo la ferrovia, vicino a Heathrow. Bastò una generosa mancia per convincere il receptionist a non prendere nota dei nostri nomi e dei passaporti, e pagammo la notte in contanti per non lasciare tracce delle carte di credito. La nostra camera era angusta, arredata con mobili scoordinati, e il materasso era pieno di bozzi. Ci sono poche cose al mondo capaci di deprimermi quanto un albergo di infima categoria, forse perché nella mia vita ne avevo visti abbastanza. Ma era soltanto per una notte, misera ma funzionale allo scopo, e la mattina dopo avremmo preso un volo per... ovunque. Ancora non avevo deciso dove andare; dovevo trovare un posto in cui sarei stata al sicuro da Adair. Ma per il momento sapevo che l'unica cosa che mi avrebbe fatta sentire al sicuro sarebbe stata continuare a muovermi.

Quella notte, su quel vecchio letto malconcio, io e Luke facemmo velocemente l'amore. Sospettai che volesse fare sesso con me perché pensava che mi avrebbe rilassata, perché fu piuttosto sbrigativo, per nulla rassicurante. Comunque, si addormentò subito dopo aver finito, mentre io ero ancora troppo nervosa per dormire, potendo solo ignorare il pizzicore della mia mente e tutto ciò che comportava.

Più rimanevo seduta al buio a guardare Luke e più dovevo combattere l'impulso di scivolare via dal letto e fuggire. *Ti lascerà, è inevitabile*, ripeteva una voce impietosa nella mia mente. Non ti ama, e un giorno se ne renderà conto. Rivorrà la sua vecchia vita, quella che ha gettato via per seguire te. Ha delle figlie, santo cielo. Non c'è un lieto fine per persone come te, Lanny, tu sei soltanto una delle creature mostruose di Adair e c'è una ragione se lui ti ha scelta. Luke non ti amerebbe affatto se ti conoscesse davvero, se sapesse tutto ciò che hai fatto per non stare da sola, per non sentire di continuo il dolore del rifiuto di Jonathan. Ti lascerebbe subito se scoprisse anche soltanto metà delle tue avventure, dei tuoi flirt, perché Luke si ritiene una brava persona, e le brave persone non possono amare quelle cattive. Credevi sul serio di meritarti la felicità?

Odiavo quella voce. La udivo dentro di me fin troppo di frequente. E sapevo che ad alimentarla era la paura che mi attanagliava con ogni uomo che frequentavo, lo stesso dolore acuto che avevo provato quando Jonathan mi aveva lasciato. Quel dolore era stato così intenso e bruciante che avevo giurato a me stessa che non avrei mai più corso il rischio di provarlo di nuovo. Avevo deciso che, qualsiasi relazione avessi intrapreso, se c'era qualcuno che doveva lasciare sarei stata io.

Ma la verità era anche che soltanto uno di noi due era in pericolo: io. Lui correva dei rischi soltanto per colpa mia. Se avessi lasciato Luke, lui sarebbe stato al sicuro. Sì, stavo per fare qualcosa di crudele e di imperdonabile, ma lo facevo per il suo bene. Avrei infranto la promessa che gli avevo fatto quando mi aveva aiutato a scappare: se avesse abbandonato tutto per venire con me, non sarebbe mai più stato solo. Lui aveva tenuto fede alla sua parte dell'accordo, ma ora avrebbe capito che aveva sbagliato a fidarsi di me.

Silenziosamente, frugai nella scrivania finché non trovai un foglio di carta intestata dell'albergo dimenticato lì da chissà quanto tempo. Luke si meritava quanto meno un biglietto d'addio, anche se non ero in grado di pensare coerentemente. Non so cosa scrissi di preciso quella notte, credo di averlo ringraziato per avermi aiutato nel momento più difficile e di avergli detto che speravo che un giorno mi avrebbe perdonato. Gli lasciai tutti i contanti che avevo con me e gli suggerii di tornare in America dalle sue figlie. Speravo che non sarebbe stato distrutto dal mio abbandono, come io ero stata distrutta da quello di Jonathan. Ma non c'era altro modo.

Lasciai il biglietto sul cuscino. Devo andare, devo andare, devo andare: quelle parole mi martellavano la mente come un campanello insistente. Lo osservai dormire tranquillo. Adair stava venendo a prendermi e il nostro tempo insieme era finito. Ora dovevo preoccuparmi di me stessa e risparmiare Luke e la sua famiglia. Sarei stata di nuovo sola, ma in fondo siamo tutti sempre soli. Era una lezione che conoscevo bene.

Odiavo quello che stavo per fare, eppure scivolai fuori dalla stanza silenziosamente come un monaco durante i vespri di mezzanotte e mi imposi di non guardarmi indietro. Chiusi la porta e me ne andai.

4

Boston

Il mattino seguente Adair si alzò dopo ore di insonnia. L'oscurità della notte non era affatto comparabile alle tenebre totali e al silenzio della sua tomba di pietra, perciò gli era impossibile non svegliarsi di soprassalto al minimo bagliore in cielo o al più tenue rumore per le strade. In compenso, dopo soltanto una notte trascorsa in un letto vero e proprio, imparò ad apprezzare l'ingegnosità dei moderni materassi a molle. Forse il letto nella camera degli ospiti di Jude non aveva un tono di lussuriosa decadenza come il cumulo di cuscini e pellicce su cui era abituato a dormire nel suo vecchio palazzo, ma era di gran lunga preferibile al pavimento gelido e duro che gli aveva fatto da giaciglio per così tanto tempo.

L'alba era appena sorta. Adair trovò Jude già immerso nel lavoro nell'unica stanza in cui sembrava trascorrere del tempo, quella che definiva il suo ufficio. Jude era sempre stato operoso – in effetti, aveva attirato l'attenzione di Adair proprio quando aveva quasi mandato in rovina la gilda dei mercanti d'oro olandesi con un ambizioso piano che doveva portare a spezzare il loro monopolio – ma in quel momento Adair fu irritato dall'ostinata devozione dell'altro agli affari. In fondo, il suo padrone era appena tornato dopo un'assenza di duecento anni: Jude avrebbe dovuto essere ben felice di accantonare registri contabili e libri mastri per celebrare il ritorno di Adair e mettersi al suo servizio, come richiedeva il protocollo.

«Conducimi in questo nuovo mondo» disse Adair, in piedi di fronte alla scrivania di Jude, esigendo la sua attenzione. «Voglio esplorarlo di persona.»

L'olandese alzò lo sguardo dal lavoro sforzandosi di mostrare pazienza. «È troppo presto, non c'è niente da vedere a quest'ora. Perché piuttosto non lasci che ti mostri come si usa il computer, così...»

«No» lo interruppe Adair. «Basta con quel tuo prezioso aggeggio. Mi ha stancato.» Sospettava che Jude lo usasse come scusa per tenerlo alla larga. E poi non gli piaceva la sensazione che gli dava il computer, il modo in cui gli faceva formicolare le punte delle dita e vibrare i denti.

Jude si appoggiò allo schienale della sedia. «Come desideri. Da dove proponi di iniziare?»

«Ho bisogno di vestiti. Convoca il tuo sarto.»

Jude ebbe l'audacia di sogghignare. «Non ci facciamo più fare i vestiti dai sarti. Basta andare in un negozio a comprarli. Ma hai ragione: hai bisogno di vestiti. I miei non ti vanno bene, vero? Okay, quando i negozi apriranno andremo a fare spese. Nel frattempo, potresti farti un'idea di come si vestono gli uomini oggi.» Uscì dalla stanza e tornò poco dopo con una pila di riviste patinate. «Periodici, mensili... Sono l'equivalente moderno dei *courants littéraires*» gli spiegò Jude, posandoli in grembo a Adair. «Per lo più sono pieni di pubblicità, ma ti basteranno per darti un'idea di ciò che ti aspetta.» Con quest'indicazione, Adair si dedicò a sfogliare le pagine e a osservare le fotografie, ma gli parvero un'infinita ripetizione degli stessi soggetti: uomini giovani, sprezzanti e vanitosi, ingrandimenti di orologi e innumerevoli variazioni cromatiche delle carrozze meccanizzate che aveva visto per strada il giorno prima. Gli parve impossibile prendere sul serio quei ragazzotti, mentre gli altri oggetti non avevano per lui alcuna attrattiva.

Fare spese si dimostrò un'attività allo stesso tempo noiosa e affascinante. In segreto aveva sperato che sarebbe stata la prima esperienza gradevole in quel nuovo mondo, poiché gli erano sempre piaciuti i vestiti e, ai suoi tempi, si era concesso i tessuti più pregiati e i sarti migliori che il denaro potesse acquistare. Ma in quello strano presente che si trovava a vivere, quell'esperienza era di molto degradata.

Come prima cosa, Adair dovette affrontare la sensazione quasi perversa che gli dava il dover fare scelte così personali di fronte ad altre persone; era abituato a trattare con impiegati e sarti, ma fare i suoi acquisti sotto lo sguardo di altri clienti gli pareva troppo pubblico. Poi c'erano i vestiti stessi: così sottili, ordinari, privi di pizzi o ricami, bordure, bottoni d'ottone o alamari fatti con trecce di seta. Erano tutti scuri, sobri e privi di personalità, come se i quaccheri avessero conquistato il monopolio dell'industria vestiaria. E si indossavano così pochi strati di tessuto che anche vestito di tutto punto Adair si sentiva scandalosamente esposto, quasi nudo. Senza un colletto alto e una cravatta annodata si sentiva particolarmente scoperto sul collo. Adair carezzò delle cravatte in seta, ma Jude gli assicurò che non ne avrebbe mai avuto bisogno. Il motivo del disagio che provava, capì a un certo punto Adair, era che con quei vestiti si sentiva vulnerabile. C'era un beneficio nell'essere costretto da un abbigliamento consistente: rendeva sicuri del confine tra sé e il resto del mondo. Era un modo per tenere tutto sotto controllo.

Dopo aver trascorso quasi una mezza giornata per negozi, accumulò un intero guardaroba, dai calzini (sottili e aderenti come guanti, si sorprese di notare, capaci di reggersi da soli al polpaccio senza necessità di giarrettiere) e le scarpe, fino a un indumento straordinariamente leggero e attillato da indossare al posto della biancheria floscia cui era abituato, e che invece era capace di tenere fermi i testicoli.

Subito dopo, Jude condusse Adair da un barbiere, e questa si dimostrò un'esperienza davvero deliziosa. Si accomodò su una sedia mentre una ragazza molto attraente gli passò le dita nei riccioli e altre cinque o sei ragazze, passandogli accanto, mormoravano di approvazione e lo riempivano di complimenti per la sua bellezza, inventandosi scuse di ogni genere per toccargli i bicipiti, dicendogli che il suo sguardo era sensuale. Un ragazzo gli accorciò la barba in uno stile che Adair non avrebbe mai potuto immaginare, stravagante ai limiti del ridicolo, ma che pareva piacere molto alle donne presenti.

Quella sera, Jude convocò due escort molto costose affinché li intrattenessero. Adair, seduto sul divano, le guardò ballare insieme, osservando l'audacia dei loro vestiti, i loro capelli, il trucco applicato con perfezione sovrumana ai loro volti. Le membra che parevano scolpite, gli occhi luminosi, le labbra piene. Era come se ogni dettaglio del loro corpo e del loro apparire fosse stato studiato apposta per farne degli esemplari di seduzione femminile. Le donne di cui lui si ricordava, che fossero contadine a lavoro nei campi o cortigiane di un re, sarebbero sembrate obese e pallide in confronto alle due escort. Adair si meravigliò per la centesima volta di quel mondo, del caos puro che sembrava governarlo, di quanto fosse a malapena riconoscibile rispetto al mondo che lui ricordava.

Lui e Jude fecero a turno con le donne, che parvero gareggiare a escogitare l'atto più osceno e audace da fare con Adair. Sembrarono emozionarsi per il volume considerevole del suo membro, che si affaccendarono a rialzare più e più volte. Lo accarezzarono e lo lambirono, strusciandogli il volto sul petto, sulla schiena e sull'inguine, regalando a ogni centimetro della sua pelle un piacere che non provava da duecento anni. Raggiunse il piacere così tante volte che non si sarebbe sorpreso di non aver più un orgasmo per il resto della vita. Quella notte una delle due donne rimase a dormire nel suo letto come una gattina accoccolata sotto il suo braccio (Jude mandò via l'altra a bordo di un taxi) e Adair si sorprese ad apprezzare più di quanto avrebbe creduto la vicinanza di quel corpo estraneo addormentato accanto al suo.

Quando, la mattina seguente, la donna se ne andò, Adair vagò per la casa finché non trovò Jude ancora nello studio. Jude avvertì il suo ingresso e alzò lo sguardo. «Mi auguro che la serata di ieri sia stata di tuo gradimento.» Jude sfoderò un sorriso tanto ampio quanto falso. «Ho detto alle ragazze che eri appena uscito di prigione. Appropriazione indebita, un crimine di classe. Hanno voluto darti un caloroso bentornato in società.»

Adair lo ignorò. Parlare delle attività della notte precedente gli pareva infantile e per nulla da galantuomini. «Allora, di cosa ti occupi adesso, Jude? Non fai più finta di essere un predicatore?»

Jude indicò con un gesto la scrivania ingombra, le pile di documenti e i vari gadget elettronici. «Sono un uomo d'affari.»

«Un uomo d'affari, dici? E di quali affari si tratta, in particolare?»

«Gli affari più importanti al giorno d'oggi, mio caro amico: fare soldi. Ho un socio a Hong Kong – non che io l'abbia mai incontrato di persona – e facciamo speculazioni in borsa. In sintesi, facciamo soldi dal nulla, servendoci soltanto dell'intuito e del tempismo. È piuttosto complicato da spiegare. Ma in ogni caso, secondo me, non è la cosa che ti sta più a cuore in questo momento.»

Il tono condiscendente di Jude era molto irritante per Adair. Avrebbe voluto sottometterlo subito e con decisione, ma si sforzò di tenere a freno l'istinto rabbioso che lo animava: sapeva fin troppo bene di aver bisogno di lui se voleva scovare Lanore. Non poteva rischiare di giocarsi l'opportunità di trovarla. «Mi basta sapere che sei molto bravo in quello che fai e che ciò ti garantisce un reddito considerevole, perché saranno i tuoi fondi quelli che utilizzerò finché non mi sarò ristabilito» gli rispose Adair.

Lo divertì vedere l'espressione scoraggiata e sbigottita di Jude a quell'affermazione. Del resto, c'era un solo uomo al mondo al quale Jude doveva tutto e non poteva negare nulla, e poi a cosa sarebbe servito rifiutarsi? Adair avrebbe comunque ottenuto da lui ciò che voleva. Rassegnato, Jude sospirò. «Ma certo. Ciò che è mio è tuo. E poi sono soltanto soldi, no?»

«È proprio ciò che penso: i soldi sono soltanto un mezzo per giungere a ciò che conta davvero.»

Jude esitò prima di proseguire. «Ascolta, devi capire una cosa, però. Anche se ho i soldi, sono per la maggior parte impegnati in attività correnti. Non che io non voglia condividerli con te, sia chiaro, ma qualcosa mi dice che il mio piccolo nido di uova d'oro non durerebbe molto a lungo se ci attingiamo in due. E come ti ho già spiegato, tu non hai più niente. Ma ho un'idea su come procurarti denaro a sufficienza, tanto che tu non debba più preoccupartene. Ci sono persone che pagherebbero somme incredibili pur di vivere per sempre... Ammesso che tu voglia mettere in vendita il tuo... il tuo *servizio.*»

Il primo istinto di Adair fu di rifiutare; ma in effetti, sebbene il suggerimento provenisse dalla bocca infida di Jude, Adair provò un sottile senso di disagio. Sarebbe stato un atto di disperazione estrema quello di mettere in vendita un potere così immenso. Era così che era entrato in possesso del vero elisir di lunga vita, tanto per cominciare: aveva scovato un apprendista tanto povero da ridursi a mettere in vendita le pozioni del suo maestro per non morire di fame, in attesa del suo ritorno. E tuttavia l'uomo aveva resistito alla tentazione di utilizzare quel potere per arricchirsi, l'aveva venduto soltanto per sfamarsi. Quella transazione d'affari non era stata a lieto fine per l'apprendista: chi si era presentato alla sua porta non era un uomo, ma un lupo affamato e feroce.

Tuttavia... Tuttavia Adair non era un apprendista, e quella era una situazione del tutto straordinaria. Adair sentì fin nelle ossa che il suggerimento di Jude era ragionevole. *E sia.* «Sono disposto a prendere in considerazione la cosa. Ma lo farò una volta sola, Jude, perciò sia chiaro che il prescelto dev'essere disposto a pagare più che bene.»

«Ovvio. Individuerò un soggetto dotato di mezzi sufficienti per permetterselo.»

«Non mettere il carro davanti ai buoi. Prima devo trovare il mio libro degli incantesimi. Le formule sono lì da qualche parte.» Adair non si faceva illusioni sulle difficoltà del compito che lo attendeva. I libri erano oggetti fragili, facili da nascondere o da distruggere. E se non fosse riuscito a ritrovare i suoi tomi, sarebbe stato costretto a ritornare al suo vecchio paese per ricostruirne le origini, come aveva fatto la prima volta. Abbassò lo sguardo su Jude, che non aveva idea di quanto estenuanti fossero state le ricerche, di quanto tempo gli ci fosse voluto per acquisire i suoi poteri, degli anni trascorsi a inseguire le leggende riguardanti gli Adepti, alchimisti che avevano sviluppato poteri immensi, per poi rintracciare i loro collaboratori e convincerli, con ogni mezzo necessario, a condividere i loro segreti...

«Questi due libri, vedi, sono del tutto particolari. Ne avevo due, uno blu di origini veneziane, e uno decisamente più rozzo, solo una raccolta di formule rilegate con una copertina di legno. Ma è il secondo a valere di più.»

Jude si strofinò il mento. «I libri dentro il tuo palazzo... Erano le uniche copie?»

«Naturalmente no. Ho preso delle precauzioni. Ho copiato le formule più importanti e le ho nascoste in un posto sicuro.»

«Ottimo. Potrebbe essere più facile recuperare le copie piuttosto che scovare gli originali. Dove le hai nascoste?»

«In una città in Sassonia. Dentro una chiesa, nel centro della città.» Non riusciva a ricordare in che anno ciò fosse avvenuto, solo che si era trattenuto in quel luogo per un'intera stagione. Ricordava di aver intrapreso una relazione con una vedova che possedeva una villa in centro, lei gli aveva offerto la sua compagnia e messo a disposizione un posto caldo in cui trascorrere l'inverno piovoso. Aveva approfittato dei lunghi pomeriggi grigiastri per ricopiare gli incantesimi più potenti, per poi metterli al sicuro, avvolti in una pelle di cinghiale, nascondendoli nelle catacombe della chiesa, tra le ossa dei monaci. Nella sua mente, l'immagine di quel nascondiglio era chiara e definita, ma il nome della città continuava a sfuggirgli, così come l'anno. Di certo ormai la città sarebbe stata irriconoscibile, ammesso che esistesse ancora. Ma nessuno avrebbe mai osato violare una cripta. Nessuno, nemmeno in quell'età moderna, avrebbe avuto l'ardire di dissacrarla.

«Riusciresti a indicarmi la città su una mappa?» gli chiese Jude, benché riluttante a ingenerare false speranze in Adair. Prese un atlante e lo aprì. «Questa è la regione che un tempo si chiamava Sassonia. È sul versante orientale di una nazione che oggi si chiama Germania. Vedi, proprio qui, ai confini con la Repubblica Ceca.» Quando Adair si limitò a scrutare la mappa senza reagire, Jude andò a un'altra pagina, che mostrava una cartina topografica della medesima area, con zone verdi e marroni e fiumi disegnati in serpentine blu scuro. Fece vagare l'indice in cerchio sulla pagina. «Vedi qualcosa di familiare?»

Lo sguardo di Adair si puntò sui nomi... Königstein, Freital... L'Elba, sì, ricordava che la città era sulla riva sud dell'Elba. E poi il suo dito sfiorò un nome, Dresda. Sì, era così che si chiamava quella città. Era la sede del margravio, gli venne in mente. Picchiò il dito sulla cartina guardando Jude.

«Sicuro che sia quella la città?» gli domandò Jude, e dal suo tono Adair comprese che erano in arrivo brutte notizie. «Se è quella, e tu hai lasciato i documenti nel centro della città, allora mi addolora riferirti che con ogni probabilità sono perduti. C'è una tenue possibilità che siano stati risparmiati, se i tuoi ricordi non sono accurati e il posto cui ti riferisci non era proprio in centro, ma più verso la periferia. La città è stata distrutta e rasa al suolo dagli incendi durante una guerra.» Adair sentì una stretta allo stomaco, come se un pugno gli torcesse le viscere. «Mi dispiace dovertelo dire. Se vuoi possiamo andar lì a cercare.»

Adair si sentì esausto. Nei suoi ricordi, quello era un villaggio grazioso immerso nei campi verdi e circondato da una foresta abitata da cervi e cinghiali. Era una città viva e prospera e la giovane vedova si era dimostrata colma di gratitudine per la sua compagnia. Ovviamente, si era aspettato che quella città così come la conosceva fosse scomparsa, la vedova naturalmente era morta da tempo, eppure... Eppure la notizia che era stata rasa al suolo lo colpì come un pugno alla testa. E l'idea che quell'involto di carte che si era dato tanto da fare per nascondere e proteggere fosse andato perso per sempre lo abbatteva. Si alzò e con un cenno della mano chiuse il discorso. «Devo pensarci» disse e si ritirò nella sua stanza.

Passarono alcune settimane, ciascuna delle quali rappresentò una pietra miliare per Adair. Gli fu creata una nuova identità, completa di documenti, carte di credito e passaporto. Jude gli comprò un cellulare e gli spiegò come usarlo, anche se non aveva nessuno da chiamare. Imparò a guidare e a prelevare contanti da uno sportello bancomat. Jude gli procurò anche un tablet e, benché controvoglia, Adair passò qualche ora ogni giorno a impratichirsi, come un alunno davanti alla lavagna ai vecchi tempi, facendo con diligenza gli esercizi che Jude gli proponeva come se fosse un vero e proprio corso di studi.

Per tutto il percorso di apprendimento e di riabilitazione, pieno di false partenze, di prove, di errori e di nuove prove, Adair si sforzò di non farsi prendere dal panico: entrare di colpo nella modernità era una sfida tremenda, e la tentazione di arrendersi era forte e costante. Nel corso dei secoli aveva imparato che era proprio questo a rendere anziane le persone: non riuscire più a mantenersi al passo con i cambiamenti. Era l'inizio della fine, anche se nessuno se ne accorgeva in tempo. E l'aveva visto succedere anche ai suoi compagni: arrivava un momento in cui non riuscivano più a tollerare la pressione della novità. Potevi definirti un tradizionalista, sostenere di non vedere alcun valore nelle nuove mode o usanze o dichiarare di aver guadagnato il diritto a lasciarti oltrepassare dal progresso, ma la triste verità era che stavi accettando di diventare obsoleto.

Essere immortali voleva dire non potersi mai permettere il lusso di arrendersi al cambiamento. Era l'unico imperativo categorico: bisognava continuare a cambiare, in eterno. Se non si era in grado di mantenersi al passo coi tempi, tanto valeva farsi imprigionare dietro un muro o in una caverna o sul fondo dell'oceano. Ma Adair non voleva diventare irrilevante. E poi aveva una missione da compiere che lo spingeva ad andare avanti: rintracciare la traditrice, Lanore McIlvrae. E in cuor suo sapeva di doverle essere grato, per questa motivazione così potente. Il suo odio per lei era un'ancora di salvataggio e l'avrebbe usata per rimanere a galla e andare avanti, centimetro dopo centimetro, metro dopo faticoso metro, fino a che non sarebbe riuscito a sbarcare sulla terraferma.

Tuttavia, iniziava a notare qualcosa di strano quando pensava a Lanore (e non riusciva a smettere di pensare a lei). Non sentiva un fiotto acido allo stomaco, né le viscere in fiamme. Non provava nessuna delle sensazioni brucianti che aveva sperimentato in passato di fronte ai suoi nemici. Era ansioso, certo, ma non per la preoccupazione. Non sapeva bene come definire lo stato in cui versava.

Un pomeriggio Adair udì la voce di Jude che lo chiamava dal fondo del corridoio. Adair lo ignorò, irritato dall'impertinenza del gesto: essere richiamato da uno dei suoi servi equivaleva a un capovolgimento dell'ordine delle cose, come se Adair si fosse ridotto a fare da servitore a Jude. Ma ignorarlo non servì a niente, l'altro continuò a chiamarlo, belando come una pecora istupidita che invocava il pastore, perciò Adair si arrese e seguì la voce fino allo studio di Jude.

Come sempre, lo trovò seduto davanti al computer. «Ho qualcosa che ti farà felice, amico mio. L'ho trovato. Ho scovato uno dei tuoi libri, il libro degli incantesimi.»

Adair si mise dietro Jude e guardò lo schermo. «Come ci sei riuscito?»

«Il computer. Non so come abbiamo fatto per tanto tempo senza.» Passò un dito sopra l'immagine sul monitor. «Credo che questo sia il tuo libro. Non posso esserne sicuro, non si può scoprire che cosa è accaduto a ciò che c'era dentro la tua villa quando tu sei scomparso. Probabilmente il locatore ha pensato che tu te ne fossi andato e ha messo all'asta i tuoi possedimenti per ripagare il proprietario. Così mi sono messo a fare qualche ricerca on line, su eBay, nei siti delle case d'asta...» Jude continuò a sciorinare termini strani senza preoccuparsi se Adair li comprendesse o meno.

«Ero sicuro che prima o poi avrei trovato qualche traccia, ed ecco qua. Voilà» disse poi Jude tutto orgoglioso, e girò il monitor verso Adair per offrirgli una vista migliore. Ma cosa aveva trovato? Adair vedeva solo la fotografia di un bell'edificio e una seconda fotografia che mostrava un corridoio pieno di lucenti teche di vetro. In cima alla pagina c'erano scritte alcune parole, ma la calligrafia gli era ancora poco familiare e dovette sforzarsi per riuscire a leggere. «Il manoscritto veneziano, quello con lo stemma inciso sulla copertina» intervenne Jude, «è in questo edificio.»

Come aveva detto a Jude, dei due tomi che aveva posseduto, il manoscritto veneziano era il meno importante. Quello di cui aveva disperatamente bisogno era il secondo, il compendio di formule alchemiche che aveva ricopiato da vari altri tomi o riportato di suo pugno ascoltando le parole dei praticanti delle arti oscure. Era il frutto del lavoro di una vita, accumulato con fatica e sacrificio in tutti i suoi viaggi, tutto contenuto in quei fogli dissimili e sciolti, tenuti insieme da una copertina in legno e chiusi da un laccio di cuoio. Forse il manoscritto veneziano – il più elegante, con la copertina di tela blu, il fregio dorato e la calligrafia così minuziosa – l'avrebbe condotto a quello più importante. Poteva solo augurarselo.

«Dov'è questo posto?»

«Non lontano da qui. Marblehead. Un'ora a nord. 'North Shore Historical Society'» lesse Jude, socchiudendo gli occhi attraverso gli occhiali per guardare meglio lo schermo.

«Scrivimi le indicazioni. Farò loro una visitina.»

Seguendo le indicazioni di Jude, Adair non ci mise molto tempo ad arrivare, anche se aveva ancora dei momenti in cui si sentiva a disagio da solo in macchina: quell'aggeggio gli richiedeva di compiere troppe azioni tutte insieme, era molto meno intuitivo rispetto a un cavallo. Quanto gli mancava un buon cavallo.

Riconobbe il museo dalle fotografie presenti sul sito web: una piccola costruzione in mattoni isolata al centro di un minuscolo appezzamento di terreno, circondato da una fila d'alberi che riuscivano a filtrare quasi completamente il rumore del traffico sull'autostrada. Non doveva essere un luogo molto frequentato: nel parcheggio c'era una sola auto e dentro non c'erano visitatori. La luce entrava dalle alte finestre, simili a quelle delle chiese. Adair sobbalzò sentendo l'eco dei propri passi nell'open space mentre camminava impazientemente da una teca all'altra, cercando ciò per cui era andato fin là.

Per la maggior parte, gli oggetti esposti gli erano sconosciuti, essendo stati inventariati dopo il suo imprigionamento. C'era un ampio lavabo con un pesante mangano di ferro appoggiato in cima e una placca che recitava: STIRATRICE, 1907. C'era una piccola collezione di statuine intagliate, che riconobbe per aver già visto alcuni esemplari di quell'arte dei cacciatori di balene in mano ai marinai stessi, e un'esposizione di pistole e fucili, per lo più di fine Ottocento, che parevano ben tenuti e lucidi d'olio. Numerose fotografie di Boston, antiche se paragonate alla città odierna ma più moderne rispetto alla Boston che Adair conosceva, erano appese alle pareti.

Finalmente trovò il libro che cercava. Era in una teca collocata in uno stretto corridoio nel retro dell'edificio, chiuso in un angolo solitario come un figliastro indesiderato. LIBRO DI INCANTESIMI, IN ITALIANO, 1700 CIRCA, PROVENIENTE DALLA COLLEZIONE DELLA SIGNORA BRITTANY LEIGH HENDRICKX, BOSTON diceva la targhetta sulla parete. Adair riconobbe subito il libro, era il suo, quello di cui era entrato in possesso quando era un giovane studente di medicina a Venezia. L'aveva comprato alla fine del tredicesimo secolo, non nel Settecento come diceva quella didascalia; ovviamente quegli stupidi non avevano alcuna idea della rarità dell'oggetto su cui avevano messo le mani. Il suo sigillo personale era impresso sulla copertina, in tessuto blu ormai sbiadito teso su una sottile tavoletta di legno. Il libro era casualmente aperto sulla pagina di un terribile incantesimo che avrebbe costretto la vittima a emettere soltanto gracidii da rospo. Ammesso che qualcuno riuscisse a leggere quell'italiano antico e formale.

«Posso aiutarla?» Adair non aveva notato la donna avvicinarglisi. Di mezza età, indossava un corpino fatto all'uncinetto e una gonna di lana lunga quasi fino alle caviglie, e in mano teneva un paio di occhiali bifocali. Pareva aspettarsi qualcosa.

«Questo libro...» iniziò Adair, ma lei lo interruppe subito.

«È singolare, vero?» disse, inclinando il capo come un uccello. «È parte della nostra collezione permanente. Non sappiamo con certezza se sia un originale o una copia, ecco perché lo teniamo sul retro. Lei è appassionato di libri antichi?»

Adair ignorò la sua domanda. «Come ne siete entrati in possesso?»

«Ci piacerebbe conoscere la provenienza di tutti gli oggetti presenti in questo museo, ma spesso non è possibile.» Sorrise incerta, insicura se proseguire la conversazione con lo sconosciuto visitatore. «Questo pezzo in particolare ci è stato donato da una collezionista che si è trasferita da Boston a Marblehead. Ricordo che la signora Hendrickx adorava collezionare oggetti alle aste. Non riusciva a sopportare che le cose antiche finissero nella spazzatura. Se vuole posso controllare i registri per vedere se disponiamo di ulteriori informazioni...» Inclinò la testa nell'altra direzione. «C'è una ragione in particolare per il suo interesse verso questo pezzo? Sta facendo delle ricerche, scrivendo un saggio?»

Mi appartiene. Quelle parole gli passarono per la mente, ma invece disse: «Sì, in effetti sono un collezionista di queste... curiosità. Sarei interessato ad acquistarlo, se lei fosse disposta a venderlo, s'intende. Come ha detto lei, probabilmente si tratta di una riproduzione, di dubbio valore storico. Per nulla degna di essere esposta in questa nobile istituzione».

Lei aggrottò le sopracciglia, mostrando concentrazione o forse reagendo a qualcosa di sbagliato che lui aveva detto. «Non dipende da me, dovrei chiedere al direttore del museo. Se lui accettasse la sua offerta, dovrebbe comunque sottoporla all'approvazione del consiglio di direzione del museo.»

«Capisco» rispose Adair, stringendo le mani e cercando di reprimere l'istinto di prendere semplicemente il libro e scappare, contento di aver trovato almeno uno dei suoi preziosi tesori. «E senta... Potrebbe controllare se per caso avete altri libri simili in magazzino? Forse altri esemplari provenienti dalla collezione della signora Hendrickx?»

«Abbiamo un catalogo completo della nostra collezione» disse la donna con una punta di impazienza, «ma temo che dovremo rimandare. In effetti sono venuta a dirle che tra poco il museo chiuderà.» Fece un gesto a indicare la stanza, per segnalare che lui era l'ultimo presente. «Se mi lascia il suo nome e un recapito, la chiamerò non appena avrò fatto qualche ricerca. Ma per ora, se non le dispiace...» Indicò la porta.

«Forse... Visto che non ci sono altri clienti e lei è qui da sola, le dispiacerebbe concedermi un momento ancora per controllare adesso i registri? Non passo spesso da queste parti. Apprezzerei molto la sua pazienza.»

Fu un errore. Sottolineare il fatto che lei era da sola con uno strano sconosciuto la mise in agitazione. La donna si lanciò un'occhiata alle spalle, forse pensando a come avrebbe potuto attivare un allarme o chiamare aiuto. Si allontanò di un passo da lui. «Mi spiace, ma in questo momento non posso proprio trattenermi... Ho un appuntamento da un'altra parte tra poco, e saranno preoccupati se non mi presento.» Stava mentendo, era un bluff. Adair lo capì dal suo tono nervoso.

La prese per un gomito – sorpreso per un istante dalla sua fragilità, dalle ossa sottili come stoppini – e per un pelo non la sollevò da terra. Quando lei cercò di sottrarsi alla sua presa, lui le strattonò il braccio con forza sufficiente da strapparle un piccolo grido di dolore. «Farai ciò che ti ordino.» Lei aprì la bocca per protestare ma le parole le morirono sulle labbra quando capì di essere in guai seri.

Prima consultò il computer nel suo ufficio, con Adair al suo fianco che controllava ogni lettera che digitava per verificare che non stesse chiedendo aiuto, poi sempre insieme scesero per una scala buia fino al seminterrato. Col respiro affannato, lei lo guidò tra file e file di alti scaffali carichi di scatole e di oggetti avvolti in teli di plastica o coperti da un drappo. Lei indicò un cartone rigido e grigio in cima a una mensola. «Lì dentro ci sono gli altri oggetti della collezione Hendrickx» disse, incrociando le braccia sul petto e ritraendosi da lui, allo stesso tempo indignata e spaventata.

Adair aprì il coperchio e frugò nello scatolone. Se quei ridicoli ammennicoli rappresentavano la passione di una vita, la signora Hendrickx doveva aver avuto una vita davvero miserevole. C'erano altri libri, privi di ogni valore, e alcuni altri oggetti il cui scopo gli era sconosciuto. Il seminterrato era illuminato troppo fiocamente, quindi si affidò al tatto per riconoscere quelle chincaglierie, fino a che le sue dita non incontrarono un oggetto fatto di legno ammuffito e legato da una corda di cuoio unto.

Estrasse il suo antico libretto. Lo rassicurò vedere i margini di diversi fogli spuntare dalla copertina di legno consunto. Disfece il nodo del laccio e sfogliò le pagine; non aveva la certezza che ci fosse ancora tutto, ma la maggior parte delle formule c'era, ed era già più di quanto aveva sperato di trovare.

Si infilò il libro sotto il braccio e si voltò verso la donna, che si era ritirata in fondo al corridoio, mettendo quanta più distanza possibile fra sé e Adair. «Questo è proprio ciò che cercavo. La ringrazio per il suo aiuto. Adesso, le devo chiedere di rimanere qui fino a che non sarò uscito. Aspetti almeno quindici minuti prima di salire. Se sento quella porta aprirsi prima che io sia andato via, non avrò altra scelta. Dovrò farle qualcosa di spiacevole. Preferirei non farle del male, mi creda, visto che lei è stata così gentile con me. Allora, siamo d'accordo?» Lei si limitò a guardarlo, spaventata e scettica, sconvolta dal modo in cui era stata ridotta all'impotenza. «Abbiamo un accordo sì o no?» insistette Adair, con un chiaro tono di minaccia stavolta, e gli bastò muovere un passo verso di lei perché giungesse in risposta uno stridulo «Sì!»

Era giunto quasi all'ingresso quando si ricordò del manoscritto veneziano. Si voltò e tornò nella parte posteriore del museo per prenderlo. Cercò invano di aprire la teca, ma sembrava impossibile, non c'erano serrature o lucchetti visibili, perciò sferrò un pugno al vetro con tutta la sua forza. Ma quello non si ruppe. Non era vetro. Invece, si ricoprì di una ragnatela di crepe sotto le sue nocche. Lui picchiò ancora e stavolta il plexiglass si incavò e si aprì, così poté afferrare il libro. Le schegge gli tagliarono il dorso della mano e perse sangue, ma solo per un attimo. Piccoli spruzzi che saettarono sulle pareti bianche. Con il volume stretto in mano, uscì dall'ingresso principale e andò diretto alla macchina, che lo attendeva come un destriero fidato.

5

Periferia di Londra

Luke comprese che c'era qualcosa che non andava ancor prima di aprire gli occhi. La connessione tra lui e Lanny era al massimo dell'intensità quando erano a letto: avevano dormito insieme ogni notte, negli ultimi tre mesi, e approfittavano di ogni occasione per dormire come scusa per accoccolarsi uno accanto all'altra. Si era abituato alla sensazione di averla attaccata a sé, al profumo dei riccioli biondi di Lanny raccolti sul suo petto, proprio sotto il naso.

Ma in quel momento sentiva le coperte attaccate alla spalla, come una tenda afflosciata, e le lenzuola erano gelide. Quando dormiva accanto a Lanny, i problemi parevano scomparire e lui riusciva a dimenticare tutto: il divorzio, la monotonia del suo lavoro, la fatica di trovare un acquirente per la casa dei suoi genitori, la nostalgia delle figlie, la polizia che, nel suo paese, ancora lo stava cercando. Vivere con Lanny era come essere immerso in un sonno torpido che annullava le responsabilità, le preoccupazioni, i brutti ricordi.

Luke si mise a sedere strofinandosi gli occhi. Passò la mano sulle lenzuola dalla parte di Lanny: erano gelide. Lanny si era alzata da ore. Si guardò attorno nella camera d'albergo e si accorse subito che una delle valigie era sparita. Ebbe un vuoto allo stomaco, come un ascensore in caduta libera. Balzò fuori dal letto, controllò l'armadio a muro e la cassettiera pur sapendo di non averne bisogno: era certo di non trovare alcuna traccia delle cose di Lanny. Luke picchiò un pugno sul tavolo, facendo sobbalzare gli oggetti che c'erano sopra: monete, il passaporto, il cellulare. Afferrò quest'ultimo e controllò: nessuna chiamata. Non aveva provato a contattarlo. Per puro orgoglio, si trattenne dal telefonarle subito, ma sentiva che l'orgoglio avrebbe ben presto ceduto il passo alla disperazione.

Solo in quel momento scorse il mucchietto di cose lasciate sulla scrivania. Banconote accartocciate, tutti i contanti che avevano. Un bancomat. D'istinto, guardò il letto e fu allora che vide la busta lasciata sul cuscino.

In piedi, lesse il biglietto più volte, una mano posata sul ventre.

Mi dispiace di averti ferito. Sono stata egoista quando ti ho chiesto di venir via con me... Hai delle figlie a cui pensare. Dovresti stare con loro... Sei stato gentile con me, più di quanto avessi diritto di aspettarmi. Spero che un giorno tu possa perdonarmi.

Luke si sentì assalire dalla rabbia. La lettera gli fece subito ricordare la storia che Lanny gli aveva raccontato, di quando Jonathan l'aveva abbandonata in un albergo a Fez: dopo tanti anni insieme, lui era scappato nel cuore della notte come un codardo, lasciandole un biglietto. Luke ricordava l'emozione con cui Lanny raccontava quel fatto di un secolo prima e come ancora adesso la tormentasse. Eppure ora aveva fatto lo stesso a lui, lasciandosi dietro solo macerie, le macerie della vita di Luke. Come aveva potuto fargli questo? E lui come aveva potuto essere così ingenuo da credere che non sarebbe successo?

O forse quella separazione così drammatica era una prova; forse si aspettava che lui la inseguisse, la trovasse e le dicesse che la amava e non poteva vivere senza di lei. Forse lei aveva bisogno di rassicurazioni ed era così che cercava di ottenerle, con un gesto teatrale e drammatico. Ma lui detestava l'idea di essere costretto a recitare la parte del povero idiota con il latte alle ginocchia in quella specie di messinscena. E poi aveva ogni diritto di essere furioso: lei lo aveva lasciato dopo tutti i rischi che lui aveva corso per aiutarla a scappare, dopo che lui aveva abbandonato tutto e tutti, la sua carriera, la casa in cui era cresciuto, perfino la possibilità di vedere le figlie.

La sua ex moglie, Tricia, aveva perso il senno quando aveva scoperto di Lanny e delle circostanze in cui lui era scappato con lei. Dopo averlo accusato di soffrire della più prevedibile delle crisi di mezz'età per essersi innamorato di una donna così giovane e dopo avergli chiesto se non fosse per caso impazzito a commettere qualcosa di così irresponsabile e pericoloso, gli aveva detto che non era certo un esempio per le loro figlie e che non voleva che «quella donna» si avvicinasse mai a loro. Luke aveva cercato di convincerla pian piano, chiamando ogni settimana per mostrare quanto fosse un padre paziente e devoto – e di certo non pazzo, soltanto finalmente in grado di sentirsi vivo per la prima volta dopo un tempo lunghissimo, e come poteva lei odiarlo per questo?

Solo che in quel momento era davvero pazzo, assalito da un senso di vertigine, di nausea... E perché? Perché una donna che conosceva soltanto da tre mesi l'aveva lasciato. Si sentiva come se Lanny l'avesse sventrato estraendogli gli organi vitali. Com'era stato stupido a fidarsi di lei.

Luke fece la valigia e si vestì, poi si precipitò alla reception, dove trovò lo stesso impiegato della sera precedente. Picchiettò sul bancone per attirarne l'attenzione. «La donna che era con me, ha visto a che ora se n'è andata stanotte?»

«Andata, signore?» Dalla sua espressione Luke capì che non sapeva di che cosa stesse parlando.

«Non importa» borbottò Luke. «Mi dica quanto le devo, me ne devo andare.»

Una volta uscito, Luke fermò un taxi. Poteva solo dirigersi all'aeroporto, anche se non aveva idea di dove sarebbe andato. Di certo non sarebbe tornato a St. Andrew: Joe Duchesne, lo sceriffo, lo stava aspettando per interrogarlo e forse addirittura per arrestarlo. Aveva dei parenti a sud di St. Andrew, ma probabilmente avevano sentito cos'era successo, perché era sparito. Sapevano che la legge era alle sue costole, e in tutta coscienza lui non se la sentiva di chieder loro di dare rifugio a un latitante. Luke accarezzò la targhetta del bagaglio, ancora nuova, chiedendosi com'era successo che la sua vita era diventata così miserevole? Quando era diventato così solo da non aver più nemmeno un amico da chiamare?

Lo irritava che l'unica cosa logica da fare fosse andare da Tricia, proprio come aveva suggerito Lanny... Come se – previdente com'era – lei fosse sempre due passi avanti. Eppure, non aveva altra scelta. Con il cuore a pezzi, aveva bisogno di vedere le sue figlie, aveva bisogno del loro amore incondizionato come di una trasfusione. Tricia, che era una donna concreta, gli avrebbe offerto un nascondiglio e si sarebbe presa cura di lui finché non fosse riuscito a rimettere in ordine le idee. Aveva bisogno della sua famiglia.

E chissà, forse quello era il modo in cui Lanny aveva voluto indicargli dove aspettarla, come un segno su una mappa. Non gli aveva promesso che sarebbe tornata a cercarlo, ma se l'avesse fatto si aspettava che lui fosse a Marquette con le sue figlie. Sembrava che volesse loro bene, pur non avendole mai viste: non era sempre lei a tirar fuori l'argomento, a chiedergli se le aveva sentite, a scovare il regalo perfetto da mandare per dimostrare che Luke pensava sempre a loro? Era come se quella fosse stata la sua unica possibilità di essere una madre, di provare un senso di vita domestica che le era impossibile avere in concreto, e in fondo era quella la fantasia segreta di Luke: che un giorno lui e Lanny si sarebbero sistemati in una casa non lontano dalle bambine. Che Lanny sarebbe entrata a far parte delle loro vite. Che lui e Lanny avrebbero vissuto tranquilli e beati a Marquette quando lo desideravano, per poi partire per terre lontane quando quella vita diventava troppo stretta. Era ciò che lui voleva, e aveva creduto che fosse anche ciò che voleva Lanny. Ma ora aveva la prova che non era così.

No. Doveva smetterla di fantasticare sulla vita che avrebbe potuto avere e concentrarsi su ciò che lo attendeva ora. Si sentiva già un fallito, costretto a tornare a casa con la coda tra le gambe, a far rientro da mamma e papà finché non riusciva a rimettere insieme i pezzi della sua vita, con l'aggravante che non sarebbe nemmeno tornato nella casa dei suoi genitori, ma in quella dei genitori dell'ex moglie. Per fortuna, Richard era un uomo gentile e tranquillo, il che rendeva ancor più umiliante la sua situazione.

Ironicamente, non era passato tanto tempo da quando Tricia l'aveva lasciato, e lui aveva sofferto tantissimo, come se lo avessero preso a calci all'inguine. Quella faccenda l'aveva ridotto a pezzi, tanto che per un certo periodo si era addirittura rifugiato nell'alcol. C'erano state delle notti all'ospedale in cui aveva covato l'idea di aprire l'armadietto dei medicinali del pronto soccorso e far scattare il lucchetto della scatola che custodiva i sedativi e gli antidolorifici. Una via di fuga. Un modo per liberare il suo sistema nervoso da ogni residuo della paura di essere ferito ancora una volta nello stesso modo.

Ma Lanny era speciale, unica, irripetibile. Non soltanto aveva risvegliato lui, facendolo sentire più forte, più necessario di quanto si fosse mai sentito con Tricia. Aveva anche risvegliato la sua mente, conducendolo a una nuova consapevolezza dell'esistenza. Lanny stessa era una sfida alla scienza. Ogni volta che Luke sfiorava la sua pelle perfetta, era come trovarsi al cospetto di tutto ciò che era inconoscibile.

Luke desiderava con tutto se stesso Lanny, non soltanto come compagna, come partner, ma anche come fonte di conoscenza. Lanny era un portale che conduceva a un mondo invisibile, in grado di mutare il modo in cui pensiamo alle nostre vite, di cambiare per sempre il modo di viverle, di rivoluzionare ciò in cui crediamo. Un mondo senza preoccupazioni, né dolore, né paura. Lanny lo intossicava di emozioni e di ottimismo.

Ma Lanny non c'era più. Senza di lei, i segreti dell'universo erano irrimediabilmente al di fuori della sua portata. E non c'era modo in cui Luke potesse riuscire a mitigare il dolore di quella perdita. Nessun modo.

6

«Vuoi dire che non c'erano guardie al museo?» chiese Jude quando Adair, al suo ritorno, gli raccontò della sua rapina. «Neanche una guardia? Non è partito nemmeno un allarme quando hai rotto la teca?»

Adair scosse il capo. I tagli sulla sua mano erano guariti durante il viaggio di ritorno.

«E telecamere? Potrebbero averti filmato» proseguì Jude, preoccupato. «Non hai notato se c'erano telecamere di sicurezza?»

«E come farei a riconoscerle?» sbottò Adair.

«Potrebbero avere una tua fotografia, ora» lo avvertì Jude. «Dovremo controllare le notizie, verificare su Internet, vedere se riportano da qualche parte il fatto. Dobbiamo sapere se la polizia ti sta cercando. Non credi che ci fosse una telecamera nel parcheggio, vero? C'è qualche possibilità che abbiano la mia targa?»

Adair lasciò Jude a preoccuparsi di quei dettagli insignificanti e tornò nella sua camera con i libri. Meglio consultarli in privato, pensò, nel caso Jude si fosse fatto qualche strana idea su di loro. Adair iniziò dal tomo più antico e, con mani tremanti, pregustando la sensazione che lo attendeva, sfogliò le fragili pagine. Le antiche lingue ungheresi e rumene gli tornarono a poco a poco alla mente mentre studiava le formule e gli incantesimi, ricordando quelli che aveva impiegato e in quali occasioni. Gli incantesimi riportati su quelle pagine erano in grado di conferire enormi poteri, inclusa l'immortalità. Li aveva copiati dall'originale in russo dopo averli sottratti allo sprovveduto apprendista di un Adepto a San Pietroburgo... E poi c'era il gioiello della corona dei poteri che aveva accumulato nel tempo, una capacità davvero unica: quella di scambiarsi anima e corpo con un'altra persona.

Ora che Adair era rientrato in possesso della sua raccolta di formule, si sentiva investito di un'energia possente e finalmente aveva l'animo in pace, adesso che la fonte del suo potere gli era di nuovo accanto. Era un passo importante se voleva tornare a essere quello che era un tempo e riuscire a rendersi indipendente da Jude.

Poi Adair sfogliò il manoscritto veneziano con nostalgia, come se stesse sfogliando un vecchio album di fotografie. Proprio come un libro di ricette, quel volume conteneva tanto le formule preferite quanto quelle inutili (un cataplasma per indurre euforia? Perché perdere tempo con un intruglio complesso quando uno poteva tranquillamente rallegrarsi con del buon vino?). Bastò un'occhiata a quelle pagine – scritte con calligrafia minuziosa, probabilmente copiate da un libro mastro, in segreto, da qualche monaco – per essere trasportato alla propria gioventù. Era entrato in possesso di quel libro quando era appena agli inizi dei suoi studi alchemici, ancora un ragazzino ma benedetto da un'insaziabile curiosità intellettuale, anche se altrettanto maledetto da una sconfinata arroganza.

Aveva appena lasciato la proprietà dei suoi genitori per studiare medicina a Venezia e diventare un dottore, poiché la medicina gli avrebbe fornito una valida copertura per il suo interesse nell'alchimia e nelle attività connesse: l'acquisto di materiali, la ricerca di oscuri testi e di altri uomini di scienza. Adair sentiva che la sua vocazione non era affatto quella di trascorrere la vita a prendersi cura dei lamenti, dei malesseri e dei dolori di altri nobili: era soltanto una scusa conveniente. No, aveva invece deciso di dedicare la sua vita alla ricerca della conoscenza, la vocazione più santa e nobile che potesse esistere, a suo parere, in un'epoca in cui la conoscenza era potere. Non per niente l'avevano poi definita «età buia». Fu quella sua brama di conoscenza – o meglio, di potere – a consumarlo, a portarlo a scoprire le forze all'opera oltre il mondo fisico e ad alimentare i suoi sforzi di imbrigliarne il potere.

Venezia, 1261

Non ne verrà fuori niente di buono. All'epoca così dicevano quando un giovane subiva il fascino della magia. E infatti, per la maggior parte di quei giovani catturati nella rete della magia, non ne veniva fuori niente di buono: molti venivano imprigionati nelle segrete o arsi su una pira di fuoco. Ma fu l'alto lignaggio della famiglia di Adair a salvarlo. Fu invece il suo tutore, il malefico vecchio prussiano, Henrik, quello che aveva introdotto Adair alle arti oscure, a pagarne il prezzo. Adair all'epoca era troppo giovane per riuscire a fare qualcosa che potesse salvare il vecchio quando gli inquisitori vennero a prenderlo e a portarlo via, e i suoi genitori gli chiarirono che era stato soltanto grazie a complesse manovre che erano riusciti a impedire che quello scandalo gli rovinasse la vita.

Quando Henrik fu portato via, Adair andò veramente a Venezia per studiare medicina. Date le sue particolari inclinazioni e l'influsso malefico del presunto eretico, Henrik – magia nera, alchimia o stregoneria, come si volesse definirla – il giovane Adair promise di dedicare la propria vita alla medicina piuttosto che alla guerra o alla diplomazia o alla politica. Ci avevano già pensato i suoi cugini a ricoprire quei ruoli per conto della famiglia, no? L'arte della stregoneria – la mescolanza di magia e alchimia, di naturale e soprannaturale – sarebbe stata il suo futuro.

Naturalmente, all'epoca il suo nome non era Adair. Aveva quasi scordato il proprio vero nome, quello che gli era stato dato alla nascita, il nome quasi impronunciabile e il cognome nobile e illustre. Aveva vissuto nel corpo di quel contadino tanto a lungo che il suo vero nome ormai gli sfuggiva, era come cercare di trattenere il fumo stringendolo in pugno. E quando finalmente gli tornò in mente, lo scrisse, perché un nome segreto era un potente talismano. Stando alle regole della magia, se qualcuno avesse scoperto il suo nome segreto, avrebbe potuto servirsene per ridurlo in suo potere, per comandarlo come una marionetta.

Quando scoprirono i suoi interessi, i suoi genitori tentarono di dissuaderlo, di distoglierlo dalla magia, ma niente poteva trattenerlo, non dopo che era stato testimone del suo primo prodigio – quello che, agli occhi di Adair, parve la prova definitiva dell'esistenza di qualcosa che andava ben oltre ciò che poteva vedere con i propri occhi. Il vecchio Henrik aveva impiegato un certo numero di trucchi ben consumati per impressionare i suoi giovani assistenti, i ragazzi speciali che a suo parere possedevano l'inclinazione o «il dono» o entrambi, com'era il caso di Adair. Quei trucchi erano manipolazioni di bassa lega: per esempio, mescolare una quantità di materiale solido e malleabile con una goccia di un certo liquido, impastarli e d'un tratto il materiale diventava duro e resistente come un pezzo di ferro. *Volete toccare, volete controllare voi stessi?* aveva proposto Henrik ai suoi spettatori stupefatti, con una smorfia di superiorità. Ai creduloni, quei semplici trucchi apparivano come magia. *Toccate, se ne avete il coraggio.*

Fu solo qualche anno dopo, quando lui e Henrik avevano ormai svolto molti esperimenti insieme nello studio del vecchio, che Henrik mostrò a Adair l'unico vero incantesimo che era in grado di fare. Henrik resuscitò un uccellino, anche se il modo in cui ci era riuscito era un mistero tanto per Adair quanto per Henrik stesso. Non c'era alcun dubbio sul fatto che l'uccellino fosse morto: Adair aveva tenuto in mano il suo corpo esanime, leggero e delicato come un soffione, un mucchietto di ossicini esili in un magro involto di carne e piume. No, era certo, Henrik era davvero riuscito a riportare indietro quell'uccellino dal regno dei morti. Ma per i pochi giorni che sopravvisse ancora, non fu normale. Gli occhi vitrei e quasi spenti, nemmeno un cinguettio né un verso.

Adair sostenne che dovevano mettere alla prova quell'incantesimo su un essere umano, perché, una volta resuscitato, sarebbe stato in grado di dir loro cosa c'era dall'altra parte, inferno o paradiso, ma Henrik si rifiutò. Quella era eresia e possibilmente anche stregoneria, e sebbene l'idea continuasse ad affascinarlo, Adair era d'accordo.

L'unica cosa che Adair non era riuscito mai a comprendere, nonostante gli anni di studio, era da dove provenissero quei poteri che mutavano la materia da liquida a solida, o che avevano resuscitato l'uccellino. Provenivano dai materiali stessi? Da Dio? O forse erano la prova della presenza del maligno? Dopo tutti quegli anni, Adair non aveva ancora una risposta, ma iniziava a credere che si trattasse di energia pura, di una rara e remota forma di energia che esisteva nell'etere. Un'energia che una persona poteva generare da se stessa, con concentrazione e determinazione, purché poi sapesse dominarla.

Passò molti anni a raccogliere formule e a perfezionare gli incantesimi prima di ottenere il potere supremo, il sacro Graal dell'alchimia: l'immortalità. Ripercorrendo il suo passato, Adair comprese che ogni esperienza fatta, tutto ciò che aveva imparato in passato, l'aveva preparato ad acquisire quell'abilità. A quell'epoca era un praticante delle arti oscure da decenni ormai. Il suo titolo nobiliare e le proprietà della sua casata lo attendevano: un terreno in un'area che aveva cambiato padroni, dall'Ungheria alla Romania. Il ducato era suo ormai, poiché tutti i suoi fratelli erano morti, uccisi in battaglia o mietuti da malattie. Ma lui preferì intraprendere la carriera di medico reale, viaggiando di corte in corte per mascherare le sue vere intenzioni: rintracciare i più importanti alchimisti e assorbire le loro capacità, imparare i loro incantesimi principali.

Gli era giunta voce della presenza di un Adepto a San Pietroburgo, quella città gloriosa e dannata, un alchimista con poteri inimmaginabili, molto più potente di lui. A quei tempi era molto anziano, ormai, e quasi cieco. E l'elisir di lunga vita di cui aveva tanto sentito parlare, ancor prima di partire per Venezia, gli era sempre sfuggito. Era una chimera che tormentava ogni suo giorno in terra.

Quando era ancora giovane, Adair si era convinto di volerlo soltanto per interesse professionale. Gli sembrava vile inseguire l'immortalità. Soltanto un codardo sarebbe stato incapace di affrontare la fine della sua vita. Ma a mano a mano che gli anni passavano e le sue infermità aumentavano, sentiva la disperazione intridergli le ossa come sabbia trascinata dalle maree. Perse la vista da un occhio e quasi totalmente dall'altro. Le articolazioni erano così rigide, ormai, che qualsiasi posizione lo tormentava, seduto, in cammino o anche quando giaceva a letto. E le sue mani erano divenute così nodose e insensibili che non riusciva più a tenere una penna o a portare un vaso dalla scrivania al tavolo da lavoro. Eppure, non si era stancato di vivere. Aveva bisogno di altro tempo. C'erano ancora troppi misteri che continuavano a sfuggirgli.

Fu così che si ritrovò a trascinarsi lungo un vicolo in cerca di un certo uomo, con la neve sporca che gli arrivava oltre le caviglie e gli inzuppava di acqua gelida gli stivali. Imprecò e si costrinse a proseguire, in cerca dell'indirizzo giusto, ma una volta che lo trovò fu sicuro di essere nel posto sbagliato. Come poteva essere quello il luogo dell'appuntamento? si disse, sprezzante. Era un quartiere povero, un ghetto. Qualsiasi alchimista dotato della capacità di garantirsi la vita eterna sarebbe stato un Adepto a tutti gli effetti e con ogni probabilità avrebbe approfittato dei propri talenti per arricchirsi, o quanto meno per mantenersi in un discreto agio.

Colmo di sospetti, finalmente trovò l'androne giusto. Una volta entrato, vide che quel posto era ancor peggio che modesto: era l'equivalente di una tana di topi, squallido e soffocante, con un giaciglio stretto, un piccolo tavolino rotondo e una candela accesa sulla mensola del camino. La stanza era disordinata, lo sporco era accumulato negli angoli, e la fuliggine aveva annerito tutto il muro sopra il camino.

Anche l'alchimista era sospetto – e forse pure impazzito, a giudicare dal modo in cui continuava a borbottare sottovoce e dagli occhi che saettavano frenetici da una parte all'altra, fermandosi su Adair soltanto quando l'uomo pensò che non lo stesse guardando. Era basso e tozzo e indossava una tunica nera e pesante che arrivava al pavimento. La barba era folta e sporca come il vello di una pecora, e i capelli erano sommariamente legati sulla nuca. Sembrava un uomo in fuga da una setta, un derviscio in latitanza.

Era stato un intermediario a organizzare l'incontro per conto di Adair. Ma ora che si trovavano faccia a faccia, Adair capì che non poteva comunicare con l'altro alchimista, poiché non parlava il russo, la lingua che supponeva quel piccolo vecchio pazzo stesse usando per borbottare. Adair cercò di spiegare le proprie intenzioni a gesti ma, alla fine, dovette posare con forza sul tavolo un sacchetto colmo di monete d'oro. Incrociò le braccia sul petto, indicando che le negoziazioni erano concluse.

L'alchimista sbirciò dentro il sacco, ci infilò una mano per saggiarne il contenuto, grugnì e borbottò, ma alla fine si avvicinò a un armadio, lo aprì con una chiave che portava al collo e prese un piccolo orcio di terracotta. Lo appoggiò sul tavolo davanti a Adair con gesto solenne, come se gli stesse porgendo la sacra comunione.

Adair guardò nell'imboccatura larga del vaso con un'espressione molto scettica. Prima di tutto, era diverso da qualsiasi altro elisir avesse visto in precedenza; ogni alchimista di un certo livello aveva una pozione di vita nel suo repertorio, ma questa non assomigliava a nessuna di quelle che aveva incontrato nel corso degli anni. D'altronde, gli elisir degli altri alchimisti non potevano far altro che allungare la vita di qualche anno, perciò Adair pensò che forse erano *loro* che si sbagliavano.

Adair sbuffò. «Questo cosa sarebbe? Non ho intenzione di comprare la *pozione*, stupido. Voglio la formula, voglio la conoscenza. Mi capisci?»

L'alchimista rimase immobile come un masso squadrato, a braccia conserte, e fu chiaro che aveva intenzione di offrire solo l'elisir già preparato.

Alla fine, la furia di Adair si spense e afferrò il vaso portandoselo alle labbra, poi si fermò, osservando l'Adepto negli occhi. L'alchimista annuì, ricambiando lo sguardo, con un'espressione di attesa sul volto, incitandolo a proseguire. Adair ingollò il liquido viscoso e chiazzato di grumi in un solo, lungo sorso, e sentì subito la bocca bruciare, come infiammata dal pepe più potente. Un fiotto di bile gli salì in gola, gli occhi gli si inumidirono e la vista si schiarì per poi appannarsi di nuovo.

Adair cadde a terra sulle proprie fragili ossa, si piegò in due e iniziò a vomitare con violenza. Ricordava ancora l'agonia della trasformazione, e in seguito avrebbe visto lo stesso tormento sul volto di ogni persona che aveva trasformato. Ma in quel momento fu certo di essere stato avvelenato. Sporgendosi un'ultima volta verso il suo assassino, cercò di afferrare l'alchimista, cui bastò fare un passo indietro per evitare la presa di Adair, e cadde a faccia in giù sul pavimento.

Adair si risvegliò nel piccolo letto dell'alchimista, con gli occhi puntati sul basso soffitto, scuro come nubi tempestose. Eppure... Nonostante si trovasse in una strana stanza e in circostanze aliene, si sentiva caldo e al sicuro in quel giaciglio, come un bambino in una culla.

Soltanto quando i sensi gli ritornarono completamente notò l'alchimista seduto ai piedi del letto, la schiena dritta, le mani sulle ginocchia. Per un istante pensò che quel vecchio deforme stesse dormendo a occhi aperti, tanto era immobile. Ma un attimo dopo l'uomo si chinò su di lui, studiandolo attentamente.

Adair cercò di alzare il capo, ma la stanza si mise a girargli attorno violentemente, perciò lo riappoggiò sul cuscino. «Da quanto sono qui?»

L'alchimista rimase fermo come un cacciatore nella foresta, non parve nemmeno aver udito Adair, tanto appariva concentrata la sua espressione: sopracciglia incurvate, occhi socchiusi a mostrare pupille nere e affilate in chiazze blu ghiaccio. «Un giorno, non di più» rispose d'un tratto, riscuotendosi dall'impenetrabile aria meditabonda per assumere un'espressione calma e rilassata, che Adair ritenne voluta.

Stranamente, le parole dell'alchimista gli furono comprensibili, per la prima volta avevano un senso. «Ah» disse, pensando di aver scoperto l'inganno dell'altro. «Allora lo parli il rumeno.»

L'alchimista sorrise divertito. «No, sto parlando russo. È l'unica lingua che conosco. Sei tu che stai parlando russo, ora.»

Adair si strofinò gli occhi e guardò sbigottito l'alchimista. «Ma io non parlo russo, credo proprio che tu sia in errore» ribatté, ma l'altro non offrì alcuna spiegazione per quell'apparente prodigio e si limitò a guardarlo con diffidenza.

Adair si portò una mano alla fronte imperlata di sudore e si chiese se ingerendo quella pozione non avesse provocato dei danni alla sua mente. Si sentiva annebbiato, come in preda ai fumi dell'oppio. Indifferente all'evidente sconvolgimento e confusione di Adair, l'alchimista avvicinò la sedia al letto e proseguì. «Ascoltami. Visto che, a quanto pare, ora parliamo la stessa lingua, voglio spiegarti le mie azioni. Ho accettato di concludere questo affare con te perché mi fido dell'uomo che ti ha condotto qui. Lui sostiene che tu sei un praticante di chiara fama, e se è così, devo supporre che tu sia anche un uomo di una certa integrità. Ma sappi questo: se non fosse per la gravità della situazione in cui mi trovo, non avrei mai accettato di vendere l'elisir per denaro, nemmeno a un collega praticante.

«Non sono l'Adepto che ha creato questo elisir, capisci, sono soltanto il suo apprendista. L'Adepto di cui parlo è un uomo molto saggio, saggio quanto basta da svelare i misteri del mondo, ma anche da rispettare i limiti della conoscenza terrena. Il mio maestro è partito in pellegrinaggio e mi ha lasciato a prendermi cura delle sue proprietà e delle sue formule. Se non avessi avuto bisogno di soldi per non morir di fame e per comprare della legna da ardere per non congelare, non avrei mai condiviso l'elisir del mio maestro con nessun altro. Devi comprendere la tremenda responsabilità che si accompagna al nostro lavoro, e confido che tu sappia usare con saggezza il potere che ora hai acquisito.»

Spostò lo sgabello ancora più vicino al letto per fissare Adair negli occhi, poi continuò. «Ci sono delle cose che devi sapere, ora che hai bevuto l'elisir di lunga vita. Primo: non si può tornare indietro. Non ci sono antidoti. Non ci sono cure. Hai voluto la vita eterna, non so per quale ragione... Be', ora è tua. Che il Signore ti guidi affinché tu possa usare il tuo dono per alleviare il carico degli altri esseri umani, per il bene e per la gloria di Dio. Perché qualsiasi altra strada tu decida di percorrere ti porterebbe soltanto angoscia e miseria.»

«E come fai tu a sapere che è un dono di Dio?» lo interruppe Adair, in un tono che colse l'alchimista alla sprovvista. Alzò lo sguardo e vide che Adair lo stava guardando con un'espressione fiera e spietata. Quasi disumana. Non c'era alcuna anima dietro quegli occhi.

L'alchimista rispose: «Sarebbe impossibile prolungare la nostra vita senza l'aiuto di Dio, perché soltanto Dio è il creatore della vita e anche l'unico in grado di toglierla davvero. Non possiamo fare nulla senza l'aiuto o l'approvazione di Dio. Non credi in questo, tu? Non sei un timorato di Dio? Non ritenevo possibile che qualcuno potesse avere un lume dell'intelletto tanto vivo da diventare un Adepto eppure non credere in Dio».

Mettendosi a sedere sul letto, Adair prese coscienza della straordinarietà della sua nuova condizione, un dettaglio alla volta. La vista era ritornata all'occhio cieco mentre l'altro, che un tempo era appannato, ora ci vedeva benissimo. Le sue mani contorte ora erano piene di forza e agilità e le gambe erano pervase da un'energia che non sentiva da tempo, avrebbe potuto saltar fuori dal letto e attraversare la piazza di corsa con la foga del cavallo più robusto.

La stanza aveva cessato di vorticargli attorno e Adair si sentiva pronto a iniziare la sua nuova vita. Per la prima volta dopo decenni, si mise in piedi senza provare alcun dolore. «Dunque è tutto qui il tuo consiglio? 'Vai e fai il bene nel nome di Dio'?»

L'alchimista lo squadrò tetro e, ignorando il suo tono beffardo, proseguì: «C'è una condizione di cui devi essere consapevole: da oggi sei immune a tutto, tranne a una cosa. Chi ha elaborato questa pozione ha ritenuto saggio includere una sorta di precauzione, ma non chiedermene i motivi perché io sono solo l'umile custode dell'elisir. Come ti ho detto, ora sei immortale, in qualsiasi circostanza tranne una: la tua vita può essere interrotta soltanto per mano e per volontà di colui che ti ha conferito l'immortalità».

Adair rimuginò quelle parole contorte nella sua mente. «Colui che mi ha conferito l'immortalità, hai detto?» ripeté. «E dunque di chi si tratterebbe, di preciso? In questo caso si tratta di te, visto che sei stato tu a darmi da bere l'elisir? O forse si tratta del tuo maestro, colui che ha creato la pozione?»

«Giacché sono stato io a darti la pozione, è per mano mia che tu ora sei immortale.» Si portò una mano sul petto e fece un lieve inchino. «Ed è soltanto per un colpo della mia mano che puoi sentire dolore, ed è per un fendente della mia spada che puoi morire.»

Che idiota, pensò Adair, a rivelarmi questo. Finché l'alchimista era vivo, Adair tecnicamente non era immune alla morte. Non si sarebbe mai sentito davvero immortale, davvero al sicuro.

Adair afferrò il mantello e il bastone dallo sgabello accanto al camino, prendendo tempo mentre si guardava attorno nella stanza, come se stesse riflettendo sulla sua prossima mossa. «Perciò mi hai mentito. Non mi hai dato ciò che mi avevi promesso. Ho pagato per ottenere l'immortalità, erano questi i nostri accordi. Invece... Invece, tu puoi distruggermi in qualsiasi momento.»

L'alchimista ritirò le mani dentro le maniche per scaldarle e scosse il capo. «Ti ho dato la mia parola. Ti ho garantito l'eternità, così che tu possa inseguire qualsiasi scopo ti abbia spinto a perseguirla. Io sono un uomo di scienza e un timorato di Dio, così come te. E tu sei la prova vivente della grandezza del lavoro del mio maestro. Non ho alcun desiderio di distruggerti, non finché rispetterai i termini del nostro accordo e non userai il tuo dono per arrecare danno ad altri.»

Adair fece un cenno d'assenso. «Dimmi, quest'elisir... Tu di certo l'hai provato su te stesso, vero?»

Il vecchio si scostò da Adair, come se lo ritenesse contagioso. «No, io non ho alcun desiderio di vivere per sempre. Confido in Dio, poiché lui sa per certo qual è il momento migliore per richiamare questo suo fido servitore alla sua casa. È a Dio che affido la mia vita.»

Che coppia di idioti, il maestro e l'allievo, pensò Adair. Aveva già conosciuto persone come loro, terrorizzate dai poteri che loro stesse avevano scoperto e che ora avevano a disposizione. Persone che si ritraevano impaurite proprio quando erano alle soglie di una grandiosa scoperta, pur di non fare un passo nel regno dell'ignoto. Persone che utilizzavano la religione come uno scudo e una stampella. Era una cosa ridicola, per lui: Dio non avrebbe rivelato tali poteri all'uomo se non avesse voluto che l'uomo ne facesse uso. Invece, gli uomini si nascondevano dietro la religione per non mostrare quanto erano spaventati e inetti. Erano vascelli troppo leggeri perché le loro vele si gonfiassero di un tale poderoso vento.

«Perciò è tutto qui quello che ti ha detto il tuo maestro circa la controprova? Mi sembra una condizione troppo gravosa per il nostro accordo il fatto che tu, di tuo arbitrio e per ragioni sconosciute, possa togliermi la vita quando vuoi» commentò Adair, provocando ulteriormente l'alchimista.

L'uomo strinse le labbra grinzose e alzò lo sguardo verso il soffitto, facendo appello alle ultime riserve di pazienza. «Come ti ho già detto, il mio maestro non mi ha spiegato per quale motivo abbia inserito nella formula dell'elisir la possibilità di annullare l'immortalità. Parrebbe proprio essere contrario alla natura stessa dell'incantesimo. Ma, conoscendo il mio maestro, credo che abbia agito per pura compassione.»

«Compassione? E perché mai un uomo che non può morire, forse l'uomo più potente sulla faccia della terra, dovrebbe aver bisogno della compassione di qualcuno?» ritorse Adair.

«Sì, compassione. Per il giorno in cui l'uomo in questione capirà che l'immortalità è una condanna e implorerà che gli venga levato il calice poiché sarà troppo pieno.»

Adair grugnì. Ora aveva la certezza che quell'uomo e il suo maestro fossero dei poveri illusi.

L'alchimista chiuse gli occhi. «Credo che anche tu capisca, ora, che il mio maestro è un uomo saggio e compassionevole. Che Dio mi permetta di vivere quanto basta per rivederlo! È l'unica cosa che desidero» disse, facendosi il segno della croce.

«Mi dispiace, credo che il tuo Dio ti abbia voltato le spalle, oggi» disse Adair, producendosi in un largo sorriso che ingannasse l'accolito, inducendolo a rimanere calmo. Si avvicinò all'alchimista estraendo dalla cintola, in un solo rapido movimento, una corda di cuoio intrecciata, sottile ma molto resistente. Prima ancora che il vecchio potesse dire una parola, o infilare un dito tra il collo e la corda, Adair l'aveva già strangolato.

Scavalcò il corpo e iniziò a ispezionare la stanza in cerca delle formule dell'alchimista. Era sicuro che fossero lì da qualche parte: il vecchio le teneva sempre a portata di mano, sarebbe stato troppo rischioso agire altrimenti. E infatti alla fine le trovò: c'erano delle pergamene sciolte arrotolate e infilate dentro una sacca di cuoio con un rosario di lapislazzuli. Gettò a terra il rosario accanto al corpo del vecchio e scomparve nella notte gelida, con le pergamene delle formule infilate in una tasca, accanto al cuore.

Boston, oggi

Solo nella sua camera da letto, Adair sfiorò le pagine di ogni libro e rilesse parole che un tempo conosceva quasi a memoria ma che ormai aveva dimenticato. Ripensò al lavoro di una vita intera: a come aveva rintracciato le opere di tutti quegli Adepti, aveva accumulato un'invidiabile collezione di ingredienti rari e aveva sperimentato la pratica alchemica fino a padroneggiarla. Nel tempo, con pazienza e pura forza di volontà, aveva superato le conoscenze di qualsiasi Adepto avesse mai conosciuto ed era diventato l'uomo più potente che avesse mai calcato la terra, capace di imprese che nessun altro aveva mai compiuto.

Adesso, di nuovo in possesso di quegli incantesimi, sarebbe tornato a essere quell'uomo. Avrebbe riottenuto quel potere e ricostruito il suo regno – perché era così che lo giudicava, un regno, simile al ducato di suo padre, con castelli, ricchezze e una schiera di cortigiani, consiglieri e giullari – e avrebbe ripreso le sue conquiste. A cominciare da Lanore McIlvrae.

Quella donna aveva dimostrato di essere una valente avversaria, l'unica donna – l'unica persona – che fosse mai riuscita ad aver la meglio su di lui. Lanore gli aveva rubato una parte di cuore, l'aveva sepolto vivo, e per come la vedeva Adair, lui non aveva altra scelta che tornare a essere il suo padrone e dominatore. Era l'unico modo di ottenere la pace, e doveva dar pace al suo cuore e alla sua mente.

7

Casablanca

Quando uscii dalla camera d'albergo, ancora non credevo di aver davvero lasciato Luke. Continuai a pensare che mi sarei voltata e sarei tornata indietro. Lo pensai mentre aspettavo l'ascensore e ancora mentre passavo davanti alla reception.

Ma non mi fermai e, ancor prima di rendermene conto, mi ritrovai a bordo di un taxi, diretta all'aeroporto con le lacrime agli occhi. Ero paralizzata dal panico, consapevole di aver commesso un atto irreparabile. Mi era già capitato, in passato, di compiere scelte altrettanto dolorose ma necessarie: avevo già spezzato il cuore a un uomo per impedirgli di sprecare la sua breve ma preziosa vita; mi ero fatta da parte così che qualcuno a cui tenevo potesse andare avanti con la sua esistenza, trovare una persona con cui costruire una famiglia, un futuro. Perciò conoscevo bene la sofferenza che stavo provando ed ero pronta a sopportarla in nome della felicità di Luke.

Una volta lasciato quell'albergo a Londra, c'era soltanto un posto al mondo in cui potessi andare. Soltanto qualcuno che fosse al corrente della mia condizione e che sapesse che cosa voleva dire essere alla mercé di Adair sarebbe stato in grado di aiutarmi, il che voleva dire che dovevo rivolgermi a un'altra delle creature di Adair. Ne conoscevo soltanto una, Savva Egorovič Kononov, il mio più vecchio amico ora che Jonathan non c'era più. Mi aveva già salvato una volta, non mi restava che sperare che mi salvasse anche adesso.

Non vedevo Savva da moltissimi anni. L'ultima cosa che sapevo di lui era che viveva in Marocco. Forse proprio perché era nato nella neve e nel gelo di San Pietroburgo, Savva era attratto inesorabilmente dal calore del deserto, e nei cinquant'anni che avevamo trascorso insieme eravamo stati nell'Africa del Nord o lungo la via della seta. Credevo che non sarei mai più tornata in Marocco, perché era lì che avevo vissuto uno dei momenti peggiori della mia vita, una ferita che non avrei mai potuto dimenticare, e avevo giurato a me stessa che non ci avrei mai più messo piede. Ma se c'era una cosa che avevo imparato nel corso dei secoli era che non bisognava mai dire mai, a niente. Se uno vive così a lungo, prima o poi attraverserà più volte gli stessi fiumi. Perciò tornai in Marocco, pronta ad affrontare il mio passato.

Arrivai a Casablanca nel tardo pomeriggio, appena dopo le ore più calde del giorno, e presi un taxi per recarmi all'indirizzo che Savva mi aveva comunicato al telefono. Scoprii che era una catapecchia nella zona vecchia della città, lontana dagli alberghi turistici e dalle attrazioni. Il taxi mi lasciò a metà di uno stretto vicolo affollato di gente del posto. Orde di bambini scorrazzavano tra gruppetti di adulti distratti, anziani fumavano davanti alle porte delle case, ragazzi passavano in bicicletta. Il pianterreno di quasi tutti gli edifici era occupato da negozi di tè o di alimentari o da vetrine sporche occupate da cumuli di chincaglierie. L'aria era densa di fumo proveniente dai bracieri dei venditori ambulanti di cibo arrosto e fragrante di centinaia di aromi differenti.

Rinunciai a cercare i numeri civici sugli edifici e mi affidai invece alla descrizione di Savva, che aveva parlato di una casa in mattoni con un balcone in ferro battuto pencolante sopra la strada e un tendone rosso sull'ingresso. Quasi tutti gli edifici avevano la facciata d'argilla rossa e dei balconi, ma fu il tendone rosso a confermarmi che era la casa giusta. Oltrepassai una porta a due battenti e mi trovai in un cortile pieno di immondizia. Mi avviai su per le scale interne, cercando di individuare l'appartamento di Savva al terzo piano.

Non avrei mai saputo riconoscere l'uomo che venne ad aprirmi la porta, se non avessi saputo chi aspettarmi di vedere. Era molto più esile e fragile rispetto all'uomo bellissimo e impetuoso con cui avevo viaggiato per tanti anni. Il suo aspetto era mutato in un modo che non credevo possibile per chi, come noi due, era segnato dalla maledizione di Adair. Un tempo era stato un ragazzo di una bellezza inebriante, un nobile russo dalla pelle diafana e dai lineamenti quasi femminei. Ma adesso era magro e avvizzito come un fachiro che aveva digiunato e pregato fino a diventare pelle e ossa. I capelli biondi e ricci erano sempre gli stessi, anche se erano cresciuti molto e ora erano raccolti in una coda scarmigliata. I suoi occhi erano ancora azzurri ma non scintillavano più di pura forza vitale, come se il fuoco della sua anima fosse ormai una brace sopita dalla cenere.

«Lanny! Mia adorata» esclamò e mi strinse fra le sue braccia sottili, debole come una vecchia nonna, leggero come l'aria. Non sapendo cosa dire, feci un passo indietro e strinsi il suo volto fra le mani, con suo grande imbarazzo.

Mi fece accomodare. L'appartamento era malridotto come lui e quasi del tutto vuoto, c'erano soltanto alcuni mobili malconci e vestiti vecchi. C'erano alcune cose che riconoscevo dai nostri viaggi insieme: una ciotola rituale di ottone tutta ammaccata, uno scampolo di seta da sari drappeggiata sopra una brandina. Ma sapevo che possedeva alcuni reperti antichi che valevano una fortuna – la sua parte del bottino che avevamo raccolto insieme – eppure per qualche ragione misteriosa non erano in vista.

Avevo il sospetto che ci fosse qualcosa che non andava in Savva. Doveva essersi impegnato parecchio per degradarsi a tal punto, poiché ero sempre stata convinta che, a prescindere dagli abusi che infliggevamo al nostro corpo, non ne avremmo mai recati i segni. Dona, il detestabile italiano che faceva parte della corte di Adair, era solito tagliarsi con un coltello da cucina per espiare gli orrori che non voleva confessare nemmeno a se stesso; Adair fumava tanto hashish da annerire la tappezzeria della sua camera da letto con i fumi carichi di resine. Ma nessuno di quegli abusi si mostrava mai sui loro volti tanto belli quanto malinconici. E in fondo era parte della maledizione: se venivamo spezzati, guarivamo subito. Pronti a essere spezzati di nuovo.

Savva mi accolse con una tazza di tè alla menta. Le sue mani tremavano mentre mi portava un vassoio rotondo di ottone dalla piccola cucina fino al salottino. Cercai di non far caso alla tazza sbreccata che mi porse, tutta ossidata dall'uso, che pareva acquistata in un negozio di oggetti usati. Il servizio da tè con gli orli dorati e i cucchiaini d'oro puro era sparito, così come tutte le cose belle ed eleganti di cui un tempo si circondava, come se non potesse vivere senza. Compresi in quell'istante perché tutte le sue cose preziose fossero sparite: le aveva vendute pur di avere del denaro contante.

I rumori che provenivano dalla strada attraverso le finestre aperte – bambini che scherzavano in una lingua incomprensibile, la melodia sinuosa di un muezzin che convocava i fedeli – non erano poi così diversi da quelli che ci eravamo abituati a udire più di un secolo prima. Savva si lasciò andare su un cuscino, agitando un ventaglio davanti al volto, dato che non c'era aria condizionata. Ero andata fin lì perché credevo che Savva fosse una delle poche persone al mondo che poteva aiutarmi, ma a quanto pareva non era in grado di aiutare nessuno. Anzi, sembrava essere lui quello che aveva bisogno di essere salvato.

«Non prenderla male, non è che non sia contento di vederti, ma la tua non è una visita di cortesia, vero?» mi chiese mentre versava il tè. «Mi hai fatto preoccupare quando al telefono mi hai avvisato che stavi arrivando... Dopo tutto, sono passati decenni dall'ultima volta che ci siamo visti. Qualsiasi cosa ti abbia spinta a tornare da me, dev'essere importante. E anche se non ti respingerei mai, sai che non mi piacciono le faccende di questo tipo, Lanny. Non voglio guai nella mia vita.» Il suo sguardo si posò ostile sul mio volto per un secondo.

«È così, in effetti, ma...» Ero sconvolta dalle condizioni in cui Savva versava e, non sapendo a cosa fossero dovute, non ero ancora pronta a dirgli di Adair. «Non ti dispiace se ci arriviamo con calma, vero?»

Un'espressione di curiosità gli passò sul volto – Savva non aveva mai gradito i temporeggiamenti, era un uomo impaziente – ma passò in un lampo. «Certo. Capisco. Hai fatto un lungo viaggio, sarai stanca.» Sospirò e sistemò i cuscini dietro la schiena. «Sai, quando mi hai chiamato così all'improvviso per dirmi che avevi bisogno del mio aiuto mi hai sorpreso. Ero contento di sentirti, naturalmente, ma... Sono stato quasi sul punto di dirti di non venire. Insomma, guardati intorno» disse, indicando la stanza spoglia e disadorna. «Riesco a malapena a badare a me stesso. Apprezzo il fatto che tu non abbia detto niente sulla miseria della mia situazione attuale, ma certo l'hai notata. Perciò non sono affatto sicuro che ci sia qualcosa che possa fare per aiutarti, Lanny, qualsiasi sia la situazione in cui ti trovi. Ma per te ci sono, ci sono sempre.»

Posai una mano sulla sua. «Non mi scorderò mai di come sia stato tu a prenderti cura di me quando pensavo di non riuscire più ad andare avanti. Sei stato una benedizione.» Rimanemmo entrambi in silenzio, ricordando il pomeriggio in cui, molte vite prima, il fato aveva inviato Savva a salvarmi.

Fez, Marocco, 1830

Dopo che io e Jonathan avevamo lasciato Boston, decidemmo che sarebbe stato meglio recarci in Europa. Ci aspettavamo che il finto muro fosse scoperto dopo qualche giorno al massimo, e poi Adair e i suoi mastini infernali si sarebbero messi alle nostre calcagna. Andammo in Europa per complicare le cose a Adair, senza sapere che tutte quelle precauzioni non erano affatto necessarie. Soltanto anni dopo sarei tornata a Boston per scoprire cos'era successo. E avrei fatto quel viaggio da sola.

Nell'estate del 1830 io e Jonathan finimmo a Fez, dove prendemmo una suite in un albergo frequentato da europei e americani che facevano quello che all'epoca si chiamava Grand Tour, un viaggio intrapreso dai giovani di buona famiglia per conoscere il mondo. L'albergo era lussuoso quanto bastava per soddisfare le esigenze dei clienti più ricchi, ma aveva anche una serie di camere e di suite sul retro più adatte a un'altra classe di viaggiatori. Erano stanze rivolte a chi si era perduto o semplicemente vagava senza meta, e fu lì che ci ritrovammo dopo aver vagabondato in giro per l'Europa per sette anni, più poveri di prima e di certo non più saggi, ben poco preparati a ciò che ci attendeva.

Fu in una di quelle camere che mi svegliai in un letto matrimoniale avvolta da lenzuola che non venivano cambiate da una settimana (risparmiavamo perfino sul servizio in camera) e trovai sul cuscino un biglietto di Jonathan, in cui mi diceva che se n'era andato. *Perdonami, ma è meglio così. Promettimi che non verrai a cercarmi. Se cambierò idea, ti troverò io. Ti prego, rispetta le mie volontà. Il tuo affezionato J.* Rilessi il biglietto venti, trenta volte, e ogni volta le parole avevano ancor meno senso della precedente, e rimasi a letto per un'altra ora, senza capire. È arrabbiato con me per qualche motivo, mi dissi. Ce l'ha con me per qualcosa che ho detto o che ho fatto, qualcosa che nemmeno mi ricordo, e se n'è andato ma tornerà, se lo aspetto qui, con pazienza, tornerà.

Quando finalmente mi decisi ad alzarmi, scoprii che tutti i suoi vestiti erano spariti così come le sue valigie e il diario che aveva iniziato a tenere. Non aveva preso niente dai nostri soldi, evidentemente se n'era andato con i pochi contanti che aveva in tasca al momento. Aveva lasciato lì anche la piccola pistola che portava sempre appresso, segno che ormai dovevo prendermi cura io di me stessa.

Tornerà entro il tramonto, fu la prima cosa che mi dissi, più che altro per tentare di conservare la calma. Rimasi in quella stanza in penombra a fumare una sigaretta dopo l'altra e a chiedermi che cosa l'avesse indotto ad andarsene. Le cose tra noi erano peggiorate, certo, ma ogni coppia attraversava dei momenti difficili, periodi in cui si litigava di più trovando la compagnia dell'altro meno piacevole del solito. Litigi, serate imbronciate... ma sarebbe tutto passato prima o poi. Jonathan non aveva altra scelta che tornare da me. Vista la particolarità della nostra situazione, non c'era nessun altro al mondo di cui si potesse fidare. Iniziai a chiedermi se non ci fosse qualcun altro a cui dare la colpa, forse Jonathan era stato convinto da una delle avventuriere che si addentravano in Marocco quasi ogni settimana – una donna dal carattere molto forte e indipendente, con parecchi soldi a disposizione – a unirsi a lei e a mettersi in strada. Forse la mia paura più grande era diventata realtà: forse si era davvero innamorato di un'altra.

Giunse la notte e mi trovò ancora sola. Mi sembrava impossibile che Jonathan se ne fosse andato, impossibile che non tornasse indietro. In fondo, avevamo passato tutta la nostra vita insieme. Il mio mondo era fatto di aria, acqua, sole e Jonathan. Senza di lui, la terra si capovolgeva e diventava estranea e inquietante per me. Quel giorno ebbi il primo di molti attacchi di panico, chiusi a chiave le porte, serrai le imposte, mi accovacciai in un angolo e mi chiesi che cosa ne sarebbe stato di me. Più di una volta rimpiansi di non avere la possibilità di suicidarmi.

All'alba del terzo giorno avevo preso ad affidarmi al gin per attutire il dolore. E mi ripromisi che, non appena fossi riuscita a sentirmela di lasciare quella stanza, sarei subito andata a cercare una consolazione un po' più forte: hashish e un narghilè. Ora compresi perché Adair era sempre attaccato al narghilè: se devi affrontare un destino che non riesci ad accettare, come altro puoi respingere il panico e il dolore che minacciano di distruggerti se non con l'hashish?

E per tutti quegli orribili giorni pensai anche a Adair. Compiacqui il demone scuro e sogghignante che mi opprimeva il petto intrattenendolo col pensiero di tornare a Boston, andare al palazzo, abbattere il falso muro con una mazza e prostrarmi davanti a Adair. L'avrei implorato di esigere la sua vendetta su di me e avrei accolto qualsiasi sofferenza fosse stata in grado di distogliere i miei pensieri da Jonathan. Ci sono volte in cui soltanto il dolore può annullare altro dolore. L'idea della punizione di Adair mi incendiava la mente, ma in fondo al mio cuore codardo sapevo che erano soltanto parole al vento di una donna ridotta talmente male da non riuscire nemmeno ad avere il coraggio di uscire da una camera d'albergo.

Dopo una settimana alla fine mi arresi e uscii, se non altro perché avevo finito il gin e la reception rifiutava di mandarmene altro, temendo che volessi ammazzarmi di alcol. Riuscii giusto ad arrivare alla lobby e poi mi accasciai su una sedia di vimini, combattendo le lacrime mentre accanto mi passavano altri ospiti e camerieri impassibili. Passarono alcune donne dall'aria così compunta, dai vestiti impeccabili, con i loro uomini al braccio come se fossero dei preziosi accessori, che soltanto a vederle mi venne di nuovo da piangere e per la prima volta compresi che ero disperatamente sola. Come un animale separato dal branco, temevo di non poter sopravvivere senza Jonathan. Sarei impazzita.

Poco dopo mi accorsi che c'era uno sconosciuto che mi fissava, seduto su una sedia di fronte a me. Era un ospite dell'albergo, indossava vestiti da viaggio piuttosto formali, un completo e un cappello nonostante il caldo. Non era molto alto ma era perfetto, come una costosa bambola da esposizione con cui era vietato giocare. Mi rivolse un sorriso incerto, come si sorride a un cane che ringhia, con diffidenza ma pronto a correre il rischio pur di essere caritatevole.

«Perdonate l'intrusione, signorina, ma...» Mi fece un piccolo cenno di saluto col suo bastone da passeggio. «Ci siamo già incontrati, per caso?»

«No, non credo.»

«Ma abbiamo un amico in comune, penso. Conoscete un uomo di nome Adair, se non mi sbaglio.» Piombai nel silenzio e il suo volto si illuminò. «È così, allora. Lo sapevo. Vedo la sua mano su di voi.»

«La sua mano su di me?» gli chiesi, scossa. «Non capisco cosa intendete.»

«Oh, è così che la chiamo io. Non so che cosa sia, a dire il vero. È una specie di aura, una sorta di fermezza, direi. Non è qualcosa che altri noterebbero, no, bisogna sapere di cosa si tratta per vederla. Avanti, provateci voi stessa. Guardatemi, concentratevi a fondo. Non lasciate che il vostro sguardo vaghi altrove. La vedete, ora?» Mantenne la sua posizione, invitandomi a farlo con il semplice sguardo.

Io trattenni il fiato e cercai di rimanere immobile, e lentamente vidi, capii cosa intendeva. Era come se d'un tratto fosse diventato meno reale, appiattito, una specie di immagine di se stesso. «Io... Io credo di vederla.»

«Ecco, vedete: la sua mano è anche su di me» rispose allegro, quasi stessimo confrontando qualcosa di innocente come delle voglie o delle cicatrici da bambini.

Tornammo nella mia suite con una nuova bottiglia di gin. Lui insistette ad aprire le serrande per far entrare un po' d'aria e di luce e scacciare l'odore della paura da quella camera. Poi si lasciò andare su una grossa poltrona e si mise ad ascoltarmi. Gli raccontai dapprima gli ultimi avvenimenti, ma poi finii col riassumergli la storia della mia vita. I suoi occhi azzurri non si staccarono mai dal mio volto, anche mentre mi versava bicchiere dopo bicchiere di gin, finché non ebbi concluso la mia narrazione.

Ero distrutta dopo aver parlato così a lungo, ma ero anche molto più tranquilla: il tremore e le lacrime erano passati. Adesso eravamo seduti uno accanto all'altra su un divanetto sbiadito che aveva visto giorni migliori. Con l'intelaiatura sul punto di cedere da un momento all'altro al centro, non c'era modo per due persone di sedere distanti l'una dall'altra, perciò ci avvicinammo e, nonostante ci conoscessimo da una mezza giornata, non di più, eravamo già appaiati a farci da sostegno reciproco, come due gemelli. Riuscii a malapena a non stringermelo al petto, tanto ero grata per avere qualcuno che riempisse il vuoto assoluto della mia solitudine. Sembrava certo che saremmo rimasti insieme per qualche tempo.

Nato nel 1705, Savva era di San Pietroburgo e, anche se ci aveva vissuto soltanto per i primi ventiquattro anni della sua vita, quella città gli era rimasta dentro. Sosteneva di essere debitore alla sua città di nascita per il suo innato senso dello stile, per i modi eleganti e per l'atteggiamento vagamente snob, perché San Pietroburgo era la punta di diamante dell'impero russo, e coloro che ci vivevano si ritenevano superiori ai loro compatrioti. San Pietroburgo era una città molto cosmopolita, piena dei rappresentanti delle altre nazioni presso la corte russa, ma piena anche di un fiero orgoglio russo. Non c'era posto migliore in cui nascere e in cui crescere, secondo Savva. Ma se la amava tanto, perché non era a San Pietroburgo in quel momento? gli chiesi, e il mio nuovo amico si fece assorto e bevve un sorso di gin prima di rispondermi che, essendo io stessa una delle creature di Adair, conoscevo già la risposta. Anche lui, dopo essere stato scelto da Adair, era diventato un reietto dell'umanità. Come me, non poteva più tornare a casa.

Chiusi nella mia camera d'albergo, Savva mi spiegò che i suoi problemi erano iniziati molti decenni prima quando, da giovane, aveva confessato a suo padre, un ufficiale di secondo rango della corte reale, di essersi innamorato di un giovane soldato ussaro. Per tutta risposta, suo padre lo aveva buttato fuori di casa, e lui aveva vagato per ore sotto una pioggia ghiacciata cercando di pensare al da farsi. Il soldato russo era in caserma col suo reggimento e gli sarebbe stato impossibile far entrare Savva. E poi, Savva aveva il sospetto che il suo amante non l'avrebbe comunque aiutato: le relazioni come quella, tra giovani uomini, tendevano a essere piuttosto evanescenti.

Sconvolto e incerto sul da farsi, Savva si perse per la città finché non collassò al margine della strada. A quel punto, la pioggia aveva intriso i suoi abiti, i denti gli battevano senza controllo e la mente era febbricitante. Mentre giaceva a terra nel fango, pregò di svenire e di morire di polmonite prima dell'alba. Stava strisciando verso un angolo buio quando gli si affiancò una carrozza e la porta si aprì...

Savva si svegliò in una stanza che non conosceva. Era stato messo a letto, sotto strati di morbide coperte e con la testa adagiata su un soffice cuscino di piume. I suoi vestiti, spazzolati e piegati a dovere, erano disposti sullo schienale di una sedia di legno messa davanti al camino acceso. Allo stesso modo, i suoi stivali erano sul ripiano davanti al fuoco ad asciugarsi. La stanza e l'intera casa erano immerse nel silenzio. Era come se si fosse risvegliato in una favola dopo essere stato rapito da mani sconosciute e tutto fosse stato riordinato e sistemato da delle fate mentre lui dormiva.

E poi apparve Adair, «con quegli occhi incredibili». Savva mi sorrise malizioso. «Mi bastò guardarlo, così elegante e misterioso, e quasi mi dimenticai dei miei problemi. Mi ricordava un cosacco delle steppe. All'epoca si vedevano ancora cavalcare per le pianure, con le famiglie nelle carovane... Adair ha lo stesso incarnato, gli stessi capelli ribelli, la medesima ferocia animalesca. La stessa perfidia. La sua bellezza selvaggia sedusse subito il mio animo russo.»

Adair si presentò come un nobile ungherese appena giunto in città, ma chiarì subito di non trovarsi lì in veste di emissario dell'imperatore ungherese presso la corte. «No, no, io rappresento soltanto me stesso» disse. «Sono qui per vedere di persona le meraviglie dell'impero di Pietro il grande, per ammirare le sue grandi conquiste» mi riferì Savva. Adair quella prima notte si comportò umilmente – in seguito Savva avrebbe compreso come fosse in realtà tutta una messinscena – e affascinò il suo ospite riempiendolo di attenzioni. Bastarono una zuppa calda, del brandy e un fuoco acceso per conquistare l'affetto di quel giovane confuso e col cuore spezzato.

E c'era almeno un aspetto del comportamento di Adair che Savva intuì subito con chiarezza. Era impossibile fraintendere quella luce nei suoi occhi. A vent'anni, Savva aveva già sperimentato quello sguardo inquisitivo rivolto da un uomo a un altro uomo, quell'occhiata sostenuta un po' troppo a lungo, la preghiera silenziosa da parte di un uomo con certe inclinazioni. E Savva era appunto incline a rispondere, nonostante i suoi sentimenti verso il soldato ussaro (che, alla fine, non rivide mai più). I due uomini erano da soli quella notte, la servitù era stata mandata via. Pesanti tendaggi oscuravano le finestre e le porte erano assicurate da massicci lucchetti. Savva cedette alla tentazione. «Il peggior errore della mia vita» mi confessò quel giorno, finendo l'ultima goccia argentea di gin.

Soltanto anni dopo avrei appreso la triste storia del breve periodo che Savva trascorse insieme a Adair. Eppure, pensai che almeno da un certo punto di vista Savva era stato fortunato: Adair non l'aveva tenuto con sé molto a lungo. Adair aveva bisogno che Savva lo introducesse nel mondo dell'aristocrazia russa e, una volta raggiunto questo scopo, Adair se ne sbarazzò. Era uno dei pochi prescelti che Adair aveva lasciato libero, ma Savva aveva una visione pessimistica perfino di questa fortuna, poiché credeva di essersi semplicemente rivelato inutile.

Casablanca, oggi

Al tramonto l'aria dentro la camera di Savva era satura di fumo bluastro. Aveva preso gin e sigarette, una scatola di latta e un narghilè. La pipetta dell'acqua, anche se graziosamente decorata, era vecchia e trascurata, e il bocchino d'avorio era macchiato come una dentiera consunta. Ma Savva era un ospite premuroso: aprì un involto di alluminio tutto spiegazzato rivelando mezzo panetto d'hashish e per tutto il pomeriggio ne facemmo largo uso, mandando letteralmente in fumo le nostre inibizioni.

Forse fu per via della droga, ma in compagnia di Savva provai una pace interiore che non provavo da tantissimo tempo, tanto che non sentivo più nemmeno l'inquietudine per aver lasciato Luke. Era per via delle esperienze che avevamo vissuto insieme, io e lui. Per quanto riuscissimo ad avvicinarci a una persona normale, c'era sempre una barriera, un ultimo velo che non riuscivamo a squarciare, e l'essere separati dal resto dell'umanità aveva un prezzo. Il prezzo che noi pagavamo era una vita atrocemente solitaria. L'unica occasione in cui potevamo liberarci del fardello delle migliaia di peccati commessi era quando ci trovavamo in compagnia di qualcuno che aveva altrettanti peccati sulla coscienza. Adair mi rimproverava perché tenevo alla larga Dona, Tilde e Alejandro, e mi spiegava che io e loro potevamo anche non piacerci a vicenda, ma avremmo sempre avuto bisogno gli uni degli altri perché, come in ogni famiglia, nessun altro ci avrebbe veramente capito. All'epoca, l'ultima cosa che volevo era diventare come loro, perciò opposi resistenza. Ma adesso capivo ciò che Adair intendeva dire. Quella raccomandazione era l'unico dono che mi avesse dato.

«Va meglio ora?» mi chiese Savva, sbuffando scherzosamente anelli di fumo verso di me. Lo faceva sempre quando passavamo la notte con genti delle tribù – che fossimo coi Tuareg nel Sahara o con i curdi nei monti Taurus – per far divertire i loro bambini.

«Sì, va meglio. Grazie» risposi, anche se mi faceva sentire a disagio incoraggiare il suo abuso di droga. D'altra parte, sapevo che l'avrebbe fatto comunque, che io ci fossi o meno. Con cautela, proseguii: «Forse domani, quando avremo le idee più chiare, ti dirò perché sono venuta qua. Vedi, sono qui per chiederti aiuto, Savva».

Fece un altro lungo tiro dal bocchino e il rumore gorgogliante dell'acqua riempì il silenzio che per un momento era calato tra noi. Poi, dopo aver trattenuto il fumo nei polmoni per un bel po' di secondi, espirò con profonda soddisfazione. «Va bene» disse con voce roca passandomi il bocchino. Aveva uno sguardo civettuolo. «E se riuscissi invece a persuaderti ad assecondarmi ancora per un po'... Non posso fare a meno di chiedermi, tuttavia, se la ragione per cui sei qui abbia qualcosa a che fare con la presenza di Adair. Ieri ho avvertito il suo ritorno per la prima volta, dopo che è stato... dormiente per duecento anni. Non è una coincidenza, vero?»

8

Boston

Adair trascorse i giorni seguenti a riprendere familiarità con i contenuti dei suoi due preziosi libri, e in particolare con la formula dell'elisir di lunga vita. Lo rilesse parecchie volte: la pozione non richiedeva una particolare quantità di ingredienti, la sfida era nella preparazione. Un giorno, uscì in cerca degli ingredienti che gli servivano. Per fortuna, non erano molto difficili da trovare, ma dovevano essere purificati e ridotti, e per questo occorrevano attrezzature che non si trovavano certo in qualsiasi casa, ancor meno in quella di uno scapolo. Diede a Jude una lista di ciò di cui aveva bisogno – calderoni, calici, pipette e una bilancia – per raffinare gli ingredienti dell'elisir.

Jude diede una sola occhiata alla lista prima di restituirgliela. «Adair, insomma, dove credi che possa trovare questa roba? Metà di questi oggetti sono... arcani. Avresti dovuto prenderli al museo, già che c'eri.»

«E una fornace» continuò Adair, ignorando le sue osservazioni ottuse. «Ho bisogno di qualcosa in grado di produrre una grossa fiamma.»

«Non ho una fornace, non ho niente che produca fuoco. Il riscaldamento della casa è elettrico.»

Adair indicò il camino. «E quello allora?»

«È un camino a gas, non ci puoi cucinare niente.»

«Ma come fai a vivere così?» disse Adair disgustato. La nostalgia del passato lo trafisse come una freccia. «Ti comporti come se vivessi in un castello, ma è un tugurio. Non ha niente di ciò che servirebbe.»

«Stai calmo. Sono certo che oggi ci sia qualcosa di elettrico che possa assolvere allo scopo. Mi metterò subito alla ricerca... Oh, a proposito, ho un candidato all'acquisto della pozione. È uno di quei megamilionari della tecnologia e ha un piede nella fossa. È sempre stato un bastardo senza cuore – terrorizza chiunque incroci la sua strada – ma adesso che ha metastasi dappertutto non è più così tremendo. L'unico problema è che è molto difficile ottenere un appuntamento. Sto cercando di contattarlo al telefono, ma finora non ho avuto fortuna... Comunque, ti farò sapere entro pochi giorni.»

Nelle parole di Jude, Adair distinse chiaramente una vena di avidità, il che gli ricordò il loro passato comune. Jude adorava la ricchezza più di ogni altra cosa al mondo ed era stata proprio quella la sua rovina: Adair l'aveva trovato ad Amsterdam, impiccato a una fune e lasciato a morire dal sicario ingaggiato dai mercanti d'oro per fargli pagare con la vita il suo debito. Dalla brama di denaro che animava le sue parole mentre gli raccontava dell'uomo che aveva scelto come candidato, Adair capì che Jude non vedeva l'ora di mettere le mani sulla sua fortuna. Doveva essere davvero ricco. Adair dovette ricordarsi di non farsi inguaiare dall'avidità di Jude. Avrebbe preparato la pozione da vendergli, ma avrebbe giudicato lui l'idoneità di quell'uomo a riceverla.

Adair non si aspettava certo quanto si sarebbe divertito a ricreare l'elisir: era un piacere familiare rimettersi a praticare un'attività in cui un tempo eccelleva. Molta della pratica alchemica si acquisiva tramite la sensibilità e l'esperienza: come cuocere gli ingredienti senza bruciarli o alterarne la composizione troppo velocemente, come ottenere la giusta consistenza di un composto, come misurare i componenti senza affidarsi a misure o pesi convenzionali (in che modo misurare un'oncia di sospiri, per esempio, o una quinta parte di sogni infranti?). Gioì nel constatare che tutto gli veniva facile come se non avesse mai smesso di praticare l'alchimia. L'elisir riuscì alla perfezione: il liquido era così trasparente che a malapena si vedeva il riflesso del vetro che lo conteneva, e presentava dei piccoli mulinelli come se fosse animato da correnti d'aria vorticanti che collidevano, e scaglie d'oro che danzavano come neve al vento. Era meraviglioso, quando era in quello stato, anche se nel tempo sarebbe invecchiato e la stagionatura l'avrebbe trasformato in un'orrenda poltiglia marrone e le scaglie d'oro sarebbero imbrunite fino a somigliare a grumi di sozzura.

Lo stesso giorno in cui l'elisir fu pronto, Jude disse a Adair di essere finalmente riuscito a parlare con l'investitore che aveva citato e a convincerlo a consentirgli di fargli visita a casa sua. «Ha fatto fortuna con una start-up su Internet circa quindici anni fa» spiegò Jude ad Adair, per spiegargli il motivo per cui l'aveva scelto. Non si prese la briga di spiegargli cos'era una start-up: aveva ricominciato a usare strane definizioni per le cose moderne e Adair ormai si era abituato alla sua arroganza, tanto che nemmeno più gli chiedeva spiegazioni. Non che accettasse quell'arroganza: Adair riteneva semplicemente che un giorno, quando ne avesse avuto abbastanza, gliel'avrebbe fatta ingoiare tutta.

Jude proseguì. «Ha venduto le sue quote quando eravamo all'apice del boom di Internet, ma invece di spendere quei soldi in yacht e andare in rovina, come tutti gli altri, lui ha dato vita ad altre aziende, tutte business-to-business. All'epoca nessuno dava importanza a quella roba, perciò riuscì a monopolizzare il mercato e a mettere le mani su alcuni servizi chiave, come l'archiviazione dei dati sensibili e i sistemi di sicurezza. E così oggi è l'unico uomo al mondo a sapere dove siano tutti i segreti sepolti nel web. Se i suoi sistemi non possono scovarli, nessuno può. Tutte le società della classifica delle cinquecento più ricche e potenti – banche, assicurazioni, aziende farmaceutiche – si mettono in fila pur di avere i suoi servizi. È una delle ragioni per cui l'ho scelto: ti sarà utile anche in altri modi, oltre ai soldi. Per rintracciare Lanore, per esempio.» Jude fece una pausa e scrutò il volto di Adair in cerca di qualche reazione a quel nome – Adair si concesse soltanto una piccola grinza sulla fronte – e poi continuò.

«Io e lui qualche tempo fa abbiamo fatto un investimento in comune. È così che l'ho conosciuto. Per organizzare questo incontro, gli ho detto che tu saresti stato un buon investimento per lui.» Si fermò e un velo di preoccupazione gli offuscò il volto di solito sprezzante. «Sai, è stata una conversazione triste... Mi ha chiesto a che cosa gli servisse investire su qualcosa ormai. Hanno sospeso la chemio, non c'è più niente che possano fare per lui se non la terapia del dolore. Il dottore gli ha detto che gli resta qualche settimana da vivere, non di più. Sembra un uomo anziano, ma ha compiuto trentotto anni l'estate scorsa. Quando lo vedrai sarà uno shock per te.»

L'aria sottomessa di Jude non sfuggì a Adair. «Quest'uomo che sta morendo... è un tuo amico?»

«No, non proprio.»

«Bene. In quanto ci accingiamo a fare non c'è spazio per i sentimenti.»

Adair trascorse le ore che precedevano l'incontro con il candidato prescelto da Jude riflettendo sul modo migliore di fare la proposta all'uomo morente. Non aveva mai *offerto* quel dono a nessuno prima d'ora: aveva sempre scelto lui i destinatari e aveva dato loro l'elisir quando erano in punto di morte, come se si trattasse di un'estrema unzione. E le sue scelte erano sempre state istintive, come se avesse seguito una voce interiore che lo guidava verso un nuovo accolito, come se l'individuo prescelto fosse in qualche modo un predestinato. Lo inquietava l'idea di vendere ciò che era a tutti gli effetti un tesoro senza prezzo, ma Lanore gli aveva forzato la mano, e prima portava a termine quella transazione, prima avrebbe potuto mettersi sulle tracce di quella donna per farle pagare le conseguenze del suo tradimento.

Jude gli aveva riferito che l'uomo d'affari che aveva selezionato aveva un patrimonio inimmaginabile, centinaia di milioni di dollari. Era molto malato ma non era tipo da arrendersi e non se ne sarebbe andato senza combattere. E anche se Adair riconosceva la necessità di disporre di risorse finanziarie e investigative per ricostruire la propria vita da zero, nutriva comunque delle riserve. In particolare, lo disturbava garantire l'immortalità a uno sconosciuto che poi sarebbe entrato a far parte della sua cerchia. Adair non era ottimista sul fatto che la cosa potesse funzionare; in fondo, poche delle persone che aveva trasformato si erano dimostrate meritevoli. Molti si erano invece rivelati troppo deboli per sopportare l'eternità. Era un fardello che poteva frantumare la mente, rendere imbelli come un neonato – o pericolosi come il peggior psicotico.

E poi c'era una questione di lealtà: Adair aveva sempre cercato persone di cui fidarsi come se fossero di famiglia, ma il risultato era sempre stato deludente. I suoi tirapiedi non nutrivano verso di lui una devozione maniacale come si era augurato, come evidenziato dal fatto che erano riusciti ad andare avanti con la propria vita – e anche piuttosto felicemente, a giudicare da Jude – dopo la sua scomparsa. E gli sembrava rischioso trasformare qualcuno che non aveva scelto lui stesso, anche se non c'erano alternative. Poteva solo sperare che Jude avesse fatto ricorso alla propria considerevole astuzia per scegliere con acume.

Adair e Jude si recarono in macchina in una villa in pietra alla periferia di Boston. Quasi tutte le finestre dell'imponente magione erano oscurate, ed era avvolta in una totale immobilità come se il proprietario fosse già morto. Fu un uomo anziano ad aprir loro la porta. «Il signor Kingsley vi attende» mormorò, a voce così bassa che fu quasi impossibile udirlo, e poi si addentrò a passo morbido lungo il corridoio con l'aria di chi non si aspettava che lo seguissero davvero.

«C'è qualcuno che vorrei presentarti» disse Jude a Adair, indicandogli un uomo seduto dietro una scrivania all'altro capo della stanza. Adair capì subito che Jude non aveva esagerato: quell'uomo sembrava in punto di morte. Era poco più che uno scheletro, come se indossasse la propria pelle consunta alla stregua di un vestito logoro. I capelli erano radi, ne rimaneva soltanto qualche ciocca ormai ingrigita su un cranio che pareva fragile come il guscio di un uovo. L'unica cosa ancora viva erano gli occhi, che seguirono Adair con selvaggia intensità. Lo stava esaminando e valutando; sembrava di carattere calcolatore, uno che cercava sempre di avere le probabilità a proprio favore, un uomo troppo arrogante per permettere alla morte di avere la meglio su di lui. *Se devi morire, affronta la morte con umiltà poiché non c'è altro modo di attraversare quella soglia*, avrebbe voluto dirgli Adair, ma c'erano persone che non accettavano mai consigli, nemmeno in quelle circostanze.

«Adair, ti presento Pendleton Kingsley» disse Jude.

Pendleton non gli porse nemmeno la mano, che invece era impegnata a sostenere una maschera dell'ossigeno al volto, e continuò a fissare Adair. In sottofondo Adair udì il debole sibilo dell'aria che usciva da una bombola di ossigeno e sembrava il verso di un serpente. Il paziente trasse un profondo respiro prima di parlare. «Adair. È un nome insolito.»

«Anche Pendleton lo è.»

«Oh sì. In realtà è il mio secondo nome. I miei genitori mi hanno chiamato Jack, un nome tranquillo, comune, ma a me non è mai piaciuto. Detesto le persone troppo comuni, non so se mi spiego. 'Pendleton' è molto meglio per gli affari.» Appoggiò la maschera sulla scrivania davanti a sé e si rivolse a Jude. «E quindi, Judah, cos'hai di tanto importante da dirmi per volermi vedere in queste condizioni? È meglio per te che ne valga la pena, credimi.»

Per essere in condizioni così precarie, Pendleton parve a Adair carico di veleno come uno scorpione. Stranamente, la sua ripugnanza era impossibile da ignorare. Quell'uomo aveva qualcosa di tanto malefico da renderlo perfino attraente, come se trasudasse un feromone a cui Adair era programmato a reagire. L'istintiva aggressività di Pendleton e, addirittura, la sua rabbia di fronte alla morte era come una goccia di sangue nell'acqua. Adair provò la stessa sensazione che lo assaliva ogni volta che incontrava qualcuno che era destinato a legare a sé. Era il segno che sperava di ottenere da quell'incontro.

Durante l'ora seguente, Adair interrogò Pendleton cercandone i punti deboli. Scoprì che c'era ben poco di lodevole nel passato di quell'uomo: si era liberato di due mogli con dei divorzi sbrigativi che le avevano costrette ad andarsene senza alcun compenso per la loro fedeltà e il loro amore. La sua unica figlia non gli rivolgeva nemmeno la parola. Aveva acquistato un'azienda dopo l'altra per poi licenziare le persone che le avevano costruite dal nulla, aveva acquistato per pochi centesimi dei brevetti da inventori ridotti sul lastrico. Aveva costretto i suoi impiegati a orari da schiavitù con la promessa di una ricompensa che però non arrivava mai. E, nel frattempo, aveva accumulato una fortuna maggiore di quella di un piccolo stato. E rideva di tutti quelli che aveva rovinato per arrivare dov'era, perché se l'erano soltanto meritato.

Quando Pendleton si stancò di parlare di sé, guardò Adair con spregio. «Allora, di cosa si tratta? Siete venuti qui a farmi sprecare le ultime ore di vita? Vi decidete a dirmi perché siete venuti o no?»

Adair agitò il bicchiere con il whisky scadente che in quella casa servivano agli ospiti; Pendleton non aveva bevuto nulla. «Prima mi devi dire quanto vali.»

L'uomo sghignazzò per mascherare la sorpresa. «Alla fine si tratta sempre di soldi, vero? Be', per lo meno vai dritto al punto, Adair, te lo riconosco. Non sei il massimo dell'educazione, ma sei *diretto.*»

Adair lo trafisse con lo sguardo. «È ovvio che siano i tuoi soldi a interessarmi. A parte il tuo fiuto per gli affari, non hai altra qualità degna di nota. E certo non sono venuto qui per godere della tua compagnia. Ma in cambio della tua fortuna, ho qualcosa da offrirti. Qualcosa che so che brami con tutto te stesso. Sei un uomo ricco, ma ciò che sono venuto a venderti ha un prezzo elevato. Perciò voglio la garanzia che tu sia in grado di pagarmi affinché io possa esaudire il tuo ultimo desiderio.»

«Quindi vuoi sapere se sono abbastanza ricco per pagare la diavoleria che hai in mente, qualsiasi essa sia? Vediamo, sono abbastanza ricco?» Gli occhi piccoli e luminosi di Pendleton si spostarono da Adair a Jude. «Che cos'è, uno scherzo? Sai benissimo che ho i soldi, Jude. Ne ho abbastanza per comprarti e venderti. Per comprare *entrambi.*»

Jude scosse il capo, per smorzare la furia dell'uomo morente, e abbassò lo sguardo. «Vacci piano. Sono convinto che sarai interessato a ciò che il mio amico ha da dire, altrimenti non avrei approfittato del tuo tempo. Ma ti consiglio caldamente di ascoltarlo con attenzione. *Con molta attenzione.* Il diavolo è nei dettagli, lo sai.»

Adair schioccò le dita per riottenere l'attenzione di Pendleton. «Tu stai morendo, Pendleton.»

L'altro reagì come se gli avessero sputato in faccia. «Credi che sia divertente?»

«I dottori ti hanno detto che hai ancora quattro, forse sei mesi, ma sono qui per dirti che ti rimangono soltanto tre settimane di vita. Non di più.»

L'uomo impallidì come un sudario, ma riuscì comunque ad arricciare le labbra in segno di disprezzo. «Come osi dirmi questo? Vuoi farmi venire un infarto? Cosa ti fa credere di saperne di più dei dottori sulla mia...»

Adair lo interruppe. «Gli uomini della tua famiglia non sono mai vissuti a lungo. Nascere maschi nella tua famiglia è una maledizione. Tuo padre era ancora alle scuole medie quando tuo nonno è morto. E tu avevi soltanto cinque anni quando tuo padre se n'è andato.»

Pendleton fece una smorfia di derisione. «Tutta roba che si trova su *Newsweek*, e allora?»

«Credi che lo sappia perché ho fatto delle ricerche su di te? Mi basta uno sguardo per capire cosa non va in te. Vedo la malattia che ti sta divorando e, cosa ancora più importante, vedo le paure che non osi confessare a nessuno» disse Adair. «Il tuo punto debole, e nel tuo caso non è certo una sorpresa, è il cuore. Ogni uomo nella famiglia di tuo padre è morto giovane di infarto. Tu stesso hai subito diversi interventi al cuore ancor prima di compiere trentacinque anni, e proprio quando i dottori erano riusciti a far recuperare al tuo cuore il sessanta, settanta per cento della funzionalità hanno scoperto i tumori. E il cancro è esteso a quasi tutti i tuoi organi, nel cervello, perfino nelle ossa.»

Pendleton non disse niente, ma la sua mano artigliò la maschera dell'ossigeno. Nei suoi occhi c'era la sconfitta: sapeva che le parole di Adair corrispondevano a verità, nonostante le prognosi leggermente più ottimistiche dei suoi strapagati dottori.

Adair si chinò verso Pendleton, che respirava ansante nella maschera. «Ti sei guardato allo specchio. Sai che la morte ti sta preparando per il suo arrivo. Sai come lavora, conosci quel dolore che nemmeno i farmaci riescono a lenire. Ed è da tempo che avverti il lento sopraggiungere della fine, vero? E ti ribelli, digrigni i denti, perché è ingiusto. Perché devi morire? Perché la morte non si prende un'altra persona, una che valga meno di te, una con meno imprese al suo attivo? Sei convinto che la morte dovrebbe risparmiare *te*, un capitano d'industria, un filantropo, uno che ha fatto così tanto per il bene dell'umanità. Non è giusto che la morte invece abbia scelto proprio te. Ma la vita non è giusta. E sai anche questo.»

Pendleton era pensieroso, come se avesse già fatto in cuor suo tutte quelle considerazioni, ma fosse troppo orgoglioso e preso da se stesso per confessarlo. Ma il momento passò e subito il suo cranio fragile scattò verso Adair. «Sì, certo, la vita è ingiusta, lo so da tempo» precisò spazientito. «Andiamo al sodo, però. Come hai così gentilmente ricordato, non ho molto tempo.»

Adair sogghignò. «Non temere, poiché è proprio altro tempo che sono venuto a offrirti. E se ti dicessi che puoi liberare il tuo corpo dal dolore? Se ti dicessi che è in mio potere far svanire le emicranie e la nausea, i tremiti e i sudori freddi che ti affliggono di continuo? Che cosa saresti disposto a dare per tornare a essere giovane, Pendleton?» Si alzò e incrociò le braccia sul petto, abbassando lo sguardo su quella larva d'uomo che parve rattrappirsi sulla sedia. «Cosa mi diresti se ti potessi garantire la vita eterna?»

Pendleton ebbe un attimo di esitazione, poi proruppe in una risata secca e amara. «Direi che sei un maledetto pazzoide. Che cosa sei, una specie di ciarlatano che Jude ha trovato su un sito di annunci? Vuoi che butti via tutti i miei soldi per una cura miracolosa? So benissimo che non ho speranze. Ti sembro così credulone? Ho già i migliori medici al mondo.» Ma la sua voce, all'inizio decisa, si indebolì a quelle parole, «i migliori medici al mondo»: sapeva che ormai non gli servivano più a niente.

«Non fingere che non ti interessi. Sostieni di essere consapevole di non aver speranze, eppure distinguo chiaramente la speranza nelle tue parole, e c'è speranza nei tuoi occhi. Vuoi saperne di più, ne sono certo. Io posso farti restare in vita. Per sempre. Immagina come ti sentirai quando non avvertirai più la presenza dei tumori, quando non avrai più da temere la debolezza del tuo cuore. È da tutta la vita che prendi precauzioni, che sei cagionevole... Immagina come sarebbe smettere per sempre di preoccuparti del futuro. Si tratta di libertà assoluta. La tua vita non sarà mai più la stessa.»

Il labbro superiore di Pendleton si imperlò di sudore e lui se lo asciugò nervosamente. Si voltò verso Jude, come se volesse colpirlo con un pugno. «Che razza di faccenda è questa, Judah, uno scherzo di cattivo gusto?»

«Non è uno scherzo. È la verità.»

«Sei interessato?» intervenne Adair. «Non ti sto chiedendo di credermi sulla parola. Posso provartelo.» Adair sentiva il rombo del proprio sangue nelle vene. Infilò una mano nel taschino della giacca ed estrasse una pistola calibro 22.

Quando la vide Pendleton trattenne il fiato. «Aspetta, aspetta un minuto. Non c'è bisogno di *quella*. Non facciamoci prendere...»

Adair lo interruppe. «Scrivi su quel foglio quanto vali.»

Pendleton guardò la pistola, poi Adair, poi il volto impassibile di Jude in cerca di rassicurazioni, senza incontrarne, e alla fine, riluttante, scribacchiò una cifra su un foglio. Jude si sporse verso la scrivania per leggere. «Sì, è più o meno giusta» riferì a Adair.

«Quindi, quanto varrebbe per te vivere per sempre? E non stiamo parlando di ingannare la morte, di sottrarti al tuo destino. Sarai un dio fra gli uomini, e niente potrà farti del male. I soldi non sono nulla in confronto a questo. Quanto sei disposto a dare, il settanta per cento?» Picchiettò l'indice sul foglio. «L'ottanta?»

Pendleton si era ammorbidito un po', perché voleva credere in ciò che gli veniva detto, ma non appena furono nominati i suoi soldi si irrigidì e oppose resistenza. «Non esiste. Si tratta di moltissimi soldi, e in cambio di cosa? Di cosa stiamo parlando?»

«Vivrai fino alla fine dei tempi. La fine dei tempi! Riesci anche solo a immaginarlo? No, non ci riesci. A malapena ricordi cose che ti sono successe anche solo dieci anni fa, non è così? Pensa a quanto è vulnerabile il tuo corpo, ora che sei malato lo sai, e poi pensa a quanto ti sto offrendo... Vuoi sapere di preciso cosa stai per comprare? Mi sembra una richiesta equa. Lascia che te lo dimostri.» Con grande sorpresa di Pendleton, Adair girò attorno alla scrivania e gli mise in mano la pistola, spinse le sue dita contro il grilletto e mantenne la presa.

«Cosa... Cosa stai facendo?» chiese l'uomo morente, allarmato.

«Ho bisogno della tua collaborazione, ma soltanto per un momento.» Costrinse il braccio di Pendleton a stendersi in tutta la sua lunghezza e la canna della pistola finì a pochi centimetri dal petto di Jude.

Poi premette il grilletto.

Il rimbombo dello sparo percorse le pareti bianche di quella stanza e Pendleton sobbalzò sulla sedia come colpito da una scossa elettrica. Si levò del fumo, acre e soffocante, e poi Jude cadde a terra. Pendleton lasciò la pistola e si alzò, ma Adair gli mise una mano sul petto immobilizzandolo. «Resta dove sei. Aspetta. Guarda e capirai.»

Si chinarono sulla scrivania e osservarono Jude. Sul petto dell'olandese si stava allargando una chiazza di sangue e, al centro, vi era un foro di pallottola perfettamente circolare. La camicia si stava inzuppando di rosso.

Udirono dei passi affrettati fuori dalla porta, poi qualcuno bussò.

«Di' al tuo servo che va tutto bene» gli ordinò Adair.

Pendleton, con gli occhi strabuzzati, obbedì. «Vai via, Carlos, non è successo nulla!» urlò.

Entrambi trattennero il fiato, Adair per puro divertimento e Pendleton per l'orrore e lo shock. Poi, dopo un istante di immobilità assoluta, il corpo di Jude fu attraversato da un tremito violento. E ritornò in vita. Con un lamento si portò la mano al cuore. «La prossima volta avvertimi, magari» disse con voce flebile a Adair mentre, barcollando, si rimetteva in piedi.

«Che razza di...» Pendleton iniziò a indietreggiare.

«È un miracolo, non è così che lo definiresti? Un morto resuscitato, proprio come Lazzaro? Bene: è questo che ti offro. Un nuovo destino» disse Adair, prendendo la pistola. «Ti vanti di essere un uomo scaltro; probabilmente pensi che si tratti di un trucco. Ma io desidero rassicurarti. Avanti, controlla la ferita, convincitene tu stesso.»

Pendleton però era immobile e raggelato dalla sua parte della scrivania. «Non c'è bisogno di vedere altro. So che è un trucco, come quelli che fanno i prestigiatori alla televisione... E lo ammetto, l'avete eseguito alla perfezione. Ma è impossibile che quella pallottola fosse vera, non si sarebbe mai potuto alzare dopo...»

«Ti ripeto: non è un trucco.» Adair afferrò la mano di Pendleton, stringendola con forza, e lo costrinse a infilare le dita nella ferita di Jude. «Tocca. Non essere vigliacco. Cosa senti? Sta già guarendo, vero? Questo lo sai spiegare? Certo che non puoi, è una cosa che va ben oltre la tua capacità di comprensione.» Adair gli lasciò andare la mano e lo spinse da parte. «Adesso ascoltami con attenzione. Non rivelo il mio segreto a tutti, Pendleton. L'unico motivo per cui ti sto dando questa opportunità è che sto attraversando delle difficoltà finanziarie. Ed è solo per via della mia sfortunata situazione che oggi hai l'occasione della tua vita. In tutto il mondo ci sono soltanto una manciata di persone come me e Jude. Ti sto offrendo l'opportunità di unirti a noi.»

Pallido e scosso, Pendleton barcollò fino a un tavolino e si versò da bere. «È così, Judah? Anche tu sei immortale?»

«Mi pare ovvio» rispose Jude.

Pendleton puntò un dito tremulo su Adair. «Chi... No, cosa sei tu? Il diavolo?»

«Per essere un uomo che si ritiene intelligente, sei rapido ad affidarti alle superstizioni» lo derise Adair. «Se fossi il diavolo, ti chiederei forse dei soldi? Però va detto che sì, sono un essere molto potente, ma in un modo che tu non sei in grado di comprendere, non ancora. Trasferisci l'ottanta per cento della tua fortuna a me – Jude si occuperà della transazione – e non morirai entro tre settimane. Il cancro che ti ha invaso il corpo sparirà e tu vivrai per sempre. Ma se decidi di accettare questa offerta, dovrai redigere un documento per i tuoi avvocati, dovrai nominare Jude esecutore dei tuoi affari, autorizzare la cremazione del tuo corpo e chiedere che non venga tenuto alcun servizio funebre.»

A quell'ultima indicazione, Pendleton lanciò uno sguardo di sospetto, ma non disse nulla.

«È una menzogna, un diversivo. Per impedire alla gente di osservare troppo da vicino il miracolo della tua guarigione» gli spiegò Adair. «Ma fidati, sarai vivo e noi faremo in modo che tu sia ben preparato alla tua nuova vita.»

«La mia nuova vita?»

«Sì, la tua nuova e sana vita» intervenne Jude, indicando il punto sul suo petto in cui fino a poco prima c'era la ferita.

«La tua risposta?» chiese Adair.

Pendleton aveva gli occhi vitrei e persi nel vuoto, ma a poco a poco iniziarono ad animarsi di un misto di speranza e di crescente certezza. «Io... Io non posso prendere così su due piedi una decisione così importante. Ho bisogno di tempo.»

«Non metterci troppo» lo ammonì Adair, rimettendosi la pistola in tasca. «Ricordati quello che ti ho detto, hai tre settimane. Quando ti sentirai in punto di morte e deciderai di accettare la mia offerta, non chiamare un'ambulanza. Chiama noi. Non c'è molto che possa fare per te quando sarai in ospedale, circondato da altre persone. Ed è inutile dirti che non devi parlarne con nessuno. Se scopro che hai detto a qualcuno di me, sparisco e la tua unica possibilità di vita sparisce con me.»

*

La telefonata giunse esattamente ventuno giorni dopo, di mattina presto. Jude si addentrò nel traffico infernale di Boston, saettando fra le auto come uno sciatore spericolato su un ghiacciaio, precipitandosi verso la villa di Pendleton. Lo trovarono pallido e sudato nel letto, il volto una maschera di terrore, ogni respiro un singulto affannoso. Il suo assistente era lì accanto e continuava a guardare il telefono sul comodino, ansioso di chiamare un'ambulanza. Sempre sul comodino c'era un documento piegato in tre. «È quello che mi hai chiesto» sussurrò Pendleton indicandolo.

Adair scrutò a fondo il volto di Pendleton in cerca degli inequivocabili segni della morte incipiente. «Non possiamo svolgere qui la funzione. Dobbiamo spostarti. Ti porteremo in macchina.» A quelle parole, l'assistente accennò una protesta, ma l'uomo sul letto alzò debolmente una mano per fermarlo e mandarlo via. Quando Adair lo sollevò, gli parve d'essere già l'ombra di un uomo, uno spaventapasseri di paglia.

«Non lasciatemi morire» mormorò Pendleton tenendo la mano di Adair. Ogni traccia di arroganza era svanita, spremuta fuori da lui come dentifricio da un tubetto. «Non sono pronto a essere giudicato.»

Nemmeno io, pensò Adair con un raro moto di compassione.

Una volta giunti a casa di Jude, Adair trasportò il corpo quasi inerte di Pendleton su per due rampe di scale fino alla camera da letto degli ospiti. Dopo averlo deposto sul letto, Adair prelevò dalla tasca la fiaschetta contenente l'elisir di lunga vita. «Adesso rilassati. Il procedimento sarà doloroso, ma niente di valore si può ottenere senza pagarne il prezzo. Non combattere, non opporti.» Inclinò la fiaschetta verso le labbra di Pendleton, anche se sentiva che era quasi inutile. Era come se l'anima di quell'uomo, grigia e logora come un vecchio fazzoletto, fosse già nelle sue mani. Ma proseguì: versò poche gocce sulla lingua dell'uomo, disse alcune parole e i giochi erano fatti.

Sentì una grande energia pervaderlo a velocità fulminea e si preparò a incanalare quell'energia verso l'altro uomo. La sensazione lo attraversò come una tempesta, come se il potere di tutti i venti della terra fosse stato imbrigliato, convogliato, concentrato e costretto a passare attraverso un piccolo anello d'oro. Quell'energia non andò tutta verso Pendleton, nutrì anche lui. Lo rinnovò in modi infinitesimali, così come nient'altro poteva fare. E solo allora Adair capì che era anche per quel motivo che lo stava facendo. Perché se c'era un destino superiore nella sua vita, era quello di afferrare quelle anime nere.

Se solo avesse capito perché.

All'ultimo momento, disse le parole che avrebbero legato Pendleton a lui. «La tua vita e la tua salute ti saranno ridate, ma ora tutto ciò che era tuo è mio. La tua anima è a mia disposizione. Per mia mano, per mia volontà.»

«I suoi soldi non sono ancora tuoi» gli ricordò Jude. «Ci vorrà del tempo per recuperarli da dove sono nascosti. Sono certo che Pendleton abbia banche e broker offshore e conti segreti per evadere le tasse. Sarà molto complicato impossessarsene.»

Adair diede una pacca sulla schiena a Jude, cercando di rassicurarlo. «È questo il motivo per cui ti ho al mio fianco, Jude: sei più astuto del più astuto dei ladri, e se c'è qualcuno che può trovare quei soldi questo sei proprio tu. Parlagli» rispose Adair, «e assicurati che capisca di non avere altra scelta.»

Ore dopo, quando il corpo si era già spento per poi riaccendersi di vita, Adair andò a far visita a Pendleton nella stanza buia. Anche nella penombra poté constatare che la trasformazione ormai era quasi completata. L'uomo sul letto ora dimostrava la sua età, la pelle era fresca e rosea, i capelli stavano ricrescendo, scuri come prima della malattia. Era ancora magro, ma i muscoli stavano ringiovanendo e, col tempo, sarebbe ridiventato normale. Era un corpo promettente – certo, non un esemplare divino come lo era stato Jonathan, ma si capiva che un tempo doveva essere stato in forma, per quanto gli consentisse il suo cuore difettoso. Sarebbe stato un piacere averlo attorno, in fondo. Adair si mise a sedere sul bordo del letto e fissò lo sguardo in quegli occhi terrorizzati.

«Come ti senti?»

Pendleton passò la lingua sulle labbra screpolate. «Di merda. Ma diverso. Trasformato.»

«Ti ho ridato la salute, come ti avevo promesso. Forse ancora non lo senti, ma ti basterà guardarti allo specchio per rivederti com'eri prima della malattia. Vuoi che te lo dimostri?»

Lo sguardo di Pendleton rifletté il ricordo della pistola e di Jude accasciato a terra in una pozza di sangue. Rabbrividì. «No. No, ti credo. Lo sento. Anche adesso, mi sento comunque meglio di quanto mi sia sentito da mesi. Voglio soltanto andarmene da qui. Voglio andare avanti con la mia vita.»

«Ed è quello che accadrà.»

Pendleton si appoggiò allo schienale del letto. «Quindi... ora che succede? Mi fai una specie di corso? Ci devono essere cose che devo sapere, per esempio come far sì che il mondo normale non si accorga di me. E tu mi spiegherai tutto, vero? Mi dirai da dove viene questo potere? E cosa significa?»

«In un certo senso, sì. Ma hai tutto il tempo che vuoi per imparare queste cose. Ti trasferirai qui con me e Jude. Entrerai nella mia casa... Come servitore, a dire il vero. Farai tutto ciò che ti chiedo. *Tutto*. Perché se non mi obbedirai, io ti ucciderò.»

Pendleton, a fatica, si appoggiò ai gomiti e si rialzò lievemente, nonostante i capogiri e i sudori freddi sulla schiena. «Cosa vuol dire che mi ucciderai? Avevi detto che sarei stato immortale...»

Adair scosse il capo. «Quando ti ho conosciuto, sembravi piuttosto orgoglioso della tua intelligenza, ma per essere un uomo così astuto non hai fatto tante domande sul nostro accordo. Avresti dovuto. Jude ti aveva avvertito di fare attenzione ai dettagli della mia offerta, ma ahimè, non l'hai fatto. Altrimenti, avresti scoperto che, anche se sei immortale a tutti gli effetti, c'è un'eccezione, una piccola crepa nella tua armatura invincibile. E quell'unica eccezione sono io.»

Pendleton, con gli occhi affaticati, scrutò Adair.

«Non c'è niente a questo mondo che sia assoluto. Non l'hai ancora capito? Credevo che uno come te, con la vita che hai fatto, i tuoi affari e le tue questioni personali, l'avesse imparato da tempo. C'è sempre una... commissione, come diresti tu. Conti da fare, saldi da bilanciare. È così che funziona il mondo, non si scappa. Io sono la valvola di sicurezza del tuo potere. Ricordi la prima volta che ci siamo visti, la dimostrazione con la pistola, ricordi che te l'ho fatta impugnare e ti ho costretto a sparare a Jude? L'ho fatto perché se avessi sparato io, lui sarebbe morto. Soltanto io posso porre fine alla tua vita, così come soltanto io posso farti provare dolore; deve esserti chiaro che non ho alcuna esitazione a esercitare questo potere quando lo ritengo necessario. Avrai anche ingannato tante persone nella tua vita, ma non potrai mai ingannare me. Mai.»

«Que... Questo non è ciò per cui ti ho pagato. Non erano questi gli accordi» farfugliò Pendleton cercando di alzarsi dal letto, ma, ancora debole, stramazzò a terra ai piedi di Adair.

«Non erano questi gli accordi? E allora, spiegami tu, di preciso, su che cosa ci siamo accordati. Mostrami dov'è scritto, fammi vedere il contratto, no? No, certo che no, non c'è nessun contratto. E io conosco soltanto una via verso l'immortalità, un solo modo di ricevere la vita eterna, ossia tramite me. Io conosco le condizioni dell'accordo, Pendleton. E ho rispettato i patti. Ed è giunto il momento della tua prima lezione.»

Jude entrò in camera impugnando un costoso coltello da cucina. Passò nervosamente il pollice sul filo della lama. Pendleton fece oscillare lo sguardo dall'arma a Adair, col terrore che gli riempiva gli occhi.

«È una prova che abbiamo attraversato tutti – tanto Jude quanto gli altri che ho portato a me – per dimostrarti che ti sto dicendo la verità. Così che non ti verrà mai più in mente di mettermi alla prova.» Fece un cenno a Jude, che si accovacciò accanto a Pendleton. Si sostenne con una mano alla spalla di Pendleton, distolse lo sguardo e affondò la lama nel ventre dell'altro.

Pendleton si contorse e aprì la bocca per urlare, ma non uscì nessun suono. Gli occhi gli si strabuzzarono per lo shock. Prese il coltello da Jude e fissò la lama insanguinata. «Ma che... non ho sentito niente. Niente. Com'è possibile?»

Adair fece una risata malevola. «Non sei più fatto della stessa sostanza dei mortali. Il tuo corpo ora è soltanto un veicolo, ormai. Nessuna lama può ferirti, né una pallottola. Né il fuoco o l'acqua. Il caldo o il freddo, la sete e la fame. Ma avrai notato che era la mano di Jude a impugnare il coltello, ed è per questo che non hai sentito nulla. È come ti ho detto: non hai più niente da temere, da nessuno. Tranne che da me.»

Prima che Pendleton riuscisse a risolvere l'equazione nella

sua mente e a intuire cosa stava per accadere, Adair allungò una mano, prese quella di Pendleton e gli spezzò il polso. Lo schiocco delle ossa del suo nuovo leccapiedi riecheggiò per la stanza. Il coltello cadde a terra. «Cristo!» urlò Pendleton, tenendosi l'avambraccio. «Mi hai spezzato il polso! Mi hai rotto il polso, cazzo!»

Adair si alzò e si arrotolò le maniche, mentre Jude armeggiava con la maniglia della porta per poi scappare dalla stanza. «Sì, è quello che ho fatto. Vedi, siamo giunti alla seconda parte della lezione. Perché ben presto inizierai a godere del dono che ti ho dato. Presto ti sentirai potente come non mai, libero di fare qualsiasi cosa tu voglia. Ma dovrai sempre ricordarti, Pendleton, di non essere *completamente* libero. Sei legato a me per il resto dei tempi. Purtroppo per te, tuttavia, la mia esperienza mi insegna che le semplici parole non potranno mai far sì che te ne ricordi. Perciò dovrò chiarirti, in un modo che non dimenticherai mai, che dovrai sempre aver paura di me. Dovrai temermi. E obbedirmi.» Abbassò una mano e gli carezzò la guancia, passando due dita sui capelli, poi sullo zigomo, e lo sentì rabbrividire al suo tocco.

E poi affondò il pugno nello stesso punto che aveva appena accarezzato, con una violenza tale che Pendleton vide lampi e strinse i denti per il dolore. Era dai tempi della scuola che Pendleton non finiva in mezzo a una rissa, e anche allora si era trattato di una semplice lite fra ragazzini, infiammabile quanto un fiammifero ma altrettanto veloce a consumarsi. Questo era diverso, il dolore gli aggredì la mascella e gli traforò il cranio, come se l'avessero colpito con una chiave inglese. Ed era soltanto un pugno: non riusciva a immaginare di poter sopravvivere a un secondo.

Cadde ai piedi di Adair per un attimo, poi si rimise in ginocchio. «Ti credo. Sei il mio padrone. Ma ti prego, fermati» implorò, sforzandosi di rialzarsi.

Adair serrò la presa sulla mascella di Pendleton e gli sferrò un altro pugno in faccia, nello stesso punto, già gonfio e infiammato. «Pensa a tutto questo come a un esercizio necessario per imparare l'obbedienza. Sei come un cane da addestrare, capisci? Ma quando avrò finito con te sarai sottomesso come il più fedele dei mastini. E, come qualsiasi animale da branco, imparerai che la disciplina è rassicurante, capirai qual è il tuo posto nella nostra famiglia, e agirai come il tuo padrone ti ordina. Perché da oggi io sono il tuo padrone: un padrone che non puoi ingannare, che non puoi sfidare, a cui non potrai mai sfuggire. Da oggi fino alla fine dei tempi, tu e tutto ciò che possiedi siete miei. Ora io sono la tua vita. Io sono il tuo dio.»

9

Casablanca

La città era avvolta in tenebre polverose. La strada, sotto, era silenziosa ora, il trambusto del giorno era stato rimpiazzato dai sussurri della sera, dalle voci attutite delle famiglie che cenavano all'aperto e al fresco dei cortili.

Io e Savva eravamo seduti sul pavimento del suo appartamento e attorno a noi era sparsa la sua chincaglieria da drogato, ma l'acqua nel narghilé aveva smesso di gorgogliare da tempo e l'hashish era finito, ne avanzavano soltanto delle scaglie e delle tracce sulla carta argentata. Lui era avvolto dalla pace temporanea indotta dalla droga e dall'alcol. Gli occhi blu e saggi di Savva mi scrutarono a fondo. Proseguì con le sue domande.

«Non è che tutto questo ha a che fare con Adair, vero? Per quanto malridotto sia ora, perfino io riesco a fare due più due, cara Lanny. Quando ci siamo conosciuti, era da quasi un decennio che non avvertivo la sua presenza. Dopo duecento anni la sento di nuovo per la prima volta, e il giorno dopo tu ti presenti alla mia porta. Non credo proprio che sia una coincidenza. Non posso fare a meno di chiedermi se non ci sia qualcosa che devi dirmi.»

Fui invasa da un enorme sollievo per il fatto di poter finalmente confessare il mio segreto a qualcuno che avrebbe capito, poiché soltanto chi aveva vissuto sotto il giogo di Adair poteva capirmi. Ma mi vergognavo anche, perché non l'avevo mai detto a Savva. Non avevo tenuto questo segreto per me perché pensavo che lui avrebbe liberato Adair, ma sapevo che era in contatto con gli altri e temevo che inavvertitamente se lo lasciasse sfuggire quando era sotto gli effetti dell'alcol o di una delle tante droghe di cui abusava.

Ma ormai non avevo più alcuna ragione per mantenere

queste cautele, perciò gli confessai tutta la storia. Gli dissi che Adair era molto più potente e crudele di quanto ci era stato fatto credere, gli spiegai che ci aveva ingannati tutti. Gli dissi di come avevo fatto finta di amare Adair per riuscire a intrappolarlo dietro quel muro. Il suo sguardo si fece sempre più sconvolto a man mano che le parole mi uscivano come in un tumulto, perché, una volta iniziato a raccontare, scoprii di non riuscire più a fermarmi, tale era il sollievo di potermi finalmente confessare.

«Ma dove hai trovato il coraggio di sfidare Adair? È come affrontare il demonio in persona» osservò incredulo. «Nessuno avrebbe mai osato fare quello che hai fatto tu… hai più palle di tutti noi messi insieme, mia cara, e se pensi ai tagliagole e ai criminali di cui Adair si è circondato puoi capire cosa vuol dire.»

«So di aver corso un rischio tremendo, e non ho certo bisogno che tu mi spaventi ulteriormente, Savva» dissi. «Sono venuta da te in cerca di aiuto. Io ho vissuto con lui soltanto per poco tempo. Non so quasi nulla della fonte del suo potere, né dell'entità, di cosa è capace… Ho bisogno del tuo consiglio.»

Lui fece una smorfia. «Temo di non poterti essere tanto utile. Nemmeno io sono rimasto così a lungo con Adair.»

Anche Savva era convinto che Adair mi stesse cercando, ma – come Luke – non era sicuro che fosse in grado di trovarmi. Non sembrava possedere una percezione innata che gli diceva dove ci trovavamo. Per quelli con cui Adair voleva rimanere in contatto, organizzava ogni cosa prima di lasciarli andare, stando all'esperienza di Savva. Sapeva di una donna che Adair aveva lasciato andar via da casa sua, a cui però aveva dato rigide istruzioni su dove andare a vivere affinché lui fosse sempre in grado di trovarla, a prescindere da quanti anni passassero. Senza quelle precauzioni, ne deduceva Savva, Adair non aveva alcun modo di ritrovarci con immediatezza. «Non potrai sfuggirgli per sempre, prima o poi riuscirà a trovarti. Ma non credo che tu sia in pericolo immediato» disse in tono rassicurante, poi però mi fece un sorriso che mi spezzò il cuore. «Non per sminuire la tua situazione, ma se Adair trovasse me, ne sarei contento.»

«Savva, come puoi dire questo?» dissi, allarmata.

«Almeno sentirei di essere davvero punito per i miei peccati.»

«È un prezzo troppo alto da pagare per l'assoluzione, Savva.»

Allargò le braccia, come a invitarmi a guardarlo bene, ma la siringa e il cucchiaio che avevo visto dentro la scatola di latta erano già prove più che sufficienti. «Sono pronto a finire la mia vita. I miei peccati mi inseguono ovunque, ormai, e sono stanco di essere tormentato da tutti gli errori che ho fatto... Non sono forte come te, Lanny. Non sono stato capace di cambiare. Sono un debole, lo ammetto. Non riesco a smettere di ferire gli altri... e anche me stesso.»

Mi avvicinai per prendergli la mano, ma Savva si scostò. «Come puoi dire questo, Savva? Stai soltanto attraversando un periodo negativo. Abbiamo tutti dei brutti momenti, ma passerà.»

Savva mi rivolse uno sguardo diffidente, come se mi ritenesse un'illusa. E forse lo ero davvero; del resto, doveva essere in caduta libera da tempo per aver inflitto danni così rilevanti al suo corpo. «Non è semplicemente un 'periodo negativo', Lanny, è qualcosa di più. Non passa giorno che io non desideri di morire. Ho pensato di chiedere aiuto, ma tutte le porte sono chiuse per quelli come noi. Riesci a immaginare come sarebbe entrare in un ospedale, l'incubo di dover spiegare come mai i segni delle punture scompaiano così velocemente o il motivo per cui una normale dose di un farmaco qualunque non abbia alcun effetto? E mi ci vedi a unirmi a qualche gruppo di auto-aiuto nello scantinato di una chiesa? Seduto in mezzo a quelle povere anime a immaginare *loro* che affrontano le proprie debolezze per un'eternità intera? Il solo pensiero di andare avanti, giorno dopo giorno, con tutti i miei peccati a tormentarmi...»

Povero Savva. Non avevo idea che fosse caduto così in basso. In quel momento decisi di rimanere con lui, almeno per un altro po'. Non mi illudevo al punto di credere che sarei riuscita a fargli cambiare vita, ma di certo sembrava aver bisogno di compagnia.

«Conosco il terrore dell'eternità che provi, l'ho sentito anch'io» dissi, cauta. «Ma è parte della nostra esistenza. Devi accettarlo, Savva. Non ci sono alternative. Non abbiamo altra scelta.»

«Ma non sarebbe meraviglioso se avessimo una scelta, una via d'uscita da questo inferno...»

Se solo avessi potuto condividere le pie speranze di Savva... illudermi che Adair non fosse alle mie calcagna, che non si fosse mai liberato. Ma conoscevo fin troppo bene il futuro che mi attendeva. «Se si trattasse soltanto di farmi trovare e uccidere, potrei anche consegnarmi a lui. Ma temo che non sarebbe così facile. Temo che mi terrebbe imprigionata come ha fatto con Uzra. Ti ricordi di Uzra? La bellissima odalisca che teneva imprigionata come una farfalla in un'ampolla? E... sappiamo entrambi che cosa ne sarebbe di me in quel caso.» Ancora non riuscivo ad ammettere ad alta voce che, come Uzra, mi avrebbe costretta a rimanere con lui per secoli e secoli come sua schiava, torturandomi ogni giorno per puro piacere.

Sentendo parlare di Uzra, un'espressione morbosa e affascinata comparve sul volto di Savva. «Lo sai che, la prima volta che ho incontrato Adair, lui teneva Uzra chiusa dentro un baule, come se fosse una bambola?» Il suo volto si illuminò di un piacere completamente scollegato dalla perversione del suo racconto, come se fosse solo una storia del terrore. «Mi aveva invitato a trasferirmi nella villa che aveva affittato a San Pietroburgo e mi aveva dato una piccola camera da letto sul retro, anche se c'era una stanza molto più ampia e comoda accanto alla sua: ma quella conteneva soltanto un grosso baule. Gli chiesi se non poteva spostarlo, così che io potessi avere quella camera, ma si rifiutò. E, soprattutto, mi disse che avrei dovuto rispettare la sua privacy e non avrei mai dovuto guardare dentro quel baule.

«Naturalmente, questo mi rese ancora più curioso, perciò un giorno, mentre Adair era fuori, scoprii come aprire il lucchetto, tirai su il coperchio... e trovai Uzra. Pensavo che fosse una bambola meccanica o qualcosa del genere, ma poi lei mi saltò addosso come una pantera, cercando di fuggire. Ovviamente non parlava russo e non poteva svelarmi la sua situazione o chiedere il mio aiuto. Fu proprio in quell'istante che Adair tornò e scoprì che avevo fatto fuggire dal vaso di Pandora il suo tremendo segreto.» Savva fece una risatina triste.

«Chiusa nel baule! Che essere immondo» dissi.

«Era appena arrivato in città e non aveva altro modo per trattenerla impedendole di fuggire» mi spiegò Savva. «Adair era così arrabbiato con me che mi afferrò e mi strozzò fin quasi a farmi morire – solo per poi riportarmi subito in vita con l'elisir, dato che aveva ancora bisogno di me perché lo presentassi alla corte russa. Oh, se solo mi avesse lasciato morire» aggiunse, scuotendo la testa, e un ricciolo biondo gli ricadde sulla fronte. «Ah, Uzra. È morta, dunque? Adair finalmente le ha dato la liberazione che lei tanto agognava? Era come un animale selvaggio, quella donna. Chissà cosa avrebbe fatto se quella notte l'avessimo liberata.»

«Che cosa avrebbe fatto lei? Cosa vuoi dire?» lo aggredii. «Uzra era innocua. Che crimine aveva mai commesso, se non quello di essere troppo bella perché Adair riuscisse a resisterle?»

Mi guardò sorpreso. «Come, non sai di Uzra?»

«Sapere cosa?»

Sorrise compiaciuto come una volpe. Savva adorava il pettegolezzo e lo entusiasmava sapere qualcosa di cui altri erano ignari, e il fatto che ciò che mi stava per raccontare fosse un pettegolezzo vecchio di duecento anni lo entusiasmava ancora di più. «Mia cara, lei era un mostro, un vero mostro. Era una cannibale. O un orco. Uccise suo padre e gli divorò il cuore. Gli tagliò anche il pene, ma quello lo diede in pasto agli avvoltoi. La sua gente la catturò e la portò in città, alla corte del sultano, e fu lì che Adair udì la sua storia e la salvò.» Ripensai alla versione che Adair mi aveva riferito: il padre di Uzra ne aveva ucciso la madre e aveva preso a portarsi a letto lei. Se anche solo quella parte era vera, a mio parere era una ragione più che sufficiente per uccidere quell'uomo e mangiargli il cuore, per essere sicura che non tornasse mai in vita.

«Ne sei certo?» Cercavo di conciliare questa nuova versione del destino di Uzra con quella che conoscevo, ma mi sembrava impossibile. Lui mi guardò divertito.

«Sicurissimo. Non hai notato che razza di carattere aveva? E poi odiava gli uomini, non permetteva a nessuno di toccarla – a parte Adair, ovviamente, ma quello non poteva evitarlo. Uzra preferiva le signore, non so se mi spiego.»

«Queste cose le sai per certo, Savva, o sono soltanto tue ipotesi?» gli chiesi, offesa dal fatto che fosse così pronto a saltare alle conclusioni. «Posso ben capire che preferisse la compagnia delle donne, visto come l'avevano trattata gli uomini della sua vita.» Volevo difendere Uzra, eppure avevo la sensazione che il mondo si fosse capovolto per scuoterne la neve, come in una palla di vetro, e l'orizzonte ora era nascosto da un turbinio di fiocchi e io ancora una volta mi ero perduta. La storia di Savva in effetti spiegava una cosa che mi aveva sempre lasciato perplessa: il fatto che Uzra non aveva mai subito la tentazione di Jonathan. «Non capisco... Perché Adair mi avrebbe mentito sul passato di Uzra?»

Savva sbuffò. «Svegliati, Lanny. Sai meglio di me che Adair era un gran bugiardo. Mentiva per i suoi scopi reconditi e per nascondere le proprie tracce. Non mi dirai che hai creduto a tutto quello che ti ha detto?» concluse, prima di ritirarsi per la notte.

La rivelazione di Savva mi scosse nel profondo, e suppongo di aver sempre nutrito la speranza che se Adair teneva un'innocente come Uzra nella sua corte di mostri, forse c'era una possibilità che anche io fossi fuori posto. Ma quella sera Savva mi aveva tolto ogni illusione. Forse c'era una verità che io non volevo affrontare, dato che gli altri che conoscevo – Alejandro, Tilde, Dona e perfino Savva, per sua stessa ammissione – erano crudeli ed egoisti e non sarebbero mai cambiati. Sembravano condannati a ripetere sempre gli stessi errori, come fantasmi intrappolati in un piano dell'esistenza separato da cui era impossibile fuggire.

Magari un tempo anch'io ero stata una creatura egoista, ma adesso ero diversa, no? Avevo dato a Jonathan la libertà, e mi ero allontanata da Luke per il suo bene. Due sacrifici, due buone azioni. Mi ci aggrappavo come fossero medaglie, prove lampanti, quanto meno per me stessa, che ero capace di cambiare, che non meritavo più la crudeltà di Adair.

Ed ero anche più forte di Savva. Sapevo di dover affrontare ciò che avevo fatto e fare ammenda. Sapevo a cosa sarei andata incontro se non fossi cambiata, e mi bastava guardare Savva per ricordarmene. Sapevo che era difficile far tacere la voce sottile e insinuante che ogni giorno parlava a quelli come noi, implorando che il supplizio avesse fine, fine... Non la morte, non esattamente, ma la fine dell'infinito osservare, dell'eterno attendere. E sperare di essere felici ancora una volta, anche solo per un istante, giusto per sentire qualcosa di diverso dal grigio fluire sempre uguale a se stesso di ogni giorno deludente.

10

Boston

Adair era in piedi nel salotto di Jude a guardare la strada. Iniziava a odiare quella casa, dopo tutte le settimane che ci aveva vissuto. Detestava che fosse così immacolata, rifinita, infinitamente vuota. Detestava quelle enormi finestre, era come vivere in una teca di vetro. Vedeva tutta quella gente andare avanti e indietro sul marciapiedi, inconsapevole di lui – com'era giusto che fosse – e covava una rabbia feroce quanto immotivata verso tutti quegli sconosciuti. Era sempre in preda alla furia. Jude gli disse che era normale, visto quello che aveva passato. E aveva anche una definizione strana per il suo stato: disturbo da stress post-traumatico. *Non credo in queste cose*, aveva reagito Adair. *Non credo a nessuna delle tue sciocchezze.*

Stava iniziando a comprendere che, nonostante tutto quello che era riuscito a ottenere dal giorno della sua fuga, era ancora deluso. Il suo sguardo era puntato sempre avanti, sempre sul successivo obiettivo. Il desiderio, pensava, era la vera forza che mandava avanti l'universo, era la condizione principale dell'uomo, anche se la possibilità di soddisfare quel desiderio, il più delle volte, mancava.

Quando era fuggito dalla sua prigione dietro quel muro non aveva niente, nemmeno un centesimo in tasca. Eppure, soltanto poche settimane dopo, aveva ottenuto tutti i soldi che voleva ed era anche tornato in possesso dei due libri di formule segrete, le fonti del suo potere. Sarebbe stato lecito aspettarsi che aver ottenuto così tanto in così poco tempo lo riempisse di orgoglio, ma non era così. Sedeva per ore nella casa di Jude, chiedendosi come rintracciare Lanore. Il fatto che Jude non fosse riuscito a scovare nemmeno un particolare utile su di lei lo preoccupava. E fino a che non l'avesse trovata e non avesse stretto le mani attorno al suo collo esile e fragile – proprio come aveva immaginato infinite volte al chiuso della sua prigione di cemento – non si sarebbe dato pace.

Ma c'era anche qualcos'altro che lo preoccupava: a quanto Adair riuscisse a ricordare, aveva sempre avuto piena fiducia nelle proprie capacità di dominare gli eventi. Ma adesso era ritornato per trovare un mondo così cambiato che iniziava a dubitare di se stesso. Tutto si muoveva a velocità impensabili e il pensiero di tenere quel passo lo paralizzava. Gli sembrava impossibile rintracciare Lanore quando c'erano così tante persone al mondo, così tante città, paesi e avamposti remoti della civiltà... troppi luoghi in cui lei poteva nascondersi.

Di una sola cosa era certo: lei era tanto lontana che a malapena ne avvertiva la presenza.

Osservando i passanti dalla finestra in penombra, Adair si accorse che erano tutti incollati ai loro apparecchi – computer, cellulari, tablet – proprio come Jude. Quegli aggeggi complicati erano l'unico modo per sapere cosa ti stava accadendo intorno. I tuoi occhi e le tue orecchie erano ormai considerati strumenti inferiori. Ed era di certo quello il modo in cui le persone si rintracciavano. Ai vecchi tempi, era abbastanza facile trovare una persona, e Adair era bravo a rintracciare un adulto o un bambino, seguendone le impronte in una foresta o individuando i punti in cui l'erba era stata calpestata in un campo, oppure, nei paesi o nelle città, facendo le domande giuste nelle taverne o alle prostitute e ai negozianti. Ma aveva il sospetto che queste abilità ormai non l'avrebbero portato lontano: le impronte oggigiorno erano tutte elettroniche.

Si mise a sedere nel salotto di Jude e rifletté sulla questione. Poco tempo dopo Jude si unì a lui – come sempre, poiché lo inquietava lasciarlo da solo troppo a lungo, come se Adair fosse un vecchietto fragile o un bambino pronto a mettersi nei guai – e Pendleton lo seguì a ruota. L'imprenditore un tempo potente e famoso non se la stava passando troppo bene dopo la trasformazione, aveva notato Adair. Impaurito e nervoso, era ancora sotto shock, traumatizzato. Aveva preso a osservare Adair e Jude di continuo, seguendo Adair come un cagnolino pauroso. Rimase fermo nell'angolo, più un'ombra sparuta che un uomo.

«Che succede, Adair?» gli chiese Jude buttandosi su una sedia. «Dovresti essere felice. Le cose stanno andando proprio come volevi, no?»

Adair inarcò un sopracciglio prima di parlare. «Non abbiamo fatto alcun progresso nella ricerca di Lanore.»

«Ci ho pensato a lungo» disse Jude, prontamente. Adair si era raccomandato di non dimenticare mai la natura ambigua e falsamente ottimista di Jude: quando si comportava così, sapeva che era meglio non fidarsi di lui. Il suo entusiasmo lo tradiva sempre. «Quindi, la questione è: come rintracciare Lanore da quando ha lasciato Boston, all'inizio dell'Ottocento, fino a oggi.»

Adair annuì, lo sguardo perso nel camino, chiedendosi dove volesse andare a parare Jude.

«Potremmo ingaggiare un investigatore privato, un detective» suggerì Jude.

«Conosci forse un investigatore che accetterebbe il caso di una donna scomparsa da più di duecento anni?» lo schernì Adair.

Una voce bassa giunse dal fondo della stanza. «Io lo conosco.»

Adair si voltò di scatto. Si era quasi dimenticato che c'era anche Pendleton; se si fosse schiacciato ancora di più contro il muro l'avrebbe trapassato. Con gli occhi socchiusi a formare due spilli incandescenti e la punta del naso agitata da un tic costante, ricordò a Adair un animale impaurito ai margini di un campo.

«Cos'hai detto?»

L'uomo chiuse la bocca, la serrò al punto che parve impossibile parlasse di nuovo, ma trascorso un minuto, e poi un altro ancora, capì di non essere stato ancora decapitato e allora si decise a parlare. «Forse non è ciò che cercate, ma conosco qualcuno che potrebbe aiutarvi. Mi sono servito di lui in passato, quando ho avuto bisogno di trovare dei dati su un'azienda per... ehm... dare una spintarella a un affare.» Pendleton fece una pausa, come a riflettere sull'aspetto legale di quanto aveva appena rivelato. «Riesce a trovare tutto, se ha a che fare con Internet.»

Ancora una volta, e non era sorprendente, la risposta era sulla rete. Adair era stufo marcio di come tutti continuassero a parlarne, come se quella scatola magica avesse tentacoli che la mettevano in contatto con ogni singola informazione dell'universo. Eppure, al momento Adair ci vedeva solo una trappola progettata dal demonio per far perdere tempo agli uomini, per ingannarli inducendoli in false speranze.

Jude si sporse verso Adair con aria cospiratoria. «Questo è il campo in cui è lui l'esperto; faresti bene ad ascoltare i suoi consigli. Gli uomini di Pendleton sono stati capaci di risolvere casi eclatanti di furto di dati. Alcuni di questi richiedevano livelli di accesso talmente ristretti che erano tutti pronti a giurare che provenissero dal direttore amministrativo o dal direttore dell'IT in persona. È stato come se li avesse evocati dal nulla.»

Evocati dal nulla: non era ciò che faceva anche lui un tempo? rifletté amaramente Adair. Rendere possibile l'impossibile servendosi di pochi grammi di sostanze, qualche parola e nulla più? Ma il significato di quell'espressione era mutato nel tempo. E Adair ne trasse anche un ammonimento a non servirsi troppo del computer per comunicare con gli altri, visto che i segreti venivano scoperti con tanta facilità. Era ancora in possesso di informazioni che desiderava proteggere, di una serie di confidenti che aveva disposto in luoghi specifici, di risorse d'emergenza cui avrebbe potuto rivolgersi in circostanze disperate. Tutte informazioni che aveva memorizzato nella sua mente... E giurò a se stesso di non affidare mai quei dettagli a un computer.

Guardò di nuovo Pendleton. «L'uomo di cui parli è di queste parti? Puoi organizzare un incontro?»

Pendleton annuì esitante, forse chiedendosi se aver dato quel suggerimento fosse stata una mossa saggia; in fondo, se non avesse funzionato, ne avrebbe subito lui le conseguenze.

«Allora fallo, organizzalo subito.» Era possibile che Pendleton gli si rivelasse più utile di Jude, che non avrebbe mosso un dito se non per riempirsi le tasche, fingendo per tutto il tempo di essere un devoto servitore del suo creatore. Adair riteneva quasi affascinante la trasparenza di Jude, era decisamente prevedibile, ma come servitore aveva dei limiti. Forse Pendleton si sarebbe dimostrato un'aggiunta utile alla sua corte.

*

Il contatto di Pendleton si presentò la sera seguente. Era un uomo basso e di carnagione scura, vestito con strati e strati di abiti sgualciti. I suoi capelli, che pareva non lavasse da tempo, gli stavano appiccicati al cranio, incorniciando le lenti sudice degli occhiali dalla montatura nera. Si accese una sigaretta spiegazzata e rotta a metà e fece passare lo sguardo da Adair a Jude, mentre Pendleton li guidava verso l'ampio tavolo al centro della sala da pranzo fiocamente illuminata.

«Come ti chiami?» chiese Adair all'uomo.

Ma fu Pendleton a rispondere per lui. «Ti presento Maurice. È un hacker. Si stava per laureare al MIT quando l'ho scovato.»

Jude si inserì nel discorso. «Sai già di che tipo di lavoro abbiamo bisogno. Pendleton dice che sei il migliore in circolazione. A noi interessano soltanto due cose: che tu sia in grado di fare il lavoro e che sia capace di mantenere un segreto. Qual è la tua tariffa abituale?»

Maurice fece spallucce e la cenere cadde dalla punta della sua sigaretta. «Dipende da cosa volete. Ma per un grosso lavoro di natura confidenziale potremmo arrivare a...» Il suo sguardo passò dall'uno all'altro degli uomini che aveva di fronte e il respiro accelerò mentre calcolava fino a che punto spingersi. «Diciamo cinquantamila?» Poi deglutì e attese.

«È un caso insolito.» Adair lo squadrò. «Lo troverai molto difficile. Ti pagherò duecentocinquantamila dollari» disse Adair, avvertendo Jude al suo fianco voltarsi a guardarlo sorpreso. «Per questa somma, mi aspetto che tu esegua qualsiasi ordine. Senza domande. E la segretezza dev'essere assoluta. Non dovrai dire a nessuno del tuo incarico. Nessun dettaglio dev'essere rivelato. E se riuscirai a trovare ciò che cerco entro due settimane, raddoppierò la tariffa.» Jude si schiarì la voce e perfino Pendleton si agitò sulla sedia, per nulla contenti di come Adair gestiva così liberamente i loro soldi.

Maurice guardò Adair sconvolto, il volto ricoperto da una sottile patina di sudore. «E come potrei dire di no? Affare fatto.»

«Ascolta bene» proseguì Adair sporgendosi verso di lui. Aveva pensato a lungo a come rintracciare le mosse di Lanore fino al presente ed era giunto alla conclusione che, essendo in circolazione dall'Ottocento, ben pochi documenti sarebbero stati a suo nome. Si sarebbe nascosta all'ombra di qualsiasi uomo cui si fosse legata – e, come lui ben sapeva, era brava in questo. L'unico da cui non si allontanava mai molto era Jonathan. Per pura coincidenza, siccome aveva deciso di prendere il corpo perfetto di Jonathan subito dopo averlo incontrato, Adair aveva già creato una nuova identità per Jonathan, con il nome di Jacob Moore. Il conto bancario che aveva aperto a nome Jacob Moore avrebbe fornito una traccia sufficiente a ricostruire i movimenti di Jonathan, il che avrebbe inevitabilmente condotto a Lanore.

«Nel 1823, una somma di denaro è stata trasferita alla First National Bank of Boston dai fondi del conte Adair cel Rau, ed è stato così aperto un conto a nome Jacob Moore. Questo conto è stato poi rimpinguato da versamenti provenienti da banche a San Pietroburgo, Parigi e altri posti ancora, tutti dallo stesso conte. L'avvocato di Boston che si è occupato dei trasferimenti si chiamava Pinnerly. A un certo punto, i soldi di Moore sono stati trasferiti a una terza persona. Voglio che tu scopra chi è.»

L'hacker tossì e inarcò le sopracciglia, mentre prendeva appunti su un foglio di carta.

«E a quel punto devi scovare chi ha ereditato i soldi di quest'altro uomo, e così via, fino ai giorni nostri» concluse Adair, appoggiandosi allo schienale. «In altre parole, voglio che tu scopra chi è in possesso dei soldi di Jacob Moore *oggi*.»

«Sembra un esercizio di un manuale di matematica» scherzò Maurice, ma quando nessuno degli altri reagì alla battuta, il sorriso nervoso scomparve dal suo volto. «Vediamo se ho capito bene: vuoi che segua i movimenti di questi soldi a partire da duecento anni fa fino al giorno d'oggi?» Perplesso, guardò prima Adair, poi Jude e infine Pendleton. «Ma all'epoca le banche tenevano dei registri?»

«Certo che sì» replicò Adair. «Mi è stato detto che tu sei capace di scovare le informazioni finanziarie più astruse, a prescindere da quanto siano ben nascoste. Se non riesci tu a trovare la risposta, allora nessuno può riuscirci. È per questo che mi sono rivolto a te, ed è per questo che sono disposto a compensarti così generosamente.»

«Ma io non sono uno storico» disse l'altro, abbattuto. «Sì, sono capace di trovare soldi nascosti, ma soldi di *oggi*. So trovarli anche sotto un materasso, se è necessario, ma...»

«Allora assumi degli specialisti, degli storici. Oppure corrompi qualcuno dentro la Bank of Boston, o alla Federal Reserve, o dovunque ti serva» scattò Jude. «È così che fai, no, corrompi degli interni.»

Maurice arrossì. «Diciamo che mi capita di dover assumere dei consulenti. Ma mi avete appena detto che non posso dire niente a nessuno su questo lavoro...»

«Non fare il furbo» disse Jude. «Dai loro soltanto una parte delle informazioni, o quanto meno nascondi ciò a cui sei davvero interessato. Sai come fare.»

«Troverai un modo» intervenne Adair. «Fai tutto ciò che ti serve per ottenere la risposta il prima possibile. Ti darò cinquantamila dollari se fallisci, duecentocinquantamila se hai successo e mezzo milione di dollari se mi porti ciò che cerco entro due settimane.»

«Solo cinquantamila se fallisco?» Maurice aggrottò la fronte. Della sua sigaretta rimaneva ormai soltanto la cenere, dimenticata sul tavolino. «Che io trovi la risposta o meno, mi ci vorrà lo stesso tempo e spenderò gli stessi soldi.»

«Non intendo pagarti la stessa somma a prescindere dal tuo successo. Ho scoperto nel tempo che un piccolo incentivo extra fa la differenza tra successo e fallimento» commentò Adair, allontanandosi dal tavolo. «Se vuoi i soldi, ti consiglio di trovare ciò che cerco.»

A quel punto l'hacker perse ogni traccia di sicurezza e parlò guardandosi il grembo invece di rivolgersi a loro. «È una richiesta davvero strana. Posso chiedervi perché lo state facendo? Se sapessi che cosa state cercando – che cosa state davvero cercando – potrei avere più possibilità di trovarlo.»

«Sai già tutto ciò che devi sapere. Le informazioni che ti abbiamo dato ti metteranno sulla strada giusta. Voglio che tu mi dica dove termina quella strada» disse Adair. Si alzò, fece per andarsene e poi si fermò, comprendendo che non era il momento di tenere per sé tutte le informazioni. Ogni suo sforzo l'aveva alla fine condotto a quell'uomo accartocciato davanti a lui, seduto a quel tavolo. Se era quel rottame d'essere umano la sua unica chance di ritrovare Lanore, sarebbe stato stupido ricorrere a mezze misure in quel momento. «Aspetta, c'è un dettaglio che potrebbe esserti utile...» Lanciò uno sguardo a Jude, stroncando sul nascere ogni obiezione, e poi proseguì. «Devi fingere che Jacob Moore non sia mai morto, devi immaginare che sia rimasto vivo per oltre duecento anni e devi seguire i suoi soldi. E infine, il dettaglio più importante: questo Jacob Moore… Dicevano che era un uomo di una bellezza quasi soprannaturale, una bellezza eterna, capace di imprimersi per sempre nella mente di chi lo vede.»

Una bellezza tale da ispirare amore a prima vista, pensò Adair con una punta di amarezza. Era giunto a un passo dall'avere Jonathan come ospite, e l'unica ragione – rise della propria ingenuità – era stata compiacere Lanore. Si era rassegnato al fatto che lei avrebbe sempre amato Jonathan più di lui, e aveva pensato che assumendo la forma di Jonathan avrebbe potuto farle il dono più grande di tutti: l'esperienza del vero amore, profferto da un uomo vero ma con il corpo del suo primo amore. Tuttavia, quando Lanny aveva scoperto il suo piano l'aveva stroncato punendolo nel più atroce dei modi: rinchiudendolo per due secoli dietro una parete. E ora finalmente era giunto il momento di ripagare la cortesia.

Eppure, Adair sentiva qualcosa, nell'abisso dei suoi pensieri, che richiamava la sua attenzione, come un mendicante che ti tira la manica per strada. Sovrappensiero, abbandonò la riunione e lasciò che fossero gli altri due ad accompagnare alla porta il loro visitatore.

Vagò fino a un angolo della casa, trascinato dalla voce interiore che sembrava capace di fendere la sua furia di vendetta. Era una voce supplicante che gli ricordava che a lui Lanore mancava. Ricordava ancora bene come lei, e soltanto lei, lo faceva sentire. Ma perché quella donna? Non gli era mai mancata la scelta. C'erano donne ovunque andasse, di ogni dimensione, razza, colore, età, carattere. Eppure nessuna lo attirava. Il suo sguardo le oltrepassava indifferente e continuava a cercare tra la folla. A cercare Lanore. Lo spaventava ammettere che soltanto lei avrebbe potuto sopire l'inquietudine del suo cuore.

Dopo aver accompagnato Maurice alla porta, Jude andò a cercare Adair. «Cosa c'è che non va?» gli chiese.

Davvero gli si leggeva in volto la malinconia? si chiese Adair, sfiorandosi la guancia. Avrebbe preferito morire piuttosto che ammettere la verità di fronte a Jude. «A che cosa ti riferisci?»

«Perché gli hai offerto così tanti soldi per quel lavoro? Si sarebbe accontentato di cinquantamila. Potevi offrirgliene settantacinque, anche centomila se volevi. Ma tu gli hai offerto troppo, e lui si chiederà perché, che cosa c'è dietro.»

Perciò Jude non aveva alcuna idea di cosa lo preoccupasse davvero e, come al solito, era interessato solo ai soldi. Adair aveva una risposta pronta. «Volevo che capisse bene quanto sia importante trovare la risposta che cerco. È semplice: se sa che verrà ben ricompensato, si darà da fare come un pazzo per rintracciarla in fretta. E io sono stufo di aspettare: è ora di trovare Lanore.»

Nove giorni dopo l'hacker li chiamò per convocare una riunione. Pareva esausto e anche un po' delirante, si rifiutò di limitarsi a comunicare i risultati e insistette affinché Adair ascoltasse il modo in cui era riuscito a mettere insieme i dati, altrimenti, diceva, non gli avrebbe creduto. Quando quella sera Maurice arrivò, aveva un aspetto perfino peggiore di quanto avevano immaginato. Sembrava non avesse dormito sin dal loro primo incontro; aveva la pelle gonfia e livida, come se avesse tirato avanti a patatine e caffè. I suoi capelli erano ancora più unti, ammesso che fosse possibile, e puzzava come se non si fosse mai lavato. Forse indossava addirittura gli stessi vestiti. Andò dritto al tavolo a sedersi al medesimo posto del primo incontro ed estrasse un piccolo taccuino dalla tasca, attirando l'attenzione sulle sue dita macchiate di nicotina.

In compenso aveva un'aria trionfante, quasi di sfida. Fissò Adair senza abbassare lo sguardo. «Devo ammetterlo, quando la prima sera sono uscito di qui ho pensato che fossi... eccentrico» disse, scegliendo con cautela le parole. «Nessuno mi aveva mai affidato un caso come questo. Sembrava una specie di trappola. Ma poi ho cominciato a rifletterci su e ho deciso, che cavolo, le sfide mi piacciono.

«Perciò, diciamo che ho avuto subito un colpo di fortuna: la First National Bank of Boston esiste ancora. Ha attraversato alcune fusioni nel corso degli anni, ma il fatto che non sia mai fallita significava che c'era una buona possibilità che i suoi archivi esistessero ancora. Non entrerò nei dettagli, basti dire che ho scovato qualcuno che poteva accedere agli archivi storici della banca e avevi ragione: c'era un conto a nome di quel tizio, Jacob Moore.» Maurice si versò un bicchiere d'acqua dalla brocca sul vassoio davanti a lui e lo ingollò in un sorso prima di procedere. «Il mio collaboratore è riuscito a scoprire che tutti i soldi di Jacob Moore furono trasferiti un paio d'anni dopo l'apertura del conto a un altro conto a suo nome presso una banca italiana.

«Ed è andata avanti così, ogni dieci anni circa, in conti presso banche di tutta Europa. Poi, agli inizi del Novecento, quando questo Jacob Moore doveva avere *almeno* cent'anni, ha trasferito tutti i suoi soldi in un conto a nome...» Consultò il taccuino. «...a nome Rolf Schneider, a Berlino. È successo poco prima della prima guerra mondiale. E qui mi sono trovato di fronte a un problema: gli archivi delle banche si sono tutti incasinati dopo la guerra, soprattutto in Germania, per via del caos politico. La gente ha iniziato a tenere i soldi in casa, sotto il materasso, in scatole da scarpe...»

Sfogliò ancora il suo taccuino, nervoso. «Perciò ho messo da parte gli archivi finanziari e ho iniziato a cercare da un'altra parte. Matrimoni, archivi catastali... Uno dei miei collaboratori ha trovato traccia di un certo Rolf Schneider iscritto a medicina a Heidelberg. Perciò mi sono chiesto: che fosse lo stesso uomo? Ed è stato qui che mi sono ricordato del tuo suggerimento.» L'hacker fissò ancora Adair negli occhi. «Perciò ho assunto una ragazza che conosce il tedesco perché esaminasse le microfiches dei vecchi giornali, le pagine di costume e società, qualsiasi cosa ci venisse in mente e, manco a dirlo, lei ha trovato notizie su uno studente di medicina di bellezza straordinaria, Rolf Schneider, intervenuto a varie feste dell'alta società.»

Adair si trattenne dal protendersi oltre il tavolo. «Hai una foto di quest'uomo, questo Schneider?»

Maurice frugò in una tasca ed estrasse un foglio di carta tutto spiegazzato. Lo appiattì sul tavolo col palmo prima di passarlo a Adair.

Non era una fotografia, sembrava più uno schizzo a mano, un ritratto a carboncino in cui si intuivano forme umane – macchie nere su fondo bianco. L'immagine era sbiadita quanto la placca d'ottone di una lapide esposta alle intemperie.

Adair riusciva a distinguere qualche dettaglio della stanza in cui quelle persone erano radunate, e si mise con qualche diffidenza a esaminare quei volti indistinti, dubitando di poter rilevare qualcosa in quell'immagine sgranata... Ma non c'era possibilità di confondere *quel* volto, anche se era soltanto l'ombra di uno zigomo e l'arcata sopraccigliare di un volto mezzo girato, con un ricciolo di capelli scuri sulla fronte.

Era Jonathan.

Adair espirò lentamente: non si era nemmeno accorto di aver trattenuto il fiato.

L'hacker proseguì. «Allora abbiamo continuato a cercare tracce di Rolf Schneider nei giornali tedeschi. E lo troviamo nel personale di un ospedale e poi di un altro... E a un certo punto per un po' è sparito. Non è un fatto raro. Molti documenti sono scomparsi in Germania dopo la guerra. Ma ho cercato dovunque. Ho perfino chiesto a un tizio del ministero della difesa di esaminare gli archivi dell'occupazione. Ma non c'era più nulla e credevo di averlo perso. Poi, così tanto per provare, ho cercato il nome di Rolf Schneider in tutti i database cui ho potuto accedere. È per questo che tutte le aziende mettono ogni loro dato nelle data warehouses oggi, perché ci si possono fare soldi. Biglietti aerei, profili di credito, documenti assicurativi, pagelle scolastiche, dati elettorali... Da non credere, cosa ci mettono.

«Comunque, ho trovato un risultato, ma risale a decenni dopo la guerra. Un dottore di nome Rolf Schneider lavorava per una ONG, una di quelle che mandano medici nelle zone di guerra o di epidemia, hai presente? Comunque, ho trovato una foto di quel tizio in una delle loro newsletter.» Con mani tremanti, l'hacker prese da un'altra tasca ancora un secondo foglio di carta, che porse a Adair con aria tutta soddisfatta.

Era una fotografia molto più chiara della precedente. Era una foto di gruppo, una fila di persone davanti a un tavolo all'aperto in un posto molto assolato. Adair vide tre persone bianche e cinque africani. I bianchi sembravano sfiniti dal calore mentre gli africani sorridevano o sfoderavano espressioni serie. L'uomo alto e dai capelli scuri a un lato della fila aveva il volto girato, cercando evidentemente di sfuggire alla fotografia. Ma non c'era possibilità di equivoco: quell'uomo era Jonathan. Ci poteva essere soltanto un dio del sole nella storia umana. La didascalia sotto la foto recitava: «La Mercy for Peace International effettua vaccinazioni a duemila persone contro la malaria. Campo profughi di Serrat, nel Ciad». La data risaliva all'anno precedente.

«Dev'essere un discendente di quel tizio, non può essere altrimenti, visto che è identico a...» L'hacker indicò l'altra immagine. Dal tono della sua voce, un misto di incredulità e terrore, voleva essere rassicurato.

Negli anni, Adair aveva scoperto che ogni volta che qualcuno arrivava troppo vicino a scoprire il suo segreto, di solito quella persona poteva tranquillamente essere dissuasa dal fare ulteriori indagini: l'idea che qualcuno potesse vivere per sempre era troppo fantasiosa, troppo eretica. Le persone comuni erano troppo impaurite per indagare fino in fondo, a prescindere da quanto fossero schiaccianti le prove; pareva conducesse alla pazzia. L'hacker non voleva affatto sentirsi dire che Jacob Moore aveva in effetti vissuto per centinaia d'anni; voleva una spiegazione logica. «Ma certo che è un suo discendente» gli rispose Adair. «Chi altri potrebbe essere?»

Maurice guardò Jude e poi Pendleton e infine abbassò lo sguardo, sollevato.

Adair si rivolse di nuovo a lui. «E quindi dove si trova adesso questo discendente di Moore? È ancora nel... Ciad?»

Maurice parve perplesso. «Non lo so. Mi hai detto di seguire i soldi. Ma la traccia dei soldi si è estinta nel 1914. Devo ancora verificare dove si trovi, o se è ancora vivo, ma ho ancora cinque giorni no?» aggiunse rapidamente.

Adair si voltò verso Jude senza trattenere un sorriso. «Pagalo. Cinquecentomila dollari. So apprezzare un lavoro ben fatto, come in questo caso» disse poi a Maurice, che sobbalzò incredulo. «Ma non dimenticare, non devi dire una parola a nessuno. Se scopro che ti sei lasciato sfuggire qualcosa, che hai attirato l'attenzione di qualcuno su questo Rolf Schneider o hai allertato le autorità...»

«Ehi, non c'è problema, so che la discrezione è d'obbligo.»

Adair prese le due immagini e lasciò Jude e Pendleton a chiudere la faccenda, mentre lui si ritirò nello studio di Jude. Si sforzò di ignorare la sensazione di trionfo che montava dentro di lui, cercò di non cedere allo slancio di ottimismo. Aveva fatto un passo avanti verso la cattura della sua preda, ma sapeva che lo attendevano altri ostacoli, forse inimmaginabili.

Ma come prima cosa doveva trovare Jonathan. Chiuse la porta e accese il computer, poi cercò la Mercy for Peace International e chiamò il numero sul sito. « Pronto? Senta, sto cercando di rintracciare un vecchio amico che lavora per voi... Sì, resto in attesa. » Girò la sedia, tenendo il cellulare all'orecchio. A differenza dei computer, aveva colto subito l'utilità dei cellulari, una magia che non avrebbe mai ritenuto possibile. « Pronto? Sì, senta, sto cercando un amico che lavora per la vostra organizzazione e mi è stato detto che lei può aiutarmi. Si chiama... » Adair pronunciò il nome lentamente, scandendolo bene, e poi ascoltò la donna all'altro capo del telefono spiegargli che non le era consentito fornire informazioni sui loro impiegati.

E così, con incredibile facilità, gli si presentò un altro ostacolo. Era stanco di tutte quelle difficoltà. Nella sua ricerca di Lanny, aveva affrontato qualsiasi sfida – vista anche l'estensione delle indagini che Maurice, il geniale ladro di informazioni, aveva svolto per portare Adair fino a quel punto – e ora un'insignificante impiegata aveva bloccato tutto. Essere intralciato in quel modo lo rendeva pazzo di rabbia. La furia lo attraversò, sommessa ma inconfondibile come una tempesta all'orizzonte. Avrebbe potuto giurare di vederne le scintille nell'aria, e la connessione tra lui e quella donna si animò di un fuoco invisibile.

E all'improvviso, in modo del tutto imprevisto, la donna proseguì, spiegando che il dottore aveva preso un lungo permesso e non poteva essere raggiunto, ma che aveva detto a un collega che avrebbe fatto visita a una vecchia amica, nella città in cui erano cresciuti. Ricordandosi a malapena di ringraziarla, Adair chiuse la comunicazione, sconvolto dalla propria fortuna. Era riuscito a farle obbedire ai suoi ordini semplicemente desiderandolo, o era stata una semplice distrazione, o forse quella donna amava spettegolare? Ripensò alla sensazione che l'aveva attraversato, all'aria che gli era parsa elettrica, e decise di rifletterci più a fondo in un secondo momento.

Adesso c'era un viaggio ad attenderlo. Il paese natale di Lanny: perché non ci aveva pensato prima? L'aveva visto accadere tante volte prima d'ora a quelli che aveva trasformato: l'impulso di tornare alle origini, di cercare il conforto della propria casa ancora una volta, pur sapendo che sarebbe stata soltanto un'ombra di ciò che era un tempo. Tutti i suoi sudditi prima o poi avevano provato quella nostalgia, alcuni addirittura si erano rivelati incapaci di dimenticare il passato, tanto erano sopraffatti dal mondo che abitavano, e lui aveva dovuto ucciderli per il loro stesso bene.

Era deluso dal fatto che quella donna, che aveva sempre ritenuto imprevedibile, fosse ricorsa a un comportamento così scontato. Ma, in fondo, Adair riusciva a capire perché Lanore fosse stata tanto attratta da un viaggetto al loro paese con Jonathan. Se li immaginò fare ritorno nei posti in cui erano soliti andare da adolescenti innamorati, per ricreare quei momenti di passione, e quel pensiero per un istante lo sconvolse.

Mentre si recava a dormire, Adair disse a Jude di prenotargli un viaggio per la mattina dopo. La meta: St. Andrew, Maine.

11

Casablanca

Dopo tre settimane trascorse a Casablanca, ero pronta ad andarmene. L'idea di rimettermi in viaggio mi inquietava, come se qualsiasi movimento avessi fatto avrebbe potuto attirare l'attenzione di Adair e metterlo alle mie costole, ma vivere con Savva era diventato troppo stressante e decisi di correre questo rischio. Non volevo essere crudele né ingrata, ma credo di aver dimenticato come fosse vivere giorno dopo giorno con lui, o forse avevo idealizzato il tempo che avevamo trascorso insieme.

La verità era che anche allora Savva era stato un uomo difficile con cui convivere, perché con il suo carattere tempestoso ci aveva spesso messo nei guai. Quando incontrava uno sconosciuto, se ne faceva un'impressione immediata ed estrema: o lo amava come se fosse un fratello oppure lo odiava come se fosse un nemico giurato. Aveva accessi di iperattività improvvisa che potevano durare per giorni, fino a che non crollava esausto. Spendeva i nostri soldi senza criterio, senza preoccuparsi di come avremmo fatto a trovarne altri, e io ogni volta mi arrabbiavo con lui, convinta che potesse cambiare. Avrei dovuto capire che il suo comportamento non era dovuto soltanto a un difetto di temperamento, perché i segni c'erano tutti. All'epoca, però, non si sapeva ancora nulla del disturbo bipolare. Così, lasciavamo che persone come Savva si riducessero al lumicino, dal punto di vista fisico e psicologico, che affondassero nel laudano o nell'alcol, fino a che non si suicidavano o finivano rinchiuse in prigione o in manicomio.

Adesso Savva era in condizioni perfino peggiori. Era troppo dipendente dalle droghe per sperare che si potesse curare con responsabilità. Doveva combattere demoni ben più devastanti di uno squilibrio metabolico, e aveva poca forza di volontà cui fare ricorso. I suoi cambiamenti d'umore erano più repentini e violenti che mai, spesso era arrabbiato, irragionevole, paranoico, anche se quando si drogava diventava un po' meno ostile. Si faceva con tanta frequenza ormai che era divenuto più abile con le siringhe di qualsiasi infermiere. Ingollava qualunque pillola su cui riusciva a metter le mani e beveva soltanto alcol. Stargli accanto metteva paura eppure era difficile abbandonarlo in quelle condizioni. Una terapia farmacologica forse avrebbe contribuito a tenere sotto controllo il suo disturbo, ma non riuscivo a immaginare un modo per convincerlo a farsi curare da un dottore. Mi faceva infuriare pensare che Adair potesse aver visto questa debolezza in Savva e averlo scelto comunque, condannandolo a un'eternità di sofferenze pur di avere qualcuno che lo introducesse alla corte russa.

Dopo quelle settimane trascorse alla presenza di Savva, capii perché viveva in quel modo. Di rado uscivamo dal suo appartamento. Lui si avventurava fuori soltanto quando aveva bisogno di comprare droga, ma di tanto in tanto ricevevamo la visita di un ragazzo con occhi scuri e diffidenti, e i due andavano all'ingresso a concludere la transazione borbottando in arabo. Altre volte veniva a trovarlo qualche amico, un bel ragazzo giovane o un altro, più vecchio e rude, e io uscivo per non invadere la loro privacy. Quando tornavo lo trovavo addormentato sul materasso malconcio che gli faceva da letto.

È comprensibile, perciò, che mi sia sentita sollevata quando un giorno Savva venne a dirmi di aver trovato la soluzione alla mia situazione. Era giunto alla conclusione che se volevo aiuto potevo solo rivolgermi agli altri tirapiedi di Adair. «Hai bisogno di un consigliere migliore di me, Lanny. Adair non mi ha mai amato abbastanza da farmi avvicinare a lui, davvero» mi spiegò. «Non mi ha mai rivelato i suoi segreti. E tu hai bisogno di qualcuno che abbia passato molto più tempo con lui di me. Penso che dovresti cercare Alejandro.»

Quella raccomandazione mi provocò un tuffo al cuore. «Alejandro? Non credo che mi parlerebbe. È convinto che io e Jonathan gli abbiamo tolto Adair.»

«Be', non hai altra scelta, devi dirgli la verità e convincerlo ad aiutarti. O preferiresti rivolgerti a Dona? Alej è l'unico con cui tu abbia una possibilità. E poi, Alej è sempre stato il più conciliante di tutti noi, quello che appianava i conflitti nel gruppo. Lui saprà come meglio trattare Adair.»

«Non so, Savva. Non ho mai saputo bene cosa pensare di Alejandro, se potermi fidare di lui o no. Per lo meno, con Dona e Tilde sapevo sempre cosa pensavano di me, ma Alej ha sempre tenuto segrete le sue vere intenzioni. Non sono affatto certa che accetterà di aiutarmi dopo aver scoperto che sono io la responsabile della scomparsa di Adair. Lo adorava come fosse il suo dio.»

Savva era deciso. «Non darei per scontato che la pensi allo stesso modo ora. Tu ricordi bene com'era vivere con Adair: era come essere vittime di un rapimento, sempre in tensione, sempre impauriti. Uno faceva di tutto per evitare di essere l'oggetto della sua attenzione o di attirare la sua furia. Ma Alejandro ha avuto parecchio tempo per guarire, per mettere le cose in prospettiva. Oggi è una persona diversa.» Savva mi baciò la mano e le diede una carezza. «Io non posso esserti di alcuna utilità, lo vedi. Non nelle mie condizioni. Vai da Alejandro. So dove vive, gli dirò che stai andando a trovarlo. Dovremo tornare in città, però, perché io possa farlo; qui i cellulari non prendono. Dovremo andare nell'albergo dove si fermano i turisti.»

L'albergo di cui parlava risultò essere molto esclusivo, di quelli in cui alloggiano le rock star e i multimiliardari in visita in città. Mi spiace ammettere che mi sentii fuori posto, lì dentro con Savva, che sembrava strano con quei vestiti raffazzonati e mal abbinati. Temevo che non ci avrebbero permesso di rimanere, e infatti, come un falco, il portiere si avventò su di noi per chiederci di uscire subito, ma io gli ordinai un tè molto costoso e dei pasticcini e ciò parve rassicurarlo sul fatto che eravamo degni di stare lì, che Savva era soltanto un po' eccentrico ma non un pezzente.

Savva si allontanò da solo per fare la telefonata, mentre io controllai le email. Stavo aspettando che il computer si avviasse dopo un lungo letargo, quando il mio cellulare prese vita, vibrando. Controllai il piccolo display: c'erano venti messaggi in segreteria da parte di Luke. Esitante, mi portai il cellulare all'orecchio e ascoltai il primo.

«Per l'amor di Dio, dove sei? Perché non rispondi?» Era la sua voce, ma era vulnerabile come non l'avevo mai sentita prima, e mi colpì come un pugno allo stomaco.

«Rispondi, Lanny. Non fare giochetti con me...»

«Non volevo perdere le staffe...»

«Chiamami. Almeno fammi sapere che stai bene, che non ti è successo niente...» E, con un singhiozzo, la sua voce sprofondò nel silenzio, come se stesse pensando a ciò che gli avevo detto di Adair e si stesse chiedendo se le mie paure si fossero realizzate. Quella pausa straziante fu quasi sul punto di convincermi a chiamarlo, per rassicurarlo, per scusarmi di avergli causato tanto dolore. Ma mi trattenni.

C'erano anche delle email. Una in particolare mi colpì. Era molto lunga, scritta forse dopo la sequela di chiamate e di messaggi a cui non avevo risposto. Si era preso il tempo per riflettere sul modo migliore di persuadermi a ritornare da lui. Era clinica, come se il suo lato professionale, il dottor Findley, mi avesse esaminato e fosse stato pronto a formulare una diagnosi. Mi spiegò le motivazioni psicologiche che mi avevano indotto a lasciarlo, mi spiegò che stavo agendo per pura paura ed ero scappata perché, inconsciamente, temevo che lui mi avrebbe lasciato, come aveva fatto Jonathan. Lasciandolo, mi scrisse, lo stavo mettendo alla prova, ma dovevo capire che lui non era Jonathan e che non mi avrebbe mai lasciato. Potevamo discutere, litigare, ma se mi fidavo di lui e di ciò che provava per me dovevo tornare, e avremmo trovato un modo di appianare le nostre divergenze. Era una strana lettera d'amore, sembrava priva di passione.

E in quel momento lo vidi per quello che era: come molti altri uomini, non era in contatto con le proprie emozioni. Era incapace di abbandonarsi alle passioni, quasi vi avesse rinunciato molto tempo prima. Il momento in cui era stato più vicino a lasciarsi andare era stato quando era scappato con me, ma quella pericolosa anomalia era stata corretta e il vecchio Luke era ritornato al comando. Non era perfetto, come avevo pensato all'inizio: anche lui aveva dei difetti, una parte della sua psiche era stata come amputata durante l'infanzia, e forse era stato questo ad attrarmi di lui. Non era stata la sua affidabilità, ma il fatto che era fragile e io volevo proteggerlo.

Stavo piangendo; presi un tovagliolo dal vassoio del tè per asciugarmi le lacrime. Ma non composi il suo numero di telefono, né risposi alle sue email.

«Cosa succede?» mi chiese Savva tornando dall'angolo dell'atrio dove si era ritirato a telefonare.

«C'è un uomo» singhiozzai, troppo stanca per le spiegazioni e forse un po' timorosa di come avrebbe reagito Savva. «L'ho lasciato non appena ho sentito di nuovo la presenza di Adair, non appena ho capito che Adair era libero.»

Savva mi ascoltò mentre leggevo ad alta voce la mail di Luke. «Che romanticone» disse con tono piatto, come se ritenesse l'analisi di Luke tutto tranne che romantica. «Ma hai ragione: con Adair alle costole, non puoi permetterti il lusso della sua compagnia. Devi viaggiare leggera. Non puoi consentire a qualcuno di rallentarti. È parte della maledizione, lo sai: siamo destinati a rimanere da soli.»

Mi strofinai gli occhi con il tovagliolino di carta ormai ridotto a brandelli, anche se le mie lacrime avevano smesso di scendere a mano a mano che la verità di ciò che Savva stava dicendo mi si rivelava. Non potevo certo nascondermi per sempre e non avrei potuto continuare a vivere in un costante stato di terrore, in fuga per tutta la vita, mentre Adair individuava tutte le persone importanti per me e trasformava le nostre esistenze in un inferno finché non otteneva ciò che voleva: me. La preda.

«Accettalo, siamo condannati all'infelicità» disse, sporgendosi verso di me. «Desideriamo la compagnia di qualcuno per scacciare la solitudine. Per noi potrebbe essere perfino necessario, poiché siamo imprigionati dentro questi *contenitori* eterni» – *ospiti*, li definiva Adair – «con i ricordi delle cose orribili che abbiamo fatto, gli inganni e i rimpianti, cercando un modo di andare avanti... Vivere con qualcuno potrebbe essere l'unico modo.»

Aveva ragione: era così che ero riuscita a superare tutti quegli anni senza Jonathan. Per molte, troppe volte avevo desiderato di morire ed era stata soltanto la speranza di rivederlo a impedirmi di impazzire. «Se la pensi così, perché non trovi anche tu qualcuno con cui vivere?» gli chiesi. «Perché non fai questo invece di vivere da solo e prendere tutte quelle droghe giorno dopo giorno?»

«L'amore non ha mai fatto per me.» Prese la mia tazza di tè e ne bevve un sorso. «So di poter trovare qualcuno che mi ami, quello non è mai stato un problema. È solo che non riesco mai a ricambiare quell'amore. Non riesco a impedirmi di fare del male. Ho sempre pensato a me stesso come a quello scorpione della favola, ti ricordi?» Un sorriso triste gli attraversò il volto nel ricordare quella storiella, come se ne traesse conforto. «Uno scorpione chiede a una rana di portarlo al di là del fiume sulla schiena. La rana rifiuta, dicendo che lo scorpione la pungerà uccidendola. Lo scorpione risponde che sarebbe assurdo, perché se la uccidesse morirebbe anche lui affogato. Sai già come va a finire, naturalmente: lo scorpione punge la rana e mentre entrambi affogano la rana gli chiede perché li abbia condannati entrambi. E lo scorpione risponde di non aver avuto scelta, era la sua natura.» Savva mi fissò col suo sguardo azzurro e glaciale. «È anche la mia natura. È proprio questo ciò che cerca Adair, secondo me. È anche nella tua natura, Lanny, altrimenti non ti avrebbe scelta.»

Le sue parole mi si conficcarono nel petto come una scarica di pallottole. Avrei voluto non credergli, ma sapevo che aveva ragione. Preferivo convincermi che se avessimo combattuto la nostra natura con tutte le nostre forze avremmo avuto una possibilità di salvarci, e forse a quel punto saremmo stati premiati con un amore perfetto. Savva però avrebbe deriso queste fantasie sdolcinate, quei propositi evanescenti impossibili da mettere in pratica. Ma ormai contava poco ciò in cui volevo credere: con Adair in libertà, era molto improbabile che avessi di nuovo l'opportunità di amare qualcuno.

Savva mi aiutò ad alzarmi dalla poltroncina e mi prese sottobraccio, e insieme lasciammo la comodità e la sicurezza dell'albergo, l'aria condizionata e il Wi-Fi, per immergerci di nuovo nella cruda realtà delle strade marocchine. Mentre ci fermavamo sul marciapiede, lasciando passare il traffico, mi disse: «A proposito, Alejandro ha accettato di vederti. Dobbiamo fermarci a un'agenzia viaggi e prenotarti un volo per la Spagna».

«Va bene.» Di colpo mi scoprii terrorizzata all'idea di lasciare Casablanca. Viaggiare voleva dire rendermi vulnerabile, come un coniglio che fa sbucare la testa dalla tana pur sapendo che c'è un falco che vola in cerchio proprio lì sopra. Non ero sicura di essere pronta ad affrontare tutto questo.

«C'è una cosa che ti devo chiedere, Lanny» proseguì Savva, senza guardarmi, mentre attraversavamo la strada. «Voglio che tu mi prometta che se mai Adair ti dovesse prendere, quando ne avrai l'opportunità lo manderai da me. Voglio che la mia esistenza finisca. Per ovvie ragioni.» Aprii la bocca per obiettare, ma lui mi strattonò il braccio azzittendomi. «Non protestare; hai fatto la stessa cosa per Jonathan, quindi so che capisci. Ti prego, Lanny. Promettimi che lo farai per me, se avrai questa possibilità. Devi promettermelo.»

Dopo aver prenotato un volo per Barcellona per la mattina seguente, mi restava solo un'altra notte a Casablanca. Avrei voluto solo sedermi sul balcone e fumare fino all'alba, ma una voce nella mia testa mi ricordò che avevo smesso di fumare per compiacere Luke. Se non riuscivo a convincermi ad accendermene una, allora era evidente che non mi ero liberata di lui, non nel mio cuore.

Ero nauseata da ciò che gli avevo fatto. Come Savva, sembravo destinata a ferire chi mi amava. Ogni volta che mi ero trovata in una situazione sentimentale difficile, avevo cercato di sfuggire al dolore. Due secoli prima ero fuggita piuttosto che essere mandata in un convento e dar via il figlio di Jonathan. Ero scappata da Adair e, nel corso degli anni, avevo lasciato altri uomini, per diverse ragioni. E ora, nel mezzo di una discussione con Luke, mi ero fatta sopraffare dal panico ed ero fuggita via.

Speravo di aver fatto la cosa giusta rinunciando a lui. Avrei voluto pensare che non eravamo fatti l'uno per l'altra, e siccome lui si schermava dalla vera passione, dal desiderare qualcosa con tutte le proprie forze, immaginavo che non ne avrebbe sofferto più di tanto. Meglio lasciarlo ora, gli avrebbe fatto meno male... Ma poteva mai davvero fare meno male?

E soprattutto c'erano le figlie di Luke a cui pensare. Per duecento anni avevo evitato di farmi coinvolgere da uomini che avevano figli. Spezzare il cuore di un uomo era un conto, sottrarlo all'amore dei figli un altro. Per colpa mia, era difficile per Luke vedere le figlie e la sua ex moglie, Tricia, comprensibilmente non gradiva molto l'idea di far sapere alle bambine che il loro padre viveva con un'assassina latitante. E poi, anche se le obiezioni di Tricia fossero state superate, sarebbe arrivato un giorno in cui il loro padre sarebbe diventato molto vecchio mentre io sarei ancora apparsa molto giovane, più giovane delle sue figlie, e non avrei avuto altra scelta che scomparire.

Avevo spiegato a Luke ogni dettaglio della mia condizione immortale, ma sapevo di non poter svelare il mio segreto alle sue figlie o alla sua ex moglie. Dio solo sapeva cosa sarebbe successo se Adair avesse scoperto che avevo rivelato il mio segreto a Luke. No, non potevo mettere a rischio la vita di Luke o delle sue bambine in quel modo.

Savva insistette a portarmi in un ristorante, dove mangiammo un delizioso tajine di agnello insaporito con zenzero, zafferano e coriandolo, e rievocò i nostri viaggi insieme attraverso l'Africa del Nord e l'Asia centrale. A quel tempo, avevamo scelto quelle zone del mondo perché erano ancora governate da tribù e signori locali, ed era più facile mantenere un profilo basso senza che un vero e proprio governo ti stesse alle costole. In un ambiente così libero da regole e burocrazia, trovammo anche il modo di fare soldi senza doverci sottomettere a un vero e proprio lavoro, il che avrebbe richiesto di fornire nomi e curriculum, ovvero proprio le cose che avrebbero potuto incastrarci.

Durante la cena, Savva mi ricordò di quella volta che vendemmo delle pistole rubate nell'arsenale inglese proprio ai ribelli afgani che stavano combattendo. Era tipico di Savva riuscire a guadagnare prendendosi pure gioco di chi comandava. La nostra avventura aveva assunto una piega inattesa, ma Savva si era dimostrato leale nei miei confronti e, alla fine, si era preso cura di me come soltanto un vero amico avrebbe fatto.

In modo per nulla sorprendente, quella notte quando mi addormentai sognai proprio quell'episodio, e il sogno mi condusse a un'epifania che avrei preferito evitare per il resto della mia vita.

Territorio afgano, 1841

Quel giorno i venti che salivano dal passo Khyber erano più intensi di qualsiasi cosa avessi mai sperimentato prima. Ricordo che erano più sferzanti dei venti secchi e roventi del Sahara. Esposta al sole incandescente, indossavo strati e strati di vestiti da uomo, calzoni alla zuava e uno scampolo di tessuto simile a una kefiah, quel copricapo che indossavano gli uomini arabi, teso sul naso e sulla bocca per impedire alla sabbia di penetrare. Tenevo il lungo fucile puntato sugli uomini coi quali eravamo venuti a trattare.

Savva era nel fondo della valle a contrattare con un signore della guerra pashtun, con il nostro interprete al suo fianco. Indossava abiti bianchi e aveva la testa avvolta in una stoffa simile alla mia, perciò entrambi somigliavamo a due inglesi coperti di stracci. Sotto tutti quegli abiti ero madida di sudore e cercavo di impedire al calore di provocarmi un attacco di nervi; mantenni la presa salda sul fucile e mi sforzai di non staccare gli occhi, socchiusi e bruciati dalle gocce di sudore che colavano, dalla ventina di uomini della tribù che circondavano Savva e il signore della guerra.

I pashtun erano noti per essere ottimi cavalieri, sporchi in modo irrimediabile, quasi sdentati e molto violenti. Non sarebbero stati affatto contenti se avessero scoperto che ero una donna. Infatti, non c'era nemmeno una donna nel gruppo che era venuto a trattare con noi. Uomini e donne in quella tribù non si mescolavano mai, a meno che non appartenessero alla stessa famiglia. Una volta, durante una visita a un villaggio afgano, riuscii a scorgere per un istante una sagoma avvolta di nero sgattaiolare tra le capanne di fango, e il suo abbigliamento mi ricordò Uzra, che era solita vestirsi di un unico lembo di tessuto avvolto da capo a piedi. Mi ricordò anche il mio villaggio natale, non molto tempo prima, dove le donne erano appesantite da strati e strati di vestiti e di sottane, fazzoletti in testa, scialli e ogni sorta di indumento, tutto per proteggere la propria modestia. E anche noi eravamo separate dagli uomini. Un tempo non eravamo così differenti da quella tribù.

Fui contenta di vedere che le trattative erano state avviate. Savva aveva dispiegato una coperta sul terreno mostrando qualche fucile. Il giovane signore della guerra sollevò un fucile scarico e iniziò a ispezionarne il meccanismo, chiedendo se i fucili erano validi come quelli dell'esercito inglese, mentre i suoi occhi neri e aguzzi si soffermavano ora su Savva ora sull'interprete. «Certo che lo sono» rise Savva. «Dove credi che li abbia presi?» Era stato un azzardo da parte nostra vendere armi rubate agli inglesi proprio ai loro nemici, ma Savva lo riteneva solo un atto patriottico da parte sua, un modo per danneggiare il tentativo britannico di colonizzare l'Afghanistan, visto che anche i russi avevano dei progetti su quelle terre. Tuttavia, la ragione principale per cui stavamo contrabbandando armi rubate era il profitto puro e semplice.

Ferma sotto il cielo limpido, spostai il fucile per dare sollievo alle spalle doloranti e intanto non potei fare a meno di chiedermi come mai quegli uomini non avessero deciso di sopraffarci e impossessarsi delle armi. Sia io sia Savva eravamo esili a confronto con anche il più giovane di quei guerrieri afgani e di certo non eravamo agguerriti quanto i membri più anziani di quel commando che, anche se avvizziti e grigi di capelli, sembravano ancora in grado di fare a pezzi bestie selvagge a mani nude. Il loro capo, che in quel momento stava trattando con Savva, era impressionante. Almeno trenta centimetri più alto del mio amico, aveva una schiena possente e gambe lunghe e solide, e me lo immaginavo facilmente come uno degli atleti greci che il vecchio maestro a St. Andrew tanto ci decantava.

Mentre lo osservavo, l'uomo scostò con impazienza la kefiah dal viso per bere un sorso d'acqua dalla bisaccia, mostrando un volto abbronzato e bello. Mi ricordò Adair, soprattutto per l'insieme di ferocia e intelligenza della sua espressione e per i lunghi riccioli neri che gli cadevano fin sulle spalle.

Farrar, l'interprete, con il capo chino in segno di rispetto, aveva condotto la discussione con gli afgani, ma a quel punto si agitò così tanto che fu chiaro che le cose non stavano andando troppo bene. Gli indigeni presero a scambiarsi sguardi tesi.

«Una cassa di pietre?» La voce di Savva volò oltre il terreno indurito fino al punto in cui mi trovavo. «Vuole darci una cassa di pietre in cambio di questi meravigliosi fucili inglesi?»

L'interprete gesticolò verso la cassa di metallo ai loro piedi. «Non semplici pietre, sono lapislazzuli. Sono molto preziosi per questa gente. Ti stanno offrendo una fortuna.»

Savva si accovacciò accanto alla cassa e prese una delle pietre. Si sputò sulla mano e provò a togliere la crosta di sporco, ma comunque sembrava solo un pezzo di pietra appena scalpellato via dal terreno. Quando la ruotò in una certa direzione, tuttavia, alla luce del sole la pietra emanò un riflesso blu.

«Puoi venderle a Kabul. Conosco delle persone che ti faranno un buon prezzo» disse l'interprete a Savva, facendo nel contempo cenni di rassicurazione agli uomini della tribù che non comprendevano la lingua.

«Scambiare armi con rocce è ridicolo. Ci prendono per degli idioti, forse? Io voglio dell'oro. Questa gente non ha dell'oro?» ruggì Savva. Risistemai le mani umide sul fucile, ma sentivo che le braccia erano sul punto di cedere.

«No, niente oro. Tuttavia, hanno le nostre vite nelle loro mani» lo ammonì l'interprete, facendo avvicinare Savva. «Fidati, in città sarai ben ricompensato.»

Savva alzò le mani in segno di resa e prese la scatola sotto braccio, risalendo la collina verso di me. «Va bene, se questo è il massimo che possiamo ottenere... Digli che l'accordo è fatto. Forza, Lanny, mostriamogli come usare questi maledetti fucili, chiudiamo la nostra parte dell'accordo e andiamocene da qui.»

Usammo ciò che avevamo a disposizione – meloni del luogo, zucche, una carcassa di capra – come bersaglio, posizionandolo su delle rocce distanti, e poi mostrammo come prendere la mira e sparare. Di noi due, Savva era di gran lunga il tiratore migliore, e quasi tutti gli uomini si radunarono attorno a lui; ma il leader, l'uomo che avevo notato in precedenza, si avvicinò a osservare me, con le braccia conserte. Ancora una volta, il suo comportamento fiero mi rese esitante e cercai di tenere a bada i nervi quando sollevai il fucile, chiusi un occhio, fissai lo sguardo lungo la canna del fucile fino a inquadrare il melone in lontananza, che era quasi dello stesso colore della roccia su cui era posato. Inspirai, trattenni il fiato e tirai il grilletto con tutta la delicatezza possibile. In mezzo a una nuvoletta di fumo e a uno schiocco simile a un tuono, il melone esplose quasi istantaneamente, la polpa che saettava nell'aria. Non riuscii a trattenere un sorriso di sollievo sotto la sciarpa, ero riuscita a centrare il bersaglio. Alzai lo sguardo verso il capo del commando e vidi che anche lui stava sorridendo.

Era inutile che gli mostrassi come impugnare il fucile, era troppo più alto di me e dovevo alzare le mani per posizionargli bene le braccia. Perciò decisi di prendere il mio fucile, mettermi accanto a lui e mostrargli a gesti i movimenti da eseguire. Parecchi degli altri uomini si avvicinarono a guardare e diedero pacche sulle spalle all'uomo quando, dopo i primi spari, riuscì a far schizzare via una delle zucche dalla roccia, come un gatto spaventato.

Quando ebbero finito, il cielo era diventato da azzurro acquoso a viola oltre le cime delle montagne, e mentre sia noi sia loro ci preparavamo ad andar via, l'interprete si avvicinò.

«Vista l'ora tarda, il capo vi ha invitato a cena al loro accampamento e a trascorrere la notte con loro» disse, lanciando uno sguardo alle proprie spalle verso gli afgani.

«Neanche per sogno» rispose Savva.

«Non capite: sarebbe un insulto rifiutare.»

«Prima ci fai scambiare delle ottime armi con un mucchio di pietre, poi vuoi che passiamo la notte nelle loro tende così che possano ucciderci mentre dormiamo. La risposta è no» insistette Savva. Sapevo fin troppo bene cosa lo induceva a essere così suscettibile: il suo orgoglio era stato ferito perché era stato costretto ad accettare quello che riteneva un pagamento inadeguato in cambio del nostro bottino prezioso di armi inglesi. Savva avrebbe detestato ogni minuto in compagnia degli afgani.

«Secondo le nostre usanze, è costretto a offrirvi ospitalità» spiegò l'interprete, con una nota di implorazione nella voce.

«Certo, parliamo di onore e di usanze, ma qui abbiamo a che fare con un mucchio di selvaggi. Io di certo non ho alcuna intenzione di passare la notte nel loro accampamento. Tu fai pure quello che vuoi. Noi ce ne andiamo.»

Avevo già visto uno sguardo simile sul volto di Savva: sapeva essere ostinato e inflessibile quando riteneva di essere stato raggirato. Era impossibile costringerlo a fare qualcosa quando si era messo in testa di non farlo, e più gli si facevano pressioni, più resisteva.

«E se rifiutiamo?» chiesi, controllando la pistola che mi ero infilata nella cintura.

L'interprete fece spallucce. «Il passo di montagna è arduo, l'avete visto anche voi, ed è quasi impossibile percorrerlo al buio.»

«Non so» osservai, con le mani sui fianchi. «Farò tutto quello che decidi tu, Savva, ma forse dovremmo ascoltare Farrar. Che cosa vuoi che sia una notte?»

Savva si strofinò il mento. «È un'altra notte con *quelli lì*. Se ce ne andiamo, ci liberiamo di loro e non so cosa ne pensate voi due, ma io mi sentirei molto meglio.» Deciso, piazzò una mano sulla spalla di Farrar. «Vai da loro e di' che apprezziamo l'invito e non vogliamo mancare di rispetto, ma siamo costretti a rifiutare la loro ospitalità» disse. Savva e io montammo sui cavalli e ci allontanammo sotto gli sguardi feroci degli indigeni. La cassa di pietre era sulla sua sella. Sentivo che non sarebbe andata a finire bene.

Stavamo cavalcando da un'ora quando udimmo un rombo di zoccoli sul sentiero alle nostre spalle, punteggiato dallo schiocco di una frusta di cuoio sul fianco di un cavallo. Savva, avendo l'udito fine come una volpe, conficcò subito gli speroni nel fianco del suo destriero e l'animale, sensibile, scattò in avanti, lanciandosi lungo il sentiero ormai quasi invisibile al galoppo. Io mi aggrappai al pomolo della sella con tutte le mie forze quando il mio cavallo scattò al seguito del suo, appiattendomi sul collo dell'animale spronandolo con tutte le mie forze.

I pashtun erano ottimi cavallerizzi e conoscevano a menadito quei passi di montagna, comprese le scorciatoie e le deviazioni che conducevano a burroni. Data l'oscurità che ci avvolgeva, non potevo fare a meno di chiedermi quando il terreno sarebbe venuto a mancare sotto gli zoccoli del mio cavallo e avrei iniziato a volare sul dorso di un Pegaso senza ali a sostenerlo.

Il sentiero prese ad attraversare dei passi, torcendosi a destra e poi a sinistra, e io ormai non vedevo più Savva davanti a me né i nostri inseguitori alle nostre spalle, anche se udivo ancora il rombo dei loro zoccoli sovrastare il rumore della mia cavalcatura. Quando il sentiero sfociò in una radura e riuscii di nuovo a vedere Savva davanti a me, due figure a cavallo mi si pararono di fronte provenendo da sinistra e trascinarono Savva via con loro. Avevano preso una scorciatoia ed erano riusciti a raggiungerci. Ero sul punto di allontanarmi dal sentiero e addentrarmi nel sottobosco quando mi attaccarono alle spalle.

Caddi e rotolai in un fruscio di vestiti e in una nuvola di polvere insieme al mio aggressore, e mi allontanai da lui prima che si rimettesse in piedi e mi inseguisse. Parecchi altri cavalli si avvicinarono nelle tenebre e il mio assalitore si lanciò una seconda volta, abbattendomi al suolo, ma stavolta mi inchiodò a terra e con una mano mi strappò la sciarpa dal volto. Un'esclamazione di sorpresa gli sfuggì quando i miei lunghi capelli biondi si liberarono al vento e lui allentò la presa sul mio braccio quanto bastava per consentirmi di estrarre la pistola dalla cintola e puntargli la canna sotto il mento.

Restammo immobili e io cercai di intuire rapidamente se gli altri uomini a cavallo erano in arrivo lungo il sentiero o se erano tutti corsi all'inseguimento di Savva. In quell'istante l'uomo mi lasciò e alzò le mani, a indicare che si arrendeva. Mentre indietreggiava, vidi che si trattava del capo del commando a cui avevo insegnato a sparare. C'era un mezzo sorriso sul suo volto.

Eravamo ancora in una situazione di stallo, nessuno osava fare la prima mossa, quando il resto dei cavalieri emerse di colpo dalle tenebre, andando a trotto lento. Savva era in mezzo a loro, tirato da una fune attorno al collo, con le mani legate dietro la schiena. Sembrava reduce da una lotta.

«E adesso cosa facciamo?» urlai a Savva, con la pistola ancora puntata sul comandante.

«Forse accetterebbero di scambiare lui con me, ma temo che non lo scopriremo mai, perché non parlano inglese e noi non conosciamo la loro maledetta lingua.» Il gruppo si fermò quando videro una donna puntare la pistola verso il petto del loro leader. «Io lascerei perdere» mi disse Savva. «Non puoi sparare a tutti.»

«Forse se ne ammazzo un paio, gli altri ci lasceranno andare.»

«Oppure ci uccideranno entrambi e si riprenderanno le loro pietre.»

Tanto per essere sicura, innestai il grilletto. Non volevo sparare a quell'uomo, ma era l'unico che ero certa di poter centrare, data l'oscurità. In quel momento il resto del commando ci raggiunse da un altro sentiero e vidi un paio di briganti spingere in avanti Farrar, che aveva le mani legate da una fune.

«Farrar!» urlò Savva. «Di' a questi maledetti di lasciar andare Lanny!»

L'interprete abbaiò qualche parola al comandante che Lanny teneva sotto tiro, ma prima che questi potesse rispondere uno degli anziani si rivolse in tono rabbioso prima al comandante e poi a Farrar.

«L'anziano ha detto di no. Non ha gradito il modo in cui avete mancato di rispetto al loro pagamento. Ritiene che abbiate infranto la loro fiducia quando avete rifiutato la loro ospitalità» spiegò l'interprete con ansia.

«Lasciagli le loro maledette rocce, basta che ci facciano andar via» replicò Savva a voce alta.

«Le suggerirei, signorina Lanore, di consegnare la pistola. Se continua a sfidarli non può che peggiorare le cose» disse Farrar. E come a sottolineare la cosa, l'uomo che impugnava la fune legata al collo di Savva diede un forte strattone e lui cadde a terra in ginocchio.

Io puntai la pistola in alto, con la canna verso il cielo, e lentamente alzai le braccia in segno di resa.

Di nuovo all'accampamento dei pashtun, fummo messi in una delle poche tende, con una guardia a sorvegliarne l'ingresso. Udii delle voci fuori dalla tenda, che era stata costruita con dei kilim tesi su rami conficcati nel terreno. Sentivo anche l'odore acre del fumo di un falò e l'aroma di carne messa sulla brace. «Riesci a sentire che cosa dicono?» chiesi a Farrar.

«Posso soltanto immaginare che stiano decidendo cosa fare di noi» mi rispose l'interprete. «Non amano molto gli stranieri, anche se voi gli avete portato delle armi da usare contro i britannici. Hanno imparato a non fidarsi dei forestieri. Temo che non andrà a finir bene per noi.»

«Hanno riavuto il loro tesoro, hanno le armi, perché mai dovrebbero vendicarsi su di noi? Se davvero sono preoccupati per il loro onore, dovrebbero lasciarci andare» argomentò Savva.

«Non comprendi il loro concetto di onore. Come vedi, questa gente è nomade, sono poveri, eppure ti hanno offerto il poco che avevano, come d'obbligo per i loro ospiti, e tu hai rifiutato.»

«Se tu me lo avessi spiegato meglio» replicò Savva, un po' sulla difensiva, «non avrei rifiutato così.»

«È un vero problema» disse Farrar, chinando il capo.

Rimanemmo in silenzio per qualche istante. Savva, seduto a gambe incrociate per terra, si accasciò, cedendo alla fune che lo legava, demoralizzato. «E quanto all'onore di Lanny? Le faranno del male?»

Farrar parve perplesso per un secondo, poi comprese dove voleva andare a parare Savva. «Non lo so. È possibile. Di solito, atti simili sono contro le nostre usanze. Rispettiamo le donne, ma lei è una forestiera... L'anziano del gruppo è noto per essere un uomo devoto, quindi forse lei sarà al sicuro. Vedremo.»

«Per l'amor di Dio, di' loro di lasciarla stare. Dille che è malata, che i loro membri marciranno se la toccano...»

«Savva!» lo interruppi. Era colpa sua se ci trovavamo in quell'orrenda situazione, per come la vedevo io. Non volevo neanche pensare a cosa sarebbe potuto succedermi quella sera. Ero già stata violentata con brutalità da Adair ed ero convinta di poter sopportare di tutto, ma non avevo idea di cosa potessero avere in mente quegli uomini.

Fuori era calata la quiete. In un attimo, l'ingresso della tenda si aprì e il giovane comandante entrò, accovacciandosi sui talloni. Disse poche parole gentili a Farrar.

«Ti porterà nella sua tenda» mi spiegò Farrar. «Dice che con lui sarai al sicuro. Ha paura che uno dei suoi uomini possa venire a cercarti se rimani qui.»

Savva sbuffò. «Un selvaggio gentiluomo. Che sollievo.»

«Savva, basta. Correrò il rischio.» Sentivo che il comandante era un vero gentiluomo: non aveva provato a sopraffarmi quando lottavamo sul sentiero, anche se aveva ottime possibilità di avere la meglio su di me. Aveva lasciato che lo tenessi sotto tiro, nonostante l'affronto alla sua dignità. Perciò mi affannai a rialzarmi, protendendo le mani legate per riprendere l'equilibrio, ma il comandante mi prese per il braccio e mi aiutò ad alzarmi.

Savva mi gridò dietro: «Stai attenta, Lanny. Non mi va che ci dividano!». Anche se cominciavo ad averne abbastanza di lui, fu gratificante sentire che si preoccupava ancora per me.

La tenda del comandante non era diversa dalle altre, se non per il fatto che aveva un letto costituito da diversi strati di kilim con sopra la coperta che teneva sul dorso del cavallo. Mi indicò il letto e mi sciolse le mani. Uscì dalla tenda e tornò con uno spiedo di carne, con il grasso in superficie che ancora sfrigolava per le braci del falò. Dopo aver mangiato, mi preparai mentalmente, aspettandomi che si mettesse a letto accanto a me, ma lui non lo fece. Prese una delle coperte, la stese per terra davanti all'ingresso della tenda e si sdraiò, dandomi la schiena. Fui sollevata dalla sua delicatezza.

Rimasi sveglia per un bel po', chiedendomi come stessero

Savva e Farrar e che cosa ci sarebbe successo il giorno dopo, ma alla fine il mio sguardo cadde sul comandante. Mi parve una cosa naturale, chissà perché, guardarlo mentre dormiva, come se fosse una cosa che avevo già fatto in precedenza. I miei occhi seguirono il contorno dei suoi zigomi alti e pronunciati, poi la curva del suo labbro superiore, che d'un tratto alla luce della luna mi parve molto invitante. Mi distolsi da quel sogno a occhi aperti prima di cedere alla tentazione, levarmi i kilim di dosso e raggiungerlo, sdraiandomi addosso a lui. Mi voltai, decisa a rimanere dov'ero fino al mattino dopo.

Il mattino seguente attesi finché il comandante non si svegliò e poi lo seguii all'esterno. Quando indirizzai lo sguardo verso il punto in cui c'era l'altra tenda, fui sconvolta di scoprire che era scomparsa, erano rimasti soltanto i rami di sostegno, ammucchiati per terra. «Dov'è Savva?» chiesi, anche se sapevo che non poteva capirmi.

«Signorina Lanore! Qui!» La voce di Farrar mi richiamò da dietro una collinetta e sia io sia il comandante ci avviammo in quella direzione. Trovammo l'interprete seduto su una roccia sotto un albero, lo sguardo rivolto a una pianura in lontananza. C'erano diversi sciami di sabbia nell'aria. Attraverso le nubi sabbiose distinsi le sagome di alcuni uomini al galoppo, che eseguivano delle esercitazioni. Uno di loro doveva essere Savva: sapeva cavalcare come un cosacco.

«Cosa sta succedendo?» chiesi a Farrar, che sorrise di gioia di fronte a quella dimostrazione di maestria nel cavalcare.

«Il signor Savva ha sfidato quegli uomini a una gara a cavallo. Se riesce a fare tutti gli esercizi che fanno loro, ci lasceranno andare.»

«E?»

«Finora ci è riuscito» disse Farrar.

«E tu pensi che ci lasceranno davvero andare?»

Farrar girò il capo da un lato, strizzando gli occhi per ripararsi dal sole. «Ma certo, sono uomini d'onore.»

Osservammo la disfida a cavallo per un po'. Savva si fece inseguire dagli afgani, si sporse giù dalla sella per strappare un ciuffo d'erba al volo, si mise in piedi sulla sella tenendo le redini tese. E poi, indicando il comandante, chiesi a Farrar: «Sai come si chiama quest'uomo?»

«Sì, Abdul.» Sentendo pronunciare il suo nome, l'uomo si voltò verso di noi con espressione interrogativa.

«Per favore, puoi chiedergli se è sposato?»

Ci fu un breve e cortese scambio di battute tra i due uomini, e intanto io cercai di afferrare e memorizzare il suono di alcune di quelle parole, ma erano troppo straniere, troppo diverse dall'inglese. Farrar si voltò verso di me. «No, non ha una moglie. Ha qualcosa in mente, signorina Lanore?»

Guardai di nuovo Abdul. C'era qualcosa in lui che mi suscitava desiderio. Forse mi ricordava Adair, tanto bello quanto selvaggio. Forse era perché ormai viaggiavo con Savva da anni, il che voleva dire che il numero di uomini che erano entrati nel mio letto era esiguo, poiché quasi tutti credevano che Savva fosse il mio amante, se non mio marito, e per il bene di Savva di rado smentivo questa convinzione.

«Per favore, di' ad Abdul che vorrei ringraziarlo per la sua ospitalità» dissi a Farrar, prima di prendere Abdul per la mano. Lui mi guardò con sorpresa prima il volto, poi la mano, ma non oppose resistenza quando lo condussi di nuovo dentro la sua tenda.

Stavolta ci sdraiammo insieme sui kilim. Era riluttante a spogliarmi lui, perciò lo feci io, slacciando in fretta i bottoni della mia giacca, finché Abdul non prese a farlo lui. C'era qualcosa di eccitante nel vedere quelle mani forti e decise cedere a un lieve tremolio. Fu conquistato dal mio corpo, ansioso di esplorare ogni centimetro di pelle, tanto che mi provocò un brivido sulle braccia e sulla nuca. Mi aiutò a scostare i suoi abiti fino a che non gli scoprii il membro, gonfio e in procinto di esplodere, con una perla di fluido sulla punta, pronta per essere assaporata.

Lo presi in bocca, cosa che all'inizio lo colse di sorpresa, ma ben presto prese a gemere e ad emettere profondi versi di piacere animalesco. Venne molto rapidamente, perciò con delicatezza gli presi la testa e la guidai verso una parte del corpo femminile che probabilmente non aveva mai visto prima. Ancora una volta parve sorpreso dal mio invito, ma non c'era possibilità di fraintenderlo, perciò affondò famelico e mi lasciò esausta e appagata in poco tempo. A quel punto la sua erezione era tornata, dura come legno antico, e, essendo ora in territorio a lui più familiare, si mise sopra di me con fare sicuro e mi attirò stretta a sé, così che potessimo godere l'uno dell'altra a un ritmo meno frenetico di prima.

In quel momento pensai che avrei passato soltanto una mattina tra le braccia di Abdul, che avrei soddisfatto la mia curiosità, la mia fame, e che gli avrei dimostrato in tal modo la mia gratitudine e tutto sarebbe finito lì, ma le cose non andarono così. Un giorno diventò una settimana, poi la settimana divenne un mese, e quasi senza accorgercene io e Savva ci ritrovammo ancora insieme alla gente di Abdul mentre pianificavano un attacco contro gli inglesi.

A volte mi chiedevo se le nostre giornate insieme fossero tanto serene per il fatto che non potevamo parlare l'uno con l'altra senza un interprete. Ci arrangiavamo con gli sguardi, i gesti e le lunghe ore abbracciati, e con la passione di Abdul che pareva inestinguibile. Ma sapevo che presto sarebbe giunto il giorno in cui avrebbe voluto avere dei figli: se lo aspettavano da lui ed era anche un modo di dare sostentamento al suo stile di vita, proprio come succedeva a St. Andrew ai miei tempi. Non potevamo rimanere semplicemente una coppia. Avrei dovuto lasciarlo oppure farmi da parte mentre lui prendeva moglie. Oltre a Jonathan, Abdul era l'unico uomo cui avrei volentieri dato un figlio se avessi potuto. Ma molto tempo prima mi era stato chiarito che non sarebbe mai stato possibile; era un'altra delle cose che Adair mi aveva tolto per sempre, perciò cercavo di non pensarci. Era soltanto in rari momenti come quello che sentivo il peso di un rimpianto che era impossibile acquietare.

In più, nel tempo avrei deluso Abdul, e la delusione l'avrebbe ferito di meno se avesse avuto un'altra moglie, che si sobbarcasse il peso di doversi comportare secondo le usanze della tribù di Abdul. La mia inevitabile differenza rispetto a lui sarebbe stata mitigata da una moglie che sarebbe invecchiata con il marito e l'avrebbe seguito in tutte le fasi della sua esistenza, che gli avrebbe dato dei figli e riempita la vita. Inoltre, una volta ritornati dalla sua tribù, certo tutti si sarebbero attesi che prendesse in moglie una donna della sua gente, una vergine rispettabile che non era mai apparsa in pubblico senza lo chador. La sua reputazione presso la sua gente sarebbe sempre stata macchiata dalla relazione con una donna straniera e così scandalosamente indipendente. Non volevo certo che Abdul fosse meno rispettato soltanto perché aveva avuto la sfortuna di innamorarsi di me.

Era mia intenzione incoraggiare Abdul a scegliere una moglie quando fossimo andati al suo villaggio, ma quel giorno non giunse mai. Abdul fu ucciso in uno scontro con gli inglesi non lontano da Jalalabad, una battaglia feroce che i britannici vinsero per poi lanciarsi all'inseguimento degli afgani in ritirata. Grazie a Dio, Savva era rimasto con me. Mi prese e mi portò via mentre io ancora affondavo nel dolore. Kabul era vicina e lì c'era un contingente di espatriati tra i quali potevamo nasconderci. Trascorsi mesi interi devastata dalla perdita di Abdul, sicura che non avrei mai incontrato un uomo altrettanto gentile e coraggioso. Non appena mi fui un po' ripresa, Farrar ci fece fuggire a ovest verso la Turchia, e poi in Grecia. Anche con la distrazione dei bellissimi ragazzi delle isole a Minos, trovammo riposo soltanto per poco tempo, quanto bastò a Savva per perdere quasi tutti i nostri soldi in scommesse o in fumo, decidere che non ne poteva più di quella vita tranquilla e insistere perché intraprendessimo una nuova avventura.

Casablanca, oggi

Mi svegliai da quel sogno disorientata. Era da tantissimo tempo che non pensavo ad Abdul, e per la prima volta, mentre ricordavo il suo volto, il modo in cui si muoveva, la sua forte presenza, mi colpì quanto mi ricordasse non Jonathan ma Adair. Abdul era molto più generoso della maggior parte degli uomini nella sua volontà di soddisfare i miei desideri. Ogni volta che mostrava la sua vera indole, come quando sgozzava un nemico in battaglia senza alcuna esitazione, come un macellaio sgozzerebbe una pecora, per esempio, lo faceva con estrema naturalezza. Eravamo molto diversi, io e Abdul, eppure inspiegabilmente ero stata attratta da lui.

Più pensavo ad Abdul, più iniziavo a comprendere che non era stata un'anomalia. Quando contai gli uomini per cui avevo provato le passioni più intense, compresi con orrore che tutti loro avevano molto più in comune con Adair che con Jonathan. Tutti erano decisi, diretti, non si vergognavano affatto della loro natura. E molti preferivano essere ruvidi e animaleschi a letto.

Ma la conclusione più orripilante cui pervenni fu che ciascuno di loro mi aveva amato anche se non era affatto conveniente per loro, anche quando sapevano benissimo che ne avrebbero sofferto – perdendo privilegi o ricchezze, titoli, indipendenza, una moglie rispettabile. Ognuno aveva fatto un sacrificio pur di stare con me. Cosa che, capii, aveva fatto anche Adair.

Avevo amato Jonathan sin da prima di comprendere cosa voleva dire darsi a qualcuno. La gioia pura che avevo provato all'inizio era stata la felicità più dolce che avrei mai sentito, ma nel tempo si era inacidita. Per molta parte della mia vita, ogni volta che pensavo a Jonathan provavo amarezza e tristezza. E ancora mi feriva pensare a come mi aveva tradito. So che è possibile che amore e sofferenza coesistano, chiunque sia stato sposato lo sa meglio di me, ma quando il dolore e la delusione diventano insostenibili? Cosa avevo portato dentro di me tutto quel tempo? Ero stata innamorata di un fantasma, di un uomo che aveva smesso di esistere molto tempo prima?

Invece, quando pensavo a Adair, sapevo che avrei dovuto essere terrorizzata da lui, sapevo che era capace di fare cose orribili, ma non riuscivo a impedirmi di provare anche un brivido di eccitazione. Era stato come essere corteggiata da un demone impetuoso e inebriante. Soltanto a ripensarci sentivo lo stomaco in subbuglio. Ero stata amata da un uomo che avrebbe fatto di tutto per me: rubare, ingannare, tradire. Uccidere. Quante donne al mondo potevano dire lo stesso? Per quanto fosse stato terrificante, dovevo ammettere che era una forma d'amore quasi unica.

Proprio come, un tempo, lo era stato il mio amore per Jonathan.

Mi misi a sedere sul letto, stringendomi un cuscino sullo stomaco come se avesse una sorta di potere magico e potesse impedire alla bile di risalirmi in gola. La convinzione che per me era più sacra di ogni altra, la stella che aveva guidato il mio cammino, era solo un'illusione. Anche se avevo provato un amore perfetto con Abdul, così come con altri, ognuno di essi era finito perché, inconsciamente, avevo cercato di ricreare con loro quello che avevo avuto con Adair. Quella verità si incastrava in tutto, come una chiave in una serratura. Si era trattato di Adair, sempre di Adair, e non di Jonathan. Adair, il mostro, era l'uomo che avevo amato tutto quel tempo.

No, non poteva essere. Per un momento la mia mente vorticò, o forse era l'intero mio mondo a essersi capovolto e ora stava finendo in pezzi attorno a me. Mi ero sempre vantata di seguire soltanto il mio cuore, ma non potevo, non volevo accettare *questo*. Doveva essere una specie di desiderio folle o di attrazione perversa mascherata da amore. Doveva essere un trucco, uno dei suoi incantesimi, fatto per convincermi di amarlo. Doveva essere una specie di infermità mentale dovuta alla morte di Jonathan. Non potevo essere davvero innamorata di un mostro, decisi. Non avrei consentito a me stessa di amare il diavolo in persona.

PARTE SECONDA

12

Marquette, Michigan

Per Luke la medicina migliore fu vedere la porta della casa di Tricia aprirsi di schianto e le sue figlie corrergli incontro mentre lui scendeva dall'auto presa a noleggio. Le sollevò entrambe in un unico grande abbraccio, facendole volteggiare come era solito fare quando erano ancora molto piccole, come una giostra al parco giochi. L'ex moglie osservò la scena dal portico. Finche le strinse a sé si sentì in pace, ma non appena le lasciò andare e loro corsero via, emozionate come cagnolini, la tristezza tornò ad assalirlo. Alzò lo sguardo e incrociò quello di Tricia, colmo di preoccupazione, e lei ricambiò il sorriso addolorato.

La raggiunse sui gradini d'ingresso e lei lo abbracciò con calore. «Com'è stato il volo?»

«Tutto bene, nessun problema.»

«Bene, allora entra, accomodati» disse lei precedendolo nell'ingresso, dove trovarono Richard ad attenderli, in jeans e camicia di flanella. Si salutarono, si conoscevano già, ma Luke si era dimenticato di quanto fosse imponente quell'uomo, pareva un orso, con tanto di barba folta. Richard gli rivolse un cenno rispettoso e lo fece entrare.

Luke gli strinse la mano. «Grazie per avermi permesso di venire così, senza preavviso...»

«Le bambine non parlano d'altro da tutto il giorno. Siamo contenti che tu possa trascorrere un po' di tempo con noi.» La prima volta che si erano incontrati, Luke aveva cercato in tutti i modi di detestarlo, per aver attirato sua moglie di nuovo nel suo paese natale quando ancora erano sposati. Ma era impossibile odiarlo: Richard era così alla mano, così gentile. E adesso Luke poteva ammettere che non era stata certo colpa di Richard se Tricia se n'era andata: il loro matrimonio era finito da tempo. Per lo meno, lei si era trovata un brav'uomo.

In cucina, Luke accettò una tazza di caffè e rimase a osservare le figlie dalla porta del patio, mentre aiutavano Richard a preparare il tavolo e le sedie per la festa di compleanno di Wynona di quel pomeriggio. Tricia era al bancone in cucina a decorare la torta di compleanno – al limone, con glassa alla vaniglia – ed era concentrata e in silenzio. Con la glassa stava scrivendo ogni lettera con la precisione di una calligrafa. La familiarità di quel momento – escludendo Richard, ovviamente – ricordò a Luke i compleanni che avevano festeggiato quando ancora vivevano alla fattoria dei suoi genitori, e per un momento si sentì disorientato.

Quando aveva chiamato Tricia dall'aeroporto di Londra le aveva detto la verità: che Lanny l'aveva lasciato e che aveva bisogno di un posto in cui stare per raccogliere le idee. Nonostante le loro divergenze e il fatto che il loro matrimonio era andato in pezzi, Luke poteva sempre contare sull'affidabilità di Tricia. Senza fare domande, gli aveva detto di prendere il primo aereo e che il divano letto nella loro taverna sarebbe stato pronto ad accoglierlo.

Dopo un'intera giornata tra volo e auto, Luke ancora non era riuscito a dare un senso a quanto era successo nella sua vita dal momento in cui Lanny era stata condotta al pronto soccorso dove lui lavorava. E si era sforzato di non pensare a lei mentre viaggiava, per paura di crollare da solo e in pubblico. Aveva spento il cellulare e l'aveva chiuso in valigia per evitare la tentazione di controllare eventuali chiamate perse, che non c'erano.

«Vuoi altro caffè?» gli chiese Tricia, riscuotendolo dai suoi pensieri.

«Come? Ah, no, grazie.» Aveva sempre bevuto tantissimo caffè, ne aveva bisogno per sopportare i turni massacranti in ospedale, ma non credeva che quel giorno gli sarebbe stato utile assumere troppa caffeina.

«Tutto bene?» gli domandò lei con una punta di angoscia.

«Io? Sì, certo. È soltanto stato un po' uno shock, mi ha lasciato così, all'improvviso.»

«Non ti ha dato qualche segno, prima? Non te lo aspettavi proprio?» C'era qualcosa di tagliente nelle domande di Tricia.

Sin dall'inizio, Lanny non le era piaciuta, e ora non c'era alcun modo di redimerla ai suoi occhi. Parlare con l'ex moglie rischiava di essere più complicato di quanto Luke si era aspettato: non poteva certo dirle la verità su Lanny, e senza sapere che cosa la rendesse unica Tricia non avrebbe mai potuto capire come mai lui fosse così depresso per la sua partenza.

«No, è stata una cosa improvvisa» le rispose.

«Era troppo giovane per te, Luke. Troppo immatura» osservò Tricia, brusca ma gentile. «Cosa ti aspettavi di ottenere alla lunga? E meno male che non è durata molto. Sarà più facile dimenticarla, così.» Spostò la torta nella credenza in salotto e poi gli si mise dietro, massaggiandogli la schiena. «Mi dispiace che tu stia così male, Luke, mi dispiace davvero. Ma lei non andava bene per te.»

«Tu non la conoscevi, Tricia. Non sono scappato con lei perché ho la crisi di mezz'età. Non era una questione di sesso. Ci tengo che tu questo lo sappia.»

«Okay, ti credo. Ma che razza di futuro speravi di avere con lei? Non mi sembra un tipo stabile, con tutti i guai in cui si è infilata...»

Non gli disse *che cavolo ti è venuto in mente*, ma dopo sette anni di matrimonio lui glielo leggeva in fronte. E dopo essere stato tormentato dalle domande di Tricia negli ultimi tre mesi, sapeva già cosa pensava di Lanny. Tricia era convinta che Lanny l'avesse sedotto con l'idea di una vita da ricchi all'estero, attirandolo con la promessa di non doversi mai più preoccupare dei soldi, e così Luke aveva abbandonato un lavoro sicuro all'ospedale. Luke sentiva che Tricia si stava trattenendo, e apprezzò il suo sforzo. Sapeva che avrebbe voluto scuoterlo e dirgli: *Come hai potuto abbandonare le tue figlie? Come hai potuto preferire quella donna a loro?* Forse invocare una temporanea infermità mentale sarebbe stata davvero la miglior difesa.

«No, immagino che non fosse un tipo molto stabile» concordò, così che Tricia non pensasse che aveva davvero perso la testa.

Tricia gli si affiancò e insieme guardarono le figlie dalla porta sul retro. «Non per farti pressioni ma... hai già pensato a cosa farai adesso?» Luke scosse il capo. «Joe Duchesne continua a chiamare e a chiedere di te» proseguì lei, mantenendo un tono tranquillo. «Gli ho risposto che non sapevo dove fossi, naturalmente, ma mi ha chiesto di dirti, la prossima volta che ci sentivamo, che dovevi costituirti. Vuole soltanto farti qualche domanda.»

Luke sbuffò. «Non ho motivo di tornare a St. Andrew. Di sicuro l'ospedale ha sospeso i miei privilegi. Avranno dovuto farlo, date le circostanze. Ormai non c'è più niente per me, lì.»

«Si può sistemare tutto, basta che vai da loro e spieghi che cosa è successo. Tutti capiranno, vedrai.» Gli sembrava poco probabile, ma Tricia insistette. «L'ospedale, il tuo studio, la fattoria... È quella la tua vita, anche se non rimani a St. Andrew. Devi affrontare la polizia e rispondere alle domande, anche se non sarà certo piacevole. Ma non puoi allontanarti da tutto e ricominciare come se fossi un'altra persona, Luke.»

Se Lanny fosse rimasta con me, avrei fatto proprio questo, pensò Luke. Avrei potuto lasciarmi alle spalle le rovine della mia vita. Tranne le bambine... Aveva bisogno lui per primo di fare da padre alle sue figlie.

«Scusami... è troppo presto perché io te ne parli.» Tricia gli diede una pacca sulla spalla e si avvicinò al lavandino, versando acqua dentro una ciotola e dei misurini. «Puoi rimanere qui finché ne avrai bisogno. Passa del tempo con le tue figlie. Vedrai che le cose si sistemeranno e che senza nemmeno accorgertene scoprirai cosa devi fare, e questi ultimi mesi ti sembreranno un ricordo lontano. Ti sembrerà che tutto questo sia accaduto a qualcun altro, non a te. E ti dimenticherai di lei.»

La presenza di Tricia si dissolse in sottofondo mentre lei lavava i piatti, come uno dei tanti rumori domestici, il vetro dei bicchieri che tintinnava sul metallo del lavandino, il rumore dell'acqua corrente. Luke era certo che non avrebbe mai dimenticato Lanny. Lei si era sbarazzata di lui, ferendolo, ma nonostante questo lui non riusciva a impedire al suo cuore di battere per lei. Si preoccupava per lei, si chiedeva se non ci fosse qualche ragione per cui non l'aveva più sentita. Comprese che non avrebbe mai smesso di preoccuparsi per lei, si sarebbe sempre chiesto dove fosse e cosa stesse facendo, se fosse felice, se fosse al sicuro.

E per il resto della sua vita, Lanny l'avrebbe tormentato come un fantasma.

13

Boston

Pazienza. Adair era stufo di sentirsi dire da Jude che doveva avere pazienza, era esasperato dalle sue continue scuse per non essere ancora riuscito a rintracciare Lanore e dalla sua abitudine di dirgli di rilassarsi. Come poteva rilassarsi, senza prima trovare la donna che gli aveva tolto duecento anni di vita? L'unica persona che aveva avuto la meglio su di lui? E come se non bastasse, lo frustrava essere così inerme in quel mondo strano e veloce in cui si era trovato all'improvviso a dover navigare. E la sensazione di non aver tutto sotto controllo lo faceva impazzire.

Adair era nato impaziente: l'aveva capito sin da piccolo, quando scagliava i giocattoli addosso ai servitori e tirava calci ai cani di casa per toglierseli dai piedi. Ma fu soltanto da adolescente che apprese dal padre, un duca che governava un piccolo regno, l'importanza del saper mascherare i propri sentimenti. Nessun regnante era immune dalla costante osservazione di spie, sempre sotto l'occhio attento di cortigiani, servitori e contadini. Tramite suo padre, Adair imparò che i regnanti migliori erano quelli più in grado di mantenere il controllo di se stessi, e osservandolo imparò a tenere a bada la propria impulsività.

Nel poco tempo che era trascorso dalla sua liberazione, Adair aveva compreso che la rapidità della vita in quella nuova epoca rendeva quasi impossibile essere pazienti. Forse aveva a che fare con l'immediatezza garantita dalla tecnologia. La vita era più facile ai vecchi tempi, quando l'informazione viaggiava molto più lentamente: le notizie giungevano tramite corrieri a cavallo, oppure avvolte in pettegolezzi tramandati da mercanti o pellegrini che si rifugiavano per una notte sotto il tetto di uno sconosciuto gentile. La cosa più difficile per Adair, nell'adattarsi a quel nuovo mondo, era non poter più riflettere prima di agire; nuove informazioni lo raggiungevano di continuo, rendendo ogni decisione simile a una scommessa. E tutto ciò che un tempo era intangibile – informazioni, sentimenti, menzogne, opinioni – adesso veniva digitato su tastiere di computer da milioni di mani e finiva a vorticare nell'etere con tanta energia che a Adair pareva quasi di poterne percepire la vibrazione attorno a sé. Un'energia che lo spingeva e lo tirava con violenza, che gli pizzicava la pelle, che lo trafiggeva come aghi. *Nascosto nell'etere c'è più di quanto tu possa mai sperare di apprendere*, pareva dirgli quell'energia.

Adair si strofinò gli occhi, stanco e irritato. Era senza pace: vivere nella casa di vetro di Jude era come essere imprigionato in una teca, poco meglio del suo confino dietro il muro. Doveva muoversi, se non altro per avere la sensazione di stare facendo progressi nella ricerca di Lanore, altrimenti la furia che sobbolliva dentro di lui prima o poi avrebbe trovato uno sfogo per erompere.

Prese una giacca dall'armadio di Jude e uscì di casa senza dir niente a nessuno, mescolandosi alla folla sui marciapiedi. Mentre camminava, si ritrovò sempre più assorto nei suoi pensieri, senza guardare i volti delle persone che incrociava per paura di travisare ogni piccolo gesto – un sopracciglio inarcato, un sorriso ebete – e reagire con rabbia, incapace di contenere uno scatto di furia repressa.

Si avviò lungo il tragitto che aveva percorso il giorno della sua liberazione e attraversò i vari quartieri fino a giungere sul posto in cui, un tempo, sorgeva il suo palazzo. Il sito era circondato da cavalletti e nastro rosso e bianco, con dei cartelli che lo qualificavano come cantiere edile. Il palazzo non c'era più, c'era soltanto un terreno spoglio, nemmeno i detriti erano rimasti. Una grossa ruspa era immobile accanto a uno scavo appena iniziato, che pareva un sepolcro aperto. Adair si fermò dietro il nastro ondeggiante nella brezza, con le mani ficcate in tasca, il vento che gli scompigliava i riccioli davanti agli occhi come per risparmiargli la vista della sua vecchia prigione. Ma non c'era più traccia di essa. Era strano pensare che quel maledetto posto, la scena della sua persecuzione, adesso era... niente. Non c'era niente su cui sfogare la sua rabbia: nessun muro, nessun cumulo di detriti, nemmeno una fossa abbastanza profonda in cui riversare il suo odio. Ogni cosa era stata spogliata del suo significato.

In quel momento notò con la coda dell'occhio una donna all'altro capo del cantiere. Anche lei stava fissando il posto in cui un tempo c'era il palazzo. Da quella distanza non riusciva a vederla bene, ma sentiva che c'era qualcosa di familiare in lei. Indossava un cappotto di lana verde con un cappuccio che ne oscurava i lineamenti come quello di un frate, ma si intuiva che era alta e magra. Dei riccioli biondi si agitavano al vento attorno agli orli del cappuccio.

Da quella distanza sembrava Lanore, ma Adair sapeva che era impossibile: ne avrebbe avvertita la presenza, o così pensava. Forse però era riuscita a trovare un modo di attenuare la sua percezione, di renderlo cieco e sordo a lei. In fondo, era riuscita a tirar su quel muro e a nascondere la presenza di Adair ai suoi seguaci per secoli, no? Forse era davvero Lanore, quella donna vestita di verde. O forse era soltanto il suo disperato bisogno di trovarla a farglielo credere.

Ma se era Lanore... Adair immaginò lo sconforto che doveva provare nel rendersi conto, guardando quel cantiere desolato, che Adair era libero, come uno spirito maligno uscito dalla lampada, e che non c'era più niente, niente al mondo, che potesse proteggerla da lui. La gola le si sarebbe chiusa e avrebbe avuto difficoltà a deglutire, a mano a mano che la gravità della sua situazione le diventava evidente. E poi, come se avesse letto i pensieri di Adair, la donna vestita di verde si voltò e scappò via, i passi che riecheggiavano per le vie deserte, come se sperasse, fuggendo, di scampare al giudizio finale che l'attendeva.

Adair la seguì, mantenendosi a debita distanza. Le strade erano deserte a quell'ora di domenica: i bambini erano in casa a fare merenda, le luci erano state accese e le tende tirate, ed era buio. La donna svoltò in una via che Adair riconobbe dal giorno in cui era stato liberato, perché tutte le case erano segnalate come da demolire. In mezzo al quartiere c'era il deposito in cui era andato a rifugiarsi quel giorno. Riflettendo sul percorso, capì che se la donna avesse proseguito diritta sarebbe sbucata in un'area popolosa, in cui le case erano abitate e le strade piene di traffico; ma se avesse svoltato a sinistra sarebbe entrata nello stesso deposito. Decise di lasciar fare al destino. Sarebbe stato il fato a decidere se quello era il giorno in cui avrebbe messo le mani su Lanore oppure no.

Adair attraversò l'edificio a passo rapido e, dopo aver cercato un po', trovò una porta che si apriva su un vicolo deserto. Si accovacciò dietro un bancale di ferramenta arrugginita, chiedendosi quanto avrebbe dovuto aspettare nel caso lei passasse di là, poi d'un tratto udì dei passi sull'asfalto sbrecciato. Adair attese fino a che la donna non oltrepassò il bancale di ferramenta – il suo vestito verde era inconfondibile – poi saltò fuori e l'afferrò alle spalle, tappandole la bocca con una mano.

La spinse avanti a sé dentro l'edificio. Istintivamente il suo sguardo puntò verso un angolo buio sotto una scala di metallo, dalla parte opposta del deposito. All'inizio la donna non reagì, come se fosse stata sotto shock, ma dopo aver percorso metà del pavimento iniziò a divincolarsi dalla sua presa, puntando i piedi. Ma pesava meno della metà di lui e la sua resistenza era nulla contro la sua furia.

Naturalmente sapeva che quella donna non era Lanore. Lo sentiva dal suo profumo, dal modo in cui respirava, in cui si muoveva. Era giovane e bella, proprio come Lanore, ma le somiglianze finivano lì. Tuttavia non gli importava, si sarebbe accontentato di quella donna: ormai non poteva più fermare l'odio che lo pervadeva. La rabbia per il tradimento che aveva subito, per il suo cuore spezzato, lo travolse come una valanga. Gettò la donna a terra sulla schiena e lei gridò terrorizzata, balbettando parole che lui nemmeno udì, perché la sua voce era annullata dalla rabbia che provava.

C'erano parole che avrebbe voluto dirle – *puttana traditrice, maledetta* – ma non gli uscivano dalla gola, che pareva intrappolata in un rovo di spine. *Puttana senza cuore. Mi hai lasciato nell'oscurità. Duecento anni di solitudine, con il terrore che non finisse mai. Ti ho amata come non ho mai amato nessuno. Mi fidavo di te, e tu mi hai sepolto vivo soltanto per stare con lui.*

Colpì la donna sotto di lui con i suoi pugni finché le mani che lei teneva davanti al volto per proteggerlo non caddero ai fianchi, inerti, e il volto stesso fu ridotto a un ammasso sanguinolento. Le aveva strappato il vestito verde, si era abbassato i pantaloni ed era entrato dentro di lei, inchiodandola al suolo con le mani insanguinate per spingere meglio.

Quando venne si accasciò su di lei, con un orgasmo tanto intenso che la vista gli si annebbiò in lampi di bianco. Era ancora furioso, ma allo stesso tempo imbarazzato per non essere riuscito a trattenersi dal fare a pezzi quella donna. Non era ancora morta, ma ormai era impossibile salvarla, perciò con un ultimo residuo di rabbia prese un mattone lì vicino. La consistenza di quel mattone, la polvere che lo ricopriva, il suo odore umido e marcescente gli ricordarono il sapore gessoso della sua prigione e la furia montò di nuovo. La colpì alla testa due volte, tre, finché le ossa non si spaccarono come una noce e lei rimase immobile.

Adair si appoggiò ai talloni, respirando affannosamente. Guardò in basso verso la donna, i cui lineamenti ormai erano indistinguibili, ed ebbe un conato di vomito. Ormai soltanto quei resti potevano fargli credere di stare osservando Lanore, la sua Lanore, inerte davanti a lui, distrutta per mano sua.

In quell'orribile momento capì di non volere che ciò accadesse. Non voleva che Lanore morisse e lo spaventava il fatto che poteva ucciderla, che poteva essere travolto dalla sua furia vendicativa tanto da risvegliarsi con le mani rosse del suo sangue. Il pensiero di perderla per sempre gli lacerava il cuore, creando un abisso di oscurità in cui avrebbe potuto perdersi per sempre senza mai toccare il fondo.

Come aveva potuto fare una cosa simile a una donna innocente? Non c'era prova migliore del fatto che era davvero un mostro. Perfino lui si accorse di sembrare una creatura fatta di odio puro; un vortice di furia che sorgeva da un luogo sconosciuto e infernale. Non sopportava di perdere il controllo: era una cosa da deboli, da falliti, una cosa che disprezzava negli altri e non tollerava in se stesso.

Adair si alzò ed esaminò i propri vestiti in cerca di macchie di sangue. Per fortuna ce n'erano poche e piccole, impossibili da notare a un esame superficiale. Poteva nascondere le mani insanguinate nelle tasche. Lanciò un ultimo sguardo al corpo: non era esposto, giaceva dietro una pila di casse e soltanto i piedi erano visibili. Non l'avrebbero trovata tanto presto. Barcollò fuori dall'edificio e si incamminò verso la casa di Jude. L'aria aperta gli rinfrescò il viso accaldato, avrebbe tolto ogni traccia della furia omicida dalle sue guance arrossate e portato via l'odore di morte che gli si era appiccicato addosso.

Adair affrettò il passo, con lo stomaco sottosopra e i pensieri sconvolti da un quarto d'ora di violenza assoluta. Lanore era la sua debolezza, il suo tallone d'Achille. Sapeva di dover trovare un modo per controllare le proprie emozioni, e dopo tutto quello che aveva passato sapeva anche che non sarebbe stato facile. La sua natura era fatta di violenza e rabbia, e si chiese se potesse davvero cambiarla. Ma doveva imporsi una disciplina, poiché ora sapeva che non avrebbe sopportato di ucciderla.

Adair amava Lanore, e la odiava, ed era incapace di vendicarsi di lei, ma soprattutto, ora più che mai, doveva trovarla. Il suo amore per lei era sublime, ma era anche una straziante maledizione che gli infettava le vene. Non aveva bisogno di altre prove per sapere di essere dannato, irredimibile e dannato, e non c'era niente che potesse farci.

14

Maine

Adair aveva in mente una vivida descrizione del paese di Lanore: lei l'aveva descritto come un villaggio isolato separato dal resto del mondo da una foresta vasta e selvaggia e da un ampio fiume. Era il 1816 e l'America era giovane, c'erano soltanto sparute manciate di coloni disperse in una terra che pareva vasta quanto il resto del mondo conosciuto, a sentire lei, ma Adair aveva liquidato quel racconto come proveniente da una ragazzina che aveva visto poco e sapeva ancora meno.

Ma dopo aver raggiunto St. Andrew, Adair dovette ammettere che era difficile arrivarci, anche per gli standard moderni. Provò per la prima volta le navi volanti di cui gli aveva parlato Jude, solo che si trattava di un piccolo aeroplano che rantolò e sferragliò per tutto il viaggio, come fosse sul punto di spezzarsi in due. Il resto del tragitto, da Presque Isle fino a St. Andrew, dovette farlo in automobile percorrendo una strada lunga e isolata che passava accanto a una serie infinita di fattorie e di campi vuoti. Attraversò foreste che gli ricordarono quelle della Sassonia e della Bavaria, tanto che quasi si aspettava di veder spuntare dagli alberi una banda di briganti a cavallo.

In realtà Adair era molto curioso di vedere St. Andrew. Per qualche ragione si sentiva obbligato a visitare il posto in cui era nata e cresciuta la donna che aveva amato. Lei gli provocava una specie di curiosità adolescenziale, quasi tenera, e anche se Adair non l'avrebbe mai ammesso, non vedeva l'ora di scoprire ogni piccolo dettaglio su di lei e di vedere se i posti di cui lei gli aveva parlato esistevano ancora, se non erano stati rasi al suolo e ricostruiti in modo diverso, com'era accaduto alle città che lui conosceva dal proprio passato.

Mentre finalmente entrava in città, Adair cercò di reprimere il crescente entusiasmo alla prospettiva di scoprire anche qualche risposta importante. La sensazione nella sua mente era debole, perciò era improbabile che Lanore fosse nei paraggi; ma quel legame era stato inerte per così tanto tempo che sentiva di non riuscire più a interpretarlo correttamente. Comunque, era motivato dalla possibilità, per quanto tenue, che Jonathan si trovasse lì. Sarebbe stato un segno delle forze che governavano l'universo per dirgli che aveva sofferto abbastanza, che gli avrebbero consegnato almeno uno dei suoi torturatori, e lui voleva credere che il cosmo fosse dalla sua parte.

Jude non era stato altrettanto ottimista su ciò che avrebbe potuto scoprire. «A giudicare da quanto ti ha detto Maurice e da quello che hai scoperto anche tu dall'organizzazione no profit, sarei pronto a scommettere che Jonathan sia andato nel Maine con Lanny» aveva argomentato l'olandese. «Ma niente lascia supporre che siano *ancora* lì. Chiediamo a Maurice di tracciare le transazioni delle carte di credito di questo Schneider e i suoi conti bancari, prima che tu vada lì per niente.»

Adair attese che Maurice controllasse i movimenti finanziari di Schneider, ma saltò fuori soltanto che erano cessati di colpo qualche mese prima. E St. Andrew di conseguenza parve un punto di partenza valido, vista la traccia di dati che l'hacker aveva procurato. Il pensiero che Lanore fosse vicina era irresistibile.

«Devo almeno togliermi il dubbio che lei sia lì. *Devo* fare qualcosa» spiegò Adair a Jude. «Rimanere in questa casa ad aspettare mi farà diventare pazzo.»

Ma Jude aveva anche altre preoccupazioni. «Sicuro di esser pronto ad andare da solo?» gli chiese dopo qualche attimo di esitazione. «I notiziari parlavano di una ragazza uccisa vicino al tuo vecchio palazzo... La polizia ha detto che è stato un omicidio particolarmente brutale, di una violenza 'eccessiva', hanno detto, come se fosse stata l'opera di un maniaco... Ma sei stato tu, vero?» Il tono terrorizzato di Jude sorprese Adair – a nessuno piace essere scambiato per pazzo – e lo fece fermare un attimo mentre andava verso il taxi in attesa. «Hanno mostrato la foto della ragazza uccisa in televisione. Assomigliava molto a Lanore, te lo concedo» proseguì Jude, gli occhi prudentemente abbassati, «ma non puoi andare in giro ad ammazzare chi ti pare. Cosa farai se a St. Andrew non trovi Lanore? Come reagirai?»

Adair non poteva ammettere davanti a Jude che quell'omicidio sanguinoso lo aveva cambiato. Quando era intrappolato dietro quella parete, pur di mantenere la propria sanità mentale non aveva avuto altra scelta che reprimere la rabbia, concentrandola fino a che non era diventata una vera e propria arma, affilata e pronta a essere scatenata non appena avesse trovato Lanore. Ma era come se l'avesse affilata troppo e quando aveva ucciso quella ragazza qualcosa dentro di lui aveva ceduto. Aveva liberato duecento anni di furia omicida in un solo atto di violenza contro una donna innocente che aveva solo avuto la sfortuna di incrociarlo. E cosa aveva ottenuto? Quel crimine l'aveva solo riempito di rimorso e di vergogna. E come se non bastasse, aveva anche capito che non avrebbe mai potuto trattare Lanore allo stesso modo. Una piccola parte di lui temeva, in modo del tutto irrazionale, che anche a quella distanza il suo folle attacco di rabbia l'avesse sfiorata, ferendola. Era una superstizione, forse, ma non riusciva a impedirsi di pensarlo. E ora desiderava disperatamente trovarla, o rinvenirne le tracce, per essere sicuro che stesse bene.

In più, sentiva di aver bisogno di una specie di pellegrinaggio. Non riusciva a scrollarsi di dosso la sensazione che avrebbe potuto evitare tutti i suoi guai se solo, duecento anni prima, non avesse mandato Lanore da sola a St. Andrew a prendere Jonathan. Se fosse andato con lei, si sarebbe impossessato del corpo di Jonathan e non avrebbe mai concesso a Lanore la possibilità di tramare contro di lui. Tutte le sofferenze degli ultimi due secoli sarebbero state evitate se non fosse stato per quella sua distrazione. Per questo desiderava farlo ora, quel viaggio, come un atto di contrizione, e se fosse stato fortunato il destino avrebbe accolto il suo voto di pentimento e avrebbe rimandato indietro le lancette del tempo per ridargli Lanore.

Entrando a St. Andrew in macchina, Adair fu divertito nel notare che quella città non era poi così diversa da quelle che aveva visitato nel Medioevo. File di botteghe contornavano la strada principale. Gli abitanti ciondolavano sui marciapiedi in cerca di qualcosa da fare, mentre gli anziani sedevano a prendere il sole sulle panchine del parco. Una taverna e una chiesa, edifici che sembravano onnipresenti in qualsiasi città, si trovavano una di fronte all'altra ai lati di una piazza. Adair trovò alloggio in una locanda che si chiamava Bed & Breakfast, uno strano nome. La stanza era più leziosa e claustrofobica di quanto avrebbe gradito, ma era in centro e sembrava un buon punto di partenza per raccogliere informazioni.

Portò la valigia nella sua stanza e chiuse la porta, poi estrasse i suoi due libri di incantesimi. Sfiorando con la mano le copertine logore, li infilò sotto il materasso, chiudendo a chiave la porta prima di uscire. La donna alla reception lo indirizzò verso l'unico bar del centro, che si chiamava Blue Moon – ed era comunque impossibile non notarlo, vista l'insegna luminosa con una mezzaluna blu esposta in vetrina. Adair iniziò a chiacchierare con il barista e una manciata di clienti.

Due di loro riconobbero il nome Rolf Schneider, era l'uomo che era stato in città con una ragazza, nient'altro che due turisti di passaggio a St. Andrew. Solo che quella ragazza aveva ucciso Schneider e abbandonato il suo corpo nel bosco, raccontarono a Adair, e poi era riuscita a scappare dall'ospedale portando con sé uno dei dottori. Adair memorizzò ogni dettaglio, inclusi il nome del dottore, quello della sua ex moglie e delle sue due figlie, e la città in cui ora vivevano.

Qualcuno aveva visto la ragazza? chiese Adair. Qualcuno poteva descriverla? I clienti scossero la testa, spiegandogli che gli unici ad averla vista erano stati i poliziotti e l'infermiera che faceva il turno di notte al pronto soccorso. Adair offrì un giro di birra a tutti e sorseggiò la sua birra annacquata, riflettendo sulla curiosa serie di eventi che non avrebbe mai potuto immaginare da solo, nemmeno se un oracolo gli avesse sussurrato degli indizi all'orecchio. Jonathan era morto ed era stata Lanore a ucciderlo, non poteva essere altrimenti. Adair non riusciva a immaginare che cosa avesse potuto convincere Lanore a lasciar andare Jonathan dopo centinaia di anni insieme. Forse si era stancata di lui? Bruciava dalla curiosità di scoprire cosa fosse successo tra quei due.

Avendo raccolto tutte le informazioni possibili, Adair augurò la buonanotte ai presenti, lasciò dei soldi sul bancone e tornò alla locanda. Recuperò i libri degli incantesimi dal loro nascondiglio e iniziò a sfogliare le pagine. Anche se le tracce di Lanny si interrompevano sulla tomba di Jonathan, Adair non desistette. Ci sarebbe voluto un incantesimo molto potente, ma Adair era venuto per trovare Lanore e quindi non aveva altra scelta che rianimare Jonathan e scoprire ciò di cui aveva bisogno dai ricordi di un uomo morto. Era un'impresa pericolosa: se le voci che riguardavano quell'incantesimo erano vere, richiedeva il massimo grado di abilità e di potere. Molti lo ritenevano un atto non soltanto pericoloso ma anche blasfemo, e per diverse ragioni – prima fra tutte un profondo senso di presagio – Adair non lo aveva mai sperimentato prima. E anche se l'incantesimo avesse avuto successo, Adair non aveva idea di come sarebbero state le condizioni di Jonathan, se la sua mente sarebbe stata vuota, se si sarebbe dimostrato di qualche utilità o meno...

Eppure, Adair non desiderava niente di più al mondo che trovare Lanore e per farlo doveva ignorare il proprio malessere e praticare la più oscura delle arti oscure, il più profano dei gesti. Avrebbe riportato un'anima indietro dal regno dei morti, e le conseguenze di questo atto – perché di sicuro ci sarebbero state delle conseguenze – sarebbero ricadute su di lui. Ma era pronto a sfidare tutte le forze dell'universo pur di possedere di nuovo Lanore, perciò decise di ricorrere a tutte le sue risorse perché ciò accadesse.

15

Quando Adair trovò il commissariato di polizia, il tramonto era ormai calato sui Great North Woods. L'edificio era isolato su una strada camionale deserta, ed era distante dalla città, che peraltro era abbastanza tranquilla tutto l'anno, tranne che nella stagione del turismo, mentre era vicino agli accampamenti dei falegnami e cioè dove c'erano problemi il resto dell'anno. Un SUV bianco e nero era parcheggiato sul davanti, chiazzato di sale sparso sulle strade, anche se era quasi estate.

All'interno il commissariato era vuoto, non c'era segno che qualcuno fosse al lavoro. L'ingresso era affollato di schedari e di scatoloni ammassati a casaccio, ed era caldo come una soffitta chiusa. «Ehi?» chiamò Adair. «C'è qualcuno in servizio?» La sua voce riecheggiò solitaria insieme al ronzio di un ventilatore.

«Qua dentro» rispose la voce di un uomo, e Adair la seguì lungo il corridoio fino a trovare una porta aperta. Sul muro una targhetta d'ottone recitava «Sceriffo Joseph Duchesne». L'uomo dietro la scrivania non aveva affatto l'aspetto di uno sceriffo, nemmeno per una cittadina isolata come quella. Non aveva né il fisico né il portamento per quel lavoro, ed era anzi un esemplare piuttosto incongruo, tutto gomiti e ginocchia, con un pomo d'Adamo sporgente che pareva implorare di essere spezzato. Come se non bastasse, il suo volto non ispirava né fiducia né rispetto, era la faccia di un incompetente fannullone. Quando vide Adair, lo sceriffo tradì un'ombra di paura.

«Lei sarebbe lo sceriffo?» chiese Adair scettico.

«È per questo che sono seduto qui» rispose l'uomo spazientito. «Posso aiutarla?» Osservò Adair con sospetto: era evidente che lo sceriffo diffidava dei forestieri.

«Ho sentito dire che lei ha visto la donna che è passata di qui qualche mese fa.»

«Qui ci passa un sacco di gente» replicò lo sceriffo, gelido, ma era chiaro che aveva capito a chi si riferisse Adair.

«Sto parlando della ragazza accusata di omicidio, una giovane coi capelli biondi, molto esile. Bellissima» aggiunse, con una punta di malinconia.

«Sì. È lei.» Lo sceriffo si raddrizzò sulla sedia, socchiudendo gli occhi. «Cosa ne sa?»

Adair ignorò la domanda. «E l'uomo che ha ucciso? Avete trovato il corpo?»

«Sì, certo che l'abbiamo trovato, ma...»

«E che aspetto aveva?»

Lo sceriffo si allontanò dalla scrivania. «Un minuto, vediamo di capirci. La donna di cui parla è coinvolta in un grave crimine, omicidio di primo grado. Il caso è ancora aperto e lei ne sa qualcosa. Adesso chiamerò uno dei miei agenti perché dovremo farle qualche domanda, signor...» Duchesne lasciò in sospeso la domanda, aspettandosi che Adair gli fornisse il proprio nome, e intanto sollevò il telefono per comporre un numero. Adair si fece avanti e mise una mano sul telefono, interrompendo la chiamata.

«Le ho chiesto che aspetto aveva l'uomo morto.» Adair fece un respiro profondo per calmarsi e cercò di non pensare a quando avrebbe fatto a pezzi quell'uomo a mani nude. Si sarebbe spezzato come la chela di un granchio, tanto poca era la carne che aveva appesa alle ossa. «Direbbe che era un bell'uomo?»

Il volto dello sceriffo arrossì. «Che razza di domanda è? Che cos'è lei, una specie di... omosessuale?» Si alzò incerto dalla sedia, come un uomo non avvezzo al pericolo, le mani esitanti attorno alla fondina. Adair avanzò e lo sbatté al muro, inchiodandolo lì.

«Cosa ti importa se io preferisco gli uomini, le donne o gli animali? Adesso risponderai alle mie domande, altrimenti ti spezzo questo misero collo. Mi hai capito?»

Lo sceriffo boccheggiò sotto la presa di Adair, sforzandosi di respirare. I loro occhi si incontrarono. Per Adair, lo sceriffo era come un pollo il cui corpo continuava ad agitarsi anche se la testa gli era stata recisa di netto: era già un uomo morto, solo che non lo sapeva ancora. Adair serrò la presa e lo sbatté contro il muro una seconda volta. «Dov'è il corpo ora?»

«Il corpo?»

Un terzo colpo e il muro dietro lo sceriffo si crepò. «L'uomo ucciso. Dov'è il corpo, cosa ne avete fatto?»

«Devo guardare in quei registri.» Lo sceriffo Duchesne fece un cenno col mento verso uno schedario. Adair lo lasciò andare e gli diede una spinta. Lo sceriffo non provò a scappare dalla porta, forse perché era già al limite del proprio coraggio. Trovò l'incartamento nel secondo cassetto, sfogliandolo con mani tremanti.

«Di solito i cadaveri che non vengono reclamati da nessuno vengono cremati, ma stando ai documenti il crematorio non funzionava e ci hanno rimandato il cadavere. A quanto pare l'abbiamo seppellito.»

«Qui in città?»

Lo sceriffo annuì.

Adair prese la pistola dello sceriffo dalla fondina e lo spinse fuori dalla porta. «Portami lì.»

Adair trovò una vanga nella stanza accanto, dietro un grosso sacchetto di sale e due paia di galosce, e la gettò sul sedile posteriore della sua auto a noleggio. Fece sedere lo sceriffo alla guida, spiegandogli cosa sarebbe successo se avesse provato a scappare. Lo sceriffo, ammansito come la donna al museo, obbedì. Giunsero a un campo vuoto ai margini di una boscaglia, poi Duchesne guidò Adair a piedi fino al cimitero. L'oscurità della notte era quasi completa, ma l'aria era immobile e fresca. Qualche mosca volava attorno alle loro teste. Una targhetta di metallo conficcata nel terreno portava la scritta. B17.

Adair porse la vanga allo sceriffo. «Scava.»

Ci volle parecchio tempo per raggiungere la bara, e Adair lo trascorse camminando lungo il bordo dell'appezzamento di terreno, ripassando mentalmente l'incantesimo che aveva imparato secoli prima da Henrik e poi copiato su una vecchia pergamena e inserito nel suo libro. Ricordava bene quella lezione con Henrik, quando aveva trattenuto il fiato mentre la gallina riprendeva vita e poi si accucciava inerte, il petto color del burro che tremava a ogni respiro. Come avrebbe voluto prenderla tra le mani e schiacciarla, rimandandola da dove era venuta, per pietà... Ma aveva ignorato quella sensazione, perché anche se aveva solo quattordici anni era un uomo di scienza e sapeva di dover resistere alla paura e alla compassione.

Temeva di ottenere un risultato simile, ora, ma non poteva lasciare che la paura gli impedisse di provarci. In ogni caso, la situazione non era la stessa: il vecchio Henrik era un dilettante, un debole. Adair era sicuro di essere molto più potente di quanto il suo tutore fosse mai stato. Ma se il risultato fosse stato insoddisfacente, se la creatura che stava per risvegliare fosse stata un mostro, Adair si ripromise di sopprimere Jonathan con le sue stesse mani, una volta raccolte le necessarie informazioni.

L'incertezza combatteva contro la determinazione, comunque, arrovellandogli lo stomaco. Voleva il corpo di Jonathan per sé, gli era bastato uno sguardo alla foto del campo profughi per ricordarlo, ma pensava che impossessarsi di un corpo che era stato morto per dei mesi fosse inquietante, per dirla con un eufemismo. Aveva visto molti corpi decomposti e conosceva bene la strana vacuità di una forma senza vita, ma un uomo lasciato a marcire sul campo di battaglia era una cosa diversa da uno che era rimasto a decomporsi sotto terra per mesi. C'era anche la questione di cosa fare dell'anima di Jonathan dopo averla richiamata dall'aldilà; nemmeno Adair sarebbe stato in grado di liberarla con la morte. Adair provò una punta di compassione per Jonathan (in fondo un tempo erano stati amici), ma la scacciò subito: era un'altra delle cose che non poteva evitare, e non sarebbe stata certo la prima volta che avrebbe condannato un uomo al purgatorio pur di ottenere ciò che voleva.

La vanga produsse un tonfo quando picchiò contro la sommità della bara. Quando lo sceriffo aprì il coperchio, entrambi tossirono per le esalazioni mefitiche dei gas nocivi prodotti dalla fermentazione del corpo di Jonathan. Adair costrinse Duchesne a sollevare il sacco con il corpo, poi si liberò di lui con un colpo di vanga sulla nuca.

Un sacco di plastica nero dentro una cassa di legno, seppellita in una fossa senza nome. Che fine indegna per il figlio prediletto di quella città, pensò Adair. Com'è ignobile il modo in cui ti hanno trattato. Adair respirò a fondo e poi aprì la cerniera del sacco.

Il contenuto produceva dei rumori liquidi, perciò Adair capì di doversi aspettare uno stato di decomposizione piuttosto avanzato. La carne non era più solida, sembrava una melassa tenuta insieme soltanto dai vestiti di Jonathan. Il volto che un tempo era stato la personificazione della bellezza stessa ora era ridotto a melma attaccata a un cranio, ciglia spezzate affossate nella sostanza viscosa e denti ora sporgenti. Il risultato sarebbe stato migliore se avessero trattato il corpo nel solito modo, ma la città non aveva alcuna intenzione di sprecare soldi per preservare un corpo sconosciuto.

Adair si riscosse e mormorò le parole che avrebbero dovuto rianimare il corpo decomposto di Jonathan. Contavano davvero le parole, o dipendeva solo dalla volontà dell'uomo che le pronunciava? Propendeva per la seconda ipotesi, visto che quelle parole erano note ai praticanti delle arti oscure da secoli e secoli, ma aveva sentito dire di ben pochi che avessero avuto successo. Credeva che soltanto i più potenti tra gli Adepti riuscissero a risvegliare i morti, e naturalmente lui riteneva di farne parte. C'era da chiedersi se gli Adepti più esperti – e perciò più saggi – avrebbero davvero tentato quell'incantesimo, visto il tabù che proibiva di spezzare il velo che separa i due mondi, ma quello era proprio il tipo di limite autoimposto che Adair disprezzava. Le vere scoperte venivano fatte soltanto da chi osava. Se anche soltanto Dio conosceva entrambi i mondi, quello dei vivi e quello dei morti, Adair era pronto a sfidare Dio stesso rubando un po' del suo potere.

Pochi secondi dopo, un potere familiare e benvenuto lo investì, dapprima lievemente, poi pervadendo ogni suo nervo e ogni muscolo, penetrando nelle ossa e togliendogli il fiato. Quella fonte di energia lo collegò al corpo di Jonathan e per un momento si trovò immerso in ciò che doveva essere un residuo della coscienza di Jonathan: rimorso, tristezza, amarezza, mentre aspettava di essere liberato. E vennero anche pensieri inquietanti: l'abisso buio della sua prigione gli sfiorò la mente, incombendo sul potere luminoso e glorioso che pervadeva Adair emanando un'aura di minaccia e di solitudine. Era sensato, in fondo, che una presenza opprimente e oscura fosse in qualche modo associata al potere da cui attingeva Adair: entrambe, dopotutto, erano forze dell'universo. Ma quella presenza oscura lo preoccupava: sembrava maligna e pareva aspettare in un angolo, pronta a colpire.

Il processo di ricomposizione fu lento in modo esasperante, e Adair era sicuro che le tenebre della notte gli impedissero di assistere a un vero prodigio. Anche con la fioca luce della luna, riusciva a intuire che la massa gelatinosa si stava solidificando in una creatura bianca e polverosa. Poi i capelli iniziarono a ricrescere e i lineamenti a comparire, ma il corpo rimase bianco come alabastro, con pozze color lavanda dove dovevano esserci occhi e bocca, come succede a chi è anemico. Quando le ciglia sbatterono, l'occhio destro si sgonfiò e l'angolo superiore destro della bocca cadde in giù, come se Jonathan avesse subito una specie di ictus. Ma, grazie a Dio, gli occhi non erano vacui e privi di vita. Tuttavia, era chiaro che c'era qualcosa che non andava. Adair non riusciva a capire bene cosa fosse, ma c'era qualcosa di orribilmente fuori posto.

«Ah!» Dopo un po' Jonathan aprì la bocca per parlare, e un'ultima esalazione di gas gli uscì e rimase sospesa sopra il suo volto come uno sbuffo di fumo. «Cosa succede, dove sono?»

«Jonathan» disse Adair. Era riluttante a toccarlo, temeva di interrompere il processo di rigenerazione prima che il corpo si fosse stabilizzato.

«Sì, sono Jonathan, anche se credevo di non essere più Jonathan.» Parlava come un mistico in trance, separato dal mondo presente.

«Sai chi sono io?»

Gli occhi di Jonathan balenarono una volta sola sul volto di Adair, e nonostante la strana simmetria incompleta del suo volto fu evidente una smorfia di riconoscimento. «Sì, mi ricordo di te, Adair.»

«E da dove vieni, Jonathan? Dov'eri fino a un momento fa?» Era la domanda che aveva tormentato Adair sin da quando aveva visto Henrik ridare vita a quell'animale.

«Ero... Ero in un altro posto... Diverso da questo. Buio, e freddo, e cieco come le correnti dell'oceano.»

«Diverso da questo? E allora dov'eri?» insistette Adair, ansioso.

«Adesso dove sono?»

«Sei a casa, a St. Andrew. Ti ricordi come sei finito in quella tomba?»

Udendo il nome della città, il volto del cadavere parve rattrappirsi, attraversato da un'espressione di disprezzo. «Sì, mi ricordo.»

Adair ritentò. «Stavi sognando prima che ti svegliassi? Era come un sogno?»

«Non era... Non era come qui.»

«Ed eri da solo, Jonathan? O c'era qualcuno con te, qualcuno che conoscevi forse? Qualcuno che amavi?»

Il cadavere aggrottò di nuovo la fronte. «Nessuno che conoscevo, no.»

«E c'era...» Adair fece una pausa, perché quella domanda ancora gli imponeva umiltà e timore, «c'era Dio con te? Hai incontrato una divinità, un potere superiore? O il diavolo? Hai visto forse il maestro oscuro?»

«Non ho visto nessuno» rispose Jonathan, «se non la regina degli inferi.»

Adair si accovacciò per terra. Era una risposta che non si era affatto aspettato. La regina degli inferi? Non aveva idea di cosa intendesse Jonathan con quell'espressione. A quanto sembrava, esisteva una vita oltre la morte, a giudicare dal fatto che l'anima morta di Jonathan era tornata indietro da qualche parte, e in quella vita ultraterrena esisteva qualcosa che poteva essere interpretato come la regina degli inferi. Adair provò un attacco di panico. Pensò ai suoi libri: doveva consultare i vecchi racconti e gli antichi materiali di riferimento per riuscire a risolvere quel mistero.

Quando Adair si voltò verso Jonathan per fargli un'altra domanda, tuttavia, vide che era caduto in uno stato di incoscienza. Lo scosse per la spalla e poi gli abbassò la palpebra inferiore: nel suo occhio velato di marrone intravide una pulsazione, una scintilla vitale. Accertatosi così che Jonathan non era stato risucchiato nel vuoto ed era ancora con lui, Adair lo raccolse da terra, sopportando il puzzo dei suoi vestiti, lo infilò nella macchina a noleggio e si allontanò, lasciandosi dietro il mucchio di terra appena scavata e il corpo di Joe Duchesne accanto alla fossa vuota.

16

Adair si allontanò dalla città con Jonathan sdraiato sul sedile posteriore, coperto da un cappotto perché nessuno lo vedesse. Non avrebbe avuto di che preoccuparsi: non incrociò nemmeno un veicolo durante il suo viaggio verso sud nelle ultime ore della notte, attraverso foreste di legnami accatastati e campi di patate. Fu solo quando giunse a metà strada da Boston che si ricordò di aver lasciato le sue cose al Bed & Breakfast. Non importava: teneva sempre con sé i suoi due libri, ed erano tutto ciò di cui aveva bisogno, le uniche cose che non poteva permettersi di perdere.

Adair accelerò verso casa di Jude, guidando a una velocità di poco superiore al limite per evitare di attirare l'attenzione della polizia. L'ultima cosa di cui aveva bisogno era che un poliziotto locale lo fermasse e si accostasse al suo finestrino: si sarebbe subito accorto dell'odore di decomposizione. A St. Andrew le sue tracce erano così evidenti che perfino un bambino avrebbe saputo ripercorrerle: lo sceriffo era morto, una tomba era stata profanata e il forestiero che aveva fatto tutte quelle domande in giro sul corpo mancante era fuggito dalla città nel cuore della notte. Aveva usato una falsa identità per i biglietti aerei e il noleggio dell'auto, e c'erano ben poche possibilità che qualcuno lo scoprisse, ma c'era il rischio che si fosse lasciato dietro qualche indizio. Adair avrebbe affidato a Jude il compito di sbarazzarsi di qualsiasi problema potesse sorgere. Era come un impiegato contabile: privo di immaginazione, nato per preoccuparsi dei dettagli.

Guidando nell'oscurità per le strade deserte, Adair ripensò al cimitero e alla strana sensazione che aveva provato accanto alla tomba di Jonathan. Guardando in quella fossa profonda e buia, aveva sperimentato la stessa sensazione che aveva provato durante la sua prigionia, quando il pavimento e le pareti della sua minuscola cella parevano scomparire e a lui sembrava di galleggiare in un'oscurità assoluta. Peggio ancora, c'erano state volte in cui non era stato in grado di avvertire i confini del proprio corpo, come se una forza impassibile e costante avesse eroso la sua coscienza di sé finché non si era assottigliata a tal punto da dissiparsi nel vuoto. In quelle occasioni era stato come se il suo essere corporeo avesse cessato di esistere, e lui diventava niente più che una briciola in un oceano infinito di nulla. Era proprio quella la sensazione che aveva provato stando accanto alla fossa aperta di Jonathan.

Ma lo inquietava anche l'accenno alla regina degli inferi.

Mentre Adair rifletteva sul concetto di una vera e propria divinità, una regina che governava l'aldilà, sentì l'abisso nero tentarlo ancora, proprio come sentiva il suo cuore accelerare i battiti. Forse quella creatura senziente che era in attesa nel mondo oltre il mondo era in qualche modo connessa all'abisso nero. Forse, lei non soltanto abitava quell'abisso, ma lo governava. La prospettiva di un essere dotato di un potere così immenso lo terrorizzava, perché era ben consapevole dei propri limiti: non era una creatura soprannaturale, era soltanto un uomo. Un uomo straordinario, ma non un dio.

Romania e territori confinanti, XIV secolo

La ragione principale per cui lo stregone aveva deciso di assumere l'elisir di vita eterna era quella di poter continuare la sua ricerca, per comprendere le forze dell'universo, il visibile tanto quanto l'invisibile. Ora aveva tempo fino alla fine dei tempi per impossessarsi del sapere di chi aveva praticato la magia prima di lui e per superare perfino la loro saggezza grazie alle sue eccezionali scoperte. Ma dopo aver consumato l'elisir, lo stregone scoprì che esso gli aveva fatto dono di un altro beneficio: ora sperimentava la vita in maniera più vivida rispetto agli altri. Era più forte che mai, fisicamente, e poteva correre così forte che gli pareva di spiccare il volo. I suoi sensi erano acuiti: i colori erano più brillanti, gli odori più intensi. Era come se per tutta la vita fosse stato malato e ora gli fosse stata donata una salute perfetta.

Tuttavia, il suo corpo aveva dei difetti che era impossibile compensare. Era il corpo di un anziano e, in quanto tale, soggiaceva a tutti i pregiudizi che circondano le persone in tarda età. La gente dava per scontato che fosse lento e debole, e o cercava di toglierselo di mezzo oppure era fin troppo sollecita, dandosi da fare per aiutarlo anche quando lui non ne richiedeva l'assistenza. Per quanto entrambe le reazioni lo infastidissero, decise di tenere per sé la verità sulla sua condizione, anche se avrebbe tanto desiderato punire con uno scappellotto i buoni samaritani che volevano aiutarlo o bastonare i ladri che, ritenendolo senile, cercavano di derubarlo. Adair imparò a tenere sotto controllo il suo carattere, poiché era meglio non mostrare a quegli idioti l'errore delle loro convinzioni: avrebbe solo attirato troppi sospetti su di sé. Non poteva rischiare di essere denunciato agli inquisitori. Non avrebbe avuto alcuna spiegazione da offrire per il suo ringiovanimento, perciò non aveva altra alternativa che stare al gioco e fingersi un vecchio.

Per quanto fosse deliziato dalla forza accresciuta e dai sensi acuiti, c'era un aspetto della sua rinascita che lo sorprese ancor più: il ritorno del desiderio sessuale della sua adolescenza. Lo stregone scoprì di avere di nuovo lo stesso insaziabile desiderio che lo possedeva quando aveva sedici anni, solo che stavolta era peggio, ancora più intenso e irrefrenabile. In più, diversamente da quando aveva quella così giovane età, ora *sapeva* bene ciò che gli mancava. Non si era mai sposato, ma aveva tratto soddisfazione per tutta la vita dalla frequentazione di prostitute o di serve compiacenti, forse con minor frequenza di quella che avrebbe contraddistinto una vita matrimoniale, ma era un sacrificio necessario per la sua vocazione. La scienza e l'alchimia erano le uniche cose che gli interessavano, e provava ben poco interesse per la compagnia di chi non condivideva le sue stesse passioni. Ora, con sua somma frustrazione, non riusciva a togliersi dalla mente il pensiero del sesso. Era come se il desiderio si fosse infiltrato nel suo corpo, intossicandogli il sangue, e ora lo stesse divorando dall'interno.

Ma a cosa serviva un così prepotente appetito sessuale a un uomo così vecchio e brutto che nessuna donna avrebbe mai voluto compiacere di sua volontà? Era diventato così repellente che perfino le prostitute lo rifiutavano. Poiché il suo udito era più acuto che mai, le udiva bisbigliare quando si avvicinava: *Ec-*

co di nuovo quel lurido vecchio! Non ne ha mai abbastanza, alla sua età! È una vergogna. Se solo avesse potuto ritornare giovane, le cose sarebbero state ben diverse. Le donne avrebbero ammirato la sua virilità e avrebbero litigato pur di poterselo portare a letto. Ma per come stavano le cose, era solo un vecchio deforme con un appetito sessuale anormale.

Si ripromise di ricorrere sempre meno alle prostitute di strada, ma questo voleva dire che doveva trovare un altro modo di sfogare il suo desiderio. Disperato, si rivolse a un ragazzino che si vendeva per strada, di dodici, tredici anni. Lo stregone si aspettava di essere disgustato dalla vista e dal tatto del corpo di quel ragazzo, anche se l'aveva spinto con la faccia contro il muro così da poterlo prendere da dietro, ma non fu così. La rivelazione di poter trarre piacere con qualcuno del suo stesso sesso lo scosse a tal punto che si rifugiò seduto al buio con una bottiglia di vino forte, pur di sradicare ogni ricordo di quello che aveva fatto.

Ma mentre si disperava, mettendo in dubbio la propria virilità, scoprì che in lui c'erano desideri che non aveva mai lasciato affiorare, pensieri segreti che aveva represso. Eppure, si chiese, se si era negato *quel* piacere per paura della dannazione, che cos'altro si era perso? Ormai non aveva più niente da perdere. Perché non lasciare piena libertà ai suoi più oscuri desideri? Di certo la trasformazione l'aveva introdotto in un mondo in cui le leggi degli uomini non si applicavano più. Non a lui.

Fu *quello* il momento in cui lo stregone si separò dal resto dell'umanità: non si considerava più legato alle convenzioni che avevano costituito i confini morali di tutta la sua vita. Possedere quelle straordinarie abilità eppure comportarsi come qualsiasi altra persona – chiedendo il permesso per le sue azioni, censurando la voce nella sua testa, trattenendo la sua mano – sarebbe equivalso a sprecare il suo dono. No, ora era immortale e aveva intenzione di fare tutto ciò che desiderava, di vedere a quali vette fosse in grado di arrivare. Ci doveva pur essere una ragione se era stato scelto come recipiente di quegli incredibili poteri, ragionò; sarebbe stato sbagliato trattenersi in qualsiasi modo.

Fu solo nel 1349, quando tornò nella sua terra natia alle dipendenze di un conte rumeno, che lo stregone apprese dell'esistenza di una possibile soluzione al suo confino nel corpo di un vecchio. La sua posizione di stregone di corte del conte cel Batrin era un espediente come un altro; la vera ragione per cui aveva scelto di mettersi al suo servizio era che aveva sentito dire che un tempo in quella zona era vissuto un monaco dai poteri soprannaturali. Il numero degli alchimisti di cui si favoleggiava era esiguo, e il loro era un mondo piccolo. Una volta che un uomo raggiungeva un certo grado di abilità e veniva considerato un maestro, o ciò che un giorno sarebbe stato definito un Adepto, il suo nome si diffondeva celermente tra gli altri praticanti. Le sue imprese venivano comparate a quelle degli altri Adepti. Da apprendisti vaganti e da devoti delle arti oscure lo stregone aveva sentito parlare di altri praticanti e aveva udito le storie sulle loro favolose imprese. Aveva sentito parlare anche di dinastie, di Adepti che tramandavano le loro abilità speciali ai loro studenti, discepoli che potevano essere rintracciati attraverso generazioni e generazioni di addestramento.

Spesso quelle tracce che seguiva si interrompevano per colpa della Chiesa, e quante opere importanti erano andate perse perché un maestro e i suoi discepoli erano stati scoperti dall'Inquisizione e mandati al rogo per eresia! Gli inquisitori utilizzavano i libri di ricette e di incantesimi delle loro vittime per alimentare le pire su cui le bruciavano. *Quanto sapere andato perduto*, si arrabbiava lo stregone. *Che spreco*. Era suo dovere preservare quelle conoscenze.

E fu così che finì a lavorare per cel Batrin, cercando di scoprire tutto quello che poteva su di un monaco che, parecchie generazioni prima, aveva praticato l'alchimia. Il vecchio immaginava che ci fossero ancora alcuni seguaci del monaco che vivevano in quella zona, discepoli che possedevano copie delle formule del loro maestro. Il monaco si chiamava Nicodemo e lo stregone aveva udito voci secondo cui egli era capace di trasferire l'anima di un uomo nel corpo di un altro.

Per quanto seducente fosse quell'idea, lo stregone era scettico. Aveva cercato più e più volte di creare una pozione a quello scopo basandosi sulla sua conoscenza delle proprietà degli elementi – per esempio, aveva provato a determinare il peso esatto di un'anima misurando i corpi prima e dopo la morte – ma non aveva ottenuto niente. Come era riuscito quel monaco a rimuovere l'anima, tanto per cominciare? E cos'era successo all'anima del corpo ricevente? Aveva scritto queste domande su pezzi di pergamena, formulando ipotesi con precisione scientifica, ma non aveva mai trovato le risposte.

Lo stregone usciva ogni sera per ispezionare i luoghi in cui c'erano probabilità di rinvenire eredi di quel Nicodemo: era meglio condurre simili imprese protetti dalle tenebre della notte. Scovò i più anziani abitanti del villaggio e li interrogò a lungo, esplorando i loro ricordi in cerca del più piccolo indizio. Si recò nei luoghi in cui il maestro alchimista poteva aver vissuto o lavorato, scavando cave in cerca di minerali rari o setacciando il sottobosco per trovare muschi e funghi particolari. Cercò nelle segrete del monastero; ispezionò le case mentre i loro occupanti dormivano. Era come un fantasma notturno che setacciava i segreti degli spiriti.

Nel frattempo, aveva trovato un ragazzo zingaro, di nome Adair, che gli faceva da schiavo. Lo aveva scelto proprio per la sua bellezza. Lo stregone non aveva certo intenzione di sottrargli il corpo quando lo aveva incontrato per la prima volta: il ragazzo era troppo giovane, non ancora sviluppato. Fu solo quando il ragazzo crebbe e si fece uomo che lo stregone iniziò a percepirne il potenziale. Ma a quel punto, ormai, aveva già sfigurato il servo con cicatrici dopo una feroce punizione – e meritata, visto che lo aveva sorpreso a scappare dopo avergli rubato le formule – ma non c'era più niente che potesse fare a tal proposito, ormai. Lo stregone aveva abusato regolarmente del ragazzo, ma anche quello doveva finire presto, perché il solo pensiero di stuprare il corpo che presto avrebbe abitato lo repelleva. Ciò che gli fece prendere la decisione definitiva, tuttavia, fu il fatto che il ragazzo possedeva un membro prodigioso: non tanto lungo da essere un difetto – lo stregone immaginava che ci fossero occasioni in cui un pene poteva essere davvero troppo lungo – ma grosso come un bastone. Il pensiero di possedere quell'arma, di poterla brandire, rendeva lo stregone bramoso e impaziente.

Nel frattempo, aveva iniziato a trovare qualche indizio nelle sue ricerche dei lavori del monaco, e sentiva di essere vicino a trovare qualcuno che avrebbe potuto dirgli molto di più. Perciò, decise di dare la vita eterna al suo schiavo, per prepararne il corpo a ricevere la sua anima non appena avesse trovato l'incantesimo. Più ci pensava, più il tutto aveva senso: il corpo del ragazzo era perfetto, il suo volto piacevole. Anche altri sembravano trovarlo attraente. Se gli fosse successo qualcosa, lo stregone avrebbe dovuto cercare per mesi, forse per anni, prima di trovare un altro corpo altrettanto all'altezza.

Inoltre, aveva iniziato a sentire un principio di ammutinamento nel cuore del ragazzo. Di recente se l'era portato dietro in un pellegrinaggio che compiva ogni dieci anni, per esaminare i conti delle sue proprietà insieme al tenutario che se ne occupava in sua assenza. Aveva notato che il ragazzo era cambiato dopo quel viaggio. Forse era una reazione alla vista dell'enormità delle ricchezze dello stregone, che erano davvero incommensurabili per uno che era stato povero tutta la vita, e questo gli aveva fatto venire delle strane idee in testa. Comunque fosse, da quando erano tornati, il ragazzo era diffidente come un gatto in sua presenza.

Poco tempo dopo il loro ritorno, lo stregone scelse una sera adatta per la trasformazione. Drogò la governante così che dormisse, nel caso in cui le cose si mettessero male o il ragazzo urlasse. Quella notte, lo stregone attirò il suo servo giù nell'antro con la promessa di insegnargli a leggere. Benché fosse scettico, la tentazione lo indusse a seguire il vecchio e non appena si chinò sopra le pagine per iniziare la lezione, lo stregone lo afferrò alle spalle e lo costrinse a ingoiare l'elisir che teneva in una fiala appesa a una corda di cuoio attorno al collo.

L'incantesimo richiedeva del tempo per avere effetto: il corpo doveva morire e lasciar andare l'anima, per poi farla tornare una volta spogliatosi delle esigenze mortali, o queste quanto meno erano le conclusioni dello stregone in merito a quel processo. La mattina seguente la trasformazione del ragazzo fu completa e lui si svegliò con il potere del ringiovanimento che gli scorreva nelle vene di quel corpo virile. E quanto gli invidiava quel corpo, lo stregone, ricordando come invece lui avesse assunto l'elisir alla veneranda età di ottantasette anni. Riusciva a stento a immaginare quale effetto potesse avere in un corpo così giovane.

Alla fine, lo stregone rinvenne le opere del monaco Nicodemo nel modo più semplice. Aveva ormai conquistato la fiducia del conte cel Batrin ed era più libero nelle sue ricerche. Il castello e i suoi occupanti erano appassionati di arti magiche. Nessuno della corte professava apertamente di crederci, perché la Chiesa non faceva altro che dare la caccia agli adoratori di Satana, e chiunque fosse stato tanto stupido da ammettere ad alta voce tali interessi sarebbe stato torturato e ucciso a mo' di esempio per il resto del regno.

No, l'interesse del conte per la magia sembrava essere soltanto una fonte di divertimento per se stesso e per i suoi cortigiani, perciò lo stregone li accontentava con qualche innocuo gioco di prestigio appena al di qua del confine dell'eresia: premonizioni, polvere pirica, pozioni capaci di indurre allucinazioni e quindi di far credere alla persona che le aveva assunte di poter volare o di essere invisibile. Naturalmente, lo stregone aveva *davvero* in suo possesso pozioni che potevano rendere temporaneamente invisibili e cose simili, ma non osava farlo sapere a nessuno. Tuttavia, quei semplici trucchi gli permisero di conquistare il conte e assicurarsene la fiducia, permettendogli così di muoversi più liberamente dentro il castello.

Fu durante uno dei suoi giri che apprese dell'esistenza di un anziano che aveva assunto l'incarico di tramandare la storia del regno. Di giorno teneva in ordine la tesoreria, conosceva a memoria la posizione di ogni piatto d'argento e di ogni gioiello e quanti pezzi d'oro fossero custoditi in speciali bauli, e portava le chiavi della camera del tesoro appese alla cintola, come un cappellano. Ma nei suoi momenti liberi – di notte nella sua stanza, con una penna d'oca in mano – teneva traccia di tutte le storie raccontate sul regno e dentro il regno.

Perciò una notte lo stregone fece una visita a sorpresa al tesoriere, portando con sé una fiasca di vino molto forte. Il tesoriere fu contentissimo di avere finalmente un uditore per tutte le storie che aveva collezionato meticolosamente nel corso degli anni, tanto che lo stregone non ebbe nemmeno bisogno del vino per fargli sciogliere la lingua. Tuttavia, il vecchio dagli occhi lucidi bevve abbondantemente e con gratitudine e raccontò allo stregone tutto ciò che sapeva.

Un tempo nel regno c'era una setta segreta di monaci che, a quanto si diceva, avevano un profondo e assoluto interesse per le arti oscure. Certo, era un interesse perverso per una confraternita di monaci, ma in fondo si sapeva che non tutti loro si univano alla Chiesa perché desideravano dedicare la propria vita a Dio. Alcuni avevano solo bisogno di un lavoro, e diventare un monaco era sempre meglio che fare il soldato, era meno faticoso e neanche lontanamente altrettanto pericoloso. Altri sceglievano quella vita per avere vitto e alloggio e poi spesso imparavano delle abilità utili; altri ancora erano troppo pigri o troppo deboli per riuscire a compiere un qualsiasi lavoro manuale, perciò si accontentavano di un mestiere che in cambio richiedeva soltanto una modica dose di obbedienza. Come in ogni percorso della vita, alcuni erano attratti da professioni opposte alla loro natura: proprio come c'erano giudici e sceriffi che rubavano e ingannavano, così c'erano preti e suore che si intrattenevano col demonio.

Da fuori, l'abbazia era normale, niente indicava che qualcosa non andasse. L'ordine era noto per l'allevamento delle api e forniva al castello e al villaggio miele e cera in quantità; le loro api impollinavano i campi degli agricoltori e ogni interazione dei monaci con il villaggio era improntata alla massima cordialità. Poi, una notte, scomparvero tutti i monaci, tranne due. Uno era lì da più tempo di quanto chiunque ricordasse; era un uomo testardo e ostinato, tanto anziano che si era ridotto a metà della sua altezza originale e riusciva a malapena a camminare, perciò un monaco molto più giovane lo portava sulla schiena. Il secondo era entrato da poco nella fratellanza, era un accolito. Ma egli non fu trovato nell'abbazia: lo rinvennero nei boschi, con la tunica sbrindellata e piena di spine dopo che si era nascosto nella boscaglia per sfuggire alla pattuglia di monaci che lo cercava, o almeno questo fu ciò che sostenne.

Il giovane era coperto di ferite, e dei legacci gli avevano lasciato dei lividi sui polsi. Disse, con grande sorpresa di tutti, che la fratellanza era dedita allo studio della magia nera e che avevano scoperto come vivere per sempre. Avevano imparato a mandare le loro anime nei corpi degli altri, scambiando i loro corpi decadenti con quelli degli accoliti in arrivo. Poi si liberavano dei corpi anziani, nei quali erano intrappolate le anime dei giovani.

Il monaco più anziano aveva rifiutato di fare come gli altri, preferendo rimanere nel proprio corpo (anche se era riuscito a prolungarne la sopravvivenza, visto che confessò di avere centoventicinque anni quando lo catturarono). Quando i monaci scoprirono che l'accolito era scappato e aveva fatto perdere le proprie tracce, avevano abbandonato l'abbazia prima della loro inevitabile cattura.

«E il nome del monaco che aveva formulato questo incantesimo era per caso Nicodemo?» chiese lo stregone, con la gola stretta per l'ansia.

«Credo proprio di sì» disse lo storico, prima di riprendere il racconto. Soltanto il vecchio monaco conosceva l'incantesimo di Nicodemo e il suo potere, ma rifiutò di divulgare qualsiasi informazione, sostenendo che il continuo interesse in quell'argomento non avrebbe portato niente di buono, soprattutto se l'incantesimo fosse caduto nelle mani sbagliate, perciò fece voto di portarsi quel segreto nella tomba.

«E la storia finisce qui» disse il tesoriere allo stregone, scolando l'ultima goccia di vino senza accorgersi dell'espressione delusa dell'altro. «Forse è per questo che nel nostro villaggio sopravvive ancora l'interesse per le arti oscure» aggiunse, «perché un tempo ne abbiamo avuto un assaggio e ne siamo stati sedotti.»

«Immagino che il vecchio monaco non avesse nessun discendente» disse lo stregone, già rassegnato all'ennesimo vicolo cieco.

«A dire il vero, sua nipote vive ancora nel castello» disse il tesoriere con tono casuale.

«Un monaco con una nipote?» chiese lo stregone, inarcando le sopracciglia.

«Be', si era già capito che non era il più devoto dei monaci, no?» rispose il tesoriere. «Quell'uomo perdonava l'omicidio e adorava Satana, o così si presume. Avere un'amante mi pare il minore dei suoi peccati. La sua amante gli sopravvisse, ed ebbe un figlio, e così via. Dicono che sua nipote abbia un dono profetico e che sia anche un po' pazza. Vive nella parte inferiore del castello, vicino alle prigioni.»

Lo stregone ringraziò il tesoriere per il suo tempo, poi rapidamente scese nei sotterranei, oltre i ripostigli gelidi e la dispensa. A mano a mano che si avvicinava alle prigioni, perlustrò camera dopo camera finché non la trovò. La sua ombra aveva a malapena attraversato la soglia di quella cella quando la donna scattò a sedere sul letto, come se lui l'avesse chiamata per nome. «Riesco ad avvertire le tue intenzioni anche da qui. Sei venuto in cerca dei segreti di mio nonno» disse. «Non avvicinarti. Ti darò quello che cerchi, poiché so che lo prenderesti a ogni costo, comunque, e avverto un'intenzione omicida nel tuo cuore.»

La donna aveva meno di trent'anni, immaginò lo stregone, ma sembrava essere stata allevata tra i selvaggi. Era coperta di stracci e a piedi nudi, e i suoi capelli rossi erano sporchi come il manto di una bestia feroce.

«Perché vivi in una cella?» le chiese lo stregone, portandosi una pezza al naso per filtrare il lezzo che proveniva dalle stanze dei prigionieri lungo il corridoio.

«Sono più al sicuro, qui, lontana da quegli altri» rispose la donna, indicando con la testa i piani superiori. «Sono pazza, o così preferiscono sostenere. In una città ossessionata dalle arti magiche, era destino che fossi una reietta. Credono che sia afflitta dal medesimo spirito maligno che, stando alle voci, possedeva l'anima di mio nonno.»

Pareva nel pieno possesso delle proprie facoltà, tanto che lo stregone iniziò a pensare che facesse finta di essere pazza per tenere a distanza i suoi compaesani. Sentiva un potere emanare da quella stanza, un potere che passava attraverso lei, come se la donna non fosse in grado di dominarlo, il che era la sua sfortuna. Comprese che lei era un esempio e un ammonimento da tenere a mente: se non riuscivi a controllare le forze che evocavi, loro controllavano te.

«Dunque sai perché sono qui» disse, camminando davanti alla sua porta.

«Sei venuto per il libro segreto di mio nonno» disse la donna, prendendo un volume rilegato da un nascondiglio nel muro e passando un dito tremante sulla copertina di legno ammuffito. «L'ho tenuto nascosto per tutta la mia vita, come mi aveva detto mia madre. Contiene magie potenti, che né io ne lei potevamo o possiamo controllare. Ma tu sì.» Fece scivolare il libro oltre la soglia fino ai piedi dello stregone. Era come se quel tomo avesse atteso proprio lui per tutti quegli anni. «Tuttavia, voglio darti un consiglio, che proviene direttamente da mio nonno: meglio essere un peccatore che un ipocrita, specie quando non vi è ragione di obbedire alle sciocche esigenze della gente. Non dimenticartene.» Detto ciò, la donna tornò a nascondersi nell'ombra.

Lo stregone per un momento fu indeciso se portarla con sé o no. Era palese che quella donna aveva un legame innato con il mondo invisibile e poteva essergli utile. D'altro canto, non era capace di dominare il suo dono, e non lo allettava l'idea di dover scoprire da sé se lui era in grado di controllarla. In ogni caso, la sua curiosità scomparve non appena prese il libro in mano e ne avvertì il potere. Le rivolse un sorriso di gratitudine famelico come quello di un lupo, si infilò il volume sotto braccio e lasciò le prigioni per rientrare al più presto nel suo antro, ansioso di esaminare la sua ultima conquista.

17

Maine

Quando il cielo fu mezzo rischiarato dall'alba nascente, Adair accostò ai margini della strada. Ora c'era abbastanza luce per vedere: si sporse verso il sedile posteriore e scostò il cappotto dal volto di Jonathan, sperando di scoprire che una massiccia trasformazione era avvenuta nelle ultime ore.

La pelle di Jonathan, per lo meno, era un po' più vicina alla tinta di una carnagione normale, e il puzzo era quasi del tutto scomparso, anche perché Adair aveva tenuto i finestrini abbassati per quasi tutto il viaggio. Tuttavia, l'aspetto di Jonathan non era certo salutare. Gli ricordava in qualche modo le vittime della peste, il volto un tempo così piacevole ora deformato da gonfiori, e da sotto il colletto aperto della camicia spuntavano chiazze violacee.

Fu soltanto in quel momento che Adair capì quanto avesse desiderato che l'incantesimo funzionasse. Risvegliare i morti era già un'impresa notevole; riportare un corpo al suo stato originale, quando esso era stato l'assoluta perfezione, forse era impossibile. Benché ci fosse una possibilità che col tempo le condizioni di Jonathan migliorassero, Adair decise di prepararsi mentalmente per il fallimento e si impose di considerarlo come un mero esperimento, da osservare per poter fare meglio la volta seguente, ammesso che si trovasse nelle condizioni di dover tentare di nuovo quell'incantesimo. Nel suo cuore, tuttavia, sentiva una profonda delusione.

Adair stava fissando Jonathan, chiedendosi se mai avrebbe ripreso conoscenza, quando gli occhi dell'altro si aprirono di scatto.

«È da molto che sei sveglio?» Adair cercò di mascherare la propria sorpresa e il compiacimento di vedere il corpo di Jonathan riprendere vita.

«Non lo so. Sono cosciente ora? Non è un sogno questo?» La voce era quella di Jonathan, ma sembrava provenire da una distanza profondissima.

«Riesci a muoverti?»

Jonathan barcollò, si appoggiò allo schienale e si tirò su a sedere. Adair era ferito dal vederlo così debilitato, dal vedere quel corpo un tempo perfetto ridotto a una rovina. Lo stomaco gli si contrasse, poiché non era del tutto privo di compassione, dopotutto.

«È come indossare dei vestiti rimasti inamidati per tantissimo tempo. Non credevo che avrei mai più provato questa sensazione, essere di nuovo di carne e ossa» commentò Jonathan. E infatti si muoveva in maniera strana, scoordinata e sgraziata, come se il suo scheletro fosse stato riassemblato in modo sbagliato e dovesse ancora comprendere come funzionavano le giunture. Mentre cercava di riprendere il controllo, continuò a protestare contro Adair. «Perché mi hai riportato indietro? È una cosa orrenda da fare a un uomo che aveva fatto pace con questo mondo.»

Adair non poteva certo contraddirlo su quel punto, perché lui stesso sentiva di aver oltrepassato un confine, anche se non l'avrebbe certo ammesso con Jonathan. «Ho bisogno di te. Ho degli affari in sospeso con te e con Lanore. Ma prima, Jonathan, voglio sapere come hai fatto a finire in quella tomba. Dev'essere stato per forza per mano di Lanore, non c'è altro modo; eppure non avrei mai immaginato che lei ti avrebbe lasciato andare. L'hai costretta a ucciderti? Devi aver fatto proprio qualcosa di orribile per spingerla a liberarsi di te.»

Un moto di rabbia snebbiò gli occhi di Jonathan. «Non essere ridicolo. Non mi ha ucciso per rabbia. L'ha fatto perché io gliel'ho chiesto. Ero stanco di vivere. Sono certo che anche tu hai provato quella sensazione, a un certo punto. Credevo di essere ferito e inguaribile», scosse il capo amaramente, ripensando alla sua follia, «e volevo fuggire dal mondo il più in fretta possibile. Sono andato da Lanny e l'ho implorata di aiutarmi. Lei mi ha resistito, indiavolata, ma alla fine si è arresa. È questo che volevi sentire?»

Nonostante il rimpianto nella voce di Jonathan, Adair fu colpito dall'egoismo delle sue azioni. Chiedere a qualcuno che lo amava così tanto di ucciderlo... E, si domandò, cosa mai aveva convinto Lanore ad accontentarlo? Era stato il suo infinito amore per lui, o il senso di colpa per averlo reso immortale contro la sua volontà? Che fosse l'una o l'altra cosa, in ogni caso lui l'aveva messa in una posizione impossibile da sostenere, eppure lei non glielo aveva negato.

«Rallenta un attimo, spiegami bene. Ci sono cose che ancora non capisco e voglio che tu mi dica tutto. Tu le hai chiesto di ucciderti, ma perché volevi lasciarla? Ti eri stancato di lei dopo due secoli che stavate insieme?»

«Stancato di lei? No, non hai capito. Siamo rimasti insieme soltanto per pochi anni, subito dopo essere scappati da te... Ho capito fin da subito che non funzionava tra noi e non avrebbe mai funzionato. Lei voleva da me più di quanto io potessi darle. La mia presenza la faceva solo soffrire, perciò ho pensato che sarebbe stato meglio per lei se l'avessi lasciata. E da quel momento non ci siamo più rivisti, sino a quando non l'ho cercata per chiederle di uccidermi. E mi rincresce ammettere che l'ho costretta a lasciarmi andare.»

Quindi non erano stati insieme, felici e contenti l'uno nelle braccia dell'altra, ridendo dello scherzo crudele che avevano perpetrato ai suoi danni, come Adair aveva temuto. E benché fosse rallegrato di scoprire che Lanny non era stata nel letto di Jonathan per tutto quel tempo, lo faceva anche soffrire – in modo irrazionale e contraddittorio – il fatto che Jonathan l'avesse così delusa. Riusciva a immaginare benissimo l'agonia che Lanny doveva aver provato quando l'aveva perso, inconsolabile e costretta a convivere col dolore di quel rifiuto per tutti quegli anni. Doveva aver dubitato di se stessa ogni giorno, perso la fiducia che qualcuno mai potesse amarla. E anche lui aveva conosciuto quei dubbi, a suo modo, dopo che lei l'aveva tradito. Nel buio, da solo, si era chiesto per la prima volta se davvero era un mostro, tanto da non poter mai essere amato. Le prove a suo carico erano schiaccianti.

Invece di essere contento del fatto che lei aveva sofferto per tutto il tempo che erano stati separati, Adair fu sorpreso di scoprirsi *arrabbiato* con Jonathan per aver ferito la donna che amava. Come aveva osato quel bellimbusto egoista, quel misero imbecille, trattarla in quel modo? Era il vertice dell'ingratitudine: Jonathan avrebbe potuto cercare in tutto il mondo senza mai trovare una donna che lo amasse così sinceramente e completamente come Lanny. Che arroganza, svalutare così la devozione di Lanny! Adair, sul punto di esplodere per la rabbia, cercò di contenere l'impulso di afferrare il collo dell'uomo che aveva appena resuscitato e spezzarglielo.

Ma tutto ciò non aveva senso, perciò ormai era impossibile negarlo: Adair amava Lanny a tal punto che non riusciva a sopportare il pensiero di saperla ferita, a prescindere dal motivo. Quando si riprese e fu pronto a parlare di nuovo, fissò Jonathan accigliato e gli chiese: «Ma come ha fatto a innamorarsi di te? Non lo capirò mai... Di tutti gli uomini che avrebbe potuto avere, perché ha scelto uno tanto egoista e freddo come te?»

Ma Jonathan non raccolse l'insulto. «Ti aspetti che non sia d'accordo con te, forse?» chiese, amareggiato. «Sapevo fin da quando eravamo ragazzini che sbagliava ad amarmi. Ma allo stesso tempo io non le ho mai chiesto niente. È stata lei a offrirmi il suo amore, Adair; l'ha deposto ai miei piedi, sperando che lo ricambiassi. E ti devo dire una cosa: non era facile, sapendo che non l'amavo allo stesso modo.»

«Eppure, te la sei portata a letto...»

«Era quello che voleva, ma io mi sentivo in colpa ogni volta che stavamo insieme! Alla fine sono arrivato a un punto tale che non riuscivo più a convivere con il senso di colpa, e l'ho lasciata.» La voce di Jonathan, che fino a quel momento era stata sottile ed eterea, si tinse di rimpianto.

Con sua grande sorpresa, Adair provò pietà. Pietà per il suo rivale, l'uomo che aveva avuto Lanore e l'aveva gettata via – e ancora adesso sembrava non rendersi conto di cosa aveva rifiutato, né comprendeva la follia della sua arroganza. Era possibile che Jonathan avesse un difetto fondamentale? si chiese Adair. Era possibile forse che quell'uomo non avesse bisogno della vicinanza di un'altra anima? E provò pietà anche per Lanore, che – Adair comprese con un tuffo al cuore – non avrebbe mai smesso di amare Jonathan, anche se era morto. E infine provò pietà per se stesso, perché non si era mai sentito tanto solo.

«Ti potrebbe far piacere sapere perché alla fine sono tornato da Lanny» disse Jonathan, esitando per un secondo ancora prima di cedere, con un sospiro. «Potresti dire che ho avuto il mio contrappasso. Vedi, mi sono innamorato di una donna, solo che dopo pochi anni l'ho persa. Come sai, tre, cinque anni, sono come un battito di ciglia per quelli come noi. Avevo appena iniziato a capire cos'era l'amore e lei se n'è andata, uccisa in un incidente d'auto. Sono impazzito dal dolore e in qualche modo ho iniziato a pensare che ci saremmo ritrovati nell'aldilà. Soffrivo così tanto... Volevo credere che fosse possibile sistemare le cose, ottenere ciò che volevo.»

«E ti sei riunito con questa donna?»

Jonathan distolse lo sguardo. «Le cose non hanno funzionato così.»

Bene, pensò Adair. In fondo c'era della giustizia nell'universo, poiché non c'era anima che meritasse la felicità meno della sua. «E allora cos'hai trovato nell'aldilà?»

Jonathan scosse il capo. «Non riesco a ricordare niente di concreto di ciò che c'è oltre. È strano: quando cerco di ricordare, qualsiasi pensiero mi si affacci alla mente si dissolve come nebbia. Forse col tempo i ricordi mi torneranno... Ma non è questa la ragione per cui mi hai riportato indietro, vero? Tu vuoi trovare Lanny; vuoi vendetta. Ma io non ti aiuterò.»

Reprimendo la frustrazione, Adair si sforzò di rimanere impassibile e di non ricorrere alla violenza, non ancora. «Che cadavere gentiluomo che sei, pur essendo stato così vile in vita. Ma i tuoi scrupoli non si estendono a *me*, vero? Tu l'hai aiutata a intrappolarmi, se non sbaglio. Devi aver tirato su quel muro con lei. Ho tutti i diritti di vendicarmi di te, tanto quanto di lei.»

Jonathan non respinse le accuse. «Lanny aveva i suoi motivi per fermarti. Tanto per cominciare voleva proteggere me. Mi ha detto che avevi convinto tutti di essere il povero schiavo, la vittima, ma non era così. Sapeva che eri tu l'orribile mostro della tua storia.»

«So che aveva scoperto il mio segreto, me l'ha detto poco prima di tradirmi. È intelligente. Troppo intelligente per te, Jonathan. E forse troppo anche per me» dovette ammettere Adair.

«Mi ha detto che avevi intenzione di scambiare le nostre anime, che volevi prendere il mio corpo, e per questo doveva fermarti. Il bello è che io ti avrei dato volentieri questo corpo,

Adair» disse Jonathan, quasi ridendo, il che non lasciò alcun dubbio sulla sua sincerità. «Non hai idea di quanto mi nauseassero, alla fine, tutte quelle attenzioni, l'adorazione, essere toccato, guardato, inseguito. Quando sei attraente, la gente pensa che tu sia un bene pubblico, come un'opera d'arte, una statua. Ero sempre in mostra. Se me lo avessi chiesto, avrei scambiato il mio corpo con il tuo senza pensarci un secondo.»

Per una volta in vita sua, Adair si ritrovò senza parole.

«È per questo che mi hai riportato indietro dal regno dei morti, vero? Vuoi usare il mio corpo per ingannare Lanny e convincerla a tornare da te.» Il sorriso di Jonathan era tutto sbilenco e macabro, come quello di un teschio marcescente. «Ma immagino che dovrai ripensare ai tuoi piani, ora. Sei deluso da come mi sono rivelato? Prendi questo corpo, se lo vuoi. Non sarà granché attraente ora, ma sei il benvenuto. Prendilo, e lascia libera la mia anima.»

In pochi attimi, Jonathan sembrava aver preso il sopravvento su di lui. Com'era successo? Com'era riuscito un uomo appena resuscitato a metterlo a terra in quel modo? Era sconvolgente.

«E addio alle tue nobili intenzioni, eh?» disse Adair, difensivo. «Pur di avere una via d'uscita facile, sei pronto di nuovo ad abbandonare Lanore. È perché non vedi l'ora di ritornare tra le braccia della regina degli inferi? Un'altra delle vittime del fascino del magnifico Jonathan St. Andrew? Ma non finisce mai?»

«Non ho scelta. E se è affascinata da me, come dici tu, è in gran parte merito tuo.»

«Mio?»

Jonathan si sfiorò il braccio. «Il tatuaggio. È così che ho richiamato la sua attenzione. Conosceva quel disegno. Significava qualcosa per lei.»

Adair ripensò al tatuaggio originale sulla propria schiena, quello che aveva rozzamente riprodotto sul braccio di Jonathan. Aveva bisogno di uno specchio per vederselo, e nel tempo era sbiadito, a mano a mano che l'inchiostro veniva assorbito dalla pelle. Aveva sempre pensato che fosse privo di particolare senso, niente più che uno scarabocchio zingaro che il giovane contadinotto si era iscritto sulla pelle per divertimento, ma in quel momento capì di aver ingannato se stesso: aveva intuito da sempre che aveva un significato più profondo. Era quell'intuizione ad averlo spinto a marchiare allo stesso modo Jonathan molti anni prima.

«Quindi sarebbe stato questo tatuaggio e non il tuo bel visino ad attirare l'attenzione di questa donna... Ma dimmi, che cosa ti ha detto? Cosa significava per lei?»

Jonathan distolse il volto deforme da Adair. «Come ti ho detto, finché rappresenterai una minaccia per Lanny non ho niente da dirti. Non otterrai altro da me.»

«Per fortuna non ho bisogno della tua collaborazione, Jonathan. Mi serve soltanto la tua presenza.» Adair si girò verso il parabrezza, ma non riuscì a distogliere lo sguardo dallo specchietto retrovisore e dall'inquietante vista che gli offriva. «Per ora, l'unica cosa di cui ho bisogno è che la tua carne si ricostituisca, caro il mio imperatore dei vermi, e poi vedremo se quella carcassa di larve che un tempo faceva impazzire le donne sarà di nuovo utile.»

Adair rifletté sul corpo di Jonathan e si chiese se sarebbe mai ritornato al suo stato originario. Anche se fosse accaduto, non era affatto sicuro di volerci trasferire la propria anima, impossessarsene come un granchio eremita si impadronisce di una conchiglia vuota. Sul funzionamento del trasferimento di corpi non aveva dubbi. Sapeva di poter eseguire l'incantesimo alla perfezione, come aveva già fatto una volta – una volta sola, ma era rimasta impressa nella sua memoria per sempre, poiché era stata un'esperienza unica. Era difficile dimenticare una tale dimostrazione di potere soprannaturale.

Territori ungheresi, 1358

Dopo essersi impossessato del libro del vecchio monaco eretico, lo stregone lo riportò nella sua tana e si mise a cercare l'incantesimo che desiderava. Come prima cosa, dovette decifrare la scrittura, che era nel rumeno arcaico dei tempi del monaco. Dopo aver dato un senso alle parole, fu distratto dalla varietà della collezione, poiché dimostrava le vaste capacità magiche della setta. Rise di fronte a un paio di incantesimi che avevano l'approccio sbagliato o un'esecuzione poco elegante, poiché chiunque con un po' di buon senso avrebbe dovuto trovare un modo migliore di ottenere lo stesso risultato. E si chiese quale fosse l'utilità di altri incantesimi. Alcuni sembravano inutili, più problematici di quanto ne valesse la pena.

Lo stregone era giunto alla conclusione che gli appartenenti alla setta non erano affatto degli Adepti, erano casomai poco più di un gruppetto di dilettanti allo sbaraglio... finché non trovò l'incantesimo che cercava, l'incantesimo che l'avrebbe finalmente liberato da quel corpo. Lesse due volte quelle parole, sorpreso dall'eleganza e dalla semplicità della formula. Era davvero intelligente, l'apice del lavoro di quei monaci.

Ora che aveva i mezzi per effettuare lo scambio con il corpo del suo servo, lo stregone iniziò a fare i suoi piani. Decise che il passaggio sarebbe avvenuto nelle sue stanze e lontano da Marguerite, la governante: non voleva testimoni alla trasformazione, non voleva che qualcuno potesse anche solo immaginare che aveva preso la forma del ragazzo. Trasferire la sua ricchezza a nome di Adair sarebbe stato facile per via delle regole che governavano il sigillo: purché riuscisse a riportare alla sua tenuta il sigillo di famiglia, nessuno avrebbe messo in dubbio il suo diritto di proprietà.

Convincere il ragazzo a seguirlo nel suo antro, tuttavia, si rivelò più difficile del previsto. Ora che il suo corpo era resistente al dolore, era diventato arrogante: lo stregone capì di aver mal calcolato il momento in cui dargli l'immortalità. Gliel'aveva concessa troppo presto. Aveva sperato che ricevere un dono come quello avrebbe reso il ragazzo fedele e leale, per gratitudine, ma invece si comportava ben oltre il suo rango. Il ragazzo lo stava mettendo alla prova, stava formulando dei piani nella sua mente, ed era giunto il momento di mettere fine a tutto ciò.

Lo stregone lo attese ai piedi delle scale con una fune in mano. «Adair, vieni da me» lo apostrofò, come avrebbe richiamato un cane. «Ho bisogno della tua assistenza.»

La risposta fu scortese e impudente. «E perché mai dovrei, vecchio?»

Ma lo stregone era preparato. «C'è una cosa che voglio condividere con te. Voglio mostrarti dove tengo il sigillo del mio regno. Se dovesse succedermi qualcosa, voglio che lo abbia tu.» Il ragazzo conosceva la regola del sigillo da quando avevano fatto visita alla sua tenuta. E poteva contare sulla sua avidità, che si era già dimostrata essere il suo lato debole. Il contadinotto non era granché furbo: riusciva forse a vedere un passo avanti, ma non due né tre, e quando gli si dondolava davanti agli occhi un tesoro o una proprietà, ogni traccia di intelligenza svaniva dal suo bel cranio e si slanciava ad afferrarla, come una carota appesa davanti al naso di un mulo.

Sentendolo scendere le scale al volo, lo stregone tese la fune e, non appena il ragazzo svoltò l'angolo, lo prese per il polso e lo legò. Il ragazzo non gli rese le cose facili: lottò per tutto il tempo mentre lo stregone completava i passaggi necessari, ungendo entrambi con le essenze richieste e mormorando le parole giuste. Affondò le mani nelle spalle del ragazzo e lo trattenne con tutta la sua forza, incerto su cosa sarebbe successo.

Fu la sensazione più straordinaria che ebbe mai a provare. Gli parve di cadere in milioni di granelli di polvere, e un vento gli sferzò l'anima e la sollevò, trasportandola nell'aria. Allo stesso tempo sentì – no, anzi, *seppe* – che il ragazzo stava sperimentando la medesima cosa, ma vivendola filtrata dal terrore, poiché non sapeva cosa lo aspettava. Passarono l'uno nell'altro – pulviscoli di polvere al vento, vortici che si allargavano e si disperdevano l'uno nell'altro – e per un attimo lo stregone divenne parte dell'anima del ragazzo e viceversa. In quell'istante apprese tutta la vita del ragazzo: il suo detestabile padre, il legame con i fratelli, la vergogna quando l'aveva stuprato, la paura delle punizioni dello stregone. E lui, con grande imbarazzo, capì che anche il servo stava assorbendo fino all'ultima briciola della sua vita, sperimentandone ogni fallimento e ogni affronto. Adesso era a conoscenza di tutto ciò che sapeva lo stregone, ogni formula, ogni incantesimo. Poteva diventare potente quanto lui senza avere né l'intelligenza né il carattere per dominare un tale potere. E questo, agli occhi dello stregone, ne segnò il destino: anche se ora il servo era intrappolato nel corpo di un vecchio, non poteva lasciarlo in vita.

Il trasferimento fu completo e lo stregone, che era riuscito a mantenere il dominio di sé, sopraffece all'istante il proprio avversario, incatenandolo. Che strano combattere il proprio vecchio corpo e agganciare le catene alle proprie vecchie ossa. Quel viso familiare lo osservava sconvolto, ed era un volto orribile. Soltanto ora vedeva davvero l'aspetto della sua precedente incarnazione: il suo volto, contorto in un'orribile smorfia, era una mappa di grinze e rughe, gli occhi erano ridotti a fessure, e le macchioline dell'età coprivano ogni centimetro della sua pelle cerea, con peli bianchi che spuntavano dai posti meno appropriati. Le sue unghie erano diventate gialle come gli artigli di un vecchio cane. Ma l'espressione del volto non era la stessa, di questo era sicuro, perché ora dietro quegli occhi increduli c'era l'anima del ragazzo.

«Che cos'è successo?» mormorò la sua precedente incarnazione.

«Adesso sei al mio posto e io al tuo.» Lo deliziava sentirsi parlare con la voce del ragazzo. Quel corpo lo soddisfaceva in tutto. Per quanto si fosse sentito benissimo dopo aver sorbito l'elisir a San Pietroburgo, ora si sentiva mille volte meglio. Naturalmente, ciò era dovuto al fatto che il ragazzo era giovane e vigoroso, ma essendo stato un contadino, era anche più robusto. Si sentiva forte come un titano, come se potesse abbattere le pareti in pietre della sua tana a mani nude. Era sicuro di poter correre per ore e ore senza mai stancarsi, e di non aver più bisogno di dormire. Anche la pulsione sessuale era più forte e comprese quanto dovesse essere stato frustrato il ragazzo, costretto a soddisfare le necessità di un vecchio e ad accontentarsi di un'orrenda governante quando avrebbe voluto portarsi a letto ogni ragazza del villaggio.

Il suo vecchio corpo sollevò le mani incatenate e implorò: «Cosa vuoi farne di me?»

«Per ora, ho intenzione di tenerti qui. Urla pure se ti va: Marguerite come sai è sorda e nessuno ti sentirà.» Controllò per sicurezza le chiusure delle catene, poi salì la scala della cella. Mentre, in piedi, attendeva che i suoi occhi si abituassero all'oscurità, lo sguardo gli cadde sulla sagoma in ombra della serva addormentata. La sua pulsione era tanto forte da richiedere immediata soddisfazione, perciò avrebbe dovuto accontentarsi della governante.

La mattina, le disse che il vecchio stregone aveva deciso di lasciare le dipendenze del conte e che anche lei avrebbe dovuto andarsene con lui. Ma la donna vide che sulla scrivania e sugli scaffali c'erano ancora i libri dello stregone e le sue ampolle e parve non credergli, perciò lui le mise in mano una piccola sacca di monete d'oro e la cacciò, ordinandole di tornare al villaggio. Quando se ne fu andata, portò su il prigioniero dalla cella con le mani ancora legate, benché potesse sembrare una precauzione eccessiva, dato che l'uomo aveva un'espressione vuota e probabilmente era a un passo dalla follia. Lo stregone sellò il cavallo, poi tornò indietro a prendere il prigioniero.

Per puro caso, lo sguardo gli cadde sui libri di segreti alchemici che erano sul tavolo, il suo manoscritto veneziano e il libro d'incantesimi del vecchio monaco, e decise d'impulso di portarseli dietro. Di tutte le cose presenti nella sua tana, i libri erano l'unica cosa che non poteva rimpiazzare, e anche se aveva intenzione di tornare sapeva che era un rischio lasciarli lì. Forse Marguerite sarebbe tornata indietro, magari portandosi gli uomini del conte. Perciò, avvolse i libri in una fodera di tessuto e se la caricò sulla schiena, poi trascinò fuori il prigioniero.

Cavalcarono per un'ora verso occidente, poi presero i sentieri alla base della grande catena montuosa. Sapeva che quelle montagne erano come labirinti pieni di caverne e grotte, tanto che nessuno le conosceva bene tutte. Aveva sentito dire che a volte gli zingari o i briganti le usavano per nascondersi quando erano inseguiti, mettendosi così al sicuro, perché gli abitanti del villaggio credevano che in quelle profonde cavità dimorassero fantasmi e demoni e non si avvicinavano se potevano evitarlo. Una volta aveva trovato una caverna molto profonda, come un tunnel che cadeva a piombo tanto che quando vi aveva gettato dentro una pietra non l'aveva sentita toccare il fondo. Quella caverna era la loro destinazione.

Portò il prigioniero sull'orlo della voragine. «Guarda bene, questa sarà la tua nuova casa, e lo sarà molto a lungo. Vedi, il corpo che ora abiti è immortale, proprio come quello che tu mi hai dato, perciò anche se giacerai in fondo a questo pozzo, con le ossa spezzate per la caduta, non morirai. Le ossa si rinsalderanno e guariranno. E anche se non avrai niente da bere o da mangiare, non morirai di fame o di sete. No, vivrai in questo buco nella terra per l'eternità se nessuno ti trova e ti tira su, e dubito molto che ciò possa accadere. Perciò, goditi l'ultimo riflesso di sole della tua vita e di' addio a tutto ciò che conosci.» Prima che il suo prigioniero potesse dire una parola, per implorare pietà o per maledirlo all'inferno, Adair lo spinse oltre il bordo e osservò il proprio vecchio corpo cadere, sbattere, rompersi e sprofondare nell'oscurità. Il ragazzo gridò poco, la sua vecchia e debole voce si smorzò ben presto e, proprio come con la pietra, non vi fu alcun rumore di impatto con il fondo e niente da vedere in tutte quelle tenebre. Soddisfatto, lo stregone montò sul suo cavallo, lasciò libero l'altro e tornò al galoppo alla sua tana.

Ripensandoci ora, Adair fu colpito dall'ironia del fatto che Lanore avesse scelto di intrappolarlo in modo molto simile a quello con cui lui aveva imprigionato il giovane contadino.

Doveva essere una coincidenza, pensò, poiché non aveva rivelato a nessuno la sua vera storia, nemmeno a una persona in centinaia di anni di esistenza. Gli provocò un brivido lungo la spina dorsale ricordare gli anni passati in quello spazio angusto e buio, a un passo dalla follia... Ma il ragazzo aveva sopportato quella tortura per una durata tre volte superiore! Doveva essere impazzito, poco ma sicuro. O forse, se Dio aveva avuto pietà di lui, era in uno stato di sospensione, in letargo come un orso d'inverno, ma nel suo caso un letargo senza interruzioni. Un sonno eterno.

Di ritorno dal suo viaggio alle cave, Adair scoprì ben presto quanto gli abitanti del villaggio detestassero la sua precedente incarnazione, poiché la sua tana era stata saccheggiata e incendiata ed era bruciato tutto, tranne i muri in pietra. Marguerite doveva aver detto in giro che l'odiato vecchio stregone era scomparso, perciò erano venuti a scaricare la loro rabbia sui suoi possedimenti. Lo odiavano e lo temevano a tal punto che non avevano rubato nulla, avevano lasciato bruciare tutto. Lo stregone si fece strada tra i cumuli di cenere ancora calda, le schegge dei mobili fatti a pezzi e i resti della sua attrezzatura, data in pasto alle fiamme oppure calpestata. Scese nella cella e scoprì che il suo letto era stato trasformato in una pira. Poteva solo disseppellire il sigillo e gli ultimi soldi che aveva dal nascondiglio dietro una pietra del muro e dire addio alla sua vecchia esistenza da stregone. Ora lo attendeva una nuova vita, come Adair.

18

Barcellona

Prima che io lasciassi Casablanca, Savva mi fece un dono: una lista degli altri compagni di Adair. «Potrebbero essercene altri di cui ignoro l'esistenza, altri venuti molto prima di me, ma scommetterei che non sono molti.» Aggrottò la fronte riesaminando la lista una seconda volta. Li aveva messi più o meno in ordine cronologico. Alcuni nomi mi erano noti – Alejandro, Tilde, Dona, per esempio, e naturalmente Jude – ma molti no.

«Così tanti» mormorai, dando un'occhiata alla lista. Anche se avevo già appreso da Dona che c'erano molti come noi in giro per il mondo, non avevo mai sentito il bisogno di andarli a cercare – a parte Savva, ovvio. Ero convinta che fossero tutti malvagi e infidi come Tilde e Dona, e com'era anche Savva a volte. Il mio mondo, nel corso degli anni, si era ristretto – quando devi tenere segreta la tua vita, è più facile ritirarti dalla società piuttosto che tenere di continuo traccia delle menzogne che dovresti dire – ma non ebbi mai la tentazione di cercare la loro compagnia. Tuttavia, c'era del buonsenso nel suggerimento di Savva. L'unico modo per proteggerci da Adair forse era resistergli insieme.

Rispetto alle decine di persone presenti sulla lista, Savva sapeva dove rintracciarne soltanto tre. Indicò il nome Cristobal Ramirez, un nome falso seguito da quello vero, Alejandro Pinheiro, tra parentesi. «Andrei a parlare con lui come prima cosa: probabilmente è in contatto con alcuni degli altri. Forse potremmo riuscire a rintracciarli tutti in questo modo, e ora che Adair è libero potrebbe essere saggio farlo.»

Alejandro, l'uomo servile e guardingo che avevo conosciuto a casa di Adair, ora si faceva chiamare Cristobal Ramirez, un fotografo che risiedeva a un indirizzo della Ciutat Vella, che secondo una guida era una zona molto alla moda di Barcellona. Non mi sorprendeva il fatto che Alejandro si fosse dedicato alla fotografia: era sempre stato bravo a osservare, e quell'occupazione mi pareva perfettamente adatta a lui. C'era di mezzo un certo grado di sfruttamento, ci volevano la capacità di guardare fisso senza distogliere lo sguardo e una propensione a usare ciò che vedevi attraverso la lente. Tra gli accoliti di Adair, l'incarico di Alejandro era sempre stato quello dell'informatore, quello che silenziosamente assorbiva tutto e poi lo andava a riferire a Adair, e il ricordo della sua spietatezza ben nascosta mi faceva ancora rabbrividire.

Era uno dei membri più tristi della nostra covata. Era nato da una famiglia ebrea abbiente a Toledo, in Spagna, in un'epoca sfortunata, quando infuriava l'Inquisizione. Imprigionato e torturato, aveva denunciato la sorella per stregoneria pur di essere rilasciato, e ora pagava quel tradimento per l'eternità. Odiava se stesso. Aveva rinunciato alla propria religione, fingendo perfino per qualche tempo di essere un prete spretato e un simpatizzante papista. La sua psiche tormentata non aveva alcuna possibilità di resistere ai suoi torturatori, né agli inquisitori né, soprattutto, a Adair.

L'indirizzo dello studio di Alejandro conduceva a una fila di edifici bassi lungo una via residenziale, con negozi e un locale che dava sulla strada e che sembrava un luogo di ritrovo abituale per feticisti e predatori sessuali. Il portone che stavo cercando era accanto al bar e una targhetta recitava CRISTOBAL RAMIREZ PHOTOGRAPHY. Dietro il portone c'erano delle scale che conducevano a un'altra porta in cima, che si apriva su una piccola sala d'attesa con pareti alte e bianche e un bancone anch'esso bianco ma privo di receptionist. Quella stanza fungeva anche da galleria e vi erano esposte soltanto gigantografie di uomini, alcuni ritratti a figura intera, altri in primo piano. I soggetti erano giovani, vecchi, belli o strani; ogni immagine riusciva a catturare un segreto nascosto della persona ritratta, talmente rivelatoria da essere quasi oscena.

Quelle fotografie erano così intense che era quasi impossibile distogliere lo sguardo, e mentre le osservavo una dopo l'altra scoprii esterrefatta la capacità di Alejandro di scrutare implacabile nell'animo delle persone, una dote che certo era stata perfezionata in vite e vite intere. Proprio in quel momento una porta si aprì dietro di me, silenziosamente, seguita da passi leggeri. «Posso aiutarla?» mi chiese una voce familiare.

Mi voltai, sorridendo nonostante la mia ansia nel rivederlo. «Alejandro!»

Era cambiato così tanto che se l'avessi incontrato per strada non l'avrei riconosciuto. I suoi capelli ricci, neri e fluenti, erano scomparsi, aveva il cranio rasato e si intravedeva soltanto un'ombra bluastra dove stavano ricominciando a crescere. Portava dei piccoli occhiali rotondi con le lenti gialle a nascondergli i bellissimi occhi castano scuro, e mi parve uno strano vezzo. Naturalmente, la veste nera simile a quella di un prete che era solito indossare era scomparsa anch'essa, rimpiazzata dal suo equivalente del XXI secolo: un maglione di cachemire nero e pantaloni larghi e grigi. Al polso portava quella che mi sembrò la catenina di un rosario.

«Mio Dio, sei davvero tu, Lanny!» Fu solo quando disse così che capii come comportarmi: spalancò le braccia e ci abbracciammo – senza troppo calore – e mi baciò su entrambe le guance. «Stavo pensando a te proprio l'altro giorno e poi, all'improvviso, mi ha chiamato Savva per dirmi che volevi venirmi a trovare. Una coincidenza incredibile, non trovi? È come se il fato volesse dirmi qualcosa.»

Mi condusse nel suo studio. Ci accomodammo dalla parte opposta rispetto a dove faceva i suoi scatti, con un grosso rotolo di telo marrone che copriva quasi tutta la parete. A parte le attrezzature, lo spazio era vuoto. Mi misi a sedere a un tavolino appoggiato a una parete, mentre Alejandro si diede da fare con la macchinetta del caffè.

«Avrei dovuto contattarti prima. Mi spiace che sia passato così tanto tempo.» Perché non l'avevo cercato? mi chiesi. Non era stato poi *così* tremendo con me quando eravamo a Boston, no? In quella tana di lupi, era stato l'unico a trattarmi con gentilezza, a parte Uzra. Si era preso cura di me quando ero caduta nella trappola di Adair. Certo, era responsabile anche lui di avermi condotto da Adair, tanto per cominciare, e a volte mi aveva manipolato pur di eseguire gli ordini di Adair, ma io preferivo credere che fosse una cosa al di fuori del suo controllo, che avesse sempre agito costretto dalle circostanze. Sapevo che, nel suo cuore, lo spagnolo era gentile e buono. E volevo fidarmi di lui. Avevo bisogno di lui.

«Come stai?» gli chiesi. «Mi sembra che le cose ti vadano bene.»

«Davvero?» Mi osservò sorridendo da sopra il bordo degli occhiali. «Per la fotografia, intendi? Dobbiamo pur avere degli hobby che ci tengano occupati, non credi? E tu? Cosa fai per tenerti occupata di questi tempi?»

«Niente di particolare» risposi asciutta.

Alejandro proseguì. «So già che non stai più con Jonathan, me l'ha detto Savva qualche tempo fa, e devo dire che la cosa mi ha sorpreso molto. Sembrava che voi due non poteste vivere lontani l'uno dall'altra.» Era una bugia gentile. «Ti prego, dimmi che tu e Jonathan state di nuovo insieme, mi farebbe felice.»

Cercai di non lasciar trasparire alcuna emozione, anche se la sua domanda mi feriva. «Jonathan è andato. Voleva essere liberato, così io... Io l'ho aiutato.»

Alejandro mi studiò con fredda curiosità, vedendo un lato di me che non credeva esistesse. «Non ti avrei mai ritenuta capace di una cosa simile. Perfino Adair ci avrebbe pensato molto bene prima di togliere la vita a uno dei suoi compagni, sai.»

«Nel mio caso, è stato un puro atto di compassione.»

«Ma uccidere un uomo che amavi! È un atto di compassione molto difficile da compiere, no? Quante persone al mondo potrebbero fare una cosa simile a coloro che amano? Uno su mille, su un milione?» Dal modo in cui lo disse, era chiaro che pensava che ci fosse qualcosa di sbagliato in me. Alejandro mi osservò irrigidito. «Che cosa tremenda da avere sulla coscienza. Sono molto dispiaciuto per la tua perdita, mia cara.»

La pelle mi si accapponò; dovevo cambiare argomento. «Dimmi degli altri, sei in contatto con qualcuno di loro? Parli ancora con Dona o Tilde?»

«Sì, sono rimasto in contatto con loro, ma... perché me lo chiedi? Ti interessa davvero come stanno? Non mi sembrava che ti piacessero, prima.»

«È difficile farsi piacere qualcuno che ti odia.»

«È vero.» Fece spallucce. «Sì, so dove sono entrambi. Dopo che tu te ne sei andata, ci siamo molto legati. Non avevamo scelta, dovevamo stare insieme. Quell'inutile avvocato ci disse che tutti i soldi di Adair erano stati trasferiti a Jonathan, ma eravate tutti scomparsi, tu, Jonathan e anche Adair. Nessuno di voi è tornato. Siamo rimasti senza un soldo. Vuoi che ti dica quello che abbiamo passato? Abbiamo venduto tutto, dipendevamo dalla carità di quei bostoniani senza cuore... Tutto perché avevamo capito che Adair non sarebbe tornato.»

C'era un tremito di paura e di rabbia nella sua voce, per tutto ciò che era successo allora, anche adesso, duecento anni dopo.

«Da come ne parli, pare che tu abbia sofferto molto.»

«Anche Tilde e Dona hanno sofferto. Avevamo servito Adair per anni e ormai eravamo abituati ad avere un padrone. Ci è voluto del tempo per capire che eravamo liberi e per diventare abbastanza forti da intraprendere ciascuno la propria strada.» Mi rivolse uno sguardo malizioso. «Perciò questa è la mia storia. Ma adesso è il tuo turno, Lanore. Mi dici che cosa ti è successo e perché sei scomparsa? Nemmeno Savva sapeva come avevi fatto a liberarti di Adair. Ha detto che tu non gli hai mai raccontato quella parte della tua storia.»

Confessare tutto ad Alejandro era più difficile di quanto avessi immaginato. C'era un chiaro sottofondo di rabbia e amarezza in lui. Sapeva che io c'entravo in qualche modo con la scomparsa di Adair.

Mescolò il suo espresso e poi continuò a parlare, come se non si aspettasse davvero che gli rispondessi. «Vedi, ho tante domande da farti su ciò che ti è successo durante quell'orribile periodo. Sai che cosa trovo interessante? Da quando hai lasciato il palazzo di Adair, non ho più avvertito la sua presenza. Ha smesso nello stesso momento in cui è scomparso, quando – così ci avevi detto – si era recato a Filadelfia e tu e Jonathan stavate andando a raggiungerlo. Ti ricordi?» Fece un sorriso forzato. «Non posso certo dire che non sentir più la sua presenza fosse spiacevole. Era come essere di nuovo normale, non uno schizofrenico con una voce costante nella testa. Capisci cosa intendo? Il puro sollievo? Certo che lo capisci.» Fece una pausa e sorbì un sorso del caffè, lasciandomi intravedere gli occhi sopra gli occhiali. «E poi, qualche settimana fa, la presenza è tornata. Mi ero dimenticato del tutto com'era, tanto che all'inizio ho pensato che fosse un mal di testa.» Si portò un dito alla tempia. «Ed è stato allora che ho pensato a te. Quella sensazione non la sentivo da quando ti avevo vista per l'ultima volta. Anche tu la senti, vero?»

«Sì, la sento.» Di colpo capii che forse Alejandro sapeva più di me. In fondo, ignoravo perché sentissi di nuovo la presenza di Adair. Non sapevo bene cos'era successo a Boston. Potevo soltanto immaginare che qualcuno avesse liberato Adair. E se era così, ignoravo di chi si trattasse. Forse, essere andata da Alejandro non era stata una buona idea.

«Perciò, non trovi che sia una stupefacente coincidenza il fatto che Adair sia scomparso da due secoli, che nessuno abbia più avuto sue notizie, e che poi lui ritorni e all'improvviso tu ti presenti alla mia porta.» La sua non era una domanda.

«No, non è una coincidenza» ammisi.

«Sei stata tu, vero? Hai fatto qualcosa a Adair, duecento anni fa. L'hai fermato. Ma non l'hai ucciso?»

Abbassai lo sguardo. «Sappiamo entrambi che non è possibile.»

Fece un sospiro. «L'ho cercato a lungo, sai. Non riuscivo a credere che potesse lasciarci così di colpo, me, Tilde e Dona.» La sua voce si tinse di dolore e gli occhi gli si velarono di lacrime dietro gli occhiali. «Adair era così preso da te e Jonathan. Non ne faceva certo un mistero. Succedeva ogni volta che prendeva un nuovo compagno. Il nuovo diventava la pupilla dei suoi occhi. Tu ti bei delle sue attenzioni, pensando che non avranno mai fine. Poi un giorno si porta a casa un nuovo giocattolo e inizi a sentire che, con te, lui diventa un po' più freddo. Non ha più tempo per te come prima. Ma non ci aveva mai abbandonato completamente per un nuovo favorito, mai una volta in tutto il tempo che siamo stati insieme, perciò fui distrutto quando non ci giunse nemmeno un messaggio, niente. Da vite e vite intere ero con lui. Non mi interessava che fosse scappato con voi due, avevo paura. Non sai quanta paura ho avuto.»

«Invece lo so» risposi. Durante gli anni in cui io e Jonathan eravamo stati separati, ciò che mi aveva impedito di sprofondare nella disperazione era il fatto di saperlo vivo, da qualche parte. Serbavo quella certezza nel cuore e mi dava conforto nei momenti di peggior solitudine. Da quando era morto, quello spazio nel mio cuore era rimasto vuoto, ferito.

Non fu colpito particolarmente dalla mia intrusione nei suoi ricordi e mi osservò il volto con sguardo spietato, leggendovi il dolore come se fossero foglie di tè da divinare. «Oh, giusto, hai perso Jonathan, no? Quindi sai cos'è il dolore.» La sua smorfia era enigmatica, metà trionfo e metà sofferenza. «Va bene, ammetto che anche tu hai sofferto, e a me dispiace per tutti quelli che soffrono» disse. «Ma sei tu la ragione per cui è scomparso Adair e non credo di potertelo mai perdonare del tutto. Voglio essere onesto con te» aggiunse, incapace di trattenersi. Savva su questo aveva ragione: Alejandro non riusciva a sopportare di avere dei conflitti con qualcuno.

«Mi dispiace se ti ho provocato questa sofferenza» dissi. «Se ti può aiutare, ci sono state molte occasioni in cui sono stata tentata di disfare ciò che avevo fatto. Ma, Alej, sappiamo entrambi che il mondo è un posto migliore senza Adair. È un uomo pericoloso e imprevedibile. Ricordati com'era crudele con noi! Non credevo che qualcuno ne potesse sentire la mancanza. Pensavo che tutti volessimo scappare da lui, e che lui stesse trattenendo te e gli altri contro la vostra volontà, come aveva fatto con Uzra.»

«Certo, ovviamente ci sono stati sempre dei momenti in cui non avrei voluto eseguire i suoi ordini, o in cui volevo essere libero da lui, anche solo per poco tempo. La vita con lui era... tumultuosa, lo sai bene, ma a quanto pare ti ricordi soltanto le cose brutte. Pensa invece alle cose belle che abbiamo fatto insieme, ai balli, alle feste. Ti vestiva delle sete migliori, ti dava gioielli da mettere nei capelli, ti trattava meglio di come chiunque altro ti avesse mai trattato. Anche lui aveva delle buone qualità, che tu scelga di ricordarle o meno. Ha salvato ciascuno di noi quando avrebbe potuto lasciarci morire. C'erano occasioni in cui avevo paura di lui, sì, ma non avrei mai voluto farlo soffrire. A modo mio, lo amavo.»

«Non era amore, Alejandro. Ciò che provavi era gratitudine.»

«Sono soltanto due parole diverse per definire ciò che sentivo nel mio cuore. Provavo un *tipo* di amore per lui, tutti lo provavamo. Perfino tu, Lanore. Ricordi, c'è stato un momento in cui l'hai amato.»

Arrossii ricordando la rivelazione di qualche tempo prima;

sì, non potevo negare di amarlo, a un livello primordiale. Era capace di accendermi di desiderio come un tizzone ardente, e poteva altrettanto facilmente consumarmi. Ma non sapevo se era davvero amore; qualsiasi cosa fosse, era autodistruttiva e non potevo lasciarmi irretire una seconda volta. «Forse… Ma ricordati, ero molto giovane quando è successo. Nessuno mi aveva mai mostrato quelle attenzioni. Come hai detto tu, nessuno mi aveva mai dato nemmeno una spilla di latta da mettermi nei capelli, figuriamoci dei gioielli. Sono stata travolta, mi ha confuso le idee e mi sono lasciata trascinare.»

Fece una smorfia come se non mi credesse affatto. «E ora Adair è tornato e ti sta cercando per via di quello che gli hai fatto, e tu sei venuta qui a chiedermi aiuto.»

«Sì, temo che sia così. Vorrà vendicarsi di me, Alejandro, e sai bene che cosa vuol dire questo.»

I suoi occhi scuri e profondi mi fissarono il volto animati da autentica pietà. Sì, sapeva cosa voleva dire. «Mi dispiace per te, Lanore, ma non saprei proprio come aiutarti. Non posso fermarlo.»

Mi sporsi sul tavolo, allungando le mani verso di lui. «Savva mi ha detto che forse tu conosci qualcuno che può aiutarmi, qualcuno che sa qualcosa dei poteri di Adair. Sei in giro da molto più tempo di me, da quando questo tipo di magia era parte della vita normale. Oggi, la gente non crede più che quella magia esista, ma penso che ci siano ancora delle persone che la studiano e che, semplicemente, se ne stiano nascoste. Savva dice che conosci queste persone. E che puoi mettermi in contatto con loro.»

Agitò l'ultimo residuo di caffè nella tazzina, guardando corrucciato i fondi come se lo disgustassero. «E cosa avresti intenzione di chieder loro? Vuoi che qualcuno ti dica come uccidere Adair? Perché non voglio certo essere complice di una cosa simile, sia chiaro…»

«No, non voglio niente del genere.» E poi dissi qualcosa che sorprese perfino me stessa, qualcosa che non sapevo nemmeno di pensare ma che dovetti ammettere ad Alejandro. «Voglio che qualcuno mi cambi, voglio tornare mortale.»

«E perché dovresti farlo?» mi chiese, ma conoscevamo entrambi la risposta: così sarei potuta morire e mi sarei risparmiata le eterne sofferenze di Adair. Sarei potuta sfuggire dallo stesso orrendo destino toccato a Uzra, una punizione durata fino alla fine dei tempi. Sarebbe stato rimettere le cose nel loro ordine naturale, sistemare di nuovo il mondo sul suo asse corretto. E forse, inconsciamente, era per questo che avevo lasciato Luke: perché stavo cercando il modo di terminare la mia vita, e di sicuro Luke avrebbe tentato di impedirmelo.

Le mie parole parvero aprire una porta nel cuore di Alejandro. Mi osservò a lungo e sentii i suoi occhi su di me, in cerca di indizi, tesi a scoprire se ero davvero sincera. «Non posso darti una risposta su due piedi, ci devo pensare» disse alla fine. «Rimani in città per qualche giorno. Mi metterò in contatto con te.»

19

Boston

Adair proseguì dritto fino a Boston, fermandosi soltanto per fare benzina. Aveva intenzione di utilizzare il tempo del viaggio per interrogare Jonathan, ma il cadavere si era rimesso a dormire. Quando lo toccò, sentì la pelle appena tiepida ma con l'inconfondibile solidità del tessuto vivo, quindi capì che Jonathan non era morto, tuttavia non riusciva a svegliarlo. Arrivarono all'alba nella casa di Jude e Jonathan si svegliò alle prime luci del giorno. Adair lo accompagnò velocemente all'ingresso e prese a bussare furiosamente sulla porta.

«Arrivo, arrivo...» Jude si fermò sulla soglia, con gli occhiali sollevati sulla fronte. «Dove sei stato, si può sapere? Ho cercato di...» L'olandese si interruppe a metà frase quando vide l'uomo accanto ad Adair. «L'hai trovato?» Guardò incredulo Adair, che annuì mentre con un calcio si scrollava il fango dagli stivali. «Quindi questo sarebbe Jonathan, il famoso principe delle nevi del nord... Non sai da quanto tempo aspetto di conoscerti.» Jude porse la mano al proprio malconcio ospite ma parve ripensarci non appena toccò la pelle resuscitata di Jonathan. «Tuttavia non hai per niente l'aspetto che avevo immaginato...»

«Questo perché fino a ieri sera era morto da tre mesi.» Adair si fece avanti brusco, trascinando Jonathan per il gomito dentro casa. Jude lanciò un'occhiata alla strada in entrambe le direzioni prima di chiudere la porta, poi seguì Adair.

«Avresti dovuto chiamarmi prima di venire qui. E se ti avesse aperto la governante? Che cosa avrebbe pensato del tuo amico? E la macchina qua fuori non è quella che hai noleggiato nel Maine? Non avevi detto che saresti tornato fin qui in auto, avresti dovuto prendere un aereo...»

La voce di Jude era come il ronzio di una zanzara, un rumore insistente e incomprensibile che trapanava il cranio di Adair, impedendogli di pensare. Era ormai evidente che i due secoli di libertà avevano rovinato Jude. E, soprattutto, Adair comprese che ciascuno dei suoi leccapiedi ormai gli era del tutto inutile, potevano essere tutti ingrati ed esigenti come Jude. Per quanto ne avesse ancora bisogno, Adair non avrebbe avuto altra scelta che liberarsi di lui se avesse continuato a dimostrarsi così arrogante. Per lo meno c'era Pendleton. Grazie al cielo aveva seguito il consiglio di Jude, pensò Adair. Pendleton si stava giusto riprendendo e, avendo appena subito la trasformazione, aveva ancora il corretto timore reverenziale nei confronti di Adair e dei suoi poteri. Forse presto sarebbe stato pronto a prendere il posto di Jude.

Si voltò verso l'olandese. «Non è compito tuo dirmi cosa fare e come comportarmi. Sei un mio servo, esisti per soddisfare i miei bisogni – e senza commenti. Devi mostrarmi il giusto rispetto.» Adair gli voltò le spalle e aggiunse: «Pensaci tu alla macchina. Non mi interessa *come*, limitati a occupartene».

«Sto soltanto cercando di aiutarti, così la prossima volta richiamerai meno attenzione a...»

Adair protese un braccio e afferrò Jude per la gola, poi gli schiantò la testa contro lo spigolo del camino. Aveva reagito con istinto animale ancor prima di rendersi conto di ciò che stava facendo. La placca di pietra si incrinò e la pelle sopra la tempia destra di Jude si squarciò, facendo cadere gocce di sangue rosso sul parquet chiaro. Gli occhiali di Jude si sfilarono dai suoi capelli e caddero a terra con uno schiocco. Adair gli strinse la gola per qualche secondo, mozzandogli il fiato, prima di lasciarlo andare, e Jude cadde a terra appoggiato al muro, scosso da singulti mentre cercava di riprendere fiato.

«Il tuo atteggiamento condiscendente mi nausea, Jude. Questi anni di libertà ti hanno reso insolente. Quando arriverà il giorno in cui non mi servirai più, ti converrà che pensi a te con gratitudine per la tua lealtà e i tuoi servigi, non con disprezzo per la tua insubordinazione.»

Pendleton si fece avanti, scosso. «Adair, è davvero necessario...»

Adair lo fulminò con uno sguardo di minaccia. «Un tempo tu e Jude sarete anche stati amici, e forse provi ancora una certa lealtà verso di lui, ma ti avverto: non fare l'errore di metterti in mezzo tra me e lui, specialmente quando si tratta di impartire una certa disciplina. Non sono affari tuoi e io non te lo permetterò.» Si chinò e prese Jude per il colletto, tirandolo a sé per guardarlo dritto negli occhi. «Che sia l'ultima volta che ti do un avvertimento. Non provare più, mai più, a dirmi cosa devo o non devo fare. Le tue regole meschine non si applicano a me» – la sola idea gli invase la mente con la forza di un pensiero da tempo dimenticato – «ed è meglio che te lo ricordi.»

Jude non disse niente, si limitò a leccarsi le ferite come un cagnolino picchiato dal padrone. Il fiotto di sangue dalla tempia diminuì e poi si fermò. Adair si voltò verso Jonathan, che fino a quel momento era rimasto fuori dalla mischia, con gli occhi vitrei e assenti. «Io e te presto ci faremo una chiacchierata. Voglio saperne di più su questa regina degli inferi. Nel frattempo, cerca di recuperare quella fanghiglia che hai addosso e falla diventare carne e ossa, per Dio. Vedi se riesci a tornare l'ospite perfetto che volevo.» Adair puntò il dito su Jude. «Dagli una camera di sopra e assicurati che non possa scappare.»

Adair attese parecchie ore prima di tornare da Jonathan, segretamente contento di stargli lontano per un po'. Non riteneva che il suo incantesimo avesse fallito; il fatto che fosse riuscito a riprendere l'anima giusta dall'aldilà e a rimetterla dentro il corpo giusto lo rendeva un successo, per quanto lo riguardava, ma il risultato non era certo all'altezza delle sue aspettative. Perciò fu contento di avergli lasciato qualche ora: forse quel corpo rovinato aveva soltanto bisogno di più tempo per guarire, anche se temeva che le cose non stessero proprio così. La magia della bellezza di Jonathan pareva perduta per sempre. Un vero peccato, ma il cambiamento era la natura stessa dell'universo, cominciava a capirlo; niente poteva resistere alle mutazioni, nemmeno lui.

Stanco di preoccuparsi di Jonathan, Adair decise di andare a controllare Pendleton. Non avrebbe dovuto lasciarlo così presto dopo la trasformazione: non era mai una buona idea lasciar loro troppo tempo per riflettere su quanto era successo. In più, Adair voleva essere aggiornato sul trasferimento dei soldi dai conti offshore al suo conto in Svizzera, e sui progressi compiuti da Pendleton nella ricerca di Lanore. Voleva anche capire quanto la scena con Jude avesse turbato il suo nuovo accolito. Forse era il caso di scambiarci due parole e acquietare le sue eventuali insicurezze. Formare un nuovo compagno era come addestrare un cane che non si conosceva. Se lo trattava con troppa durezza fin dall'inizio, Pendleton rischiava di diventare troppo timoroso; scarse attenzioni e sarebbe diventato troppo indipendente e avrebbe resistito agli ordini impartiti, poi sarebbe diventato furtivo, una serpe astuta e infida come l'olandese.

Ma quando giunse davanti alla porta di Pendleton, udì il suo nuovo tirapiedi parlare al telefono e, a giudicare dal tono basso, capì che all'altro capo c'era un suo amico. La sola possibilità che fosse così lo inquietava, poiché Adair aveva chiarito a Pendleton che non avrebbe dovuto contattare nessuno che conosceva nella vita precedente.

Irruppe nella stanza e gli strappò il telefono di mano. «Con chi stavi parlando? Ti ho detto che non devi avere più contatti con gente del tuo passato. Quella vita è finita.»

«Non era nessuno che mi conosceva, te lo giuro. E non ho dato il mio nome...» Pendleton interruppe quella sequela di scuse frenetiche. «Ascolta, so che secondo te non si può fare, ma ti chiedo di ripensarci e di lasciarmi tornare alla vecchia vita. La mia reputazione professionale è il culmine del lavoro di una vita intera. Sono in cima, ora, sono un leader del settore. Non posso semplicemente abbandonare tutto come se niente fosse. Lascia che me la goda per un altro anno ancora, poi verrò con te di mia volontà, dove vorrai» lo implorò Pendleton.

Adair aveva già sentito altri, prima di lui, fargli la medesima richiesta, e sapeva fin troppo bene che era impossibile. Scosse il capo. «Non funziona così. La tua salute è stata ristabilita; non sei più sul letto di morte. Se ora ti vedessero, ci sarebbero delle domande sulla tua condizione attuale, domande a cui non potresti rispondere. Per quanto riguarda il resto del mondo, Pendleton Kingsley è morto. La tua famiglia e i tuoi colleghi lo sanno e l'hanno accettato, data la tua malattia. Nessuno verrà a cercarti. Ti abbiamo dato una nuova identità. È tempo che tu ricominci da capo.»

«Ma io non voglio essere qualcun altro. Non lo capisci? Non

avrò mai più il successo che ho ora. Lasciami continuare a essere Pendleton Kingsley. Ti potrò essere più utile così. Il mio è un nome importante.»

«Sì, ma sarebbe impossibile spiegare la guarigione miracolosa di Pendleton Kingsley. Devi affrontare la verità: non sei più l'uomo che eri e non potrai mai più esserlo. So che è difficile da accettare, e ci vorrà del tempo prima che tu riesca a dimenticare tutto, ma non ci sono alternative. E poi guarda invece ciò che ti è stato dato. Adesso conosci il segreto più grande di tutta la storia dell'umanità: sai che la vita è più di quanto ci hanno insegnato a credere. Ero convinto che un uomo dotato della tua curiosità intellettuale sarebbe stato entusiasta di esplorare questo nuovo mondo e che sarebbe stato ben contento di dimenticare l'altro.»

Adair aveva detto parole simili a ciascuno dei suoi compagni, poco dopo la loro trasformazione, ma per la prima volta sentiva che quelle parole non contenevano nessuna eccitante promessa. Sapeva che ciò che aveva detto era vero, la parte più bella della trasformazione era l'inizio, quando era tutto nuovo; ma sapeva anche che l'eccitazione sarebbe presto passata. Non era del tutto incapace di comprendere la situazione di Pendleton: era difficile lasciar andare il passato e rinunciare ai propri successi. E la cosa più ardua era abbandonare le persone a cui tenevi. Ricordava la tristezza e il rimpianto perfino lui, anche se ben pochi l'avevano amato. Sua madre aveva provato della tenerezza nei suoi confronti, ne era abbastanza sicuro, così come il vecchio Henrik. E Lanore.

Adair si raddrizzò di scatto. Non aveva intenzione di abbattere ogni speranza di Pendleton, a meno che non vi fosse costretto, ma era stanco di quella conversazione e sapeva di avere un problema ben più pressante di cui occuparsi. «Se non riesci ad accettare ciò che ti ho detto, ho una sola alternativa: porre fine alla tua vita. Proprio ciò che hai voluto evitare quando hai fatto un patto con me. E queste sono le tue sole due scelte, vivere o morire.» Con tono più gentile proseguì: «Non dimenticare però che possiedi ancora le abilità che ti hanno fatto guadagnare la tua reputazione. Nessuno te le potrà mai più togliere. E io ho bisogno di quelle abilità, Pendleton».

Il suo incoraggiamento non fu accolto. «Mi hai scelto per ciò che posso fare per te, vero? Non mi lascerai mai andare.»

«Alla fine lo farò, invece. Quando non avrò più bisogno di te e avrai dimostrato di saperti prendere cura di te stesso. Per ora, tuttavia, preferirei che tu rimanessi.» Meglio incoraggiarlo e far apparire la sua partecipazione come una scelta; Adair non aveva intenzione di combattere di nuovo per ottenere la lealtà di qualcuno, non in quel momento. «Cosa mi dici delle ricerche di Lanore? Hai avuto fortuna?»

Pendleton scosse il capo. «Ho bisogno di qualcos'altro per procedere... Un nome, un posto... Se tu riuscissi a ottenere qualcosa da...» Pendleton impallidì ripensando alla creatura che aveva visto, quella nella stanza accanto. «... da quell'*uomo*, sarebbe un grosso aiuto.»

«Proverò. Un'altra cosa: i soldi che mi devi. Come sta andando? Mi auguro che non ci siano difficoltà anche in questo.»

«No, no, tutto sta procedendo.» Ci fu un'altra esitazione, uno sguardo indeciso. «Ti sono grato per ciò che hai fatto per me, non fraintendermi... Ma... Hai davvero bisogno di così tanto? Se lo lasciassi nelle mie proprietà, sarebbe un bene immenso. Nel mio testamento ho disposto parecchi trasferimenti ad attività benefiche.» Fece una smorfia, preparandosi alla rabbia di Adair.

Ma non venne. «Quindi si tratta di fondazioni che daranno il tuo nome a palazzi, giusto? Così che il tuo nome possa sopravvivere? Non mi interessa soddisfare la tua vanità. Ciò che io ti ho dato è un miracolo» commentò Adair, con calma. «Un miracolo che non avresti potuto ottenere da nessun altro. Ti ho detto qual era il prezzo e tu hai accettato.»

«So di averlo fatto... Ma volevo soltanto dire che... Mi ci è voluta una vita a guadagnare tutti quei soldi, e non potresti mai immaginare quanto ho lavorato duramente per arrivarci...»

«Lo pensi davvero? Credi che non abbia mai lavorato nella mia vita?» La sua calma parve incrinata da un velo di rabbia.

«Non intendevo dire questo... Non ti sto affatto criticando... È solo che non mi sembra che tu abbia davvero bisogno di tutti quei soldi. Non guidi un'azienda, quindi proprio non capisco. A che scopo prendere tutti quei soldi da me?»

L'espressione di sofferenza sul volto di Pendleton quasi strappò un sorriso a Adair. In un certo senso, era come se Pendleton fosse un bambino; nessuno gli aveva insegnato quelle cose quando era un ragazzino? «Be', per insegnarti l'umiltà, ovviamente. Cosa sono i soldi, quando possono sfumare così facilmente? Una reputazione rovinata in un istante, annullata? La conoscenza e l'esperienza, ciò che hai dentro la tua testa, sono la tua vera fortuna. La conoscenza è l'unica cosa che non ti potrà mai essere tolta, Pendleton. Pensaci su» concluse e se ne andò.

Niente più lo tratteneva dall'occuparsi di Jonathan, perciò Adair si fermò davanti alla porta raccogliendo le forze per quello che sarebbe stato certo un duro confronto. Difficilmente Jonathan avrebbe accettato di tradire Lanny, ma Adair non era sicuro di avere abbastanza presa su di lui per costringerlo.

Trovò Jonathan seduto sul bordo del letto. Data la penombra, era difficile dirlo con certezza, ma la metamorfosi appariva in atto, la melma primordiale stava diventando fibra muscolare e le fibre si stavano unendo per trasformarsi in carne. La forma corporea stava ritornando piena, il gonfiore sotto il mento era scomparso, i lividi erano sbiaditi. Adair si impose di non permettere alla propria impazienza di impedirgli di ammirare il prodigio della trasformazione di Jonathan. Gli uomini tornavano alla polvere ogni giorno, ma quanti nella storia dell'umanità erano riusciti a invertire il processo?

Adair lasciò cadere qualche vestito sul letto accanto a Jonathan. Quelli che aveva addosso erano disgustosi, irrigiditi dai fluidi rinsecchiti e puzzolenti di tomba. «Ecco qualcosa per cambiarti... Non so se ti andranno proprio su misura, ma per il momento dovrai accontentarti. E devi anche farti un bagno; forse ti aiuterà a sentirti di nuovo umano, almeno un po'» precisò Adair spostando una sedia vicino al letto. «Come ti senti?»

«Non molto diverso dall'ultima volta che mi hai visto. Nella mia mente, so di essere Jonathan. Tutto è identico. Poi mi guardo allo specchio e capisco che non è vero. Ero morto, per l'amor di Dio. Avresti dovuto lasciarmi in pace» lo rimproverò.

«Così ostile, Jonathan... Io dovrei essere arrabbiato, non credi? Per lo meno quando ti hanno sepolto tu eri morto: tu invece mi hai seppellito vivo.» La rabbia prese a salirgli dentro come mercurio in un termometro, ma la soffocò prima di continuare. «Ascolta, siamo stati amici per un po', vero, Jonathan? Quando vivevi nella mia casa, ti ho trattato con tutti gli onori. Mi addolora pensare di dover ricorrere alla forza con te, ora. Dimmi soltanto dove trovarla e con che nome si fa chiamare adesso. È tutto ciò che desidero da te.»

«Oppure? Mi torturerai? Mi ucciderai? Ti prego, fallo, fallo subito» disse Jonathan. «Non hai idea di quanto poco contino queste minacce per me.»

«Non dovresti sottovalutarmi. Non ci vorrebbe molto a spezzarti, Jonathan. Ho l'impressione che tu non abbia mai provato il vero dolore. E il dolore può far fare a un uomo cose che non avrebbe mai pensato di poter fare.»

Jonathan fissò gelido Adair. «Non ti ho mai capito, Adair. È l'unico modo che conosci per ottenere quello che vuoi: minacciare e ferire. Sei disumano.»

«Disumano? Ah, questo dimostra soltanto che sai proprio poco o nulla dell'animo umano. Non sono diverso da molti altri nostri fratelli, credimi.» Adair spostò la sedia ancora più vicina, per infastidirlo. «Noi umani siamo una razza feroce, lottiamo e strappiamo con le unghie e con i denti ciò che desideriamo. Ma tu come fai a saperlo? Ti hanno allevato come un principino, sempre vezzeggiato, specie dall'altro sesso. Non hai visto tanta violenza, mentre il periodo in cui io sono cresciuto sarebbe considerato molto violento secondo i tuoi parametri. Venivi punito per qualsiasi cosa: per non aver soddisfatto il tuo maestro, per aver pensato in modo sbagliato. Per aver preso una briciola di pane che non ti apparteneva, ti tagliavano una mano o un piede, oppure ti marchiavano a fuoco una guancia così che tutti sapessero che eri un ladro. Potevi perfino venir ucciso per una sciocchezza simile. Non c'erano leggi, nessun appello. E la Chiesa era la peggiore: avevano perfezionato la pratica della tortura, sai, avevano addestrato le loro schiere di aguzzini perché assistessero gli inquisitori. Io ho vissuto in quei tempi, ho attraversato l'epoca della crudeltà. Potrai anche ritenermi disumano, ma sto soltanto applicando ciò che conosco meglio.

«Sapevi che ho inventato lo strumento perfetto per le punizioni? L'ho chiamato il Riformatore.» Adair avvicinò il volto a quello di Jonathan, sfiorandolo guancia contro guancia, così da potergli parlare a bassa voce e con fermezza nell'orecchio. «Era un insieme di redini e legacci disegnato per tenere il corpo, la testa e gli arti bloccati in una certa posizione. La posizione perfetta per l'applicazione di certe torture sessuali. Proprio come redini e sella, la usavo per addomesticare le bestie. Solo che non si trattava di bestie, ma di esseri umani. Era efficacissimo nel domare gli spiriti ribelli.» Si riappoggiò allo schienale e fissò lo sguardo sul volto di Jonathan. «Una volta ho messo Lanore nel Riformatore, te l'ha mai detto?»

«No, non ne ha mai accennato.»

«Non mi sorprende. Non è un'esperienza da raccontare; nessuno vorrebbe far sapere di essere stato legato e immobilizzato mentre alcuni uomini ti costringevano a subire qualsiasi atto sessuale immaginabile. Ma lei l'ha subito, poco prima che la mandassi a St. Andrew a prenderti perché tu ti unissi a me a Boston.» Provò una fitta di rimorso nel rivelare questo a Jonathan, nello svergognarla così. Era stato un momento indegno e se avesse potuto avrebbe cancellato ogni ferita che le aveva inferto. Ma sentiva di doverlo dire a Jonathan, per fargli capire la serietà delle sue condizioni e indurlo a collaborare.

«Se l'avessi saputo, sarei venuto io stesso a Boston appositamente per darti la caccia e farti a pezzi a mani nude.»

Adair lasciò cadere nel vuoto la minaccia di Jonathan. Spostò indietro la sedia e si rialzò. «Come ti ho già detto, non vorrei doverti fare del male, Jonathan. Non mi piace minacciarti, ma voglio che ti sia ben chiaro che ci sono diversi modi in cui posso ferirti. Per esempio, potrei attendere il ritorno di Lanore per farla assistere alla tua umiliazione, capisci? Per fare a te ciò che ho fatto a lei. Assistere alla tua tortura sarebbe parte della sua punizione. In fondo, la colpa di tutto questo è sua.»

Jonathan non si lasciò scuotere. «Non vedo come tu possa ritenerla responsabile delle tue azioni. È chiaramente una tua scelta se decidi di torturarmi.»

«Non fingere di non ritenerla responsabile anche tu per ciò che ti è successo. Anche tu dovresti maledirla, per averti reso un suo burattino, così come ha fatto con me.»

«Non credo proprio di essere stato un burattino nelle mani di Lanny, a meno che tu non la ritenga un pessimo burattinaio» osservò Jonathan. «Voleva solo il mio amore, e per quanto abbia insistito, è l'unica cosa che non sono mai stato capace di darle.»

Parlare con quell'uomo lo faceva impazzire. Adair comprendeva benissimo la frustrazione che Lanore doveva aver provato quando aveva tentato di farlo innamorare di lei. Era sfuggente come una serpe; per quante volte tu lo colpissi, riusciva sempre a sgusciare tra i rebbi della forca. Jonathan non aveva abboccato all'amo. No, Lanny non era riuscita a farne il suo burattino, non più di quanto lui stesso fosse riuscito a far sì che lei ricambiasse il suo amore. Perché solo l'amore ci sconfigge, pensò.

La conversazione con Jonathan non stava affatto prendendo la piega che aveva desiderato. Eppure doveva essere una cosa facile: tutte le persone che aveva minacciato in passato si erano arrese facilmente, pur di evitare il dolore. In preda alla frustrazione, Adair sentì la rabbia gonfiarsi e sul punto di inghiottirlo, e dovette farsi forza per non spezzare il collo di Jonathan. «Vedo cos'hai in mente, Jonathan, con la tua maledetta passività, ma non funzionerà. Credi di poter essere acqua e di sfuggirmi tra le dita, impossibile da inchiodare. Ma non mi convincerai a ucciderti.»

Jonathan si limitò a rivolgergli un sorriso enigmatico. «Affronta la verità, Adair: non c'è niente che tu possa fare per convincermi ad aiutarti. Non hai alcun potere su di me. Ma *c'è* una donna con poteri straordinari, poteri molto più forti e assoluti dei tuoi, e non posso fare a meno di pensare che, non appena si sarà ripresa dalla mia scomparsa improvvisa, mi verrà a cercare. A questo hai pensato?»

20

Barcellona

Vagabondai per la città tanto per passare il tempo in attesa della risposta di Alejandro. Il mio incontro con lui non era stato propriamente caloroso, e il suo silenzio mi lasciò il sospetto che stesse soltanto prendendo tempo per fare qualcosa contro di me. Ero troppo agitata per starmene ferma, perciò invece di attendere nella privacy della mia suite, dove sarei stata da sola e alla mercé delle mie paure, presi a camminare su e giù per le strade di Parc de Montjuïc, riflettendo sulla mia situazione.

Quando avevo detto ad Alejandro che volevo tornare mortale, avevo sorpreso anche me stessa. Comprendere che, proprio come Savva, forse desideravo di morire mi lasciò senza fiato. Nel corso della mia lunga esistenza c'erano stati sicuramente momenti in cui avevo desiderato che l'incantesimo finisse o, meglio ancora, non fosse mai stato lanciato. Di solito mi sentivo così quando nella mia vita c'era una persona da cui non volevo separarmi, un uomo che amavo che stava invecchiando e aveva iniziato a chiedersi perché io, invece, rimanessi giovane. Questo di solito mi provocava un attacco di rabbia impotente contro la mia condizione e diventavo triste e afflitta, ma alla fine la volontà di vivere prevaleva e io andavo avanti. Stavolta, tuttavia, ero spinta dalla paura, che mi provocava un senso di soffocamento così intenso che mi pareva di annegare. Forse era solo il fatto che desideravo prepotentemente di essere liberata, proprio come Jonathan. Come succedeva a tutti noi, prima o poi.

Camminai lungo tutto il fronte del porto, per cercare di dar pace ai miei pensieri. Trovai una panchina da cui si vedeva tutto il porto, mi sedetti e concentrai i miei sforzi per scacciar via i timori. Pensa a qualcos'altro, mi dissi. Il sole caldo catalano mi ricordava Pisa, il primo posto in cui io e Jonathan ci eravamo stabiliti dopo essere scappati da Boston. La nostra nuova vita insieme iniziò nel modo migliore, ma c'era qualcosa che potesse resistere alle complicazioni che parevano seguire Jonathan ovunque andasse? Pregai che le attenzioni indesiderate e le tentazioni che aveva sperimentato a Boston non si ripetessero: dopotutto eravamo nel vecchio mondo, sicuramente più sofisticato rispetto a quello che conoscevamo, e finalmente eravamo la coppia che avevo sempre desiderato. Era ciò che volevo, ciò che avevo atteso tanto a lungo, l'inizio di una lunga e felice vita insieme. Invece si rivelò essere l'inizio della nostra fine.

Pisa, 1822

Non era stato facile convincere Jonathan a fuggire in Europa dopo aver imprigionato Adair. E ogni giorno continuava a sfoderare nuovi ragionamenti secondo cui dovevamo tornare alle nostre case e alle nostre famiglie a St. Andrew. Anche dopo aver comprato i biglietti per la traversata verso l'Europa, con la data della partenza stabilita e i bauli pronti al viaggio, non fece che insistere, che fossimo a teatro per distrarci almeno per una sera dai nostri problemi o che fosse davanti alla finestra della nostra camera d'albergo, invidiando la pace della luna.

«Perché non torniamo almeno per qualche anno?» chiedeva ogni volta. «Se non altro, avremo la possibilità di sistemare le cose con le nostre famiglie e di fare in modo che possano andare avanti tranquillamente anche senza di noi. È per il loro bene, Lanny, non per il nostro. Ti prego.»

Così toccò a me la parte della persona dal cuore arido, e a mia volta insistetti che non potevamo tornare a St. Andrew dopo essercene andati in circostanze così sospette. Jonathan e io eravamo scomparsi dalla città la stessa notte, perciò probabilmente tutti credevano che fossimo scappati insieme, anche se la verità era che avevo usato la pozione di Adair per resuscitare Jonathan dopo che gli avevano sparato e poi l'avevo portato di corsa a Boston, come mi aveva ordinato Adair. Sicuramente Jonathan si sentiva ancora in colpa per aver lasciato sua moglie, Evangeline, e sua figlia, ma il cuore di Evangeline era già spezzato e le nostre reputazioni erano ormai rovinate. Tornare non avrebbe fatto altro che riportare a galla tutte le cattiverie, suscitando domande a cui potevamo rispondere soltanto con menzogne.

Inoltre, sapevo che sarebbe stato ancora più difficile lasciare casa dopo esserci tornati, perché io ci ero passata. Lasciarsi avvolgere dal calore della propria famiglia è una grande consolazione quando si è convinti di essere dei mostri, ed è terribilmente arduo andarsene da casa, dal posto cui si appartiene, per affrontare l'ignoto. Sarebbe stato impossibile convincere Jonathan ad abbandonare St. Andrew una seconda volta, anche se fossimo stati sul punto di essere processati per stregoneria.

In fondo, tuttavia, le argomentazioni addotte da Jonathan valevano ben poco: venivano subito stroncate dalla paura che Adair riuscisse a liberarsi e ci raggiungesse a St. Andrew. Ogni giorno Jonathan mi domandava se avvertivo la presenza di Adair, ma era decisamente scomparsa quando l'avevamo rinchiuso dietro una parete di pietre e mattoni.

La nostra nave approdò a Genova, ma noi decidemmo di proseguire e finimmo a Pisa. Poiché non sapevamo nulla di quella città, prendemmo una camera alla prima locanda che vedemmo, un locale piuttosto rustico e non adeguato ai nostri mezzi, ma sicuramente idoneo. Il proprietario ci diede la camera migliore – migliore nonostante le pareti unte, le lenzuola ruvide e le piume che uscivano dal materasso – e ci augurò la buonanotte.

Il giorno seguente andammo in città in cerca di un banchiere o di un notaio che parlasse inglese per organizzare il trasferimento di fondi da uno dei conti di Jonathan e sistemare i nostri affari. Quando tornammo alla piccola locanda trovammo un invito a cena da parte di un lord inglese, che ci attendeva un giorno di quella settimana. Non riconoscemmo il nome, e le uniche persone che conoscevamo in Europa erano gli altri passeggeri che avevamo incontrato sulla nave. Eravamo indecisi se accettare o meno l'invito: non poteva certo ispirare fiducia un uomo che invitava a cena dei perfetti sconosciuti non appena mettevano piede in città. Poi non ci pensammo più.

La mattina seguente trovammo un notaio che parlava inglese, anche se aveva qualche difficoltà con il nostro accento americano così come noi ne avevamo col suo italiano, e alla fine delle trattative mi tornò in mente l'invito e gli chiesi se conoscesse il lord. L'uomo arricciò il naso e disse che il lord inglese era «un uomo cattivo», dandoci l'impressione che rischiavamo di perdere la reputazione se avessimo accettato quell'invito. Non riuscimmo a comprendere fino in fondo la reazione del notaio, ma eravamo talmente in astinenza dalla compagnia di persone con cui conversare che alla fine decidemmo di accettare l'invito. Per lo meno avremmo scoperto qualcosa sulla città e sui suoi abitanti e poi saremmo stati noi a decidere chi frequentare.

La sera stabilita ci recammo all'indirizzo indicato sull'invito. Dall'esterno la casa pareva impeccabile: era un piccolo palazzo, molto ben mantenuto, con cespugli di rose a formare una striscia rosa e spumeggiante su un lato. Un maggiordomo ci condusse in un salottino privo di illuminazione e io notai che l'interno della casa non era curato quanto l'esterno, come se chi la abitava non si preoccupasse di far buona impressione sui visitatori, o non ne avesse bisogno. I tavoli erano coperti da cumuli di libri e perfino sui pavimenti ce n'erano torri pericolanti. Mazzi di fiori giacevano abbandonati nei vasi, perdendo petali. Un paio di cani dal muso rincagnato presero a girarci festosamente attorno ai piedi, e dal fresco salottino in penombra provenne una voce di donna dal forte accento inglese che ci disse di non far caso agli animali.

Uscì dalla penombra per venirci incontro. La padrona di casa era perfino più giovane di me, minuta, bianca e delicata come una camelia. Benché fosse evidente che era un'aristocratica, aveva un'aria di indifferenza indolente, come se la sua vita fosse ormai rovinata per sempre e niente potesse rimetterla sulla giusta via. «Sono la contessa Guccioli. Benvenuti a casa nostra. Prego, sedetevi.» Dopo aver quasi strabuzzato gli occhi davanti alla straordinaria bellezza di Jonathan, si sforzò di mascherare il proprio interesse. «Lord Byron ci raggiungerà tra un secondo» disse, facendosi aria con un ventaglio per combattere la calura. Ci accomodammo sulle sedie, impressionati dai titoli nobiliari dei nostri ospiti e curiosi di capire come mai ci avessero convocato.

«Che fortuna che abbiate potuto unirvi a noi questa sera» disse. Per via del suo forte accento non riuscii a capire se era sincera o sarcastica. Era chiaro che non avevamo alcun interesse per lei; piuttosto, pareva vagamente irritata dal fatto che avessimo accettato l'invito del padrone del palazzo, come se fossimo degli intrusi.

Nell'imbarazzato silenzio che seguì, guardammo tutti il maggiordomo che tornò con un vassoio, dei bicchieri e un liquido ambrato e frizzante dentro un decanter con fusto alto. La contessa stava chiaramente per sforzarsi di fare conversazione quando nella stanza entrò precipitosamente un uomo.

«Ah, ce l'avete fatta, vedo» osservò, fermandosi un momento a baciare sulla guancia la contessa, ed ebbi l'impressione che l'avrebbe pagata cara se non l'avesse fatto. Dopo essersi presentato, ci pregò di non chiamarlo con il suo titolo nobiliare, chiedendoci di chiamarlo semplicemente George, o Byron se preferivamo.

Fui subito conquistata da Lord Byron. Nessun dipinto, nessun racconto potrebbero mai riuscire a catturare il suo fascino magnetico. Benché la sua non fosse certo una bellezza classica – ed era difficile giudicare onestamente chiunque si trovasse accanto a Jonathan – c'era un gioco sensuale nei suoi lineamenti che era impossibile ignorare. I suoi occhi ardevano di un'intelligenza pericolosa, ma a essere particolarmente ipnotica era la dissonanza tra il suo sguardo freddo e aristocratico e la bocca lussuriosa, quasi selvaggia. Anche il naso, con quella lieve gobbetta patrizia, lo rendeva più interessante della media degli uomini inglesi. Mi accorsi di una lieve zoppia, ma Byron non la diede a vedere, e fu soltanto in seguito che apprendemmo che aveva un piede deforme.

«Siete stati molto gentili a venire, nonostante le circostanze misteriose» disse Byron, rivolgendo prima un sorriso astuto e malizioso alla contessa, che lo ricambiò con una smorfia di disappunto, e poi a noi. «Non sapete chi siamo e noi non sappiamo chi siete voi... Quattro estranei in una città che non è nostra madre né la vostra... Sarà una serata interessante, non credete?» chiese, sdraiandosi su un divano con una tunica a strisce, che indossava sopra la camicia. Le sue dita erano macchiate d'inchiostro. «Sapete che siete i primi americani a giungere a Pisa da quando sono arrivato? Poiché questa città ovviamente è di poco interesse per i vostri connazionali, posso chiedervi che cosa vi ha condotto qui?»

Jonathan e io ci scambiammo un cauto sguardo: non avevamo ancora concordato una versione unica del motivo per cui eravamo a Pisa. Immaginai che avremmo semplicemente continuato con la scusa che avevamo raccontato durante il viaggio.

«È la vostra luna di miele?» chiese la contessa.

«Sì» dissi io, nello stesso istante in cui Jonathan rispose «No».

«Lasciatemi indovinare» disse Byron, appassionandosi all'argomento. «Siete amanti in fuga? Se è così, potete stare tranquilli poiché siete in perfetta compagnia, dato che anch'io e Teresa viviamo qui in disgrazia. Io, quanto meno, sono regolarmente divorziato, ma Teresa è scappata dal marito, pover'uomo.» I lineamenti da bambola della contessa assunsero un'espressione d'orrore, sia per il modo in cui Byron aveva così prontamente rivelato la loro situazione sia per le sue parole di compassione verso il marito. Lui si affrettò a spiegare. «Oh, tutti qui in città sanno della mia situazione e di quella di Teresa. Tanto vale che la sentiate direttamente da noi. Quanto al conte... Non è un cattivo soggetto, ma non è abbastanza eccitante da tener vivo l'interesse della contessa, temo. Succede, quando si sposa una donna molto più giovane.» Inclinò il bicchiere verso la sua amante prima di concedersi un lungo sorso.

«George» replicò lei, secca. «Non ti permetto di prendermi in giro così di fronte ai nostri ospiti. Non sono avvezzi alla tua arguzia o al tuo temperamento poetico. Non possono capire quando scherzi.» Ebbi l'impressione che, ben distante dall'essere il tipo che mascherava con l'ironia le proprie parole, Byron fosse insolitamente diretto, come se non fosse nella sua natura tenere per sé le proprie opinioni, a prescindere dall'argomento della discussione.

«Ma certo, mia cara» disse Byron, affrettandosi a placarla. «Sono certo che i nostri ospiti capiscono benissimo che sto scherzando. Basta guardarti per capire che sarebbe impossibile per qualsiasi uomo non innamorarsi perdutamente di te.» Mi infastidii: non avevo nessuna voglia di rappresentare una distrazione serale per quella coppia, né di ascoltare i loro battibecchi o le lusinghe.

«Quindi, dicevate... voi due...?» proseguì Byron, indicando prima me e poi Jonathan.

«Sì, sì, ci avete scoperti» mi affrettai a rispondere, prima che

Jonathan potesse contraddirmi ancora. Confessando che eravamo anche noi in disgrazia e che vivevamo al di fuori della società civile, ci conquistammo il poeta, e anche la contessa si sciolse un po'. Durante la cena, Byron approfondì il suo racconto, spiegando che era stato esiliato dalla sua patria, anche se non ci disse tutti i motivi. Accennò ai suoi risultati come poeta, forse aspettandosi che fossimo già a conoscenza delle sue opere, e si mostrò visibilmente deluso quando Jonathan confessò di non aver mai trovato molto interessante la lettura.

Rimanemmo alla villa fino a sera tardi, ascoltando i racconti della vita tumultuosa di Byron, le sue avventure con altri giovani poeti inglesi e, a mano a mano che proseguiva, le storie diventavano sempre più licenziose. Anch'io e Jonathan avremmo tanto voluto raccontare a Byron le nostre, di avventure, ma ci trattenemmo e interpretammo il ruolo degli ignoranti provinciali d'America.

Mentre ci accomiatavamo, promettendo di tornare a far visita la sera seguente, notai l'espressione sul volto di Byron quando guardò Jonathan. Era uno sguardo che spesso avrei visto rivolto a Jonathan da parte di un certo tipo di uomini negli anni che seguirono (e a essere sincera l'avevo visto sul volto anche di alcuni uomini a St. Andrew): un misto di ammirazione e desiderio, con una nota di ostilità, come se fossero gelosi di ciò che vedevano in lui. Avrei compreso appieno soltanto in seguito che l'intensa bellezza di Jonathan suscitava desideri e paure in alcune persone, che poi proiettavano su di lui le loro aspirazioni e i loro risentimenti. Era un giogo che avrebbe dovuto portare su di sé per tutta la vita.

In quel momento, nello sguardo curioso di Byron, colsi di nuovo quell'espressione: quella che diceva che il lord inglese avrebbe voluto conoscere Jonathan in modo più intimo. Poiché Jonathan non aveva mai mostrato alcuna inclinazione verso gli uomini, temevo che prima o poi uno dei suoi ammiratori cercasse di distruggere ciò che non poteva possedere. Quando scoprii un po' di più sul famigerato Byron – cosa che avvenne ben presto grazie ai pettegolezzi di città – capii che era il riaffacciarsi di un antico desiderio d'improvviso riacceso, e che Byron era effettivamente corrispondente a tutte le voci su di lui.

Quando, quella sera, comunicai i miei sospetti a Jonathan,

mi rispose che era soltanto la mia immaginazione: Byron era un poeta e, per questo, un uomo intenso, ma non dovevo fantasticare che nutrisse alcun sentimento di possesso verso di noi. La sua risposta mi fece venire il dubbio che apprezzasse un po' troppo tutte quelle attenzioni. Forse invece era semplicemente contento di avere altra compagnia oltre a me, o magari era stato colpito dal titolo nobiliare e dal prestigio di Byron, perciò respinsi quei dubbi oscuri dalla mia mente.

Tornammo da loro la sera dopo e quasi tutte le sere a seguire per due settimane, finché persino la gelida Teresa iniziò a sciogliersi. La coppia organizzò piccole cene per presentarci le persone importanti della città, o quanto meno quelle la cui reputazione poteva reggere il colpo della frequentazione del famoso Byron. Devo ammettere, comunque, che le serate migliori erano quelle che trascorrevamo soltanto con loro due, quando eravamo gli unici e privilegiati spettatori dello spirito di Byron.

Sentivo che noi quattro eravamo destinati a un'intimità poco ortodossa; il nostro destino guidato da Byron (poiché sembrava spinto a portare agli estremi ogni aspetto della vita) e noi tre a seguirlo. Iniziò tutto una sera in cui un terribile temporale estivo si abbatté sulla città proprio mentre io e Jonathan ce ne stavamo andando. In pochi minuti, la pioggia trasformò le strade in fiumi in piena e il vento prese a sferzare gli alberi producendo un sibilo acuto e quasi sciamanico, come per scacciare gli spiriti maligni. Essendo ospiti premurosi, Byron e la contessa insistettero perché rimanessimo da loro per la notte, e in qualche modo – probabilmente per colpa del troppo vino – finimmo tutti e quattro nella camera di Teresa, sdraiati sul letto ad ascoltare Byron raccontare altre storie e recitare poesie a memoria.

Mi svegliai tra le braccia di Jonathan, come se avesse protetto la mia virtù per tutta la notte, mentre Byron e la sua amante erano ancora addormentati sui cuscini. Naturalmente, la fase di corteggiamento della nostra amicizia terminò quella notte e Byron ci invitò ad andare a stare nella loro villa per quanto desideravamo, lasciando quella locanda fatiscente in cui dormivamo. Ci trasferimmo quel giorno stesso.

*

Per la fine dell'estate la buona società pisana parve aver perdonato noi quattro – due coppie di amanti clandestini che vivevano sotto lo stesso tetto – o forse eravamo un argomento di pettegolezzo e di curiosità troppo allettante da ignorare, per cui ricominciarono gli inviti alle feste e alle occasioni mondane. Quegli eventi mi ricordarono come fosse mostrarsi in pubblico con Jonathan, perché in ogni occasione veniva implacabilmente corteggiato da donne italiane belle e dagli occhi scuri. Flirtavano con lui protette da ventagli, ardivano coinvolgerlo in conversazioni non appena si allontanava per prendere da bere, e lo trascinavano sulla pista da ballo. Perfino le più timide ne seguivano la scia come pulcini, e io non fui l'unica a notarlo.

Eravamo a una di quelle feste quando Teresa mi si avvicinò e insieme osservammo lo spettacolo della benedizione, o maledizione, di Jonathan. «Mia cara, soffro per te» mi mormorò dietro il ventaglio. «La spudoratezza di certe donne... Non siamo mica a Venezia o a Roma, dove le donne si comportano con la stessa arroganza degli uomini.» Sospirò, rassegnata: c'era qualcosa che desiderava condividere con me. «Vedi, anch'io sono stata oggetto della medesima mancanza di rispetto. È difficile vivere con George, puoi capirlo. Dovunque vada, attrae grande interesse, è nella sua natura. Ma ci sono sempre delle donne che lo inseguono, donne che non hanno il minimo interesse per la sua poesia. Poverette confuse, attratte dal suo carattere brillante come falene dal fuoco, anche se non ne capiscono la ragione. Tuttavia, nel caso di Jonathan il loro interesse ha una spiegazione molto poco misteriosa.» Mi rivolse il sorriso che mi era ormai familiare e che, avevo capito, era intriso di sofferenza. «Le donne vedono un uomo bellissimo. Hanno dei mariti, delle famiglie, eppure muoiono dalla voglia di sapere come sarebbe passare una notte con lui. Una notte soltanto, è ciò che vogliono, una notte da ricordare per scaldarsi il cuore quando saranno vecchie e brutte e i loro vecchi e brutti mariti correranno ancora dietro alle ragazzine» disse.

Le sue parole mi spinsero a chiedere se fosse quello il motivo per cui stava con Byron, per poter un giorno trarre conforto dai ricordi di quando era innamorata di un poeta leggendario. «Siamo destinate a patire gli stessi dolori, Lanore» proseguì. «Ma non dobbiamo condannare noi stesse; è impossibile scegliere l'uomo di cui innamorarsi. E questi uomini, loro sanno cosa stanno facendo... Io non ho chiesto di innamorarmi di George. Mi ha corteggiato anche se sapeva che ero sposata. Ha capito che ero infelice, certo, ma... è anche il suo carattere. Deve avere accanto qualcuno che lo adori, qualcuno che sia testimone di ogni suo trionfo e lo consoli a ogni minima difficoltà. Senza una persona così, non riesce a essere felice.» Fu soltanto quando Teresa abbassò il ventaglio che notai che stava piangendo.

La sofferenza di Teresa era tanto simile alla mia che fui assalita dalla rabbia per lei e dalla frustrazione per me stessa. Come avevamo fatto a finire nella medesima situazione senza via d'uscita? La mia sembrava ancor peggiore, poiché io e Jonathan eravamo legati non soltanto da amore o bisogno di compagnia, ma anche dal non sapere cosa ci attendesse nell'infinito futuro che ci si parava davanti, e dal terrore che prima o poi Adair tornasse a vendicarsi.

Infelice, ero pronta a lasciare la festa e a nascondermi nella solitudine della mia camera da letto, ma naturalmente non potevo. Dovevo attendere che tutti gli altri fossero pronti a tornarsene a casa, sforzandomi di non controllare i movimenti di Jonathan da lontano, perché mi avrebbero causato altre sofferenze, ne ero sicura. A un certo punto Byron mi notò da sola, lasciò la lieta compagnia in cui si trovava e mi trascinò a ballare. «Hai un'aria così triste, mia cara. Non permettere a Teresa di deprimerti. Sì, ti ho vista parlare con lei, prima. È piuttosto brava a far provare agli altri la stessa infelicità che prova lei, qualsiasi ne sia la ragione contingente. Spero che tu non le abbia permesso di rovinarti la serata.»

Prima che potessi rispondere, passammo accanto a Jonathan che, dietro la pista da ballo, era in mezzo a un capannello di donne adoranti. Lord Byron seguì il mio sguardo. «Ahhh... Ora capisco. Quanto dev'essere stancante per te, Lanore.» La voce di Byron era bassa e comprensiva. «Ma non devi fargliene una colpa. Non può farci niente, se non indossare una maschera quando è in pubblico» osservò con gentilezza.

«Lo so.» Me l'ero ripetuto io stessa centinaia di volte, ma non serviva mai a molto.

«Non lo fa per ferirti.»

«Non si accorge neanche della mia sofferenza. Nemmeno mi vede, qui, ferita. I miei sentimenti non contano niente per lui.»

«Oh, sono certo che non è così. Ma devi capire che gli uomini vedono l'amore in modo diverso.»

Più tardi, quando tornammo alla villa, Byron scrisse quelle parole sul retro del mio ventaglio, quello che un giorno sarebbe finito esposto al Victoria and Albert Museum: *Per l'uomo l'amore è una cosa a parte, per la donna è tutto ciò che c'è.*

«Un ricordo per quando arriverà il giorno in cui non ci sarò io al tuo fianco a rammentartelo» scherzò. Avrei dovuto capire – come aveva capito Byron, e come Teresa sapeva – che per stare con Jonathan dovevo accettare che non sarebbe mai stato mio, non del tutto. Per quanto lo desiderassi, non saremmo mai stati l'uno il mondo dell'altro, un'unione di due persone pronte a proteggersi e a sostenersi a vicenda. Volevo disperatamente credere che potesse funzionare tra noi, che ci fosse un modo per cambiarlo, come se cambiare *lui* fosse abbastanza.

«È quasi ora di andarcene da qui» dissi a Jonathan quella sera prima di andare a letto. Per quanto fosse conveniente, in apparenza, rimanere a Pisa, Lord Byron attraeva troppe attenzioni e prima o poi Adair avrebbe sentito dire che il lord inglese ribelle ospitava una coppia di nuovi amici di rara bellezza.

«Qualsiasi cosa tu voglia» mi rispose, come un marito che già da tempo aveva smesso di ascoltare la moglie. Dalla sua risposta, compresi che Jonathan non voleva affatto andarsene e che non avrebbe litigato con me sull'argomento: semplicemente, non avrebbe agito in alcun modo, e fu così che rimanemmo ancora a lungo con Byron e Teresa.

Per la maggior parte del tempo era facile stare in loro compagnia, ogni giorno dolce e inebriante come vino addolcito dal miele. Byron ci deliziava con i suoi racconti di viaggio nei paesi del Mediterraneo (e io memorizzavo ogni dettaglio, nel caso in cui io e Jonathan avessimo un giorno bisogno di un posto in cui nasconderci). Ci raccontò di un'estate tempestosa trascorsa sul lago di Ginevra insieme al poeta Percy Bysshe Shelley e alla moglie Mary, delle sue gite in barca con Shelley di giorno, delle serate trascorse a gareggiare con poesie e racconti improvvisati. Jonathan avvertì Byron che non avrebbe ottenuto mai alcuna poesia da noi, perché non eravamo quel tipo di persone, e

Byron rispose che non gli importava, ma ora mi chiedo se non avesse voluto ricreare almeno in parte l'atmosfera di quell'estate idilliaca quando ci aveva invitato.

L'umore di Byron era mutabile come un cielo invernale, e non era inconsueto per lui abbandonarci d'improvviso, offeso da qualcosa di impercettibile. Jonathan di rado aveva colpa, perché tendeva a essere tranquillo in compagnia di altri uomini, e poiché era Byron a ospitarci io evitavo qualsiasi disputa con lui. Le sue liti perciò di solito erano con Teresa e avvenivano almeno una volta al giorno, se non due, qualora facesse molto caldo. Non potrei dire, comunque, che fosse sempre colpa di Teresa, poiché Byron sembrava non riuscire a fare a meno di qualche fuoco d'artificio o di qualche discordia. Viveva così intensamente – beveva e mangiava agli eccessi, poi faceva qualche sport sperando così di snellire il girovita (per quanto glielo consentisse il piede deforme), scriveva tutte le mattine e poi strappava le pagine – che era inevitabile che esplodesse in accessi di rabbia e stanchezza. La sua reazione abituale era creare un diversivo per sfuggire a una brutta situazione che lui stesso aveva generato.

Spesso, dopo una delle sue sfuriate, Byron voleva rimanere solo con Jonathan, e i due sparivano per interi pomeriggi o serate. Andavano a cavalcare sotto il sole cocente di Pisa, galoppando a folle velocità finché sia i cavalieri sia i destrieri erano madidi di sudore, oppure cenavano in un ristorante e Byron intratteneva i clienti e i camerieri con racconti della sua vita tempestosa o recitando brani delle sue poesie ad alta voce, ammaliando tutti con il suo talento e l'incredibile memoria.

Fu così che Jonathan apprese delle numerose e burrascose relazioni di Byron con le donne, spesso sposate, che si innamoravano perdutamente di lui e rifiutavano di lasciarlo quando lui si stancava di litigare con loro. Raccontò a Jonathan dello scandalo che l'aveva costretto a lasciare l'Inghilterra, la relazione con la sorellastra, che peraltro negò. No, disse, preferiva la compagnia più stabile degli uomini, ed era per quella ragione che di solito viaggiava con un amico con cui condividere la stessa passione per l'avventura e che gli potesse dare sollievo dalle sue amanti inferocite. Compresi subito che era questo che Byron voleva da Jonathan: intendeva farne il suo nuovo compagno e portarlo con sé quando, avuta l'ultima lite con Teresa, avrebbe deciso di levare le tende e imbarcarsi verso nuove avventure.

In quelle occasioni, mentre Jonathan e Byron erano via e Teresa si chiudeva in camera a dormire per non soffrire l'arsura pomeridiana, io mi intrufolavo nello studio di Byron a leggere le nuove pagine di poesia che aveva scritto la mattina. Lo facevo sia per mio piacere sia per cercare possibili indizi sulle sue intenzioni. Maneggiavo quelle pagine con cura, attenta a non macchiarle di inchiostro o invertirne l'ordine, poiché non volevo che Byron se ne accorgesse. Stava lavorando sul *Don Giovanni*, che sarebbe diventato uno dei suoi capolavori, ma a parte trovare qualche somiglianza incidentale tra il protagonista e Jonathan – anche se ritengo che Byron, egocentrico com'era, si fosse ispirato a se stesso – non rinvenni alcuna indicazione delle intenzioni del lord inglese.

Perciò misi all'angolo Jonathan, intimandogli di rivelarmi di cosa avessero parlato lui e Byron mentre erano via. Suppongo di essere stata anche un po' gelosa, perché sapevo che l'inglese era un compagno affascinante, molto più divertente di Teresa. Alla fine, una sera mentre ci preparavamo per andare a letto, mi parve pronto a dirmi tutto. Sulle prime provò a eludere le mie domande, come se avesse qualcosa da nascondermi.

«Non gli avrai detto la verità su di noi?» gli chiesi, allarmata.

Mi rivolse uno sguardo malizioso, mentre si tirava su la camicia scoprendo il petto nudo. «Cosa vuoi che ti dica, Lanny? Forse ho detto qualcosa sui nostri guai, ma niente su Adair e i suoi trucchetti. Non saprei come dirle, quelle cose, senza farci apparire una coppia di malati di mente. No, gli ho soltanto raccontato qualche episodio della mia infanzia, della mia famiglia e della vita di St. Andrew. Tutto qui.»

«E che cosa gli hai detto di St. Andrew?» Era una città talmente comune che non credevo potesse avere qualche interesse per un uomo di mondo come Byron, ma erano dei fili che aveva teso a Byron, fili che avrebbero ricondotto alle nostre vere identità.

«Abbiamo parlato di... Oh, le solite cose di cui parlano gli uomini e... Ha ammesso di essere curioso circa il mio primo rapporto sessuale.» Scosse il capo, ricordando quella conversazione. «Ero quasi ubriaco e forse volevo far colpo su un uomo tanto brillante come Byron, perché, vedi, forse non avrei dovuto, ma gli ho detto...» E poi si bloccò, guardandomi pieno di ripensamenti.

«Cosa gli hai detto, per l'amor di Dio? Non può essere così grave...»

Mi rivolse un altro sguardo addolorato; detestava essere interrogato a quel modo. «È stata Joanna Kilpatrick, un'amica di mia madre che spesso veniva a trovarci. È stata lei la mia prima amante. Oh, Lanny, non guardarmi così. Non condannarmi prima di aver udito il resto della storia, perché solo dopo avrai più di un motivo per detestarmi.»

Sconvolta, rimasi in silenzio. Avevo sempre pensato che Jonathan avesse perso la verginità con una ragazza altrettanto inesperta rispetto a lui, ma non era andata così, mi spiegò Jonathan prendendomi la mano. Era molto giovane quando era successo, appena entrato in pubertà, non ancora avvezzo ai tiri che il suo corpo gli giocava. L'avevano mandato a portare delle cose a casa dei Kilpatrick e la donna l'aveva sedotto, mentre il marito lavorava i campi appena fuori casa. La signora Kilpatrick gli si era avvicinata e gli aveva stretto una mano sul membro, sconvolgendolo.

«Aveva già deciso prima cosa fare di me ed era determinata a ottenere ciò che desiderava» mi rivelò, arrossendo. Era finito con la schiena sul pavimento, con la signora Kilpatrick a cavalcarlo, il corpetto sciolto e le gonne raccolte attorno alla vita. Jonathan riuscì a malapena a riabbottonarsi i pantaloni e a sistemarsi i vestiti quando, uscendo, incontrò il signor Kilpatrick che tornava dai campi. Vedendo i volti arrossati del ragazzo e della moglie, e non essendo del tutto stupido, l'uomo accusò la moglie di tradimento, e lei negò. Senza alcuna prova, il marito, riluttante, ritrattò le accuse e Jonathan fu lasciato andare via.

Fissai Jonathan, incapace di trovare le parole. Che modo privo di romanticismo di essere iniziato ai misteri dell'amore, forzato all'erezione e poi utilizzato da Joanna Kilpatrick come un gancio alla parete per grattarsi la schiena. Me la ricordavo, la signora Kilpatrick; aveva un carattere forte e si era fatta strada con arroganza fino ad avere una posizione rispettabile nella comunità. Ci voleva una persona ben decisa per contrastarla quando si era messa in testa qualcosa. Tuttavia, ciò non le dava certo il diritto di sedurre un ragazzino, e di sicuro quella casalinga dai capelli ribelli aveva già fatto la stessa cosa ad altri adolescenti in passato. Più pensavo alla sua confessione, più il mio stomaco si ribellava; la Kilpatrick poteva scegliersi uno dei tanti taglialegna del paese, che erano lontani da mogli e fidanzate e sarebbero stati ben contenti di ricevere quelle attenzioni. Perché aveva preso Jonathan?

«È successo tanto tempo fa. Non dovresti preoccupartene ora, non dopo tutto quello che abbiamo passato insieme» mi disse Jonathan, ed era vero: non eravamo certo una coppia di sposini innocenti e, dopo tutte le donne e gli uomini che ci eravamo portati a letto, che cos'era un partner in più? Tuttavia, più ci pensavo, o mi sforzavo di non pensarci, più mi faceva male, finché non sentii le lacrime scendermi sulle guance.

«Ah, Lanny, non devi piangere per Joanna Kilpatrick» disse Jonathan, sollevandomi e mettendomi sul letto accanto a sé. Prese un angolo del lenzuolo per asciugarmi le lacrime. «Speravo che tu non lo sapessi mai.»

«Credevo che mi avessi detto tutto» risposi, rimproverandolo tra un singhiozzo e l'altro. «Credevo di essere la tua confidente.»

Fece un respiro profondo. «E lo eri, te lo garantisco. Ma un ragazzo non può rivelare tutte le sue esperienze, specie a quell'età, a una ragazza per cui prova qualcosa. Stavo cercando di proteggerti.»

Avrei dovuto lasciare che la conversazione terminasse lì. Avrei dovuto lasciar perdere, ma ancora non vedevo la vera natura di Jonathan, perciò gli feci una domanda che sarebbe stato meglio non porre. «C'è altro che non mi hai detto? Non voglio altre sorprese. Voglio che siamo onesti l'un l'altra, Jonathan. Non devi mai mentirmi, anche se pensi che sia per non farmi soffrire.»

Fece un altro profondo respiro e mi guardò con diffidenza, ma mi prese in parola e iniziò a raccontarmi una storia che presto avrei preferito non aver mai ascoltato. Venne fuori che c'era un lato della città di St. Andrew che non conoscevo: uomini e donne che si intrattenevano di nascosto, un valzer di amanti clandestini che danzavano proprio sotto il naso del resto di noi. Non organizzavano le loro attività, non c'erano orge come messe nere nei boschi fitti del nord, piuttosto c'erano individui di gusti simili che cercavano di alleviare il peso delle loro vite difficili con incontri sessuali illeciti.

Jonathan fu introdotto in quel gruppo quando era ancora giovane e ammise di aver danzato con parecchi partner ancor prima di compiere diciassette anni. Mi fece tutti i nomi, uno dopo l'altro, perché era ciò che volevo, non avevo chiesto io stessa che non ci fossero segreti tra noi? Grazie al cielo nessuno della mia famiglia era stato attirato in quella setta, anche se mi venne il sospetto che forse mio fratello maggiore Nevin aveva intuito in quali attività oscure fosse coinvolto Jonathan e per questo lo detestava tanto. Tra le confessioni più sconvolgenti di Jonathan c'era anche che aveva fatto sesso con la suocera, Katherine McDougal, anni prima del suo matrimonio combinato con Evangeline. E una volta consentì a Titus Abercrombie, il maestro, di toccargli il membro nei boschi dietro la scuola, anche se non gli permise altre libertà. «Lo desiderava così tanto» mi spiegò Jonathan, ora pieno di rimorsi, «e io ero inebriato dal potere che avevo su di lui.»

Si avvicinò e mi prese la mano. «Lanny, credimi, sono caduto sotto l'influenza di Joanna – letteralmente, direi, poiché è difficile rifiutare una donna quando ti tiene per le palle – e dopo quell'episodio, non ridere di me, ti prego, ma mi sentivo sporco, svergognato da ciò che avevo fatto. E mi cadde il velo dagli occhi: non sarebbe sbagliato dire che ero consumato dal desiderio e mi resi conto che c'erano donne in abbondanza che lo avrebbero soddisfatto.»

Riuscii a ritrovare le parole e gli dissi: «Perciò non avevi alcun motivo di darti a me, una ragazza ben poco esperta...»

«Non è questo che intendevo, Lanny! Non rigirare le mie parole» reagì, anche se la sua rabbia evaporò subito. «Non mi sono dato a te perché i miei desideri mi parevano sordidi, gretti. Era giusto che trovassi soddisfazione con donne che non si aspettavano nulla da me.»

«È per questo allora che ti sei messo con Sophia.» Finalmente capii perché Jonathan aveva iniziato una relazione con Sophia, la giovane sposina di un uomo brutto e insopportabile.

«A essere sinceri, non mi aspettavo di provare qualcosa per lei.» Un'ombra di tristezza gli sfiorò il viso. «Ed è stato l'inizio dei nostri guai, Lanny, tuoi e miei. Perché se non avessi scelto quel momento di debolezza, dopo la morte di Sophia, non ti avrei mai messo incinta... »

« E mio padre non mi avrebbe mai mandato a Boston. » E... Non avevamo bisogno di proseguire. Rimanemmo assorti nei nostri pensieri cupi, ricordando il demone che, ne eravamo certi, era già sulle nostre tracce.

I nostri giorni con Byron e la contessa terminarono una settimana dopo. Proprio come nella mia premonizione secondo cui Byron aveva dei progetti su di noi, ci fu una notte in cui noi quattro finimmo a letto insieme, ubriachi, dietro una porta chiusa e al sicuro dall'essere sorpresi casualmente da un servitore. Sorprendentemente, la notte passò senza particolari sconvolgimenti, poiché Teresa non volle lasciarsi possedere da Jonathan, e Byron parve accontentarsi di osservare Jonathan prendermi con passione. Forse il poeta desiderava solo vedere Jonathan in tutto il suo splendore, poiché a malapena distolse lo sguardo da lui mentre ci accoppiavamo.

Giorni dopo, Byron ci disse che sarebbe partito per Genova; si era stancato di vivere in una boccia per pesci, spiegò, con tutti gli occhi della città su di lui. Ci sorrise malizioso, gli occhi rilucenti di speranza. « Se verrete con noi sarete i benvenuti. Mi hanno invitato a prendere in prestito la villa di un amico e c'è spazio per tutti. » Con mio grande sollievo, Jonathan rifiutò l'invito, e quel fine settimana eravamo già in viaggio, verso una nuova destinazione sconosciuta. Ma ormai, nel corso di quell'estate, il danno era stato fatto. Osservare Byron e Teresa mi rese fin troppo evidente il futuro di infelicità che mi attendeva – benché tutt'altro che innocente, Jonathan sarebbe stato per sempre intrappolato dalla propria bellezza, così come Byron lo era stato dalla notorietà – e quando ripartimmo da soli, la nostra fragile relazione era già irrimediabilmente avviata a disfarsi in mille pezzi, oltre il punto di recupero.

21

Boston

Adair sapeva di aver agito frettolosamente quando aveva resuscitato Jonathan. Preferiva pensare che, in altre circostanze – se si fosse trattato semplicemente di un esperimento, per esempio, o di provare un nuovo incantesimo – sarebbe stato più paziente. Avrebbe condotto ricerche sulla provenienza dell'incantesimo ed esplorato le proprietà di ciascun ingrediente; in breve, si sarebbe preparato accuratamente e avrebbe saputo con esattezza in che cosa si stava cacciando. Ma si era invece affrettato a ricorrere alla magia, come un novizio che non sa riconoscere i pericoli e si getta stupidamente alla cieca nel regno dell'ignoto, e ora ne avrebbe pagato le conseguenze.

L'accenno enigmatico di Jonathan a una donna dotata di poteri straordinari aveva inquietato oltremodo Adair. Certo, non si trattava di una donna in carne e ossa, ma non poteva fare a meno di immaginarsela così. Più probabilmente era un'entità di qualche tipo, un demone o uno spirito maligno, ammesso che esistessero – lui non ne aveva mai incontrata una in tutti i suoi traffici. Se in effetti era la forza che teneva separati il mondo dei vivi e quello dei morti, però, era tutt'altro tipo di creatura. Era una delle forze più potenti della natura, un'entità che si poteva ritenere a buon diritto una dea.

Fu solo in quel momento che si accorse della propria follia: aveva commesso un grave errore a provocare una simile forza senza prima prendere delle precauzioni per proteggersi. Era come evocare uno tsunami senza prima mettersi al riparo ben distanti dalla costa. I praticanti delle arti oscure si avvolgevano in incantesimi protettivi o si disponevano al centro di complicati disegni magici per ripararsi dagli spiriti che evocavano, ma lui non aveva ritenuto necessaria alcuna misura per richiamare un'anima dall'aldilà. Ma si trattava dell'anima di Jonathan e, a quanto pareva, quando si trattava di lui non c'era niente di ordinario. Adair si rimproverò di non aver guardato oltre le ovvie apparenze, di non aver immaginato che potesse esserci bisogno di cautele straordinarie.

Se quella regina degli inferi fosse venuta a cercare Jonathan, come lui sembrava presentire, Adair non vedeva altra scelta che lasciarglielo prendere. Un vero peccato, dopo tutte le sue fatiche, e si sforzò di impedire che accadesse. In fondo, Jonathan era l'esca perfetta per Lanore. Lei non avrebbe permesso a niente e nessuno, nemmeno a tutte le forze dell'inferno, di frapporsi fra loro due se avesse saputo che Jonathan era vivo. Adair si divertiva a immaginare il suo shock quando avrebbe scoperto che Jonathan era in suo potere. La sua disperazione sarebbe stata tale da spingerla a fare tutto ciò che Adair le avrebbe chiesto. Ma, come ogni cosa di valore, anche questa aveva un prezzo: Adair avrebbe dovuto assistere alla sua assoluta *estasi* nel rivedere Jonathan, e lo avrebbe devastato comprendere che Lanore non avrebbe mai provato lo stesso sentimento per lui.

Quanto al prendere possesso del corpo perfetto di Jonathan, era pronto ad ammettere che quel corpo ormai era al di là di ogni possibilità di recupero e non sarebbe mai stato adatto all'esproprio. Meglio liberarlo e rimandare il gigolò indietro dalla sua amante piuttosto che attendere che fosse *lei* a venirselo a prendere. Adair non si concedeva rimpianti. Era uno scienziato, era stato un esperimento ed era fallito. Avrebbe imparato ciò che c'era da imparare e sarebbe andato avanti, se necessario.

Adair era combattuto dai dubbi mentre, ancora una volta, si fermò davanti alla porta della camera di Jonathan. Era consapevole che averlo riportato in vita era una delle sue imprese più grandiose, eppure continuava ad avere la sensazione di aver fallito. E invece di essere furioso, poiché odiava i fallimenti più di ogni altra cosa, Adair avrebbe voluto soltanto rimettere le cose a posto e tornare a essere amico di Jonathan, come se non fosse mai successo nulla.

Sapeva di non dover abbassare la guardia con lui. Era un essere ingannevole. In fondo, aveva aiutato Lanore a rinchiuderlo dietro un muro lasciandolo a languire per l'eternità, il che dimostrava che sapeva essere spietato quanto lei. Tuttavia, proprio come Adair provava difficoltà a indurire il cuore verso Lanore, si sentiva attratto da Jonathan e scoprì di desiderarne la compagnia. Attribuì quella strana melanconia alla stanchezza e alla solitudine.

Un'altra strana conseguenza, notò, era che nonostante desiderasse la compagnia di Jonathan, gli era difficile rimanere con lui troppo a lungo. Bastavano pochi minuti e avvertiva un irresistibile impulso ad andarsene. Non era questione di nervosismo, era più simile a un attacco di panico, ma non c'era alcuna ragione di reagire così alla presenza di Jonathan.

Poteva soltanto pensare che avesse a che fare con la vicinanza di Jonathan al mondo dei morti. Adair non voleva saperne dell'aldilà. Era sicuro che ad attenderlo dopo la morte ci fosse l'inferno. Il giudizio che con tutta certezza lo attendeva nell'oltrevita era l'unica cosa che gli era rimasta da temere. Nonostante fosse sicuro della propria immortalità e altrettanto certo di aver eseguito correttamente l'incantesimo, Adair aveva sempre saputo che prima o poi la fine sarebbe arrivata anche per lui. Quel giorno forse sarebbe giunto soltanto quando il sole avrebbe inghiottito la terra, quando il tempo stesso sarebbe collassato come una stella e il tessuto dell'universo si sarebbe sfaldato, ma aveva sempre sentito nelle ossa che ci sarebbe stata prima o poi una resa dei conti finale. Adair sapeva che nulla di ciò che aveva fatto sarebbe mai stato dimenticato e che avrebbe dovuto rispondere di tutti i suoi peccati e di tutti i suoi crimini.

Aprì la porta senza bussare e trovò Jonathan ancora seduto sul bordo del letto, immobile come una bambola su una mensola. Ancora una volta, Adair sentì le proprie terminazioni nervose formicolare. Lo stomaco gli si contorse in un'ansia senza nome, ma non si lasciò dissuadere. «Vieni con me» gli ordinò.

Adair condusse Jonathan su per una scala che li portò alla terrazza sul tetto. Lo spazio era stato trasformato in una camera all'aperto, completa di alberi in miniatura e piante dalle lussuriose foglie verdi, arredata e con le luci accese. Anche se un giardiniere potava regolarmente le piante e la governante teneva tutto lindo e in ordine, l'inutilizzo le aveva conferito un'aria abbandonata. Dopo due secoli senza uno spicchio di cielo da guardare, Adair saliva lì sopra appena possibile per riscoprire il gusto della natura e pensava che la vista da lassù fosse la migliore che la casa concedeva. Il cielo quella notte era una larga fascia viola con screziature bianche, meraviglioso più di ogni altra cosa avesse mai visto. Si sedette e per un momento, colmo di gratitudine, si lasciò invadere dalla quieta energia della notte.

Sotto la luce delle stelle, Adair vide che la trasformazione di Jonathan era continuata e che ora sembrava quasi com'era prima. Il suo volto però era cambiato, c'era qualcosa di diverso che Adair non riuscì a definire con chiarezza, ma qualsiasi cosa fosse aveva rovinato le proporzioni classiche dei suoi lineamenti un tempo adorabili. Il suo volto era stato perfetto, ma ora non lo era più. Tuttavia, ciò lo rendeva più interessante. Lo faceva sembrare il tipo di persona che un estraneo non avrebbe esitato ad approcciare, in opposizione alla bellezza di prima che metteva soggezione. Era cambiato anche in altri modi, sottili ma innegabili. Possedeva un'aura eterea che prima non aveva, era come se avesse trasceso il proprio corpo mortale. Sembrava più leggero dell'aria.

Fermi sulle sedie da giardino, osservarono la tramatura dei cieli per un po' prima che Adair si sentisse pronto a comunicare le sue intenzioni. «Le tracce di Lanore sono evaporate nel nulla, Jonathan. Non posso più essere paziente. Devi dirmi tutto ciò che sai.»

«Sono stato via per mesi. Tutto ciò che potevo sapere ormai è inutile. Lei avrà di certo avvertito la tua presenza e saprà che sei libero. Avrà cambiato nome, e dubito che torni a casa.»

«Non importa. Voglio tutto quello che sai. Il nome, l'indirizzo della sua casa...» Pensò a Pendleton e all'hacker, che erano riusciti a fare miracoli con soltanto un brandello di informazioni. Voleva continuare a essere ottimista.

Ma Jonathan scosse il capo. «Mi spiace, non posso aiutarti.»

Adair si aspettava di sentirsi assalire dalla rabbia di fronte al rifiuto di Jonathan, ma non avvenne. Non ci fu nemmeno una scintilla della familiare vampa bianca di furia, né nella sua testa né nel suo cuore. Invece, fu invaso dalla disperazione, distrutto dal proprio bisogno di avere Lanore. Che lei lo volesse o meno, lo aveva cambiato e lui era disturbato da quel profondo mutamento. Era così afflitto dalla possibilità di non rivederla più che non poteva pensare di poter andare avanti senza di lei. L'abisso del proprio smarrimento lo travolse.

Rimaneva soltanto un'altra scelta, e cioè chiedere a Jonathan di aiutarlo. Se c'era qualcuno che conosceva i segreti del cuore di Lanore, quello era lui, eppure... Adair non riusciva a immaginare di chiederglielo. Non era abituato a chiedere nulla: aveva sempre preso ciò che desiderava, a qualsiasi costo, che si trattasse della vita di qualcuno che possedeva un sapere che lui voleva, o della verginità di una bella ragazza che aveva incrociato il suo cammino per puro caso. Era ironico che ora si fosse ridotto a confidare in Jonathan, il suo antico rivale, l'uomo che non aveva mai davvero amato Lanore e aveva dato per scontato il suo amore. Il destino sembrava non volergli risparmiare quell'umiliazione, e, anzi, Adair iniziava a pensare che il fato stesse cospirando per umiliarlo oltre misura.

Adair sospirò, il respiro pesante come acqua. «Ho bisogno del tuo aiuto, Jonathan. Non le farò del male, te lo giuro. Non voglio vendetta. Voglio soltanto rivederla. Lanore mi ha cambiato, in qualche modo. Non riesco a pensare a lei senza sentirmi indebolito. Sono perduto di fronte a lei, cerca di capire. Ammetto di aver trascorso decenni dietro quel maledetto muro a pianificare che cosa le avrei fatto quando l'avessi finalmente ritrovata. Volevo spezzarle il collo, sentirla implorare pietà. Ho pensato di sottoporla a tormenti che ora mi fanno vergognare. Non riesco a credere di aver anche soltanto sfiorato l'idea di farle quelle cose. Non posso farle del male, Jonathan: io la amo. Anche soltanto il pensiero che qualcuno possa ferirla mi atterrisce. Voglio soltanto rivederla, ti do la mia parola.»

Si preparò a udire una risata di scherno da parte di Jonathan, ma non avvenne. Jonathan rimase silenzioso, come se stesse riflettendo, poi disse: «Le persone non cambiano, Adair. È il mondo che cambia attorno a loro. Perché dovrei crederti?»

Adair si ritrasse da lui. «Come fai a dire che le persone non cambiano? Guardati. Sei cambiato moltissimo. Il Jonathan che conoscevo non sapeva amare nessuno più di se stesso, eppure alla fine ti sei innamorato e ti sei sposato, e sei riuscito a provare un amore profondo e disinteressato come quello di Lanore per te. Tu sei cambiato, Jonathan: non riesci ad accettare il fatto che sono cambiato anch'io? Credevo che il mio comportamento fosse una prova sufficiente. Ti sembro un uomo in cerca di vendetta? Ho fatto qualcosa per ferirti? Ho anzi ammesso la mia debolezza davanti a te: di che altre prove hai bisogno?»

Jonathan si lasciò sfuggire un mezzo sorriso. «È vero, non credevo che per te fosse possibile una simile vulnerabilità o, se stai mentendo, che tu fossi capace di farlo in modo così convincente. Sono quasi pronto a crederti.»

Alle parole di Jonathan, Adair si sentì pervaso da un'onda di gratitudine. Continuava a essere scosso dalle proprie emozioni, che mutavano tanto rapidamente da sconvolgerlo e quasi nausearlo, smuovendolo in luoghi così intimi e profondi che era convinto che nessuno potesse capire cosa stava attraversando. Eppure Jonathan aveva compreso, gli credeva, e questo lo rassicurava molto. In quel momento comprese quanto raramente si affidasse a qualcuno, per qualsiasi cosa. Non riusciva nemmeno a ricordare quando era stata l'ultima volta che aveva avuto qualcuno con cui confidarsi.

Jonathan spostò lo sguardo sul cielo stellato. «Credo che tu sia sincero con me. Sei davvero cambiato, Adair. E hai ragione, lei ti ha indebolito... Non sei più il mostro di una volta. Ma è così che funziona l'amore. Se per alcuni aspetti ti fortifica, per altri ti rende più fragile. Ciò che guadagni da una parte, lo perdi dall'altra.»

Lo perdi dall'altra. Gli angoli della bocca di Adair tremolarono. Forse non era soltanto il suo stato emotivo a essere influenzato. In fondo, probabilmente era tutto collegato, il suo stato fisico, quello mentale e i suoi straordinari poteri. Non aveva mai pensato che il suo potere dipendesse dalla durezza del suo cuore o dalla fermezza della sua volontà. Aveva trascorso centinaia d'anni ad accumulare conoscenza sul mondo fisico e a coltivare le speciali energie di quello invisibile. Ma era possibile che ora stesse sprecando tutto con lo sforzo di trovare Lanore. Forse non si poteva permettere di essere innamorato.

Eppure, il suo bisogno di vederla era innegabile. Doveva trovarla e guardarla, toccare la sua pelle, stare accanto a lei almeno un'altra volta, anche se gli fosse costato tutto ciò che rimaneva delle sue forze, anche a prezzo della vita. Non credeva che cercare Lanore lo conducesse alla morte; al contrario, sentiva che stare con lei lo avrebbe fatto tornare quello di prima, forte e determinato.

«Jonathan, io so soltanto che devo vederla.» Esitò prima di insistere, poiché la sincerità gli era dolorosa quanto un ferro incandescente sulla pelle. «Nessuno conosce il cuore di Lanore meglio di te. Adesso che sai che non voglio farle del male, dimmi come conquistarla.»

Per quanto detestasse essere oggetto di pietà, Adair fu sollevato quando notò l'espressione severa di Jonathan ammorbidirsi un po'. «Ah... Come prima cosa, devi accettare il fatto che lei potrebbe non amarti mai, Adair. Troppe cose ci sono state tra voi perché lei possa fidarsi di te. E senza fiducia non ci può essere amore.»

«Le dimostrerò che può fidarsi di me.»

«È un'impresa che potrebbe richiedere tutta l'eternità.»

«Aspetterò» ribadì Adair con determinazione.

«Devi anche accettare il fatto che non c'è niente che tu possa fare per far innamorare Lanny di te. L'amore viene da dentro. L'amore di una donna è una cosa stupefacente, davanti alla quale prostrarsi. Lo hai visto anche tu in Lanny: il suo è un amore fiero. Ma dev'essere lei a scegliere te, Adair.»

«Lo farà. So che ne dubiti, ma un tempo lei mi ha amato, almeno un po'.» Adair non era sicuro se l'avesse detto per rassicurare Jonathan o se stesso. «Il tempo che ho trascorso con lei... è il momento in cui mi sono sentito più vicino all'essere amato in tutta la mia vita» disse. Il ricordo di quella sensazione per un secondo lo rese felice, anche se allo stesso tempo desiderò di prender fuoco spontaneamente e bruciare fino a ridursi in cenere pur di evitare quell'umiliazione.

«Sì. È questo il potere della nostra Lanny, riesce ad amare ciò che è detestabile... E parlo per esperienza» osservò Jonathan.

«Allora, dimmi: come faccio a convincerla a darmi un'altra possibilità?»

Jonathan sorrise malizioso. «È questa la parte difficile. Devi mostrarle di meritarla. Se vuoi che ti ami, devi essere il tipo d'uomo di cui lei si può innamorare. Nel suo caso, non devi certo diventare un santo. Tuttavia, tu hai un pessimo carattere: devi fare qualcosa per tenerlo a bada. Ma l'unica cosa che Lanny esige è la fedeltà. Deve occupare il primo posto nel tuo cuore.»

Adair aggrottò la fronte. «Sa che ho avuto altri amanti e anche lei è stata con loro.»

« Ma allora non le stavi chiedendo amore, giusto? Se vuoi che lei ti ritenga l'epicentro del suo mondo, devi fare lo stesso anche tu. »

Adair spuntò mentalmente i termini usati da Jonathan, che aveva memorizzato: fedeltà, fiducia, sacrificio. « È un cambiamento non da poco » disse poi.

« Infatti, ma ti renderà un uomo migliore. »

« Ma come faccio a trovarla? »

« Hai già la risposta nel tuo cuore » disse Jonathan con semplicità. « Guardaci dentro, guardaci bene e la troverai. »

Adair si arrabbiò. « Non parlare per enigmi. Se sai cosa devo fare, dimmelo chiaramente. »

« Ti ho detto tutto ciò che so. E tu sai che ti ho detto la verità, vero? » proseguì Jonathan. « Hai sempre avuto il potere di trovarla, è stata con te tutto il tempo. Devi soltanto desiderarlo. »

« Desiderarlo? » Per quanto gli paresse improbabile, Adair sentì qualcosa nel cuore che gli fece pensare che potesse essere vero.

« Ti ho già detto tutto quello che so. E credo alla tua parola, Adair, che non le farai del male. Sarà meglio che te ne ricordi, sono stato chiaro? »

« Te lo prometto ancora: non le farò del male. » Adair si portò una mano nel punto in cui avrebbe dovuto essere il suo cuore.

22

Le parole di Jonathan per lo meno ebbero l'effetto di dare speranza a Adair, anche se ancora non aveva idea di come rintracciare Lanore, men che meno di come conquistarla una volta trovata. Lei poteva essere ovunque nel mondo. Nel corso di tutti quegli anni passati murato vivo, aveva cercato diverse volte di perfezionare una tecnica chiamata proiezione. Aveva sentito parlare di Adepti che erano in grado di «proiettare» la loro coscienza fuori dai loro corpi, permettendole così di vagare fino agli angoli più remoti del mondo e anche per altri piani dell'esistenza, o così si diceva. Se ricordava correttamente, chi eseguiva questa tecnica spesso ricorreva a un aiuto esterno – una pozione da bere, o l'assunzione di allucinogeni, o l'evocazione di visioni in una sfera di cristallo – per ottenere il risultato. Adair era riuscito soltanto a entrare in un profondo stato meditativo durante la sua prigionia, ma non aveva mai ottenuto la completa liberazione della sua coscienza. Eppure Jonathan aveva detto che il potere di trovare Lanore era dentro di lui, il che lo induceva a pensare che in realtà non aveva mai avuto bisogno di nient'altro che del potere della propria mente per compiere l'impresa.

Per riuscire ad attingere al proprio sé interiore, di solito era meglio trovare un posto in cui regnasse una quiete totale e assoluta, come un eremita che si ritira in una caverna in cerca dell'illuminazione. Poteva forse fare a meno dell'oscurità – era impossibile impedire alla luce di entrare in una casa come quella, tutta finestre – ma le pareti dovevano essere in grado di bloccare qualsiasi suono o rumore e perfino impedire l'accesso alle correnti d'aria, se possibile. Stando ai racconti che aveva udito, risvegliarsi nel mezzo di una proiezione poteva essere molto pericoloso. La coscienza poteva finire intrappolata in qualche dimensione lontana. Gli antichi praticanti avevano un assistente di fiducia che rimaneva nelle vicinanze e che poteva essere richiamato da un segnale prefissato – il suono di una campanella o un battimano – nel caso in cui il soggetto fosse disorientato mentre usciva dal suo stato di trance. Ma non disponendo né di una camera sigillata né di un assistente fidato, Adair decise di procedere da solo.

Si risolse a provare subito, senza allucinogeni o sfere di cristallo. Se avesse fallito, avrebbe consultato i suoi libri e riprovato, ma era paziente e incuriosito dalle parole di Jonathan. Chiuse a chiave la porta della sua camera da letto e si mise a giacere immobile sul lenzuolo. I suoi pensieri volevano subito prendere il volo, ma Adair si concentrò sulla respirazione, svuotando la mente e sprofondando sempre più nel puro pensiero. Andò sempre più nel profondo, finché non si lasciò dietro il corpo, fino a non avvertire più i confini della propria essenza fisica. Si sentì come evaporare e disperdersi, simile a una nube di gas o alla schiuma delle onde. Si sforzò di non badare a ciò che lo circondava in quel mondo astratto, poiché avrebbe potuto distrarlo e interrompere lo stato di trance. Ma si accorse presto di non doversene preoccupare, perché era sospeso in una nebbia grigio chiaro, e si lasciò trasportare, cieco, alla deriva ma in pace con se stesso.

Una sorta di strappo bloccò il suo vagare e cadde come una foglia da un albero, atterrando dolcemente. Comprese di trovarsi in un posto differente dall'odore dell'aria, dalla temperatura e dal tepore che sentiva sulla pelle. Aprì gli occhi, chiedendosi dove fosse finito e se fosse il posto giusto.

Era in una città. Questo era chiaro dai dintorni in cui si trovava: un viale di abitazioni a tre piani tutte una attaccata all'altra, che inondavano d'ombre la strada. Era un posto tranquillo, di quelli in cui le persone guardavano ciò che succedeva fuori da dietro le tende delle finestre. Non avrebbe saputo dire se si trattasse di un frammento della sua immaginazione, la manifestazione di un sogno molto vivido oppure una città reale, come New York o Londra. Cercò di mettere da parte la propria incertezza e rimanere lucido.

Un altro lieve strattone lo guidò verso l'edificio che aveva di fronte. Cinque gradini di granito conducevano a un portone d'ingresso con un ampio riquadro in vetro incastonato in un telaio di ferro battuto. Il vetro era decorato con arabeschi che permettevano a chi ci stava dietro di osservare senza essere visto. Capì subito che si trattava della casa di Lanore. Quando Adair posò la mano sulla maniglia, con stupore si accorse di poterne sentire la presenza nel metallo. Toccare quella maniglia era come sfiorarle la mano.

All'interno percepì un profumo che non era proprio il suo, ma era di certo associato a lei, con un sentore di muschio che gli arrivò dritto al cervello, eccitandolo e ricreando la sensazione di quando stava con lei. La sentiva così reale, così vicina che si aspettava quasi di vederla sbucare da un angolo da un momento all'altro oppure di udire la sua voce provenire dalle scale, ma quando niente di tutto questo accadde Adair provò un senso di solitudine ancora più profondo del solito. Giunto in quel posto, dove riusciva a sentire ancora la presenza di Lanore, si accorse definitivamente di quanto la prigionia l'avesse cambiato; e detestava quel cambiamento, puzzava di debolezza e di menomazione. *È colpa di Lanny, mi ha reso uno storpio*, pensò. La rabbia lo travolse, ma se ne andò rapida come era arrivata. E anche il modo in cui le vampe di furia svanivano d'un tratto, per lo meno quando c'era di mezzo Lanore, lo confondeva, come andare a sbattere contro il muro in un punto dove c'era sempre stata una porta.

L'amore. L'amore l'aveva corrotto.

Fece un breve respiro e come un fiocco di neve sospinto dalla brezza si trovò nel salotto. Era immerso nel silenzio, come una camera ardente. C'era un grande tavolino a piedistallo appoggiato sopra un tappeto orientale di immenso valore, sotto un lampadario a candelabro adatto a una sala da ballo. Sul tavolo giaceva un mucchio di lettere ancora chiuse, spedite tutte quante da un legale di Boston. Così tante lettere, e lei le aveva ignorate tutte. Come gli aveva spiegato Jude quando si erano interrogati sul prodigio della liberazione di Adair, il comune probabilmente aveva cercato di contattarla per notificarle l'intenzione di abbattere la villa per costruire un'autostrada. Quelle lettere inevase erano certo gli atti di notifica, ma lei li aveva ignorati di proposito. Adair si chiese se, forse inconsciamente, Lanore avesse deciso di non aprire quelle lettere perché sospettava di che cosa parlassero e forse voleva vederlo libero, anche se non riusciva a liberarlo lei stessa. Adair provò un leggero accenno di speranza, forse la sua non era del tutto una causa persa.

Come prima cosa, volle vedere la camera da letto di Lanore, lasciando a dopo le altre stanze della casa, meno intime. Dovette solo desiderarlo e subito ci si trovò. La camera era in penombra grazie alle pesanti tende e alle pareti dipinte color sottobosco. Il suo letto era antico, svedese, con lenzuola di seta, e sul cuscino c'era ancora l'impronta della sua testa. La vista di quel letto lo intristì: in mezzo alle sue cose, respirando il suo odore, lo sguardo fisso sulla lieve conca lasciata sul cuscino dalla testa di Lanore, Adair fu quasi sopraffatto dall'immensità dell'impresa che lo attendeva. Dimostrare a Lanore il proprio amore, dimostrarle di meritarla, avrebbe richiesto tempo, molto tempo. E il tempo era forse l'unica cosa che avevano in comune.

Sul comodino c'erano alcuni oggetti: un'antica tazza da tè cinese contenente tre perle; un libriccino, appena più grande della mano di una donna, *Madame Bovary*, una prima edizione del 1856; una rosa di carta fatta a mano. Sull'altro comodino c'erano le prove che un'altra persona – un uomo – aveva condiviso il letto con lei: un paio di occhiali da lettura; un tubetto di dentifricio; un vasetto di crema; una rivista patinata con foto di uomini che praticavano vari sport. Adair sporse una mano verso quel lato del letto, poi barcollò e si dovette sedere, sopraffatto da un impeto di gelosia.

Entrò in uno dei guardaroba, quello che apparteneva a Lanore. Appendiabiti liberi e spazi vuoti sulla barra suggerivano che avesse fatto le valigie per un viaggio. Accarezzò il tessuto sottile di alcuni abiti drappeggiati su appendini imbottiti, vestiti in seta e pizzi, e la loro femminilità lo eccitò. Si portò una delle camicette al naso e inalò: non c'era traccia di profumo, ma sentì di nuovo il suo odore. Strofinò il volto nell'indumento, desiderando di essere un segugio e di poterla trovare seguendone semplicemente la pista olfattiva. Il suo odore gli scese sulla lingua e fu come assaggiarla di nuovo, come leccarne la pelle tesa delle cosce, l'incavo morbido sotto i seni. Provò l'impulso di affondare il membro nei suoi vestiti e masturbarsi, ma si forzò a deporre quell'indumento e a lasciare che il momento passasse.

Lungo il corridoio Adair trovò dei ripostigli che, a giudicare da una lista che ne riportava le date di spedizione abbandonata su una mensola, erano stati mezzi svuotati dei loro tesori. Esaminò quanto era rimasto, un oggetto alla volta a mano a mano che li notava: un paio di utensili d'argento per dipingere, con l'impugnatura scolpita a forma di giglio; una sciabola dall'aria antica inguainata in una fodera di pelle di cavallo; una corona adatta al cranio di un bambino. Un mucchio di vecchie fotografie su un ripiano. Non riconobbe quasi nessuna delle persone ritratte, ma poi una fotografia in particolare lo bloccò. Era un'immagine sbiadita e grinzosa di un gruppo di persone in posa, doveva risalire all'inizio del Novecento, erano tutti vestiti pesante, come per una festa sul ghiaccio. Riconobbe subito Lanny, anche se era quasi avvolta da un cappotto e un cappello di pelliccia, ma l'espressione sfrontata del suo volto e il lampo di sfida nei suoi occhi erano inconfondibili. Quando era stata scattata quella fotografia? E chi erano le altre persone? Si era perso così tanto della sua vita, si accorse, mentre il rimpianto gli artigliava il cuore.

Al pianterreno trovò, nell'angolo di una stanza, la scrivania su cui Lanore curava la corrispondenza. Adair aprì i cassetti uno alla volta e trovò solo carta da lettera, buste e francobolli. Poi, nel cassetto in fondo, sotto un vecchio dizionario, scovò delle fotografie di Jonathan. Jonathan a letto, con il volto per metà affondato nel cuscino, i capelli scuri che ricadevano sulle guance ancora non sbarbate; Jonathan alla guida di un'automobile, con un sorriso affettuoso rivolto alla fotografa seduta dal lato del passeggero; Jonathan, il ritratto della salute, con un'espressione di gioia assoluta, in una foto che doveva risalire a pochi giorni prima che Lanore lo uccidesse.

Fino a quel momento non aveva ancora trovato una documentazione scritta della sua vita, qualche indizio che potesse condurlo a lei, ma finalmente trovò un piccolo tesoro in un'angusta cassettiera infilata sotto la scrivania. Era chiusa a chiave, ma lui la aprì a mani nude, poi estrasse le cartellette e iniziò a sfogliarle. Era strano vedere la complessità della vita di una persona ridotta in fascicoli di documenti. Naturalmente, Adair ormai aveva abbandonato da infinito tempo ogni traccia di sé, e del resto aveva imparato presto a viaggiare leggero. Non aveva alcun rapporto sentimentale con i ricordi materiali e preferiva rappresentare un mistero per tutti.

Iniziò a leggere le sue lettere, estraendole da buste aperte e dispiegandole, per poi leggere rapidamente il contenuto, ma fu deluso di scoprire che si trattava per lo più di corrispondenza burocratica. Non c'erano inviti a feste o mostre. Nessun biglietto scritto a mano da parte di un amico, nessun pettegolezzo sulle stranezze degli ospiti alla festa della sera prima. Alcuni estratti conto, una lettera di un ufficio governativo che richiedeva il pagamento di qualcosa. Qualche avviso indirizzato a una certa Annette Blanchard, forse il suo ultimo pseudonimo... Memorizzò il nome, per riferirlo in un secondo momento a Pendleton.

Prese il voluminoso pacco di posta inevasa nell'ingresso. Erano tutte lettere di un avvocato di Boston, la più vecchia risaliva a parecchi anni prima. Di solito le lettere provenienti dall'avvocato che curava i propri affari venivano aperte subito da chiunque, lei invece le aveva messe da parte e si era rifiutata di guardarle. Adair le lesse una per una in ordine cronologico e fu così che comprese com'era avvenuto il prodigio della sua liberazione. Lo Stato aveva deciso di abbattere la villa per far posto al progetto di una nuova autostrada; tutto il quartiere sarebbe stato raso al suolo. Quando lei non aveva risposto, l'avvocato si era trovato impossibilitato a difendere i suoi interessi. Non facendo nulla, Lanore aveva permesso la liberazione di Adair.

Sulle prime pensò che fosse stata una stupida. Come aveva fatto l'astuta Lanore a trascurare una faccenda di tale importanza? A meno che... Si chiese se non ci fosse stato in ballo qualcosa d'altro: i suoi desideri inconsci. In fondo, era una cosa che aveva già visto succedere altre volte: dopo una sera vincente a carte, un uomo di colpo iniziava a impiegare una tattica perdente. Oppure, durante un assedio, un nobile prendeva una decisione che consentiva al nemico di entrare in città. Forse, presa da un senso di fatalità, Lanny aveva permesso che la casa fosse abbattuta, così da lasciar fare al destino. Forse, era sfinita dalla presenza di quella spada di Damocle sospesa sopra la sua testa e voleva semplicemente che tutto finisse.

Estrasse un'altra lettera da una busta: risaliva all'anno prima, era un invito da parte di un museo a tenere una conferenza su un argomento assurdo, le tazze da tè cinesi. Adair si interrogò sulla bizzarra scelta di Lanny; che cosa mai poteva esserle accaduto per renderla un'esperta di un argomento così strano?

Implicava che fosse stata in Cina, e non per una vacanza. Era del tutto possibile che avesse trascorso una vita intera lì, e in quell'attimo Adair capì che la donna che cercava era scomparsa, sostituita da un'altra con duecento anni di esperienza in più di cui lui non sapeva nulla. Molto probabilmente, Lanore era diventata una donna che, in qualche sottile modo, aveva fatto ammenda per le cose orribili che aveva commesso in gioventù, come averlo murato vivo.

Mentre sfogliava le lettere, Adair si accorse che non era mai citato nessun uomo. C'era un nome, evidentemente falso, che appariva ovunque, Emily Bessender, ma non c'era nessun signor Bessender nella corrispondenza, e niente che spiegasse la presenza maschile senza nome che aveva individuato nella sua camera da letto. Niente che indicasse un uomo. Era un comportamento strano per la Lanore che conosceva lui. Capovolse le lettere, in cerca di un nome scribacchiato sul retro, scritto distrattamente in un angolo. Niente.

Si sedette su una poltrona e osservò il cumulo di corrispondenza sul tavolino da caffè, che lui aveva aperto e cercato di rimettere in ordine, senza successo. Erano le lettere di una donna che gli era estranea ed erano deludenti. Dov'erano le lettere d'amore passionali? Dov'era la grafia illeggibile di un uomo reso pazzo dalla sua bellezza, dalla sua volubilità, dai suoi giochi d'amore? Dov'erano le promesse di amore eterno e di giorni interi passati a far l'amore, sempre insieme? Lanore aveva forse rinunciato all'amore dopo l'abbandono di Jonathan? Non gli sembrava possibile. Adair si interrogò a fondo in cerca di una soluzione per quel comportamento inspiegabile e, non trovandone alcuna, buttò a terra le lettere, frustrato.

Si alzò e solo in quel momento rammentò ciò che Jude gli diceva sempre: *Oggi si fa tutto per via elettronica.* Adair perlustrò la casa in cerca di un computer e trovò un laptop in uno dei ripostigli. Era più grosso e pesante di quelli di Jude e, una volta avviato, Adair guardò le date dei file e scoprì che risalivano a parecchi anni prima. C'erano informazioni di valore, bozze di lettere e copie di documenti, ma niente che potesse aiutarlo in quel momento.

Tornò in camera da letto e ispezionò i cassetti dell'uomo sperando di trovare qualche elemento identificativo o qualcosa che gli permettesse di intuirne l'identità. I vestiti erano tutti nuovi, era come se fosse sbucato all'improvviso dal nulla, come se non avesse un passato e Lanore l'avesse creato dai quattro elementi, come un golem.

Ma alla fine Adair trovò ciò che stava cercando: alcuni documenti nel cassetto dei calzini. C'era una lettera dall'aspetto ufficiale col sigillo della repubblica francese... La copia di una richiesta di visto. Adair lesse il nome: Lucas Findley. Percepì una vibrazione nel profondo della sua mente: conosceva quel nome, l'aveva già udito in connessione a Lanore... Sì, quando era a St. Andrew. I clienti del ristorante gli avevano fatto quel nome: era il dottore che aveva aiutato Lanore a scappare. Ma certo, pensò Adair, ovvio, l'ha portato con sé. Si chiese come mai non ci avesse pensato prima, perché non avesse dato quel nome a Pendleton... Forse aveva davvero perso la determinazione dopo gli anni di prigionia. Potevano esserci tantissime ipotesi su dove Lanny si trovasse, con chi fosse, cosa stesse facendo, ma il nome Lucas Findley gli sembrava la traccia giusta da seguire.

Fu pervaso da un'ansia senza nome e prese a vagare per la casa, chiedendosi cosa avesse perso, camminando in cerchio nervosamente, e si fermò infine in una stanza verso il retro, davanti al ritratto a carboncino di un uomo. Trascorse un lungo attimo prima che capisse che si trattava del ritratto di Jonathan che lui stesso aveva commissionato. Lanore l'aveva portato via dalla sua villa. Anche in quelle forme sfocate, la bellezza straordinaria di Jonathan sferzò Adair, il suo volto insopportabilmente perfetto come un attizzatoio conficcato nei suoi occhi. Il ritratto era stato eseguito poco tempo dopo che Jonathan si era unito alla sua casata; la sua arroganza e sfacciataggine erano state catturate benissimo dalla mano dell'artista. Eppure, nonostante tutti i difetti di Jonathan, Lanore aveva scelto lui, aveva preferito farsi maltrattare da Jonathan invece che accettare l'amore di Adair.

E adesso era con quel dottore, un uomo qualunque senza niente di speciale da offrirle. Era un'umiliazione troppo grande da sopportare. Tirò giù il ritratto dalla parete. Afferrandolo per la cornice, lo spezzò contro il ginocchio. La cornice si ruppe in mille schegge, il vetro esplose in mille frammenti. Adair estrasse il disegno e, con un unico e ampio movimento, lo strappò a metà. Il petto gli si strinse, le tempie presero a pulsare. Quel suo piccolo nido, dove lei viveva con quell'insipido dottore, era una presa in giro insopportabile. La rabbia esplose dentro di lui, stavolta senza freno, e il suo desiderio prese vita istantaneamente. Brucia, pensò. Brucia tutta la casa, non lasciarle niente a cui tornare.

Mentre si librava in alto, l'ultima immagine che vide furono le fiamme rosse e vivide che lambivano le pareti, divorando ogni cosa sulla loro scia.

23

Barcellona

Due giorni dopo trovai alla reception una lettera elegante, in carta morbidissima al tatto, che mi attendeva. Non c'erano scritte all'esterno a parte il mio nome, in calligrafia tanto sottile e precisa da parere stampata. Aprii la busta e presi il foglio che conteneva.

Mia cara Lanore,

perdona le cattive maniere, ti ho lasciata senza offrirti alcuna distrazione negli ultimi giorni, è tutta colpa mia. Devi assolutamente essere ospite della mia casa finché rimarrai in città. Ti prego di unirti a me per cena. Il mio autista verrà a prenderti alle otto in punto.

Con affetto,

C

La «C» era un capolavoro di calligrafia, tracciato da una mano esperta. Esaminai in ogni lato la busta e la lettera ma non c'erano indirizzo, numero di telefono, né alcun modo di contattarlo. Evidentemente dava per scontato che accettassi.

Non pensai nemmeno per un istante di sottrarmi, ma mentre mi vestivo per la serata mi scoprii ansiosa. Il modo in cui mi era stato presentato l'invito aveva qualcosa di inquietante – convocata da un biglietto scritto a mano consegnato da qualcuno di invisibile – e mi chiesi se Alejandro l'avesse fatto apposta in omaggio al nostro passato comune, o forse perché lo confortava indulgere nelle vecchie usanze: lettere di carta, valletti, una carrozza inviata a prelevare la damigella.

In secondo luogo, provavo ancora una certa vergogna per il modo in cui ci eravamo riuniti. Non mi era mai venuto in mente che gli altri – Alejandro, perfino Tilde e Dona – potessero provare qualcosa di diverso dalla pura gioia per essersi liberati di Adair. Presa dal panico della fuga con Jonathan e dagli interrogativi sul futuro, su come andare avanti, non avevo pensato che anche gli altri si sarebbero trovati ad affrontare il mio stesso dilemma. Credevo di aver fatto loro un grande favore, dopo aver architettato la loro liberazione, e nemmeno per un istante mi aveva sfiorato l'idea che in realtà fossero contenti di vivere in compagnia di Adair; eppure, ora mi sentivo come un criminale raggiunto dal proprio passato.

E infine, non riuscivo a togliermi di mente il sospetto che Alejandro avesse trascorso gli ultimi giorni non a decidere se perdonarmi o meno ma a scoprire come consegnarmi a Adair. Dalla sua reazione, era chiaro che Alejandro non aveva mai sospettato che fossi stata proprio io la responsabile della scomparsa di Adair, mi era parso troppo sorpreso quando gli avevo fatto la mia confessione, non poteva essere una finta. Quindi, se Adair era libero, non aveva ancora parlato con Alejandro. Cercai di ricordare a me stessa che Alejandro era stato quello più gentile con me di tutta la combriccola, incapace di mettere da parte la propria sensibilità anche se, tra gli accoliti di Adair, rappresentava certo una debolezza. Perciò confidavo che tale sensibilità durasse ancora per qualche giorno e che potevo anche permettermi di attendere che mi dicesse se aveva qualcosa per me o meno.

All'ora precisa dell'appuntamento, una Mercedes argento apparve come per magia e mi portò attraverso le strade di Barcellona fino a una strada in periferia. Attraversai il cancello di un antico palazzo e fui lasciata davanti all'entrata. Stranamente, le solenni porte erano leggermente aperte, perciò entrai nel salone, che era freddo e buio come una cripta. Non venne nessuno ad accogliermi, la casa pareva deserta e abbandonata. Mi sentii subito a disagio, ed ero pronta a ritornare sui miei passi quando notai, in fondo al corridoio, una sagoma venirmi incontro: Alejandro. I suoi passi sul pavimento di marmo erano l'unico suono percepibile in tutta la casa. Non c'era servitù, o forse erano tutti occupati da qualche altra parte in silenzio. Forse Alej aveva ceduto al suo gusto per le entrate melodrammatiche, o forse invece voleva soltanto farmi sentire a disagio.

«Lanore! Sono contento che tu abbia accettato il mio invito. Ero preoccupato, temevo che mi avresti deluso» disse, prendendomi sottobraccio.

«Ti avrei anche chiamato per conferma, ma non sapevo come contattarti. Nessun indirizzo, nessun numero di telefono» lo provocai, osservando la sua reazione, ma ottenni solo il suo solito sorriso enigmatico. Il suo aspetto tradiva qualche dettaglio in più del suo animo eccentrico. Gli abiti quasi anonimi che indossava nel suo studio, quelli che gli permettevano di mimetizzarsi con lo sfondo, erano scomparsi. Quella sera indossava un misto di stili e periodi: una giacca dal taglio simile a quella di uno smoking ma fatta di tela da tappezzeria, la stoffa lisa e lucida per l'età; una camicia di satin in stile cosacco; jeans neri sbiaditi, e un copricapo all'uncinetto, simile a quelli che avevo visto nei paesi nordafricani. Tutte cose prese dal suo guardaroba, ognuno un prezioso ricordo di un tempo andato.

«Non intendevo essere così evasivo. È soltanto che ci tengo alla mia privacy, capisci, e di rado do il mio indirizzo a qualcuno. Non volevo spaventarti. È stata soltanto una svista, te lo garantisco» mi disse, dandomi qualche colpetto sulla mano.

«E dov'è la tua servitù? Non vivrai qui da solo, vero?» Sbirciai nelle stanze che avevano le porte aperte, sperando di notare qualcuno che serviva degli alcolici su un vassoio, o una domestica che puliva.

«Ma certo, naturalmente ho della servitù, ma ho chiesto di lasciarci da soli per quanto possibile, stasera, così da permetterci di parlare liberamente dei vecchi tempi e del nostro segreto. Mi capita molto di rado di poter essere me stesso con qualcuno – sono certo che anche per te è così – perciò ho pensato a una serata la più intima possibile. Ci sentiremo come se non ci fosse nessun altro al mondo, soltanto io e te.» Gli sorrisi, ma il mio cuore stava sprofondando sempre più. Era forse impazzito, povero Alejandro? Come Savva, sembrava che il mondo gli avesse chiesto l'ultimo prezzo da pagare.

Alejandro mi fece visitare la casa, commentando ogni tanto un oggetto o un soprammobile, ma lasciandomi per lo più assorbire la vista per mio conto. Mi colpì la somiglianza con la mia casa di Parigi, anch'essa piena di ricordi delle vite precedenti. Tuttavia, non era caotica com'era stata casa mia: Alejandro aveva un occhio migliore del mio e aveva conservato soltanto gli esemplari più belli, curando la propria collezione al punto che l'effetto d'insieme era molto più armonioso della cacofonia confusa della mia. Mi parve però che la sua collezione, diversamente dalla mia, mancasse di sentimento – non c'erano lettere ormai sbiadite o talloncini dei biglietti teatrali o programmi di spettacoli operistici che gli ricordassero le uscite serali con amici da tempo morti, né il maglione ormai consunto dalle tarme di un vecchio amante – ma del resto Alejandro era proprio così, un aspetto esterno impeccabile a celare segreti ben occultati. Quelle stanze sembravano più un'esposizione formale che un riflesso della sua personalità, come se rappresentassero ciò che avrebbe voluto dalla sua vita invece che ciò che la sua vita era stata.

Vedere che anche lui si era circondato di oggetti a sostituire le persone e l'amore che erano scomparsi dalla sua vita mi intristì. «Allora, cos'altro fai oltre a fotografare, Alej?» gli chiesi alla fine, osando spezzare il silenzio. «Dimmi, c'è qualcuno nella tua vita?»

Intrecciò un braccio al mio e se lo strinse al fianco. «Oh, mia povera Lanore. È ancora questa la tua misura della felicità? Sei ancora capace di essere felice soltanto quando hai qualcuno con cui condividere il letto o con cui fare colazione la mattina?»

La sua risposta mi colse di sorpresa: era così che mi vedeva? «Forse c'è stato un tempo in cui quello che hai detto era vero, Alejandro, ma non dimenticare che all'epoca ero una ragazzina. Avevo soltanto vent'anni e la mia vita era stata così reclusa che non mi ero mai immaginata di dover andare avanti da sola. Ma da allora non ho avuto altri che me stessa per molto tempo, così come credo sia capitato a tutti. Gli altri vanno e vengono. Ma in fondo non è il peggiore dei mali vivere con qualcuno, no? Sto dicendo soltanto che sarebbe un peccato se tu fossi da solo, Alej, visto che hai tanto da offrire.»

La sua espressione rimase guardinga. «Sei gentile a preoccuparti per me, ma non ce n'è bisogno. Non sono da solo, se non quando scelgo io di esserlo.» Proseguì a guidarmi nel tour della casa, fermandosi nelle varie stanze per mostrarmi il suo tesoro, ogni esemplare degno dei migliori musei del mondo. Rimanemmo soltanto per qualche secondo davanti alla sua camera da letto, quanto mi bastò per vedere la lussuosa ma immota atmosfera creata dai pannelli di legno nodoso e dai tendaggi di seta, con un mazzo di papaveri rossi in un vaso sul comodino. Era una camera arredata in modo impeccabile, ma il letto, circondato da candelabri, vasi e incensiere, mi sembrò più un altare, un palcoscenico, piuttosto che un posto in cui riposare. E in effetti, mi ricordò decisamente la camera da letto di Adair.

La cena era servita in una sala da pranzo ampia e formale, con i due posti affiancati a un lato del tavolo. Non avevo ancora visto nessun inserviente, ma qualcuno aveva poggiato dei piatti coperti ancora caldi al tatto. Alejandro aveva predisposto un menu esotico: c'era una zuppiera colma di striscioline sottili e rosa, fritte e croccanti, che mi spiegò essere lingue di quaglia; uova di tartaruga in camicia; e un'insalata impreziosita da campanule viola. Le indicai ed esclamai: «Sono velenose!», e lui rise e rispose: «Non per noi. Dovresti provarne una, sono deliziose. Molte cose velenose si rivelano gustose, sai. Il fegato del pesce palla, per esempio, è il taglio più buono, ma il suo veleno è letale».

«Ma dove le trovi le lingue di quaglia?» domandai, usando una piccola pinza d'argento per districarne una dalle altre.

«Era uno dei miei piatti preferiti da bambino» mi spiegò mentre con delicatezza depositava un uovo di tartaruga nel proprio piatto. «Ne allevo un gruppetto nella voliera proprio a questo scopo.»

Per educazione, assaggiai sia la lingua di quaglia sia le campanule, mentre Alejandro prese una piccola porzione da ogni portata e le piluccò come un uccellino. Io preferivo di gran lunga la bottiglia di sherry che aveva messo in tavola. Stava chiaramente giocando con me: il cibo bizzarro, i servitori invisibili, era tutto teatrale. Se non fosse stato per l'effetto calmante dello sherry, probabilmente non avrei resistito al nervosismo e sarei scappata. Non capivo il senso di quel gioco, a meno che non fosse fatto apposta per innervosirmi. O forse Alejandro aveva perso il contatto con la realtà ed era tutto un riflesso di ciò che era diventato; in fondo, a Savva era accaduto qualcosa di simile. La maledizione di Adair impediva soltanto ai nostri corpi di andare in pezzi, non alle nostre menti.

Attese finché non finii di mangiare entrambi i cibi nel mio

piatto prima di parlare. «Sei stata molto paziente con me stasera, Lanore, e non è giusto che ti tenga ancora in sospeso: ho deciso di aiutarti.» Devo aver assunto un'espressione molto sollevata, perché si affrettò ad aggiungere: «Non voglio indurti in false speranze, però. Sono in contatto soltanto con pochi altri di noi, e ce ne sono ancora meno interessati allo studio delle arti oscure. Molti di noi ne hanno terrore, e sono certo che questo non ti sorprenda affatto. Tuttavia, c'è una persona che potrebbe aiutarti». Alejandro estrasse dalla tasca un piccolo biglietto da visita bianco e me lo porse. C'erano scritti il nome di Tilde e un indirizzo. «È lei la persona che fa per te» aggiunse con voce calma ma decisa.

«Non capisco.»

«È passato molto tempo, Lanore. In duecento anni, chiunque può cambiare, e devo dire che, di tutti noi, lei è quella che è più cambiata.»

Fissai il bigliettino di carta tra le mie dita strette e convulse. Di tutte le persone fredde ed egoiste di cui Adair si era circondato, Tilde era la più inquietante. Prima che Adair la tramutasse, aveva commesso un crimine orrendo, molto più dei nostri: aveva assassinato il marito e i propri figli pur di poter sposare un uomo ricco che si era innamorato di lei. Più volte aveva dimostrato di avere un cuore freddo e duro, quando induceva gli uomini a perdere tutto giocando a carte con Adair, o quando seduceva una povera ragazzina convincendola a cedere a lui la propria verginità. Il terrore che mi faceva era secondo soltanto a quello che mi induceva Adair, e ora Alejandro mi stava dicendo che era l'unica che poteva aiutarmi. Perfino lui pareva avere una sommessa aria di scuse per dovermi consegnare a lei. Gli rivolsi uno sguardo di supplica e gli chiesi: «Non ricordi quanto mi odiava? Secondo te ora accetterebbe di aiutarmi?»

Alej scosse il capo lentamente. «Non odiava te più di quanto odiasse chiunque altro, mia cara. E di certo non più di quanto odiasse se stessa. Non capisci? Dovevamo trovare tutti un modo di compiacere Adair per sopravvivere, e quello era il suo. Sin da giovane aveva deciso che i suoi interessi venivano prima di tutto; egoista, certo, anche se alcuni la definirebbero solo pragmatica. Aveva vissuto in tempi difficili, in un luogo molto più primitivo e ostile perfino della città in cui sei cresciuta tu. Era stata già plasmata dagli eventi quando Adair la trovò, cose di cui tu non sai niente» mi provocò. «E non dimenticare che anche tu sei stata egoista, a tuo modo, non meno di Tilde. Non voglio essere crudele, ma sei stata tu a consegnare Jonathan a Adair, no? Eppure sei qui e dici di essere una donna diversa, ora.»

Aveva ancora quei modi disarmanti da prete. E sapeva del peccato vergognoso che conservavo nel mio cuore, quello di aver messo io stessa Jonathan nelle mani di Adair. Vedendomi sottomessa, Alejandro proseguì. «Le dispiace per tutto quello che ha fatto. Non è davvero più la stessa donna, ora è presa da una sorta di spiritualità. Ha cercato di scoprire chi, o cosa, siamo, e per farlo si è addentrata nei misteri del mondo invisibile. Ha consultato maestri e praticanti in tutti gli angoli della terra. Se c'è qualcuno che può aiutarti, è proprio Tilde.»

Per quanto fosse spaventoso, desideravo credergli. E del resto dovevo fare buon viso a cattivo gioco, non avevo altra scelta. Una parte del mio percorso comportava l'umiliazione di fronte ai miei nemici, l'essere costretta a chiedere aiuto a persone che avevo sperato di non vedere mai più. Ma se il senso del mio viaggio era cambiare profondamente dentro di me, fare ammenda per tutti i peccati di egoismo che avevo commesso, allora aveva un senso che quell'umiliazione fosse parte della mia punizione.

Mi afferrò entrambe le mani. «Lanore, sai che ho già cercato una volta di proteggerti. Puoi fidarti di me, ora.»

Osservai ancora una volta il biglietto da visita, poi lo infilai nella mia borsa. «Grazie, Alejandro.»

Quando feci per alzarmi da tavola, anche lui si alzò. «Sei ansiosa di compiere il prossimo passo del tuo viaggio, lo capisco. Chiederò al mio autista di riportarti in albergo. Ma, ti prego, rimani ancora un minuto, c'è qualcosa che vorrei darti, qualcosa che ho preso tempo fa e che credo ti si adatti alla perfezione. Vieni con me.»

Ci recammo insieme in una delle sue impeccabili camere del tesoro e lui iniziò a frugare in un'antica cassettiera da erborista cinese con decine di piccoli scomparti, ma parve non riuscire a trovare ciò che cercava. Gli chiesi il permesso di andare in bagno e mi chiusi dentro a chiave, poi strinsi le mani sul lavandino, serrandole, i nervi tesi al solo pensiero di rivedere Tilde. La temevo almeno quanto temevo Adair. Avevo la gola secca e il cuore mi palpitava furiosamente in petto. Espirai lentamente, cercando di riprendere il controllo. *Dagli altri cinque minuti, poi chiedi scusa e vattene.*

Uscii dal bagno e, mentre passavo davanti alla camera di Alejandro, colsi con la coda dell'occhio un memento del passato: appesa a una gruccia all'anta di un armadio c'era una delle tuniche di Adair, di seta olivastra con strisce dorate, lo stesso colore dei suoi occhi.

Mi intrufolai silenziosamente nella camera da letto. Mi bastò accarezzare la seta per avere la conferma che si trattava proprio della vecchia vestaglia di Adair, ormai assottigliata da un uso infinito. Vedere quelle sue vestigia vuote me lo riportò alla mente in modo netto e vivido. Il movimento della gruccia fece aprire l'anta dell'armadio e, mentre cercavo di richiuderla, qualcosa cadde dal fondo. Mi abbassai per spostare ciò che impediva la chiusura dell'anta e le mie mani toccarono un lembo di pelle unta dall'uso. Tirai e vidi che era un intrico di cinghie e lacci in pelle, una gabbia infernale dalla forma vuota di un corpo umano. L'ultima volta che avevo visto quella cosa era stata a casa di Adair a Boston, e ora la rivedevo, le cinghie di pelle coperte di schizzi di sangue e intrise di lacrime.

Ma quella prigione non conteneva più il mio corpo, come se l'avesse costretto all'immobilità per secoli. La forma era più ampia e più rigida, e non simulava il corpo di una donna. E in quel momento capii: Alejandro ci si era fatto intrappolare lui stesso, si era lasciato ridurre all'impotenza... Aveva convinto qualcuno a legarlo lì dentro per rivivere le punizioni che Adair era solito infliggerci. Alejandro aveva scelto di rivivere le umiliazioni, gli stupri, le violenze; le aveva accettate volontariamente. Ma perché? Quando ci pensai bene, però, la risposta mi parve ovvia.

«Cosa stai facendo?» mi richiamò la voce di Alejandro, gelida.

Mi voltai mostrandogli l'orribile attrezzatura. «Alejandro, come hai potuto conservarla?» riuscii a chiedergli con un filo di voce.

L'espressione altezzosa sul suo volto si dissolse in un secondo. «Cos'altro potevo fare? Era di Adair. Non potevo lasciare che la trovasse qualcuno. Pensa allo scandalo, che cosa avrebbe detto la gente di lui?»

La verità, pensai. «Ma come puoi fare questo a te stesso, Alej?» proseguii indicando la sagoma catturata dalla pelle, il dolore dipinto sul mio volto. A malapena respiravo. «Devi smetterla di odiarti.»

I suoi occhi neri mi fissarono, colmi di vergogna ma anche con uno strano sollievo per l'essere stato scoperto. «Gli unici momenti in cui mi sento davvero in pace» disse alla fine, «sono quando mi trovo lì dentro.»

Forse non avrebbe dovuto sorprendermi il fatto che avesse ricreato i rituali della tortura, punizione e assoluzione: in fondo, era un figlio dell'Inquisizione. O forse voleva soltanto un ricordo dei momenti in cui aveva avuto l'attenzione esclusiva e intensa di Adair.

Alejandro, come me, era una vittima di Adair. Deformati dalla nostra interazione con lui, dalle sue attenzioni e dalla sua disapprovazione, dai premi che ci regalava e dalle punizioni che ci infliggeva. Io speravo di essere riuscita a spezzare il circolo vizioso e di essere libera dalla sua influenza, ma a quanto pareva Alejandro non lo era affatto. Avrei voluto aiutarlo a curarsi, ma non sapevo come. «Oh, Alej» dissi, lasciando cadere a terra le cinghie. «Mi dispiace così tanto per te.»

Presi la sua mano gelida e la riscaldai con la mia mentre riattraversavamo in silenzio quei corridoi vuoti e bui. Alejandro mi accompagnò alla macchina, e sulla porta d'ingresso gli chiesi: «Andrai a cercare Adair? Immagino che tu voglia di nuovo stare con lui».

La vampa d'imbarazzo era scomparsa dal suo volto, ma ancora non aveva il coraggio di guardarmi negli occhi. «Non lo so. Sono abbastanza saggio da sapere che spesso l'idea di qualcosa è molto più allettante della cosa stessa. Ho sentimenti contrastanti in proposito. Ma tu lo capisci.»

Rabbrividii. «No, non lo capisco. Io non ho alcun desiderio di rivederlo. Proprio nessuno.»

«Se fossi nella tua situazione, nemmeno io lo vorrei. Ma non ho paura di Adair, non più.» Scrutò l'orizzonte della notte, evitando il mio sguardo. «Ho pensato tantissimo a lui in questi anni, come te, presumo, e credo di essere riuscito a capirlo. Non è pericoloso per tutti. Sì, è un predatore, ma per la mia esperienza ha fame soltanto di un certo tipo di persone. Pensaci, Lanore. Nessuno di noi era una brava persona. Non trattavamo bene i nostri familiari o i vicini. Non onoravamo Dio con la nostra condotta di vita. C'è una ragione se Dio ha messo al mondo dei predatori, Lanore, ed è per questo che non ho più paura di Adair. Dio me l'ha fatto incontrare perché potessi fare ammenda per i miei peccati.»

C'era uno scintillio di fanatismo nei suoi occhi, come un tempo. «Mi dispiace, Alej, ma non sono affatto d'accordo con te. Non ho fatto niente di così terribile da meritare ciò che mi ha inflitto Adair, né lui ha il diritto di punirci. Dopo tutto ciò che ho passato, tutto ciò che ho visto, non credo più in Dio. Non c'è una ragione per ciò che ci è accaduto, per quanto possiamo desiderare che ci sia. Tutti vogliamo che la vita abbia un senso.»

Si lasciò sfuggire una smorfia di disprezzo. «Se ne sei convinta... Se davvero hai scacciato Dio dalla tua vita, allora dovresti proprio incontrare Tilde. Ti dirà cose che ti faranno cambiare idea. È lei la tua unica speranza, ne sono convinto. Solo da lei potrai trovare pace per la tua anima.»

Abbracciai Alejandro e lo salutai con un tenue sorriso. Lui mi baciò su entrambe le guance e, finalmente guardandomi negli occhi, mi disse: «*Fuerza*», poi mi diede una pacca di rassicurazione.

Salii sull'auto e, mentre attraversavamo la città come una manta nelle profondità dell'oceano, osservai le strade e i palazzi e cercai di superare la profonda malinconia che Alejandro aveva instillato nel mio cuore.

PARTE TERZA

24

Alejandro mi aveva detto che avrei trovato Tilde ad Aspen, in Colorado, dove era in vacanza con i suoi figliastri. Mi sorprese molto scoprire che aveva una relazione con una persona che aveva dei figli. Non credevo che avesse la pazienza di sopportarli, e forse era un segno che era davvero cambiata. Non mi era mai sembrata un tipo materno, se non altro perché, tanto per cominciare, aveva avvelenato i propri figli. Lo ritenevo un gesto da cui una madre non avrebbe mai potuto riprendersi, una cosa che l'avrebbe tormentata ogni giorno della sua vita, benché fosse successo secoli prima.

Lo stile di vita che aveva ora fu altrettanto inatteso. Alejandro mi mandò per email articoli e foto da riviste di costume e da giornali internazionali che mostravano Tilde nelle sue varie incarnazioni nel corso degli anni: nel 1947, nel 1978, nel 2003. Mi sconvolse constatare che aveva consentito ai giornali non soltanto di parlare di lei ma anche di fotografarla, cosa ancora più pericolosa. Ma lei si era mostrata senza remore: una foto la ritraeva con una gonna blu aderente durante una raccolta di fondi politica a New York, un articolo descriveva il suo lavoro presso la scuola del figliastro. Ogni volta aveva un nome diverso ed era sposata a un uomo differente.

Tilde era camaleontica non soltanto nell'identità, ma anche nell'aspetto. Benché non potesse cambiare il proprio peso o la propria altezza o la forma del viso, bisognava osservare molto attentamente le fotografie per capire che si trattava della stessa donna. Ciò che la tradiva – almeno per me, che avevo vissuto soltanto pochi anni con lei – era lo sguardo. Aveva la capacità di perforare qualsiasi tua espressione, di attraversare qualsiasi maschera ingannevole tu indossassi, di penetrare nel tuo sangue, nelle ossa e dentro il cervello e forse di arrivare al centro della tua anima. Non diversamente dall'abilità di Alejandro con le fotografie, il che mi indusse a sospettare che avesse qualcosa a che fare con il modo in cui Adair sceglieva i propri compagni. Forse anch'io avevo quel dono.

Al momento, Tilde si faceva chiamare Birgit von Haupt, vedova del presidente di un'azienda energetica multinazionale. Nelle fotografie, il suo corpo sinuoso come quello di un felino era avvolto in tailleur costosi e su misura ma piuttosto rigorosi, mentre i suoi occhi color lavanda erano sempre nascosti dietro occhiali molto scuri. Era indecifrabile, almeno quando la si guardava attraverso l'occhio meccanico di una fotocamera, e potevo solo augurarmi che Alej mi avesse detto la verità e che lei nascondesse una compassione tutta nuova dietro quelle apparenze così severe.

Gli articoli spiegavano che Tilde era a capo di una fondazione di beneficenza lasciatale dal marito, il che mi parve un buon segno, e il suo aspetto perciò era in linea con quanto c'era da attendersi da una donna in quella posizione. Inoltre, il fatto che si stesse prendendo cura dei figli del marito indicava un reale cambiamento, anche se, per quanto ne sapevo, poteva anche tenerli chiusi in un armadio la notte. Mi divertiva il fatto che con quel completo addosso, in piedi davanti a una limousine, sembrava proprio Jackie Kennedy, troppo convenzionale per essere una praticante delle arti oscure. Ma, naturalmente, le apparenze ingannano.

Guardare quelle fotografie mi mise in agitazione. Un conto era rivelare me stessa ad Alejandro, un altro andare a cercare Tilde. Non correvo alcun pericolo reale con Alejandro e lo sapevo quando ero andata a trovarlo: era sempre stato un diplomatico, un messaggero, difficile che facesse qualcosa di propria iniziativa. Ma Tilde era stata seconda soltanto a Adair quanto a malevolenza e pura malvagità, e forse era perfino più brava di lui a ingannare gli altri. Quando gli estranei la guardavano, vedevano soltanto ciò che lei voleva che vedessero: ecco perché, forse, riusciva a vivere sotto i riflettori senza farsi scoprire. Alej aveva detto che era cambiata e io stavo scommettendo la mia libertà sul fatto che lui non mi avesse mentito.

Tuttavia, il dubbio mi tormentava: forse stavo cadendo in trappola... Ma cercai di impedire al sospetto di divorarmi. Non dovevo forse imparare a fidarmi di nuovo degli altri? Dopo essere stati liberi per secoli, probabilmente né Alejandro né

Tilde erano pronti a rinunciare alla propria libertà per servire di nuovo Adair. E comunque le mie insicurezze non potevano avere alcun peso, poiché non avevo altra scelta, dovevo fidarmi di loro due. O utilizzavo ogni risorsa disponibile per cercare di salvarmi, oppure dovevo rassegnarmi a una vita in eterna fuga. Mi stavo già stancando di questa fuga, mi sentivo esausta tanto emotivamente quanto mentalmente. Iniziavo a udire le sirene in lontananza, deboli ma presenti, che mi invitavano ad alzare le mani e arrendermi all'inevitabile.

Alejandro mi aveva assicurato che Tilde sarebbe stata ad Aspen per qualche settimana. Disse che lei possedeva case in vari posti del mondo – una capanna di legno su un fiordo norvegese, uno chalet nelle Alpi svizzere – anche se tutti erano freddi e nevosi come il suo luogo d'origine, un regno nordico il cui nome ormai era svanito nella notte dei tempi. Mentre organizzavo il viaggio, notai che il volo avrebbe fatto scalo a Green Bay, nel Wisconsin, l'aeroporto più vicino alla famiglia di Luke.

Non mi ero dimenticata di Luke. Mi tornava in mente in ogni momento di tranquillità, insieme al senso di colpa per la maniera vigliacca in cui l'avevo lasciato, troncando ogni contatto con lui. Desideravo credere che finché Luke fosse stato escluso dalla mia vita sarebbe stato al sicuro da Adair, ma iniziavo a pensare che potesse non essere così, specialmente visto che Luke rifiutava di prendere seriamente la minaccia. Se Adair avesse scoperto di Luke e avesse saputo che era importante per me, avrebbe potuto andarlo a cercare.

Il fatto che sarei passata da Green Bay mi parve un segno del destino, o quanto meno così io volli interpretarlo. Era l'occasione di far sì che Luke mi credesse. E allo stesso tempo, sarei riuscita a rivederlo, e lo volevo tantissimo. Mentre concludevo la prenotazione del volo, capii dal vuoto inquieto alla bocca dello stomaco che quella piccola sosta rappresentava per me più di quanto volessi ammettere. Era la mia ultima occasione per dire a Luke – l'ultimo uomo che mi aveva amato senza chiedermi niente in cambio – che mi dispiaceva per tutto.

*

Quando giunsi nel tardo pomeriggio a Green Bay, l'aria era gelida. Partii subito per Marquette, con l'intenzione di recarmi direttamente nel posto in cui l'ex moglie di Luke, Tricia, viveva con le figlie, una piccola fattoria in periferia. Mentre guidavo, provai e riprovai le parole che gli avrei rivolto, come spiegargli il mio ritorno improvviso, fargli capire che ero andata lì per chiudere quel capitolo delle nostre vite e per convincerlo che lui e la sua famiglia potevano essere in grave pericolo.

Il tragitto fu lungo e mi fece attraversare foreste e campi coltivati che mi ricordarono St. Andrew. Nelle ultime ore di strada mi avvicinai gradualmente alla civiltà, passando tra parchi statali e cittadine dai nomi tratti dalle tribù di nativi americani che ci vivevano secoli prima. Vidi abitazioni che parevano costruite con giganteschi tronchi d'albero, cartelli consumati dal tempo che promuovevano noleggi di gatti delle nevi o pesche di beneficenza parrocchiali. Mi sembravano posti perfetti per vivere e per crescere dei figli, e probabilmente c'era anche bisogno di un dottore da quelle parti. Luke avrebbe potuto ricominciare tutto da capo, lì, dove le domande sarebbero state ben poche, dove non sarebbe stato giudicato per l'unica decisione sbagliata che aveva preso e che aveva finito per condizionare tutta la sua vita.

Quando riuscii a individuare la casa di Tricia, ormai il cielo era buio. La casa era una semplice abitazione a due piani con un ampio granaio e un garage a due posti macchina. C'era un'auto a noleggio parcheggiata sul davanti, accanto a una vecchia Camaro tenuta con grande cura. Il prato che separava la casa dalle altre abitazioni mostrava evidenti tracce dei bambini che vi avevano giocato per anni, e c'era anche un'altalena appesa a un ramo di una quercia gigantesca.

Da dove avevo parcheggiato, vedevo l'interno della casa attraverso le porte del patio. La famiglia si stava preparando per la cena, la tovaglia illuminata dalla luce gialla dei lampadari. Dietro i vetri delle porte passavano continuamente delle persone, che intravedevo soltanto per un momento. Due bambine, entrambe con il volto pieno e tondo e capelli castani e ricci come quelli di Luke, giocavano a inseguirsi, emettendo dei gridolini lieti che sentivo anche da fuori. Una donna di circa l'età di Luke, con le mèches, stava apparecchiando la tavola e di tanto in tanto alzava la testa per richiamare qualcuno che non vedevo. Immaginai che si trattasse di Tricia. Era una bella donna, ma segnata dalla fatica.

E poi apparve Luke, che si avvicinò all'ex moglie per chiederle qualcosa. Non ero pronta a vedere quanto fosse cambiato: le guance erano scavate e coperte dalla barba di qualche giorno. I suoi vestiti parevano stazzonati, come se ci avesse dormito dentro. Ero stata io a fargli questo. La mia fuga improvvisa l'aveva travolto come un uragano, sollevandolo di colpo e poi lasciandolo cadere in un luogo inatteso. Si capiva che Tricia si sforzava di essere paziente con lui, aveva un atteggiamento da infermiera, e compresi subito il motivo per cui Luke non aveva mai detto niente di male su di lei.

Le sue figlie passarono di nuovo dietro le porte e dal volto di Luke scomparve almeno un po' della malinconia che pareva affliggerlo mentre le seguiva con lo sguardo. Le sue labbra si mossero: aveva detto qualcosa di paterno, con la bocca in una piega leggermente severa. Avevo notato quella sua espressione, in alcune occasioni rivolta a me, nei momenti in cui il mio volto ancora lo ingannava inducendolo a dimenticarsi che ero molto più vecchia di lui. In quella scena familiare mi parve a suo agio, come se il suo posto fosse sempre stato quello, in una cucina, con quella donna e quelle bambine, e seppi con certezza che andarmene era stata la scelta giusta.

Luke sembrava in via di adattamento a una vita senza di me. Fui sollevata, anche se un po' triste per me stessa perché non avrei mai avuto una famiglia come quella da amare e che mi facesse sentire meno sola. Non potevo nemmeno godere del conforto di una persona nella mia vita. Era una conseguenza della maledizione di Adair, essere soli per l'eternità. Mi aggrappai al volante e scoppiai a piangere, per la stanchezza e lo sfinimento, per il turbine di pensieri che mi agitava la testa, avanti e indietro, amore, abbandono, rimanere, andare... Volevo che tutto questo finisse.

Quando staccai le mani dal volto, asciugandomi le lacrime, notai che Luke era sulla porta e pareva guardare verso la mia auto. Riusciva a riconoscermi nonostante l'oscurità? Non c'era dubbio: dalla piega della sua bocca e dalla speranza mista al dolore nei suoi occhi era evidente che era riuscito a riconoscermi dietro al volante. Addio alle mie precauzioni.

Presi il cellulare e lo chiamai, osservandolo mentre estraeva il suo dalla tasca. Mi rispose subito. «Non dire alla tua famiglia che sono qui» furono le prime parole che pronunciai.

Lui esitò. «Perché non entri, così possiamo...»

«Non ho intenzione di fermarmi» dissi con tono piatto, per fargli capire subito che non ero lì per tornare con lui. «Non puoi uscire un secondo?»

Aggrottò la fronte. «Va bene.» Si voltò e scomparve dalla mia vista per allontanarsi dalla sua famiglia. «Sposta la macchina più giù lungo la strada; io faccio il giro dal retro. Così non vedranno dove vado.»

Pochi minuti dopo, Luke salì sul sedile accanto al mio. Anche con la sola luce della luna, vidi quanto fosse distrutto. Era dimagrito in modo allarmante e i suoi occhi erano cerchiati di rosso. Si mosse con esitazione, sbattendo le palpebre, come per chiedermi silenziosamente che cosa dovesse aspettarsi e intanto preparandosi a ricevere una grossa delusione. Luke ne aveva attraversate di tutti i colori nell'anno appena passato – aveva divorziato ed entrambi i suoi genitori erano morti – ed era comprensibile che non volesse essere ferito un'altra volta.

«Allora... Come mai sei qui?» mi chiese, parlando lentamente.

«Volevo vederti» risposi d'istinto, poi mi ripresi. «Volevo dirti quanto mi dispiaccia essermene andata in quel modo. È solo che in quel momento non sapevo che altro fare...» Le mie scuse stavano peggiorando la situazione, perciò lasciai in sospeso la frase prima di fare altri danni.

«Sei ancora convinta di aver fatto la cosa giusta?» mi chiese con voce tesa.

Annuii.

«Quindi è così che vuoi che vada.»

«No, è così che le cose stanno, Luke. Io...»

«No, ascoltami, adesso tocca a me parlare. Ci sono alcune cose che avrei voluto dirti, ma non hai risposto alle mie chiamate» disse, voltandosi a guardarmi. L'oscurità della notte si chiuse addosso alla macchina come un sipario. Rimanemmo soltanto noi due, come se fossimo ai confini del creato da soli.

«Lanny... Credevo di amarti. Quando mi hai detto che avevi bisogno di me, ho lasciato tutto per te. Te lo sei dimenticato? La mia vita è distrutta. La mia ex moglie crede che io sia impazzito, e forse ha ragione. Adesso non è più nemmeno sicura di potermi lasciare da solo con le mie figlie. Ha paura che potrei scappare con loro e sparire, come ho fatto con te. E a St. Andrew? Sono un uomo ricercato. Ho perso il mio studio, il lavoro all'ospedale... L'unico motivo per cui non c'è un esposto contro di me all'ordine dei medici è che conosco i miei pazienti da quando eravamo alle elementari e nessuno di loro ha il coraggio di denunciarmi.»

Ascoltare le sue disgrazie fu come ricevere un pugno allo stomaco. Erano tutte cose che sospettavo o che avevo intuito dalle sue conversazioni telefoniche con Tricia, ma sentirle elencate ad alta voce, e con tutta quell'amarezza, mi mozzò il respiro. «Mi farò perdonare.»

«E come puoi farlo?» mi domandò, brusco. «Lanny, ero preoccupato per te, non sapevo perché non mi rispondevi, né se ciò che mi avevi detto si era avverato e se quello psicopatico ti...» Si interruppe, incapace di terminare la frase.

Mi tornarono subito in mente i ricordi del dolore che Jonathan mi aveva causato. «Mi dispiace così tanto, Luke, non volevo...»

Sollevò una mano per zittirmi. «C'è qualcos'altro che ti devo dire. Ti ricordi di Joe Duchesne, lo sceriffo di St. Andrew? È morto. Le amiche di Tricia gliel'hanno riferito. È stato ucciso da qualcuno che ha anche disseppellito il tuo amico Jonathan e trafugato il suo corpo.»

Quella notizia mi causò un brivido gelido lungo la schiena.

«Avevi ragione tu. Adair è in caccia. Chi altro si metterebbe a trafugare cadaveri?»

«Ha preso il corpo di Jonathan?» Repressi a stento un conato di vomito.

«Forse ti lascerà in pace, ora che ha Jonathan» disse Luke, con cauto ottimismo.

«No. Lui vuole vendetta.»

Luke mi prese le mani. «Se è così, non posso lasciarti andare da sola. Hai bisogno di qualcuno che ti aiuti, Lanny. Non puoi affrontare tutto da sola.»

Mi staccai da lui. «Non puoi venire con me, Luke» spiegai. «Pensa alle tue figlie. Se dovessi essere con me quando Adair mi troverà, ti ucciderà. Vuoi che le tue figlie crescano senza un padre?»

Lui rimase in silenzio.

«Non posso avere questa responsabilità, Luke. Voglio che tu dimentichi tutto questo e che continui con la tua vita, voglio che tu faccia qualcosa che ti renda felice. La vita è breve, per quasi tutti almeno, e devi vivere con felicità il tempo che ti rimane. Questo è un addio, Luke, non ci sono alternative. Torna dalle tue figlie e proteggile. Dovresti portarle da qualche parte dove non ti conosca nessuno, dove nessuno verrebbe a cercarti. Nasconditi fino a che la situazione non si calmerà e non sentirai più parlare di cose strane. E non ti preoccupare per me. Spero soltanto che tu possa perdonarmi.»

Non si lasciò convincere. «Sai cosa mi stai facendo, Lanny, escludendomi così? Sapendo ciò che dovrai affrontare, come posso abbandonarti? Che razza di uomo sarei se...»

«Un uomo meraviglioso, Luke. Molto più di quanto io meriti. Ma non è una decisione che spetta a te. Torna dalle tue figlie e dimenticati di me.» Non avrei dovuto allungare una mano verso la sua guancia, ma lo feci, una piccola debolezza, visto che era l'ultima volta che lo vedevo. Mi parve di percepire tutto il suo amore e tutta la sua disperazione in quel tocco. «Spero davvero che un giorno tu riesca a perdonarmi. Non sai quanto sia dispiaciuta di averti trascinato in tutto questo enorme guaio.»

Luke rimase impietrito e per un attimo pensai che si sarebbe rifiutato di scendere dalla macchina, o che avrebbe trovato un modo di spezzarmi il cuore facendomi sentire ancora peggio di quanto avesse già fatto. Ma non era quel tipo d'uomo, grazie al cielo, e dopo un ulteriore attimo di esitazione, scese dall'auto, sbattendo la portiera. Forse le mie lacrime ebbero qualcosa a che fare con il modo così repentino e rabbioso in cui se ne andò: Luke non era mai riuscito a rimanere fermo e deciso quando piangevo, e stavo piangendo abbondantemente, afflitta dalla sofferenza che gli avevo causato.

Perché aveva ragione, su tutto. Gli avevo rovinato la vita, proprio come avevo previsto la notte stessa in cui gli avevo chiesto di aiutarmi a fuggire. Di rado mi era capitato di andare a sbattere con tanta violenza contro la duplicità della mia natura. Oh, non avevo mai pensato di ferire qualcuno, nel momento in cui invece lo facevo. Cercavo ogni volta di convincermi che sarebbe stato diverso, ma ero stata un'artista del mordi e fuggi per tutta la mia vita, scappando ogni volta che una situazione diventava troppo dolorosa o soffocante. E dovevo ringraziare Jonathan per questo. Mi aveva insegnato lui l'arte di vivere soltanto per se stessi.

Ma per lo meno questa volta potevo in qualche modo rimediare. Potevo assicurarmi che Luke avesse tutto ciò di cui aveva bisogno. Volevo assicurarmi che fosse al sicuro con le sue figlie, al sicuro, al coperto e al caldo anche quando faceva freddo, c'era gelo e nevicava. Dovevo sincerarmi che a Luke non sarebbe mai mancato nulla, che lui e le sue figlie non avrebbero patito sofferenze per tutta la loro vita, se non quelle inevitabili. Perché sapevo per esperienza che la scomparsa della persona amata lascia delle cicatrici.

Per far sì che ciò avvenisse, dovevo rivolgermi al mio collaboratore più fidato, Henri Renville, l'avvocato che curava i miei affari. Era famoso per assistere clienti in situazioni particolari che richiedevano una lealtà assoluta. Si diceva che rappresentasse dei criminali internazionali, come un trafficante d'armi in ascesa e il figlio di un ex dittatore africano. Immaginavo di essere uno dei clienti meno imbarazzanti di Renville, anche se eravamo in contatto da parecchi anni e lui non mi aveva mai rivolto domande difficili fino a quel momento. Era appena l'alba a Parigi, troppo presto per chiamare qualsiasi avvocato, ma non Henri, lui rispondeva alle telefonate dei clienti a qualsiasi ora.

«Lanore! *Mon Dieu*, dove sei stata?» La sua voce era piena di preoccupazione, quasi paterna. «Perché non hai più risposto alle mie telefonate o alle email?»

«Perdonami, Henri, sono stata trattenuta. Che succede? Perché hai cercato di contattarmi?»

«Spero che tu sia seduta e non alla guida o qualcosa del genere, perché ho brutte notizie per te. La tua casa di Parigi... C'è stato un incendio, è distrutta.»

Mi mancò la terra sotto i piedi e la notte mi parve ancora più tenebrosa.

«Mi hai sentito? Ho avuto attimi di panico quando non ti ho risentita. Se i pompieri non mi avessero assicurato che non c'erano resti umani tra le macerie, avrei sospettato perfino che fossi in casa quando è successo.»

«Henri, mi spiace averti fatto preoccupare. Sono riusciti a capire com'è avvenuto?»

«Non hanno ancora terminato le indagini. Hanno fatto le solite domande, in modo molto sgradevole, a dire il vero, volevano sapere se avevi un'assicurazione molto elevata, insinuando che forse l'avevi appiccato tu stessa. Ma io li ho rimessi al loro posto subito, come puoi immaginare. 'Non conoscete mademoiselle Bessender se credete che sia il tipo di persona che dà fuoco alla propria casa!' ho detto.»

Riuscivo a capire come tutto fosse un po' sospetto per Henri, tuttavia. Da poco avevo sgombrato la casa da una serie di reperti antichi, spedendoli senza assicurazione perché non volevo dare alcuna spiegazione su come erano entrati in mio possesso. Poi la casa viene incendiata... C'erano ancora degli archivi importanti e dei ricordi cui ero molto legata, là dentro, lettere di amici ormai morti, documenti riferiti alle mie precedenti identità. Ma l'unico ricordo che non volevo perdere era il ritratto a carboncino di Jonathan, perciò fu quella la prima cosa che mi venne in mente. Tuttavia, quello non era il momento di piangere la mia perdita.

«Ma hai bisogno di qualcosa da parte mia ora?» gli chiesi.

«La polizia vuole interrogarti il prima possibile. Sono molto preoccupati, puoi immaginarlo. Vuoi che ti faccia chiamare da loro?»

Era l'ultima cosa di cui avevo bisogno in quel momento. «No, non ancora, Henri. Prima c'è qualcos'altro di cui vorrei che ti occupassi. È per questo che ti chiamo, in effetti. Voglio comprare un'altra casa.»

«Un'altra! Scusami se te lo dico, ma potrebbe apparire sospetto ora che la tua casa è stata distrutta. Immagino che questa nuova casa non sia a Parigi, giusto?»

«No, è qui in America. Ma non voglio comprarla per me, voglio chiudere il mutuo di qualcun altro. Voglio che sia un regalo.»

«Non è una cosa semplice da fare, Lanore. E non è nemmeno una cosa furba, non so se mi segui. Ci sono ottime ragioni per avere le proprietà intestate a tuo nome. Si tratta del tuo amico, l'uomo che viveva con te? Immagino che non ci sia bisogno che ti dica che le relazioni possono cambiare, a volte anche precipitosamente. Non dovresti essere così romantica.» Quando l'avevo conosciuto avevo detto a Henri che ero un'orfana e di tanto in tanto questo lo induceva a mostrare un atteggiamento paterno nei miei confronti.

«Grazie, ma non devi preoccuparti. Non voglio nessuna proprietà, Henri, è una piccola casa, modesta. Apparteneva ai genitori di Luke, ma ora sono morti e lui non riesce a finire di pagare il mutuo. Ti manderò i dettagli via email.»

Sospirò. «Come preferisci. Ma cosa mi dici di te, Lanore? Che piani hai? Adesso che la tua casa è distrutta, dove vivrai?»

«Io sto bene. Sono in viaggio e in questo momento una casa non mi serve.»

«Qualsiasi cosa ti stia accadendo, mi sembri molto triste. E non è mai una buona idea condurre una transazione finanziaria quando si è emotivamente instabili, lo sai. Molto meglio aspettare di riuscire a vedere le cose con chiarezza. Sicura che non vuoi pensarci su un po' prima di procedere?»

«Apprezzo la tua preoccupazione, Henri, ma ormai ho deciso.»

«È soltanto che...» Aveva un tono di voce sofferente, il che era piuttosto insolito per lui. «È solo che non hai mai fatto niente del genere prima. Non hai mai fatto un regalo così costoso a qualcuno. Specialmente a un uomo.»

«È questo che ti preoccupa?» Nonostante le mie preoccupazioni, non potei fare a meno di ridere di sollievo. «Luke non è un gigolò, credimi.»

«Tuttavia è riuscito a convincerti a dargli tutte quelle cose preziose» osservò, riferendosi agli esemplari che avevamo mandato ai musei. «Valevano una fortuna. Una *notevole* fortuna.»

«Sì, ma in quel caso era la cosa giusta da fare. Capisco che tu sia abbastanza preoccupato da insistere, ma la decisione spetta a me. Vorrei che tu eseguissi le mie istruzioni, Henri, ti prego, e con la consueta discrezione.» Il che voleva dire che Luke non avrebbe mai saputo chi gli aveva pagato il mutuo. Anche se l'avrebbe senz'altro sospettato.

«Certo» disse Henri alla fine, rassegnato.

A quel punto mi sentii in obbligo di aggiungere qualcosa.

«Devo dirti una cosa... Non mi sentirai per un po', Henri. Niente di cui preoccuparti. È solo che andrò via per qualche tempo.»

«Via? Ma sei già via. Quanto vuoi allontanarti? Per lo meno mi dirai dove andrai?»

«Non posso, Henri. Mi metterò in contatto non appena possibile. Ma tu non preoccuparti.»

«Dici di non preoccuparmi, ma come potrei? Mi preoccupo eccome, Lanore, se devo dirtelo... Sicura di non essere sotto shock per quello che è successo alla tua casa? Forse avrei dovuto comunicartelo con più tatto...»

«Henri, stai tranquillo, va tutto bene.»

«No, non va tutto bene. Mi sembra anzi che tu voglia dirmi addio, solo con parole diverse... Francamente, ti sento così depressa che mi viene da pensare... Mi viene da pensare che tu possa fare del male a te stessa.» Le parole gli uscirono in un nugolo d'imbarazzo. Come potevo rispondere a una domanda come quella, fatta da un uomo che si era preso cura di me per decenni? Soprattutto perché aveva ragione. Perché presto avrei smesso di esistere, in un modo o nell'altro. O Tilde mi avrebbe aiutata a evadere dai confini della mia maledizione, oppure avrei passato il resto dei miei giorni prigioniera di Adair, un fantasma, proprio come Uzra.

«Non ti preoccupare per me, Henri. Domani starò molto meglio. Ne sono sicura» gli dissi, sperando di apparire convincente. «Addio.»

Gettai il telefono sul sedile e mi aggrappai al volante. Per tutta la conversazione avevo trattenuto il panico per aver saputo che la mia casa era stata distrutta, perché sapevo che era opera di Adair. Avrei voluto urlare, ma sapevo che mi avrebbero udito. In pochi minuti, la mia situazione era peggiorata notevolmente. Era come se Adair mi stesse accerchiando, come un lupo, appena oltre la mia visuale. Aveva ucciso lo sceriffo e trafugato il corpo di Jonathan, poi aveva dato fuoco alla mia casa. Stava distruggendo tutto ciò che mi era caro. Non avevo alcuna possibilità di sfuggirgli. Mi stava venendo a prendere. Non riuscivo a sopportare il pensiero delle torture cui mi avrebbe sottoposta.

Chiusi gli occhi ed espirai lentamente, sforzandomi di riprendere la calma. Dovevo trovare Tilde, augurarmi che fosse davvero cambiata come aveva detto Alejandro e poi convincerla ad aiutarmi. Mentre innestavo la marcia, sentii la portiera del passeggero aprirsi.

«Luke, io...» dissi, voltandomi col cuore in gola, convinta che fosse tornato per provare a farmi cambiare idea. Chi altri poteva essere, qui nel mezzo del nulla?

Ma l'uomo sul sedile accanto al mio non era Luke.

25

C'era qualcosa di familiare nell'uomo che entrò nell'abitacolo. Avevo già visto da qualche parte il suo volto – il sorriso impertinente, le scintille nei suoi occhi come le braci di un falò – ma non riuscivo a dargli un nome. E aveva qualcosa di strano. Mi sembrava fuori posto, come se appartenesse a un'altra epoca. Attese pazientemente che scavassi nei miei ricordi.

«Jude» disse infine, chinando il capo in un inchino scherzoso, con una mano sul petto.

Quando udii il suo nome, naturalmente mi ricordai di lui, era il carismatico predicatore dagli occhi folli che avevo incontrato per la prima volta quando ancora ero un'adolescente. Era l'emissario di Adair, inviato nel nuovo mondo in cerca di soggetti dannati da trasformare in nuovi compagni, e del corpo perfetto da usurpare. Astuto e ingannevole, Jude era la persona perfetta per quell'incarico. Il fatto che fosse apparso al mio cospetto quella sera non poteva essere una coincidenza e non faceva presagire niente di buono.

«Cosa ci fai tu qui?» gli chiesi, stringendo ancora più forte il volante mentre scrutavo alle sue spalle, nell'oscurità. «Adair è con te? Dov'è?»

Jude aprì la cerniera del giubbotto, mettendosi a proprio agio nel sedile. «Non è in Michigan, questo posso dirtelo. Ma adesso capisco perché mi ha mandato a sorvegliare la casa della ex moglie: qua attorno è un deserto.»

Fui sollevata di apprendere che Adair non si era preso il disturbo di inseguire di persona Luke e aveva invece inviato un lacchè, ma volevo comunque scoprire che cosa avesse in mente. «Quindi mi sta cercando. Dov'è, Jude?»

«Non lo so» rispose lui. «Non mi dice tutto quello che fa. Lo conosci.»

«Sì, inizio a ricordarmene.»

«In ogni caso lo scoprirai presto, perché adesso ti porterò da lui. E fai un favore a entrambi: non provare nemmeno a opporti o a non fare ciò che ti dico, perché sappiamo entrambi che posso sopraffarti e non credo proprio che tu voglia farti tutto il viaggio fino a Green Bay nel bagagliaio.» Indicò la strada buia davanti a noi. «Parti. Tra pochi metri vedrai un'auto sul lato della strada. Fermati subito dietro. Prenderemo la mia macchina, la tua la lasciamo qui» mi ordinò.

Giungemmo vicini a un'auto sportiva nera parcheggiata sotto una fila d'alberi, proprio come aveva detto Jude. Lui mi prese per il gomito e mi condusse fino all'auto nera, poi mi spinse sul sedile del passeggero. Controllò la mia borsa per sincerarsi che avessi il passaporto e prese la mia valigia dal bagagliaio.

Si mise alla guida e ci immettemmo nell'autostrada deserta. Lampi di luce scivolavano su di noi mentre passavamo sotto i lampioni accesi, alternando zone buie ad attimi di chiarore. Proprio quando iniziavo a pensare che se ne sarebbe stato zitto per tutto il viaggio, lui parlò. «Tanto perché sia chiaro, io non ho niente contro di te, Lanore. Non è che desiderassi con tutto me stesso il ritorno di Adair. Avrei preferito vivere il resto della mia vita senza mai rivederlo. Tutti ci sentivamo così, Alejandro, Tilde, Dona. È solo che nessuno di noi aveva il coraggio di fare ciò che hai fatto tu. Sapevamo cosa ci sarebbe successo se ci avessimo provato e avessimo fallito.»

«Allora buon per voi che io ci sia riuscita.» Mantenni il mio sguardo fisso su di lui. Non appena i suoi occhi incontrarono i miei, lui li distolse, imbarazzato. Cambiai argomento. «Come sta lui? Adair, intendo» gli chiesi.

«Come credi che stia? Non è cambiato in niente. È come se un uragano irrompesse nella tua vita, mandandola sottosopra» rispose Jude, scaldandosi. «O come trovare un bambino abbandonato sullo zerbino. Devo spiegargli tutto: telefoni, macchine, televisione, computer. Non sa niente. È un incubo. E poi mi ero dimenticato di cosa volesse dire averlo intorno... È un tiranno, un despota megalomane. Una volta assaggiata la libertà, è impossibile ritornare a vivere così.» Le parole gli uscirono in un torrente. Doveva morire dalla voglia di lamentarsi con qualcuno che potesse comprendere la sua situazione impossibile.

«È peggio di così, Jude. Perché credi che l'abbia murato vivo? Non è ciò che pensi che sia, Jude. Non è il contadino sprovveduto che finge di essere quando racconta della sua gioventù. Lui è lo stregone, il mostro del suo racconto.»

Dalla sua reazione, capii di averlo sorpreso. «È impossibile» disse, ma non ne sembrava convinto, era come se intanto stesse ragionando su ciò che gli avevo appena rivelato.

«È più potente di quanto immagini. Non crederesti mai a cosa può fare.»

Jude mantenne lo sguardo, teso e nervoso, sulla strada. «Prova a convincermi.»

Respirai a fondo e mi preparai alla sua reazione. «Può trasferire la sua anima in un altro corpo.»

Jude rimase in silenzio. Fissò la strada, in attesa che proseguissi.

«Si è impossessato del corpo del povero contadino. Ed è per questo che aveva inviato te e gli altri in cerca di qualcuno come Jonathan: stava cercando un corpo nuovo. Ecco perché ha voluto che gli portassi Jonathan. Voleva un nuovo corpo ospite, uno che fosse irresistibile, così che gli altri ci si affezionassero e si fidassero di lui. Un corpo che gli garantisse tutto ciò che voleva.»

Jude non obiettò, non mise in dubbio la mia sanità mentale. Si strofinò gli angoli della bocca con una nocca. «Che cosa ti fa pensare che fossero quelli i progetti di Adair? Che prove hai?»

«C'era una stanza, nel suo palazzo, identica all'antro dello stregone nella storia che lui raccontava. L'aveva ricreato e aveva cercato di nasconderlo. Era orribile, Jude. Era colma di ingredienti, di erbe e radici, di vecchi strumenti» gli raccontai. «Ho scoperto i suoi libri, i due di cui parlava, quelli con tutti gli incantesimi. E poi ho fatto un terribile errore. Ho preso un paio di cose per farle esaminare, per essere sicura di aver ragione su di lui. Ed è per questo che ha ucciso Uzra, credo: si era accorto che qualcuno era entrato in quella stanza, e aveva capito di essere stato scoperto.»

Jude parve tormentato dai pensieri mentre guidava, le mani che si agitavano inquiete sul volante, la fronte aggrottata e le labbra serrate. «Sapevo... Sapevamo tutti del suo interesse per l'alchimia... per la magia... ma sembrava una specie di hobby. Molti ai miei tempi lo facevano, era una specie di moda. Poi, qualche settimana fa, quando Adair è scappato, è venuto a casa mia. E mi ha individuato subito, così» disse, schioccando le dita. «La prima cosa che ha fatto è stata rintracciare i suoi libri di formule magiche. Sapevo dei libri, li avevo visti un paio di volte quando vivevo con lui, ma all'epoca non credevo che avessero importanza. Non ne aveva mai parlato... Tuttavia, da quando è tornato, si è dato parecchio da fare. Ha trasformato un'altra persona, rendendola immortale come noi. Ha resuscitato Jonathan. E poi qualche notte fa ha detto di essere riuscito a entrare nella tua casa, a Parigi, senza nemmeno lasciare la sua stanza. Ha sostenuto di esserci andato tramite una 'proiezione'. Ha detto che era così che aveva scoperto che stavi con quel dottore. Ecco perché mi ha mandato qui.»

L'incendio. Un terrore primordiale mi artigliò il cuore: l'incendio della mia casa era stato appiccato da lui, anche se non era lì fisicamente. Non aveva nemmeno avuto bisogno di un fiammifero. Perfino un suo semplice desiderio era pericoloso. E come poteva essere diversamente? *Per mia mano, per mia volontà*, recitava la sua maledizione.

D'improvviso compresi l'enormità di ciò contro cui combattevo. Per qualche ragione ineffabile, il fato aveva deciso di rendere Adair capace di piegare la realtà a suo piacimento, di trasformare l'impossibile in possibile, e non avevo alcuna speranza di difendermi da un tale potere. Potevo cercare di sfuggirgli, ma sarebbe servito soltanto a farlo arrabbiare ancora di più. Aveva Jonathan, sapeva di Luke; aveva per lo meno due leve con cui controllarmi, e probabilmente ce n'erano altre che ancora non avevo scoperto. Come aveva fatto a sapere dove sarei andata, dove sarei fuggita? Com'era riuscito a essere così tanti passi avanti a me?

Osservai il panorama scivolare fuori dal finestrino, con la luna a illuminare l'orizzonte. La mia libertà mi stava sfuggendo a poco a poco, chilometro dopo chilometro. «Jude, sai benissimo che io non sono l'unica a correre dei rischi. Adesso vuole me, ma una volta che mi avrà, non finirà. Avrà bisogno di te per un'altra cosa, e poi un'altra ancora...»

Non mi rispose, ma capii che mi stava ascoltando attentamente.

«Sai quanto me che Adair è pericoloso. Ha già dimostrato di

potersela prendere con chiunque di noi, per qualsiasi ragione. E per anni e anni ti ha mentito, fingendo di essere qualcun altro. Tu non lo conosci, non davvero. Nessuno di noi lo conosce. Non sappiamo di cosa sia capace.»

Jude sbuffò. «Puoi ben dirlo. Da quando è tornato, vivo nel terrore.»

«È per questo che ti chiedo di aiutarmi. Ci siamo dentro entrambi.»

Ci stava pensando, lo sentivo. Continuava a guardare nello specchietto retrovisore, come se la risposta fosse scritta lì, o come se avesse paura che dall'oscurità alle nostre spalle sbucasse qualche entità risvegliata dalla nostra conversazione pericolosa.

«Jude, devi dirmelo... Sapevo già che aveva trafugato il corpo di Jonathan, ma cosa vuol dire che l'ha 'resuscitato'?»

Jude rabbrividì. «È la cosa più inquietante che abbia mai visto. Quando l'ha portato a casa, sembrava soltanto mezzo vivo, come un brandello di carne bagnata, come se il suo corpo fosse stato rianimato ma la sua anima non fosse lì dentro, non del tutto.»

Brandello di carne bagnata. Ecco cosa gli avevo fatto, gli avevo tolto la magia che lo rendeva perfetto e l'avevo lasciato a marcire. Mi feriva quella descrizione di Jonathan. Non volevo pensare a lui in alcun modo che non fosse il ricordo di quando l'avevo conosciuto, da bambini. Negli ultimi tre mesi ero stata tormentata dai dubbi, chiedendomi se avevo fatto davvero la cosa giusta quando avevo concesso a Jonathan la liberazione dalla maledizione, rimpiangendo di non essermi rifiutata di farlo. Le parole di Jude mi ricordarono che c'era anche una parte fisica e che quella parte aveva fatto la stessa fine di qualsiasi corpo mortale.

«Adesso mi sembra quasi tornato normale» proseguì Jude, «ma non lo conoscevo prima, perciò non saprei dirti se è lo stesso. E da un punto di vista mentale, direi che mi sembra orribilmente... sereno per uno nelle sue condizioni.»

La mia coscienza aveva preso il sopravvento ormai. Strinsi le braccia per scacciare i brividi del senso di colpa. «Ha spiegato com'è stato morire? Ha detto se ha sofferto o se ha mai desiderato che non fosse finita?»

Jude posò una mano sulla parte superiore del volante, lasciandola finalmente riposare. «Non proprio. Dice di non ricordare niente con chiarezza, ma è soltanto una scusa per tenere a bada Adair, che invece muore dalla voglia di sapere tutto. Adair è davvero terrorizzato da ciò che lo attende nell'aldilà.»

Le antenne mi si drizzarono. «Davvero?»

«Certo, soprattutto dopo che Jonathan gli ha raccontato di aver conosciuto la 'regina degli inferi'.»

«La 'regina degli inferi'?» Non mi piaceva quella definizione, anche se non sapevo di cosa si trattasse.

«Sì. A quanto pare, il tuo bel Jonathan, tra miliardi e miliardi di anime morte, ha attirato l'attenzione della signora di tutti.»

«E che cos'altro ha detto di questa regina?»

«Adair dice che lui è il suo consorte, o qualcosa di simile.» Jude si appassionò al racconto. «Non è chiarissimo che cosa ci sia in ballo, ma di sicuro ha impaurito Adair. Questa regina lo inquieta, è fuori di dubbio. Dice che è un'entità potente, magica e forte.»

«Non ho mai sentito parlare di una regina degli inferi» dissi, ripensando alle conversazioni che avevo avuto nel corso dei secoli quando cercavo un modo di sfuggire alla maledizione. Nessuno – né i professori accademici né gli stregoni nascosti negli scantinati, né i sedicenti alchimisti, né i devoti – aveva mai menzionato una regina degli inferi. Un tremito di paura e di soggezione mi attraversò. Quanto al fatto che avesse scelto Jonathan come consorte... Non ne ero affatto sorpresa. Non avevo mai incontrato un uomo o una donna capace di resistere a Jonathan, perciò perché mai una dea avrebbe dovuto essere immune al suo fascino? «Come sta Jonathan? Adair non gli ha fatto del male, vero?»

«Al posto tuo non mi preoccuperei di Jonathan. Non sembra aver paura di Adair, casomai è il contrario. Direi anzi che lui ha inquadrato benissimo Adair. E c'è una cosa che devi sapere, Lanny: Adair in qualche modo è cambiato. Quei duecento anni di prigionia l'hanno cambiato. Non saprei dirti in che senso... Forse l'hanno indebolito un po'. Diciamo che ora pensa prima di agire.»

Non ero sicura di come interpretare quella rivelazione. Se Adair aveva risparmiato a Jude il proprio vetriolo, voleva dire che lo stava conservando tutto per me. «Non sarà altrettanto reticente con me. Ti ha detto che cos'ha intenzione di farne di me? Immagino che voglia seppellirmi viva, proprio come io ho fatto con lui.» Diedi così voce alla più profonda delle mie paure, quella che avevo cercato di reprimere e che mi aveva accompagnato dall'attimo in cui l'avevo imprigionato. Sentivo che un giorno i miei peccati mi si sarebbero ritorti contro e che il contrappasso inflittomi da Adair sarebbe stato adeguato alle colpe.

Non ero mai stata terrorizzata come in quel momento. Mi sentii raggelare, i denti presero a battere e il mio stomaco si contorse in una morsa acida. E non c'era niente che potessi fare per impedirlo. Avrei voluto gettarmi fuori dall'auto per porre fine al terrore, interrompere i pensieri con un urto sull'asfalto, per poi capitombolare come un giocattolo buttato via. Oh, se solo avessi potuto sbarazzarmi così facilmente della paura... Ma non c'era via di fuga per me.

«Ehi, adesso calmati» mi disse Jude, sfiorandomi un braccio. Si accorse che tremavo. Era un gesto di compassione, da parte sua, ma era come il macellaio che consola l'agnello prima di sgozzarlo.

«Chi sei tu per dirmi di calmarmi? Sai benissimo cosa mi succederà, eppure mi porti comunque da Adair. Non credere di essere migliore di lui!» gli urlai.

«Senti, avrei potuto anche...»

«Stai soltanto eseguendo gli ordini. Io almeno cerco di ribellarmi.»

«E guarda a cosa ti è servito.»

«È servito a garantirti duecento anni di libertà, no?» replicai disgustata e furiosa.

Aprì la bocca per rispondere, poi parve ripensarci. Borbottò e mugugnò e la sua guida divenne ancora più sregolata di prima mentre rifletteva. Cercai di non cedere alla speranza che la mia tirata lo avesse convinto, e alla fine lui, sospirando, disse: «Ho cercato di avvertirti una volta, non ricordi? Eravate a Boston, quella volta in cui sono tornato da Adair e con mia sorpresa ti ho trovata a casa sua. Ho cercato di dirti che stavi facendo un grosso errore, ma tu mi hai sbattuto fuori di casa».

«Non c'è bisogno che tu mi dica 'te l'avevo detto', sai?»

Sospirò ancora. «Se ti lasciassi andare, cosa faresti? C'è un posto in cui non ti troverebbe? Hai un piano?»

Mi colse di sorpresa, ma non indugiai a riflettere sulla mia fortuna rischiando di perdere l'occasione. « Sì, ho qualcosa in mente. »

Si guardò alle spalle, come se temesse che il diavolo in persona si fosse intrufolato di nascosto sul sedile posteriore, un testimone della sua perfidia. « E non lo dirai a Adair, nel caso poi ti catturasse? »

Scossi il capo. « Rimarrà fra me e te. »

Jude rallentò e fece una brusca svolta, le gomme fischiarono sull'asfalto e di colpo ci trovammo nella direzione opposta. Rimasi senza parole.

Lui scosse il capo, rassegnato, come se si stesse già pentendo della propria scelta. « Non ho ancora chiamato Adair per dirgli che ti ho vista, perciò non sa che sei con me. Per quanto ne sa, non sei mai venuta da queste parti. Quindi ti lascerò andare, Lanore, perché hai ragione: non voglio questo peso sulla mia coscienza. Adair non è l'unico a temere l'aldilà. »

Si massaggiò il collo per alleviare la tensione. « Vedi, quel consiglio che ti ho dato anni fa... Avrei dovuto seguirlo io stesso. Ma ero testardo e credevo di poter gestire la cosa. Qualsiasi cosa. Tu, io, tutti gli altri... Siamo stati stupidi ad accettare la sua offerta, anche se ci è stata fatta in punto di morte » disse Jude, colmo d'amarezza. « Nel mio caso, avevo un cappio attorno al collo, nel Waterlooplein... E dopo tutto quello che avevo fatto, avrei dovuto capire che non esistono vie d'uscita facili. Se avessi accettato che la mia vita era finita, almeno la mia morte avrebbe compensato i peccati che avevo commesso... Perciò, se tu sei la mia seconda possibilità, la colgo. »

Ritornammo in silenzio fino alla mia macchina, ognuno perso nei propri pensieri e nel ricordo del sentiero tortuoso e tormentato che aveva condotto le nostre vite fino a quel punto. Quando parcheggiammo accanto alla mia auto a noleggio abbandonata, Jude si sporse per slacciarmi la cintura di sicurezza.

« Vai. Consideralo un piccolo gesto di ammenda da parte mia. E non farti prendere da lui. »

Lo guardai in volto. « E tu cosa farai? Tornerai da lui? »

« Aspetterò qualche giorno, finché non sarà lui a contattarmi. Adesso c'è un nuovo accolito che lo aiuta, e come sai quelli nuovi sono sempre i suoi favoriti. Forse presto si stancherà di me. »

«Hai idea di quali siano le sue intenzioni?»

«No. Non mi dice più cos'ha in mente. Non si fida più di me.»

Guardai la strada deserta in entrambe le direzioni. Non c'erano auto, non a quell'ora. Strinsi la mano di Jude, poi uscii dalla macchina. «Grazie.»

«Non dimenticarti, se succede il peggio e lui ti prende... Non sei mai stata qui» rispose Jude, guardando fisso davanti a sé. «E adesso vai.»

Seduta al posto di guida, osservai Jude andarsene e pensai a quanto orribile avrebbe potuto essere quella notte. Se Adair fosse venuto lui stesso a sorvegliare Luke, tutte gli abitanti di quella casa sarebbero morti. Ci sarebbero stati cadaveri sparsi sui pavimenti e sul prato, bambine sgozzate al suolo come foglie secche, Luke legato e costretto a guardare la strage prima di essere liberato dal dolore con un colpo alla nuca. Tanti innocenti morti, e per Adair non avrebbe fatto alcuna differenza, purché io soffrissi. Immaginarmi quella carneficina fu come un elettroshock per me, ma era necessario. Non potevo semplicemente andarmene e dimenticare tutto, non potevo essere debole.

Ma non potevo nemmeno rimanere a bordo di un'auto a noleggio sul ciglio della strada fino all'alba, in attesa che una pattuglia della polizia mi interrogasse. Dovevo continuare con il mio piano, andare da Tilde e gettarmi ai suoi piedi. Se anche ero spaventata all'idea di mettermi alla sua mercé, mi consolava sapere che gli altri non mi avevano deluso, fino a quel momento. Alejandro non mi aveva sbattuto la porta in faccia e Jude aveva deciso di alleviarsi la coscienza lasciandomi andare. Adair aveva ragione su una cosa, almeno: eravamo una famiglia, dovevamo contare l'uno sull'altro, anche se non credo che sapesse che la nostra solidarietà avrebbe avuto quelle conseguenze. Ma ogni cosa ha conseguenze inattese.

Imboccai la strada verso sud, allontanandomi da Luke per l'ultima volta, decisa a non guardarmi indietro.

26

Marquette, Michigan

Luke rientrò in casa dal garage. Le voci delle sue figlie giunsero dal salotto, le loro risate allegre mescolate ai borbottii bonari di Richard e al rumore di fondo del televisore acceso. Non si erano accorti della sua assenza, ma era convinto che la sua ex moglie invece l'avesse notata. A Tricia non sfuggiva mai niente.

Lei lo guardò mentre lavava i piatti. «Dov'eri?» gli chiese.

«Sono uscito a fumare» mentì lui.

Con un piatto sporco in mano, lei parve abbattuta. «Hai ricominciato a fumare? Lo sai che non dovresti. Non voglio che le ragazze ti vedano con una sigaretta in bocca.» Tricia si voltò del tutto a fissarlo e gli lesse la verità sul volto, subito, come aveva sempre fatto. «Sei un pessimo bugiardo, Luke. Cosa sta succedendo davvero?»

Luke era indeciso: ammettere la verità o scavarsi una fossa ancora più profonda? Per quanto la seconda ipotesi lo tentasse, sapeva che la sua ex moglie aveva il fiuto di un segugio. «Ho appena parlato con Lanny.» Prese il cellulare e glielo mostrò; inutile allarmarla dicendole che la donna che detestava era parcheggiata a qualche metro da casa sua. «Ascolta, Trish, non voglio spaventarti, ma c'è qualcosa che devo dirti. Probabilmente non ti sorprenderà, ma Lanny ha qualche problema con delle persone… Persone pericolose.»

Tricia incrociò le braccia. Parve seccata, ma non sorpresa. Forse stava unendo mentalmente i puntini: i viaggi continui, le riserve di denaro che sembravano infinite. Da dove venivano tutti quei soldi?

«E adesso quelle persone la stanno cercando. Mi ha appena chiamato per avvertirmi che i suoi inseguitori sanno di me, e visto che vogliono arrivare a lei...» L'espressione di Tricia diventava più severa a ogni parola. «Le bambine potrebbero essere in pericolo.»

«Maledizione, Luke.»

«Devi portarle via. In viaggio, non da tua madre. Da qualche parte in cui nessuno verrebbe a cercarvi.»

«Se è uno scherzo del cazzo, Luke...»

«Non è uno scherzo. Non mi piace dirti queste cose e non sono pazzo. Quelle persone sono davvero pericolose. Devi portare via le bambine. Pagherò io tutto quanto, ma tu devi portarle al sicuro.»

Lei scosse il capo, spostando il peso da un piede all'altro. «E come facciamo con la scuola? Ti aspetti che porti via Jolene da scuola per *questo*? E il lavoro? Ho appena ricevuto lo schema dei miei turni dall'ospedale, cosa vuoi che...»

«Devi dire che è un'emergenza. Quello che vuoi, l'importante è che tu lo faccia.»

«Grandioso, Luke, davvero grandioso. Come hai potuto farci questo, farlo alle tue figlie, come hai potuto cacciarti e cacciarci in questo guaio? Cosa vuoi che dica alle bambine, o a Richard? Lui non se ne andrà. Lui vorrà rimanere qui a prendersi cura della fattoria.»

«No, devi insistere perché venga con voi. Anche lui è in pericolo. Siete tutti in pericolo. Ecco perché voglio che porti via le bambine da qualche parte.» Si decise ad affrontare il suo sguardo furioso. «Mi dispiace tantissimo, Tricia, l'ultima cosa che volevo è coinvolgervi.»

Sbuffò a indicare che non se ne faceva proprio nulla delle sue scuse. «E quanto tempo dovremmo stare via? Questo almeno puoi dirmelo? Ma non puoi convincere la tua fidanzatina a dare a quella gente quello che vogliono? Soldi per la droga, immagino.»

«Non vogliono né soldi né droga.»

«Chi se ne frega di cos'è» replicò lei, brusca. «In ogni caso è qualcosa di illegale, perciò dille di sganciare quello che vogliono, di fare quello che deve fare, così che non ne debbano soffrire degli innocenti.»

«Andrà tutto bene, dovete soltanto stare nascosti per qualche giorno.»

« Oh, adesso è diventato 'qualche giorno'? E cosa succederà tra qualche giorno? »

Luke distolse lo sguardo. « Io la aiuterò. »

« Ma sei impazzito? » urlò Tricia. Le ragazze dovevano aver sentito qualcosa perché in quel momento il volume del televisore si alzò: grazie al cielo, Richard era attento a quelle cose. « Che la tua ragazza se la cavi da sola! Lei si è messa nei casini, quindi lei se ne deve tirar fuori, okay? Tu hai altre responsabilità, altre cose di cui preoccuparti, Luke. Si chiamano Jolene e Wynona, ti sei dimenticato di loro? »

« Certo che no. »

« Bene, perché sono loro la tua prima responsabilità, non lei. Non puoi scegliere la tua ragazza invece che loro. »

« Non è così, infatti. La ragione per cui voglio intervenire è proprio per assicurarmi che le ragazze siano al sicuro, che *tu* sia al sicuro. » Luke aveva un groppo in gola e la testa in fiamme. Era troppo per lui. Stava facendo promesse che non sapeva se avrebbe potuto mantenere. « E non posso lasciare Lanny da sola ad affrontare questa cosa. Che razza d'uomo sarei se lo facessi? Nemmeno le mie figlie mi rispetterebbero. »

« Non fare l'eroe » rispose Tricia, frustrata.

« Non voglio fare l'eroe. Voglio soltanto essere un uomo decente » disse Luke, quasi augurandosi di poter ignorare l'istinto che lo spingeva a inseguire Lanny. L'istinto di autoconservazione in teoria doveva essere più forte della spinta a sacrificarsi per qualcun altro. Forse lui era strambo, cresciuto da genitori troppo idealisti.

« Ma se ti succede qualcosa… Se non dovessimo più sapere niente di te, che cosa dirò alle ragazze? » gli chiese Tricia. Luke fu sorpreso e gratificato nel vederle le lacrime agli occhi.

« Di' loro che il loro padre era un imbecille. »

Tricia scoppiò a ridere. « È proprio quello che farò. Ma almeno sai dov'è, dove andare a cercarla? »

Luke controllò il cellulare prima di rimetterselo in tasca. « Oh, un'idea su dove trovarla ce l'ho. »

27

Aspen, Colorado

L'autista che ingaggiai all'aeroporto mi lasciò davanti al cancello di una casa costruita sulla costa di una montagna. Chiaramente, Tilde proteggeva la propria privacy, essendo un personaggio pubblico, oltre che molto ricca. Stando ai giornali e alle riviste che Alejandro mi aveva mandato, suo marito, il magnate dell'energia, era morto di recente, lasciandole i due figli adolescenti. Il marito aveva collezionato auto da corsa d'epoca, su cui correva, ed era morto in un incidente mentre faceva un giro di prova sul suo ultimo acquisto. A parte indicare che la vedova aveva preso in carico la fondazione di beneficenza del marito, nei giornali non si era più parlato di lei.

Se il mio destino era davvero gettarmi ai piedi di un qualsiasi essere umano sul pianeta implorando pietà e aiuto, era oltremodo ironico che quella persona fosse proprio Tilde. Quando vivevamo insieme nel palazzo di Adair, lei mi terrorizzava. Era la più spietata degli accoliti di Adair, la donna che, senza esitazioni, procurava innocenti ragazze e ragazzi che intrattenessero Adair. Tilde sembrava non tenere a nessuno, nemmeno a Adair: le interessava soltanto la propria sopravvivenza. Poteva mai essere davvero cambiata una persona simile? Non mi piaceva essere così diffidente. Anzi, volevo credere con tutta me stessa che chiunque potesse cambiare, imparare ad agire con altruismo, diventare una persona migliore. Più a lungo vivevamo, più comprendevamo e diventavamo empatici verso gli altri esseri umani, e venivamo spinti a mutare i nostri caratteri egoisti. Non avrei sopportato di incontrare l'unica persona insensibile alle sofferenze altrui.

L'auto dovette fermarsi al cancello, perché non fu ammessa dentro la tenuta. Mi incamminai lungo il ripido viale d'accesso e davanti alla porta d'ingresso trovai un uomo che mi attendeva. Era carino in modo piuttosto comune, con l'espressione vacua di un modello, e non mostrava alcun interesse per me. Mi chiesi se non fosse uno dei suoi figliastri. Mi ascoltò mentre gli spiegavo che ero lì per parlare con la signora von Haupt, poi si voltò e si incamminò, aspettandosi che lo seguissi. Mi lasciò da sola in una stanza con una vista meravigliosa su una parete rocciosa a picco oltre la quale svettavano le montagne. Il terreno attorno alla casa era coperto da una sottile patina bianca; la stagione non era ancora avanzata, ma le cime delle montagne rilucevano di riflessi, già coperte di neve.

Sapevo che avrei riconosciuto subito Tilde, poiché mi era rimasta impressa nella memoria. Non importava cosa avrebbe indossato o come avrebbe acconciato i capelli, avrei sempre ricordato il suo sguardo feroce e acuto come quello di un'aquila e il modo in cui si muoveva, come una leonessa. E quelle caratteristiche erano ancora evidenti nelle fotografie scattate duecento anni dopo l'ultima volta che l'avevo vista, anche se erano sopite. Rimanevano soltanto ombre dell'implacabile cacciatrice che era stata un tempo.

La donna che entrò nella stanza era vestita in modo elegantissimo, con indumenti e accessori color crema, e soltanto gli occhiali da sole a fare contrasto. I suoi capelli biondi erano tagliati in una foggia giovanile, ma lei era troppo severa per essere scambiata per una giovane spiritosa e vivace. E la sua aura da predatrice era scomparsa, lasciando il posto a un'infinita stanchezza.

Mi venne incontro, sfilandosi gli occhiali. I suoi occhi erano ancora color lavanda e conferivano al viso un che di gelido che era impossibile nascondere. Un brivido di nervosismo mi attraversò. Lei sorrise, diffidente, e mi porse la mano. «Ciao, Lanore.»

Gliela strinsi rapidamente, una stretta ferma e gelida da parte sua. «Vuoi che ti chiami Birgit?» le chiesi. Lei indicò un paio di poltrone davanti al camino. «Quando non c'è nessuno, puoi chiamarmi ancora col vecchio nome. Mi piace l'idea, è da tantissimo tempo che non lo sento. Ti prego però di fare attenzione nel caso qualcuno si unisse a noi. I miei figliastri sono qui con me, siamo in vacanza, com'è tradizione nella famiglia di mio marito, e c'è anche qualche mio amico. Inutile dirti che nessuno mi conosce come Tilde.»

Mi accorsi subito della differenza nei suoi modi: aveva detto «Ti prego», ed ero abbastanza convinta di non averglielo mai sentito dire quando eravamo a Boston, se non in tono sarcastico. Il suo tono di voce, un tempo squillante, era diventato più calmo e suadente. E aveva i figli del marito con sé, non li aveva relegati in qualche collegio o presso qualche parente del marito. Anche quello mi parve insolito per la donna che conoscevo.

«Ti ringrazio per aver accettato di incontrarmi» presi a dire, ma lei liquidò subito con un gesto i miei ringraziamenti.

«Dobbiamo essere pronti ad aiutarci a vicenda, noi» disse con gentilezza. «Immagino che anche tu, come me, abbia scoperto che sebbene amiamo la nostra famiglia e le persone speciali che incontriamo nella vita, il nostro tempo con loro è breve e passa molto velocemente. La loro compagnia, finché dura, ci conforta, ma non abbiamo nessuno che ci aiuti a mettere in prospettiva le nostre vite. Nessuno con cui condividere l'ampiezza delle nostre esperienze, nessuno che possa davvero capire che cosa abbiamo passato. Nessuno, a parte noi.»

Era così calma, così diversa dalla Tilde che avevo conosciuto che iniziai a sospettare che ci fosse qualcosa di sbagliato. Era davvero possibile che una persona cambiasse in modo tanto drastico? Certo, in duecento anni tutto era possibile. Il suo fare severo, il suo sguardo spento... E poi mi ricordai che era in lutto.

«Ho saputo di tuo marito. Mi dispiace per la tua perdita» mi affrettai a dire.

Lei chinò il capo. «È stata una cosa improvvisa. Bruno era meraviglioso, una di quelle persone che si incontrano soltanto una volta nella vita. I giornali parlano unicamente delle sue aziende e del suo successo con gli affari, ma era un compagno di vita molto attento e premuroso e un buon padre. Mi mancherà. Immagino che anche tu ti sia trovata molte volte nella mia posizione, che anche tu abbia perso la persona che ti teneva agganciata alla vita. Non so come sia per te, ma io non riesco più a sopportare di vivere da sola. Riesco a essere felice soltanto quando lo sono le persone che amo.»

Annuii, ma dentro di me mi sentivo sconvolta. Non c'era prova più evidente del suo cambiamento di quell'ultima frase. Mi sembrava davvero afflitta dalla perdita del marito e, diversamente dalla donna che avevo conosciuto, sembrava diventata riflessiva, come se desiderasse comprendere a fondo la nostra esistenza. Ero pronta a fidarmi di lei, e comunque non avevo altra scelta. Mi schiarii la voce. «Immagino che Alejandro ti abbia spiegato perché sono qui...» esordii con esitazione.

«Mi ha detto che Adair è tornato dopo la sua lunga assenza e che, per qualche ragione, ti sta cercando.» Osservò la mia reazione senza lasciar trasparire nulla.

«E Alejandro ti ha spiegato come mai Adair è stato via tutto questo tempo e il motivo per cui ora mi cerca? Ti ha detto che sono io la responsabile della scomparsa di Adair?» Era ancor più difficile ammettere la mia colpa davanti a lei che davanti ad Alejandro, forse perché mi aspettavo che lei reagisse male, anche con violenza. Di colpo mi sentii piccola come una bambina, seduta davanti a Tilde, come se mi attendessi un rimprovero. A casa di Adair, lei era come la sorella maggiore e tiranna, che approfittava di ogni occasione per tormentarmi.

Ma, di nuovo, la sua risposta fu tranquilla. «Sì, Alejandro mi ha accennato qualcosa» mormorò.

«Mi dispiace che il mio comportamento ti abbia ferita, Tilde» proseguii rapidamente per rassicurarla. «Alejandro mi ha raccontato di quanto sia stata difficile la vita per voi dopo la scomparsa di Adair, e sono addolorata per le difficoltà che vi ho provocato. Immagino che sia stato un atto di egoismo, il mio, quello di sottrarvi Adair, ma, ti prego, cerca di capirmi. Adair voleva togliermi Jonathan per sempre e non potevo permetterglielo...»

Ancora una volta, lei sollevò una mano per fermarmi. «Non mi devi nessuna scusa. Ti sono grata per ciò che hai fatto. Io volevo fermare Adair, lo volevamo tutti, ma non ho mai scoperto il modo. O forse ero meno coraggiosa...» Distolse lo sguardo, imbarazzata. «Lanore, non sono sempre stata la donna che hai conosciuto a Boston. Dopo così tanti anni insieme a Adair, mi ero... conformata alla sua natura. Facevo ciò che era necessario per sopravvivere al suo carattere tremendo, alle sue crisi di rabbia. E per questo ho indurito il mio cuore, rendendolo insensibile alle sofferenze altrui. Quindi, casomai, dovrei essere io a scusarmi con te per il modo orrendo in cui mi sono comportata.»

Capii in quel momento che anche lei era stata una vittima di Adair, ma mentre io avevo sofferto soltanto per pochi anni, lei aveva trascorso secoli sottomessa alla sua tirannia. Come poteva *non* cambiare, schiacciata dalla volontà animalesca di Adair?

Tutti erano cambiati, Alejandro, Dona, Jude, il povero Savva, tutti erano stati costretti a diventare spietati e calcolatori, pur di poter sopravvivere. Dovevano combattere per avere un minimo di spazio vitale, schiacciati da una forza implacabile come quella di Adair. Forse Tilde non era davvero il demone che Adair mi aveva descritto. In fondo, era stato lui e non lei a raccontarmi la sua storia, e magari aveva mentito, proprio come aveva fatto nei riguardi di Uzra. Forse aveva mentito su tutti.

«Alejandro mi ha detto che hai bisogno del mio aiuto. Spero di poterti davvero essere utile.»

Uno strano nervosismo mi prese la gola, ma mi sforzai di parlare. «Mi ha fatto intendere che tu potresti conoscere le arti magiche, la fonte del potere di Adair. Io sto cercando qualcuno che conosca quella sfera di esperienza.» Arrossii, cercando le parole appropriate.

Lei cambiò posizione nella poltrona. «Sì, è giusto cercare di comprendere la nostra condizione. Ha senso, non credi? Se tu avessi il cancro, vorresti sapere tutto della malattia, i sintomi, gli effetti, le cure possibili. Perché dovrebbe essere diverso nel nostro caso? Ecco perché ho iniziato a studiare quella che alcuni definiscono 'magia' e a incontrare i praticanti di cui mi giungeva voce.

«Ma se mi stai chiedendo se sono come Adair, se ho acquisito un potere sul mondo fisico, allora purtroppo ti devo deludere. Sono rimasta con Adair a lungo, forse sono la prima dei suoi accoliti, e in tutto quel tempo gli ho visto fare cose che sono semplicemente impossibili. Ho sempre saputo che c'era qualcosa di inspiegato, e forse di inspiegabile, in lui. Ho cercato di capire che cosa sia Adair, da dove derivino i suoi poteri, ma non ho trovato risposte. E quanto a riprodurre quel potere...» Tacque, guardandomi con attenzione. «Ma tu che cosa vuoi di preciso?»

«Voglio annullare l'incantesimo.» Benché mi sentissi ridicola a dirlo, mi sforzai di non lasciarlo trapelare.

«Annullare l'incantesimo?» mi chiese. «E perché mai?»

Eravamo liberi da Adair da talmente tanto tempo che lei si era dimenticata del prezzo da pagare per l'immortalità: Adair stesso. «Perché Adair mi vuole.»

Tilde arrossì, conferendo un insolito calore alle guance pallide. Forse era imbarazzata per avermi spinto a dirlo ad alta voce. «Capisco, e hai ragione. Ora che è libero, dovremo tutti farci i conti prima o poi. Verrà da tutti noi, uno dopo l'altro, non ho dubbi in merito... Tuttavia, rinunciare alla tua vita mi sembra una soluzione drammatica. È davvero quello che vuoi?» disse Tilde, con tono appassionato. «Pensaci, pensaci molto bene, Lanore. Hai idea di che cosa potrebbe succedere se la tua condizione venisse, come dire, alleviata? Potresti morire. In fondo, la morte faceva parte della nostra trasformazione, se ricordi. Non ci sono garanzie del fatto che la tua vita possa riprendere da dove si era interrotta, ricominciare dall'età che avevi quando sei stata trasformata e concludersi come per tutti i mortali. No, potresti morire subito. Vuoi davvero morire? Non c'è nessuno per cui vivere? Nessuno che piangerebbe la tua morte?»

Non ero affatto sicura di voler morire. Avevo paura di morire. Non sapevo che cosa mi attendesse nell'aldilà, Dio, la regina degli inferi, ma in ogni caso che scopo avrebbe avuto l'aldilà se non compensare i crimini commessi su questo mondo? Non sapevo se sarei stata in grado di accettare la morte... Ma avevo ormai accettato di non avere altra scelta.

Tilde aveva sollevato delle questioni interessanti. Non avevo pensato alla possibilità di morire subito. Credevo di poter mantenere la morte come semplice opzione disponibile, una pillola avvelenata da assumere nel caso mi fosse divenuto impossibile sfuggire a Adair. Quanto alla sua seconda domanda, avrei dovuto essere assolutamente onesta per risponderle. Non avevo nessuno per cui vivere? C'era sempre stato Jonathan, soltanto Jonathan. Credevo che il suo posto potesse essere preso da Luke. Ma ora che avevo rinunciato a lui, dovevo accettare il fatto che non c'era nessuno.

Mi strinsi le mani in grembo, tormentandole. «No, non c'è nessuno. Nessuno nella mia vita, nessuno che mi verrà a cercare. Tanto vale farla finita.»

Tilde mi osservò incerta, poi guardò la borsa ai miei piedi, la giacca appoggiata. Non avevo portato con me alcuna valigia, l'avevo dimenticata nel bagagliaio della macchina di Jude. Ed era così che mi ero presentata al suo cospetto: un'anima perduta e solitaria, senza legami, senza protezioni, trascinata dal vento e spinta fino alla sua soglia. Non poteva dubitare che le avessi detto la verità: ero da sola.

«Va bene... vediamo cosa posso fare per te. Rimarrai qui da noi. Capisco quanto tu ti senta vulnerabile, e non è il momento di stare da sola. Abbiamo una stanza per gli ospiti sul retro. Meglio che ora ti riposi un po'.»

Lo stesso ragazzo dai capelli scuri che mi aveva accolto all'ingresso mi accompagnò fino a una piccola stanza accanto alla cucina, che doveva essere riservata alla cameriera. Lungo il tragitto, superammo una stanza più ampia in cui notai due ragazzi – i loro capelli erano quasi bianchi quanto la neve e si assomigliavano tanto che non potevano che essere fratelli – sdraiati su due poltrone di pelle davanti al televisore, a giocare a qualche videogioco. C'erano altre persone: un ragazzo di bell'aspetto, una ragazza dagli occhi grandi, più o meno della stessa età dei due fratelli. Mi lanciarono un'occhiata silenziosa e nessuno ci presentò: era come se fossimo fantasmi che si osservavano da piani differenti dell'esistenza.

Mi sdraiai sul letto e ascoltai le voci che provenivano dalla stanza, sommesse e indecifrabili, un mormorio spezzato di tanto in tanto da qualche risata. Forse parlavano una lingua che non conoscevo, o forse le pareti erano troppo spesse perché riuscissi a distinguere le parole. La stanza della cameriera era gelida e mi rammentò lo studio di un medico, anonima e sparuta. Nessun computer o televisore.

Dovetti essermi addormentata, perché quando bussarono alla porta mi svegliai e mi ero appena messa a sedere sul letto quando Tilde entrò con una tazza in mano.

«Forse ho una risposta al tuo problema. Non farti troppe illusioni, ma potrebbe funzionare» mi disse, porgendomi la tazza. «È una cosa che ho trovato in un vecchio libro di formule magiche attribuito a una setta di monaci del XIII secolo. La provenienza del libro è stata confermata, stando agli specialisti che ho consultato, ammesso che conti davvero qualcosa. Ho pensato che se stavi cercando una cura, tanto valeva cominciare da qui. Secondo la formula, questa pozione dovrebbe cancellare qualsiasi maledizione.»

La tazza conteneva un liquido scuro e opaco, di un colore a metà tra il verde e il marrone, come un rospo. Odorava di erbe amare e di alcol. «Devo berla?»

«Tutta. Non l'ho mai fatta prima, men che meno usata su qualcuno.» Incrociò le braccia sul petto, osservando pensosa la tazza. «Potrebbe non avere un effetto immediato, ma nel caso... Be', devo ammettere che sono curiosa di vedere che cosa succede.»

Sotto lo sguardo di Tilde, ingollai tutto il contenuto della tazza. Sapeva molto di alcol, ma c'era anche qualcosa che non seppi distinguere, un'amarezza innaturale, coperta dal sapore delle erbe. Pochi minuti dopo i muscoli d'improvviso mi cedettero, come se mi avessero colpito alla nuca. Caddi sul letto, la mente che funzionava ancora alla perfezione ma il corpo che non rispondeva, non riuscivo a rimanere seduta. Il cambiamento fisico fu così potente e immediato che immaginai di essere in punto di morte. L'hai voluto tu, mi dissi. Non resistere. Ci volle tutta la mia forza d'animo per non cedere al panico e iniziare a pompare adrenalina nelle vene in reazione a quella strana sensazione.

Quando riaprii gli occhi trovai Tilde china su di me con un sorriso maligno dipinto sul volto, un sogghigno che ricordavo bene dai giorni che avevamo trascorso assieme a Boston. Si sporse per prendere la tazza che mi era caduta di mano. Non riuscivo a muovere la bocca per chiederle che cosa mi avesse fatto.

«Ho pensato che sarebbe stato più facile renderti inoffensiva piuttosto che trattenerti contro la tua volontà. Non ero sicura che avrebbe funzionato su di te – la droga degli stupri, il Roipnol – perciò ne ho messa dentro tanta da abbattere un cavallo. Permetterei ai ragazzi di approfittare di te e divertirsi un po' se non fossi convinta che Adair se la prenderebbe, ma credo che voglia questo onore per sé, quanto meno all'inizio. Dio, per un attimo ho temuto che non ci saresti cascata.» Esplose nella risata spietata e crudele che risuonava sempre nelle stanze del palazzo di Boston. «Credevo di essermi spinta troppo in là quando ti ho detto 'casomai, dovrei essere io a scusarmi con te'. Ho pensato: Oh, no, ho esagerato, ero sicura di essermi fregata, ma tu non hai battuto ciglio. Avevi troppo bisogno di credermi, vero? Non sei cambiata, sei sempre la solita ingenua.» Tilde si asciugò un angolo dell'occhio: aveva riso tanto da avere le lacrime.

«Adesso resta immobile, non combattere gli effetti della droga, abbandonati. Adair dovrebbe arrivare tra poco. Goditi questa pace, finché puoi. Il tempo alla fine ti ha raggiunto, Lanore. La resa dei conti che hai temuto per secoli è arrivata.»

28

Finalmente era arrivato quel giorno, quel momento. Nemmeno il jet privato fu abbastanza veloce per Adair. Si era agitato per tutto il volo, a malapena capace di sopportare il chiacchiericcio dei suoi compagni. E la macchina che lo prese in consegna all'aeroporto... Non poteva andare più veloce? Stava per scoppiare di impazienza.

Mentre si avvicinavano alla casa di Tilde, Adair avvertì qualcosa di fondamentale cambiare dentro di sé, come se una forza superiore lo stesse schiacciando, comprimendo la sua coscienza e la sua energia in una massa concentrata e impenetrabile, dura come un diamante, per qualche motivo sconosciuto. Non poté fare a meno di ripensare alla ragazza del paese delle meraviglie, una storia che gli aveva raccontato Pendleton, che la adorava. Adair pensò che era così che quella ragazza doveva essersi sentita quando era stata rimpicciolita da una pozione magica per oltrepassare la porta di un altro regno. Anche lui si sentiva cambiato, mutato, per adattarsi alle circostanze che lo attendevano.

Allo stesso tempo, gli sembrava che una tempesta fosse sul punto di abbattersi su di lui. Il formicolio nella sua mente era sempre più forte, intenso, avvertiva sempre più chiaramente la presenza di Lanore a mano a mano che si avvicinava a lei, e per la prima volta da quando era stato imprigionato gli sembrava di riuscire a pensare con estrema lucidità. Qualsiasi cosa avesse interferito in precedenza coi suoi pensieri pareva essere stata spazzata via di colpo. Una forza invisibile lo stava cambiando, rendendolo più forte, più deciso, più acuto, per ragioni misteriose. Aveva la netta impressione di riuscire a scrutare nella mente e nel cuore di ogni cosa vivente e allo stesso tempo era capace di distinguere separatamente qualsiasi cosa, come se avesse una conversazione simultanea con tutto e tutti. Era sicuro che si trattasse di un trucco, di un'allucinazione, di un problema legato alla sua mente sovraccarica, ma non poteva certo ignorarlo. Era inebriante.

L'auto imboccò il vialetto d'accesso. Tilde lo stava attendendo all'ingresso. Tremava, eccitata. Adair salì le scale e la oltrepassò senza nemmeno rivolgerle la parola, tanto meno baciandola o abbracciandola, e lei per un attimo rimase paralizzata dov'era. Poi si riprese e abbracciò Jude e Alejandro, come fratelli che non vedeva da tanto tempo. Pendleton rimase in coda al gruppo, osservandoli guardingo, come se fosse l'ultimo bambino arrivato nel parco giochi. L'ultimo a scendere dall'auto fu un uomo alto con un lungo impermeabile, che guardò il cielo attraverso occhiali da sole molto scuri.

Adair si fermò nell'ingresso, inclinando il capo come un segugio che annusa l'aria in cerca dell'odore del sangue. «Lei dov'è?» chiese a Tilde senza voltarsi.

«Non preoccuparti, è qui e non può fuggire. Non ti deluderei mai.»

Tilde passò in mezzo agli altri e lo raggiunse. Sollevò una mano posandogliela sul petto e poi, quando lui non la respinse, avvicinò la guancia alla sua per un lungo istante. «Mi sei mancato.»

Non appena il palmo della mano di Tilde si posò sul suo petto, bastò quel tocco perché Adair fosse investito da un flusso di ricordi di tutti i giorni che Tilde aveva trascorso da quando lui era scomparso. Era una sensazione simile a quella provata quando aveva sfiorato la maniglia della porta d'ingresso della casa di Lanore a Parigi, quando vi era entrato tramite la proiezione, solo che ora era molto più intensa (immaginò che fosse perché stavolta era presente in carne e ossa). In quel singolo istante, Adair seppe tutto ciò che c'era da sapere su Tilde: cosa aveva fatto negli ultimi due secoli e cosa stava facendo attualmente.

Vide che era passata da un marito all'altro, uccidendoli per vivere da sola e felice fino a che non finiva i soldi, per poi trovarne un altro ricco con cui ripartire da capo. Aveva pagato qualcuno perché sabotasse l'auto dell'ultimo quando ne aveva avuto abbastanza della sua egomania. Poi, per puro divertimento, aveva sedotto entrambi i figli, riempiendo così il vuoto penoso e implacabile della sua anima. Che creatura triste è diventata, pensò Adair, senza scopo, meschina.

«È bello rivederti» disse Tilde languida, premendosi contro di lui per un secondo, palesando il proprio desiderio. Adair si innervosì, era come essere leccato da una tigre. Stava quasi per baciarla solo sulla guancia, quando capì che Tilde e gli altri avrebbero trovato strano che non la baciasse sulla bocca. Sarebbe stata una prova della sua debolezza e Tilde in particolare avrebbe reagito male. E non gli conveniva rivelare i propri sentimenti per Lanore davanti a una donna come Tilde. Un tempo contava sul suo carattere spietato, ora lo detestava.

Adair le mise una mano sulla nuca, la attirò a sé e le diede il tipo di bacio che si aspettava, dominante e possessivo. Rassicurata, Tilde sospirò e si rilassò.

Sollevò il mento verso l'uomo dietro Pendleton. «Chi è quello? Sembra quasi...»

«È Jonathan» disse Alejandro.

«Ma cosa gli è successo? È così diverso. Credevo che non potessimo...» commentò Tilde con una punta di preoccupazione. Jonathan la guardò con un'espressione divertita, sfilandosi gli occhiali da sole per rimetterli in tasca.

Fu Adair a risponderle. «Non devi preoccuparti, Tilde. Ciò che è successo a Jonathan non accadrà mai a te. Almeno finché riuscirai a evitare la morte.»

Lei indietreggiò, guardando Jonathan con orrore.

«Sì, sono tornato dai morti» disse quest'ultimo, secco. «E, nonostante tutto, mi pare di avere un bell'aspetto.»

In quel momento un rumore strisciante provenne dal retro della casa e i due fratelli si avvicinarono a loro con la quieta curiosità di un paio di gatti, gli occhi seminascosti dai ciuffi color platino. Dopo un ultimo sguardo incerto a Jonathan, Tilde represse il proprio disagio e sporse un braccio verso di loro, invitandoli a raggiungerla. «Vi presento i miei figliastri. Josef, Mika, venite qui... Ragazzi, voglio presentarvi un mio vecchio e caro amico. Lui è Adair.» Il suo sorriso era lo stesso di sempre, maligno, possessivo e sprezzante. Un sorriso che Adair aveva visto assai spesso, ogni volta che lei gli portava una nuova preda – una ragazza terrorizzata, un ragazzo inebetito dal desiderio – che voleva condividere con lui. Adair capì dal suo comportamento che lei voleva tornare a essere la sua amante, ma lui non aveva alcuna intenzione di permettere che ciò accadesse.

La sua capacità di percepire sensazioni e pensieri altrui era ancora viva, e comprese di non aver nemmeno bisogno di toccare i figliastri di Tilde per conoscerne la storia, gli bastò uno sguardo. I suoi poteri si erano rafforzati in modo inatteso. Il ragazzo più grande aveva solo diciannove anni ma si sforzava di fare il sofisticato uomo di mondo, di essere il tipo d'uomo (pur essendo ancora un ragazzino) che riusciva a scoparsi la moglie del padre senza problemi. La sua aura rivelò a Adair che era invece infelice e pieno di sensi di colpa e che avrebbe voluto liberarsi di Tilde, ma non poteva per via del loro segreto.

Ma Mika, quello più piccolo... Adair capì che era innamorato di Tilde. La sua disperazione era ben visibile sotto l'aria annoiata e distaccata da adolescente. Credeva di riuscire a nasconderlo, ma l'unica cosa cui pensava era Tilde e il suo desiderio lo tradiva, così come il suo contegno agitato e inquieto. Aveva circa sedici anni e a quell'età era completamente schiavo del proprio desiderio sessuale. In quel momento, era quasi paralizzato dal desiderio di infilarle il membro in bocca. Voleva soltanto perdersi tra le sue labbra, tra le sue gambe, era l'unica cosa che gli interessava nella vita, tutto il resto veniva dopo. Nessuna ragazza della sua età lo faceva sentire come Tilde, o almeno così pensava. Avrebbe fatto qualsiasi cosa per lei e Adair capì che ciò lo rendeva pericoloso. Era una cosa stupida e rischiosa portarsi a letto entrambi i figliastri, e Adair per questo perse un po' del rispetto che provava per Tilde.

I due ragazzi lo fissarono finché lei non li mandò via. Sotto le loro espressioni vacue era ben distinguibile l'ostilità. Per quanto ne sapeva Adair, forse erano dei bravi ragazzi prima che nella loro vita entrasse Tilde, ma adesso erano macchiati per sempre dalle cose vergognose che avevano fatto con lei. Avrebbero sempre creduto di avere qualcosa di sbagliato, di essere marci dentro, come un frutto avvizzito. Tilde era una donna intelligente e Adair si era aspettato che sapesse fare di meglio che corrompere i propri figliastri così, tanto per divertimento. Non ne sarebbe mai venuto fuori nulla di buono. Adair non ne voleva sapere di quel melodramma e anzi avrebbe voluto non averci mai niente a che fare. Servì solo ad aumentare la sua impazienza: doveva vedere subito Lanore e dimenticarsi di tutto.

Tilde, sintonizzata sui suoi pensieri e desideri come sempre, capì subito cosa voleva. Gli sfiorò la manica. «La trovi in fondo al corridoio, nella camera dietro la cucina. Manderò fuori i ragazzi e andrò in città con Jude e Alejandro, così avrai un po' di privacy per il vostro ricongiungimento.»

«Che ne facciamo di Jonathan?» chiese Jude. «Non possiamo certo portarlo con noi.»

«Io rimarrò in macchina con lui» propose Pendleton, sorprendendo tutti. Si voltò verso Jonathan. «Vorrei fargli qualche domanda sulle sue esperienze. Nell'altro mondo.»

«Va bene, lo porteremo con noi, ma copritelo il più possibile. E fategli indossare gli occhiali da sole. Non voglio che spaventi il mio autista» ordinò Tilde.

«Ottimo» concluse Adair. «Forse sarà più disposto ad aprirsi con te. E, Pendleton, se ti dice qualcosa voglio che tu mi faccia un rapporto completo.»

Tilde gli strinse l'avambraccio. «La casa è tutta tua. Prenditi tutto il tempo che vuoi.» Gli occhi le rilucevano all'idea di ciò che stava per accadere, era eccitata come un segugio pronto a uccidere. Era una buona cosa che non potesse leggergli nel cuore così come lui leggeva nel suo, comprese Adair, perché sarebbe stata molto delusa da ciò che vi avrebbe visto. Ma lui non disse niente, la osservò accompagnare gli altri a rivestirsi o a prendere dei cappotti. Non vedeva l'ora che se ne andassero e lo lasciassero da solo con la sua preda.

«Non dimenticare la tua promessa» mormorò Jonathan mentre lo trascinavano via. «Hai fatto un giuramento al cielo. E il cielo ti sta osservando ora.»

«Lo ricordo bene» replicò Adair. Ma dentro di sé si chiese se davvero sarebbe stato capace di mantenere la promessa ora che stava finalmente per ritrovarsi faccia a faccia con Lanore.

29

Mi risvegliai di soprassalto. La vibrazione nella mia mente adesso era fortissima e capii subito che Adair era arrivato. Mi guardai le mani e mi accorsi che Tilde era entrata mentre ero priva di conoscenza e me le aveva legate, ma aveva lasciato libere le gambe. Rabbrividii comprendendo che l'aveva fatto apposta, così che fossi alla mercé di Adair. Era una di quelle donne che non riescono a fare a meno di odiare e disprezzare le altre donne e traeva un piacere perverso nel vederle o saperle abusate da un uomo.

La presenza di Adair era tanto forte da rendere quasi impossibile pensare o ascoltare. Anche nell'oscurità di quella minuscola camera, ebbi dei lampi bianchi e accecanti di puro panico. Distinsi altri segni del suo arrivo: la porta d'ingresso che sbatteva, il mormorio di voci differenti e poi la sua voce, un ringhio inconfondibile sul quale le mie orecchie erano ancora sintonizzate. Il rombo della sua voce riverberò lungo il corridoio e dentro le pareti, percorrendo i tubi di metallo della spalliera del letto. Mi attraversò in ondate basse e frequenti, come un sonar, e ogni onda annunciava il suo arrivo. Stava venendo per me.

Le altre voci scomparvero, o forse il terrore che mi attanagliava i pensieri mi impediva di sentirle. I suoi passi sul pavimento divennero più forti e più vicini, rintoccavano sulle assi, e il mio cuore batteva a un ritmo che era il doppio di quello dei passi. Cercai disperatamente una via di fuga, ma c'era soltanto una finestra, troppo stretta e troppo in alto, e sapevo che non sarei mai riuscita a liberarmi e arrivarci in tempo. C'era una porta che dava sul bagno, ma era piccolo e vuoto e non avrei certo potuto nascondermi lì dentro.

Mi rialzai sul materasso appoggiandomi a un gomito in cerca di posti in cui rintanarmi e in quel momento la porta si spalancò. Adair comparve sulla soglia e mi sembrò ancora più imponente di come me lo ricordavo, o forse era il terrore a farmelo percepire più grosso. Gli altri suoni della casa si erano dissolti e udivo solo il sangue che mi pulsava nelle orecchie e il battito del mio cuore, rapido come quello di un coniglio in fuga. La gola era secca come una conduttura arrugginita e lo stomaco era sottosopra.

Entrò nella camera, richiudendo la porta. Lo vidi meglio in volto e la sua espressione era terrorizzante e indecifrabile. Non aveva l'aspetto che mi ero immaginata per quel momento tanto temuto. Non era paonazzo di rabbia. Non stava urlando, non mi stava minacciando. Rimase immobile sulla soglia, incapace di distogliere gli occhi da me, ma non riuscivo a capire che cosa stesse pensando. Mi aggrappai a un esile filo di speranza che mi lasciasse chiedergli pietà o che potessi trovare il modo di mitigare o diminuire almeno un po' la sua furia.

«Adair» dissi quando ritrovai la voce. «Fammi spiegare...»

In due rapidi passi attraversò la stanza, con la mano alzata e pronta a colpirmi, ma di colpo si bloccò. Mi rattrappii, chiudendo gli occhi, ma il colpo non giunse. Riaprii gli occhi e vidi che mi fissava. Uno strano suono triste gorgogliava nella sua gola.

«Adair, ti prego...»

«No. Non devi rivolgermi la parola. Non ancora» disse, con voce strozzata dall'emozione. Allungò una mano verso il mio volto e io d'istinto mi scansai, ricadendo con la schiena sul letto. Il mio ritrarsi lo fece arrabbiare e la sua espressione cambiò rapidamente e completamente, come se si fosse acceso un fiammifero.

Provai a rialzarmi e lui mi spinse giù, montandomi sopra con truce determinazione. Strofinò il volto sul mio collo e sulle guance, inalando il mio odore, poi mi coprì la bocca con la sua. Non era un bacio, mi stava divorando, e non potevo far nulla per sfuggirgli. Il suo corpo sopra il mio, il suo alito, l'odore della sua pelle e dei suoi capelli: era tutto così familiare e allo stesso tempo terrorizzante. Si sdraiò sopra di me e mi bloccò, come un animale, mentre le sue mani mi frugavano in basso, poi sollevò la mia gonna su fino alla vita, facendomi provare freddo alla pelle, e mi strappò le mutandine.

«Ti prego, non farlo» provai a dire, ma era come un corpo morto su di me e capii che non sarei mai riuscita a dissuaderlo semplicemente implorandolo. Potevo solo subire ciò che stava per accadere. Mi fermò le anche con le mani e poi entrò dentro di me, lacerandomi di dolore, e spinse, spinse sempre più forte. Non disse nulla, non mi insultò, non imprecò, non gemette nemmeno, si limitò a digrignare i denti a ogni spinta. Strinsi gli occhi e cercai di non urlare, reprimendo l'impulso a lottare e a resistere, perché avrebbe solo peggiorato le cose.

Poi udii un suono provenire dalla sua gola. Non era il grugnito di piacere che ero abituata a sentirgli emettere quando ci accoppiavamo. Era come se stesse sforzandosi di non piangere, come se reprimesse una sorta di dolore. Venne in fretta, penetrandomi con durezza, e allo stesso tempo uno strano grido gli sfuggì di bocca. Era un suono che non gli avevo mai sentito fare prima ed era pieno di tristezza. Giacqui sotto di lui mentre mi accarezzava il volto e i capelli, il suo respiro caldo e affannato nelle mie orecchie.

Dopo parecchio tempo si staccò da me. Avevo ancora gli occhi chiusi e sentivo freddo nel punto umido in cui aveva eiaculato, e la testa mi pulsava come se fosse sul punto di esplodere. Udii il rumore metallico della cerniera tirata su. Non mi disse una parola e io rimasi cosciente quanto bastava per sentire la porta aprirsi e chiudersi, poi ricaddi in un oblio scuro di dolore.

30

Adair si fermò in corridoio appena fuori dalla camera. Lanore rimase dentro, dolorante nelle lenzuola umide e stropicciate. Adair si portò una mano sugli occhi, con le dita tremanti. Era sfinito, sentiva i muscoli tremargli in tutto il corpo. Non sapeva nemmeno quanto tempo avesse trascorso in quella stanza; si ricordava soltanto il momento in cui era venuto dentro di lei. Non avrebbe voluto che accadesse, né che il loro ricongiungimento andasse così.

Aveva tutte le intenzioni di parlarle, di dirle del cambiamento che aveva subito da quando era stato liberato. Voleva dirle che l'aveva perdonata, chiederle di dargli una possibilità... Ma quando il momento era finalmente arrivato, gli era stato impossibile parlarle. Era diventato muto non appena l'aveva vista, sopraffatto dal desiderio. Più che desiderio, era straziato dal bisogno del contatto che poteva avere soltanto entrando dentro di lei. Voleva che i loro corpi divenissero indistinguibili, che i loro sudori si mescolassero, che le loro carni si confondessero. Voleva dissolversi dentro di lei e che lei si dissolvesse in lui. Ma lei non aveva dato alcun segnale di ricambiarlo, perciò lui l'aveva presa con la forza, incapace di trattenersi.

L'aveva posseduta nonostante tutto ciò che sapeva di lei, perché naturalmente nel momento stesso in cui l'aveva toccata aveva assorbito tutti i suoi ricordi, proprio come era accaduto con Tilde. Aveva scoperto subito i suoi anni di solitudine in attesa di Jonathan, invidiandolo perché sapeva benissimo che lei non l'avrebbe mai desiderato con tanta intensità. E quanto ai sentimenti di Lanore verso di lui, Adair scoprì un groviglio di terrore e repulsione per le cose che lui aveva fatto a lei e agli altri. Ma gli parve di percepire anche una scintilla di qualcosa di simile all'attrazione, benché fosse troppo piccola e debole, e concluse che si trattasse solo dell'ombra residuale di ciò che un tempo lei aveva provato per lui a Boston, un amore evanescente simile alla luce di una stella lontana, percepita anni dopo la sua morte.

Fermo dietro la porta chiusa, Adair desiderò di prendere a testate il muro, in preda al rimorso. Per secoli aveva pensato al momento in cui avrebbe rivisto Lanore, dapprima immaginando elaborate coreografie di vendetta e poi, dopo la sua epifania, chiedendosi come poterla convincere che era cambiato. Adesso il momento era arrivato e passato ed era stato diverso da tutti gli scenari che avevano animato la sua immaginazione negli anni. Era troppo tardi ormai, era finita ancor prima che si accorgesse di cosa stava facendo. Provò una serie di sensazioni conflittuali: nausea, trionfo, pentimento, rimorso. Avrebbe voluto tornare subito in quella camera per scusarsi, e allo stesso tempo era disgustato dalle condizioni di debolezza in cui Lanore l'aveva ridotto.

L'unica cosa importante avrebbe dovuto essere il fatto che lei era di nuovo sua; non avrebbero dovuto avere alcuna importanza i sentimenti di quella donna. Lui aveva subito un torto, in fondo. Non c'era alcuna ragione di sentirsi così disperato.

Ma non poteva negare che, invece, i suoi sentimenti avevano importanza per lui. Non appena aveva posato gli occhi su di lei, il richiamo della vendetta lo aveva quasi assordato, ma allo stesso tempo desiderava abbracciarla stretta, il cuore colmo di gioia. Quella parte di lui, melensa e innamorata, voleva soltanto deliziarsi di lei, entusiasmarsi come un ragazzino per tutte le cose di lei che amava e che gli erano mancate così tanto. Lo inebriò il fatto che era bastato vederla per commuoversi: il suo bellissimo volto riusciva ancora a farlo piangere. Poggiò la mano sulla porta, sperando per un attimo che non fosse troppo tardi; le avrebbe detto di non aver paura di lui, l'avrebbe implorata di concedergli un'altra occasione. Un tempo lei aveva provato qualcosa di simile all'amore per lui – sapeva che era così e lei non poteva negarlo – e ora Adair desiderava solo riaccendere quell'amore.

Ma fu il suo orgoglio a fermarlo. Tolse la mano dalla porta.

Andò in bagno a lavarsi le mani. L'acqua corrente lo aiutò a calmarsi e si guardò allo specchio, ricordando come lei aveva distolto il viso e aveva cercato di respingere i suoi baci. Come si era irrigidita al contatto, la smorfia che aveva fatto quando lui era scivolato fuori da lei dopo l'orgasmo. Jonathan aveva ragione a dubitare di lui: non sarebbe mai riuscito a far sì che Lanore lo amasse. Non era nemmeno riuscito a impedirsi di stuprarla, non riusciva a fermare il vortice di emozioni conflittuali che lo travolgeva. Come avrebbe mai potuto essere degno del suo amore se era ancora preda di quegli oscuri istinti? Fece appello a tutte le sue forze interiori per non cedere alla disperazione e frantumare quello specchio fino a ridurlo ad aghi di vetro.

Durante il viaggio da Boston ad Aspen aveva cercato di tenere a bada le emozioni. Sperava che, quando si sarebbe trovato di fronte a Lanore, i suoi sentimenti sarebbero cambiati, che non avrebbe più provato quell'ebbrezza di ottimismo o il desiderio di vedere il proprio amore riflesso negli occhi di Lanore. Così sarebbe stato tutto più facile: se non era amore, poteva punirla quanto voleva, fino a essere soddisfatto, e poi liberarsi di lei.

Ma invece tutto gli diceva che era ancora innamorato di lei, e quella consapevolezza lo rendeva furioso. Avrebbe voluto estirpare quell'amore che si era avviluppato dentro di lui come un rampicante, avvolgendo in spire i suoi organi e le sue ossa, soffocando il suo cuore e sottraendo ossigeno dalla sua mente, insinuandosi fin nel midollo. Avrebbe strappato le radici di quel cancro se solo avesse saputo come farlo. Stava uccidendo la sua energia vitale, l'implacabile forza del suo essere era in costante attrito con l'ostacolo inamovibile dell'amore, e sapeva, per via delle dolorose esperienze passate, che non avrebbe mai vinto quella battaglia. Non poteva costringere qualcuno ad amarlo.

Adair fece una doccia per togliersi di dosso ogni rimasuglio di ciò che aveva fatto a Lanore. Si lavò l'inguine, liberandolo dal suo sapore. E quanto all'odore della sua paura, lo scacciò bevendo del liquore molto forte. Ma niente riuscì ad alleviare il senso di rimpianto che provava per aver ceduto al desiderio e alla voglia di vendetta. Sconvolto dalle proprie emozioni, Adair avrebbe voluto ferirsi per espiare, come un penitente. Pensò di tagliarsi le vene dei polsi, forse si sarebbe sentito meglio, forse l'odio sarebbe defluito fuori da lui insieme al sangue, e avrebbe riguadagnato la risolutezza nei confronti di Lanore che pareva aver smarrito. Si ricordò di come Dona, quando era ubriaco, si tagliava le braccia. All'epoca aveva pensato che fosse un atto futile e ridicolo, ora invece iniziava a comprendere perché lo faceva, capiva perché fosse un'idea seducente e piena di significato nonostante la completa inutilità.

Dio gli aveva inflitto una punizione esemplare. Dio... Era da tanto tempo che non pensava a Dio, se non con disprezzo, eppure ora il nome di Dio gli affiorava sulle labbra, come se fosse una vecchietta superstiziosa in punto di morte! Ritrovarsi a invocare Dio nel momento più difficile e tormentato della sua vita lo sconvolse. Era pura follia... Che cosa gli aveva fatto quella donna? Lo aveva rivoltato come un guanto, trasformandolo in qualcosa che non era, o forse ritrasformandolo in ciò che era un tempo e si era sforzato di negare. Quando aveva deciso di rinunciare all'amore in nome della scienza, era soltanto un ragazzino stupido. E altrettanto stupidamente aveva pensato che in quelle faccende ci fosse una possibilità di scelta. Ma alla fine dei conti anche lui doveva arrendersi alla propria umanità.

Vagò fino alla cucina in cerca di qualcos'altro da bere. Aprì pensili e armadietti finché trovò una bottiglia di vino e poi rimase fermo in mezzo alla stanza, chiedendosi cosa fare. A prescindere da ciò che era e ciò che faceva, Adair era ancora attratto dalla presenza di Lanore, come da una calamita; non riusciva a essere felice se non quando era con lei. Con un lamento, Adair resistette all'impulso di prendere due bicchieri e risalire nella camera da letto dove lei riposava. Invece, prese una sedia e si versò un bicchiere di vino, da solo.

Il ritorno degli altri risparmiò a Adair una notte di veglia solitaria. I figli di Tilde e i loro amici erano ancora fuori a sciare, ma gli altri rientrarono allegri ed eccitati, le loro voci riempirono le stanze della casa. Adair sapeva che quegli esseri assetati di sangue e spietati erano fuggiti perché in fondo sapevano che potevano esserci loro al posto di Lanny, a subire qualsiasi tipo di orrore lui le stesse infliggendo. Ma Adair sapeva che non era vero: nessuno di loro gli suscitava le emozioni che Lanore gli provocava. Non aveva mai amato nessuno quanto lei.

Adair, sobrio nonostante avesse finito anche una seconda bottiglia di vino, raggiunse i suoi leccapiedi nel salotto. «Mi sembrava di impazzire» stava dicendo Alejandro quando Adair si intrufolò nella stanza. «Avevo iniziato a sentire di nuovo la sua presenza, proprio come voi, no?» domandò, guardandoli in volto in cerca di conferme. «Mi stavo chiedendo cosa significasse quando all'improvviso Lanore si è presentata al mio studio. Perciò ho pensato: Può essere soltanto una strana coincidenza? Ma no, sapevo che non lo era affatto. Quando lei ha ammesso di essere responsabile della scomparsa di Adair, sono stato sul punto di perdere il controllo...»

«Ho sempre sospettato che lei c'entrasse qualcosa» lo interruppe Tilde. «Ho capito subito che c'era qualcosa in lei di cui non mi fidavo.»

«E così ho capito che dovevo fare qualcosa» proseguì Alejandro, alzando la voce per farsi udire dagli altri. «Non poteva passarla liscia dopo quello che aveva fatto a Adair, ma cosa potevo fare?»

«Perché non l'hai trattenuta tu stesso? Perché non l'hai consegnata a Adair?» chiese Pendleton. Non si lasciava ingannare dall'aria trasognata di Alejandro, dalla sua finta delicatezza, e Adair lo stimò per questo.

Alejandro simulò sorpresa. «Tanto per cominciare, ero sconvolto, non riuscivo a pensare con chiarezza. Mi aveva colto di sorpresa. E poi, santo cielo, io? Io che metto le mani addosso a qualcuno? No, però mi sono ricordato una cosa: chiamare Tilde. Ero certo che lei avrebbe saputo cosa fare.

«Perciò mi sono inventato una storia per convincere Lanore ad andare da lei, e poi ho chiamato Tilde. Lei mi ha detto di inviare un messaggio a tutti gli altri che conosciamo, per vedere se qualcuno era stato contattato da Adair.» Sorrise, compiaciuto. «E così ho parlato con Jude e il giorno dopo ero già a Boston, di nuovo con Adair, come se il mio desiderio di rivederlo l'avesse fatto materializzare, come in un sogno. Ero senza parole dalla gioia.» Si voltò e in quel momento notò Adair e il volto si animò di pura estasi. «E sono ancora sottosopra per il fatto che è di nuovo con noi, come se questi due secoli fossero solo un brutto sogno. È un prodigio.»

Adair non si espresse in alcun modo. Non aveva proprio voglia di dar retta al servilismo di Alejandro. Anzi, lo aveva sconvolto ritrovarsi Alejandro tra i piedi senza averlo convocato. Lo spagnolo si era presentato a casa di Jude dando per scontato che avrebbe riottenuto il proprio posto nell'entourage di Adair. Aveva portato con sé uno scatolone pieno di fotografie e aveva insistito perché Adair le guardasse con lui a una a una: la gente che aveva conosciuto, i posti in cui aveva vissuto. Le foto più imbarazzanti erano quelle della casa in cui viveva ora, che Alejandro aveva trasformato in un tempio dedicato al suo antico padrone. Aveva riprodotto la camera da letto di Adair in ogni dettaglio, con i narghilè e il letto di cuscini. Perfino una delle vestaglie di seta di Adair era appesa al letto, abbandonata. Peggio ancora, lo spagnolo aveva preso con sé quello strumento di tortura, l'intrico di legacci di pelle, e gliel'aveva riconsegnato con fare riverente, non sapendo che Adair ormai non ne sopportava più nemmeno la vista.

Mentre gli altri continuavano a chiacchierare e a spettegolare attorno a lui, Adair li osservò con sguardo critico. Erano sempre stati così odiosi senza che lui se ne accorgesse? Jude era sempre stato così avido e Alejandro così servile? O forse senza una mano forte a guidarli si erano lasciati prendere dai loro lati peggiori? Adair odiava quel tipo di debolezza, lo riteneva una maledizione che affliggeva soltanto i più pigri. Non era affatto sicuro di voler ricominciare con loro una seconda volta, ci sarebbe voluto troppo lavoro per rimetterli in carreggiata. L'unico che gli pareva promettente era Pendleton, pensò Adair; avrebbe potuto bandire per sempre tutti gli altri, dare una bella ripulita alla sua corte, risparmiando soltanto Pendleton. Del resto, aveva bisogno di almeno un servitore affidabile.

E poi c'era Jonathan, seduto in disparte, che ascoltava il chiacchiericcio di quelle sanguisughe senza commentare. Adair notò che Jonathan pareva pensoso. Forse si stava chiedendo cosa fosse successo tra lui e Lanore, se Adair avesse mantenuto o meno la sua promessa. O forse riusciva a vedere che Adair aveva combattuto contro le proprie emozioni e aveva perso.

Sentendo citare il nome di Lanore nella conversazione attorno a lui, Adair provò una stretta al cuore, ricordando ancora una volta cosa aveva fatto nella stanza in fondo al corridoio. Aveva avuto l'occasione per mostrarle compassione e l'aveva sprecata; ormai lei non si sarebbe più fidata di lui. Il suo vecchio entourage continuava a parlare, senza sospettare quanto fosse afflitto dalla vergogna, tanto da desiderare di cospargersi di benzina e darsi fuoco, o convincere qualcuno a spararagli un colpo in testa o a farlo a brandelli con un'ascia. Era disposto a tutto pur di liberarsi della propria disperazione, ma non c'era niente che potesse fare contro la propria natura... O contro il rimorso, come sapeva fin troppo bene.

La porta d'ingresso si aprì e gli sciatori rientrarono, in una nuvola di chiacchiere inutili e risate sarcastiche, i giovani volti arrossati dal movimento. Quando videro gli adulti radunati attorno al camino, smorzarono rapidamente i toni allegri e le risate.

«Mika» disse Adair senza voltarsi, richiamando il più giovane con voce impastata dal vino. «Vieni qui, ragazzo, ho un favore da chiederti.»

Nella stanza piombò un silenzio tombale, spezzato soltanto dal sospiro atterrito di Tilde. Il ragazzo si fece avanti con riluttanza.

«Vai nella stanza dietro la cucina» proseguì Adair. «Ci troverai una donna. Portale degli asciugamani e slegala, così che si possa lavare.»

La parola «slegala» risuonò come una campana d'allarme nel silenzio e i ragazzi si guardarono nervosamente l'un l'altro come per accertarsi di aver sentito bene. Lo shock per ciò che avevano udito divenne incredulità e uno di loro rise, credendo che fosse uno scherzo.

Jonathan si alzò. Era diligente, pensò con fastidio Adair, aveva compreso subito che ci poteva essere qualche problema ed era pronto ad affrontarlo, come un soldato. «Ci penso io.»

«Tu rimani dove sei» ringhiò Adair senza distogliere lo sguardo dal giovane orfano che, benché fosse l'erede di una ricchezza spropositata, sembrava fragile e insicuro come uno sguattero. «No, ci penserai tu, Mika... Perché tu vuoi andare a vedere di che cosa sto parlando, no? Sento la curiosità in te. Bravo ragazzo. Ma ti avverto, non ascoltare nemmeno una parola di ciò che dirà quella donna. È come una sirena, e tu sai cosa fanno le sirene, no? Fanno impazzire gli uomini con il loro canto.»

«Ha bevuto troppo» intervenne Jude con tono di scusa, rivolto al ragazzo. «Sta scherzando, ovviamente.»

Tilde si avviò verso il corridoio. «Mika, resta dove sei. È meglio che ci pensi io a questa...»

«Siediti subito!» urlò Adair, e tutti si bloccarono. «Non vi è chiaro ciò che ho detto? Se ne occuperà Mika. È ora che dimostri quanto vale a me» disse Adair, con un chiaro tono di minaccia.

Dentro di lui si agitavano emozioni in conflitto: soltanto poco prima aveva disapprovato il fatto che Tilde avesse corrotto in quel modo quel ragazzo, ma adesso, ubriaco, anche Adair voleva corromperlo, per quanto fosse un atto meschino. Era curioso di vedere come avrebbe reagito il ragazzo di fronte a una persona debole e in pericolo, come una lepre nella tagliola. L'avrebbe lasciata andare? Le avrebbe spezzato il collo? O forse affidando a quel ragazzo, un'incognita dell'equazione, il compito di occuparsi della prigioniera voleva in realtà provocare il destino, per vedere se avrebbe sconvolto i suoi piani. Adair si mise a sedere, sotto gli sguardi atterriti di tutti i presenti. La tensione era palpabile, e si rese conto che tutti volevano semplicemente che quello spettacolo finisse. Ma nessuno era in grado di fermarlo.

Il ragazzo fissò Adair per un attimo prima di incamminarsi verso la cucina, e i suoi amici scelsero saggiamente di darsela a gambe, dirigendosi verso le scale. Prima che qualcun altro parlasse, il campanello d'ingresso suonò. Jude fu il primo ad alzarsi per andare ad aprire, cogliendo al volo l'opportunità di togliersi di mezzo. Presto, comunque, udirono la voce sempre più alta di un uomo che esigeva di vedere la padrona di casa. Ci fu un mormorio di risposta da parte di Jude e poi giunse di nuovo la voce dell'uomo, più alta, e si udì distintamente un nome, Lanore, seguito dalla parola «polizia». Tilde fece per alzarsi, ma Adair sollevò una mano, ordinandole di restare dov'era, e scattò dalla sedia seguendo i passi di Jude.

All'ingresso c'era un uomo alto di mezz'età che stava cercando di aggirare Jude per entrare in casa. L'uomo pareva agitato e nervoso, ma non se ne sarebbe andato senza una mano forte che lo persuadesse a farlo. Si sistemò gli occhiali sul naso.

«Gliel'ho detto, non c'è nessuno di nome Tilde qui» stava dicendo pazientemente Jude quando Adair gli giunse alle spalle.

«Che cosa sta succedendo? Posso aiutarvi?» chiese Adair. In realtà, voleva soltanto guardare meglio l'uomo che presumeva fosse il dottor Luke Findley.

«Come stavo giusto spiegando al suo amico qui, sto cercando la mia fidanzata. Si chiama Lanny. So che si trova qui. Il GPS del suo telefono mostra questo indirizzo... » L'uomo si interruppe quando guardò a fondo negli occhi di Adair, e la sua agitazione aumentò. « Tu sei Adair,vero? Mi ha parlato di te. Sei reale. Esisti davvero, allora » disse con una sfumatura di timore reverenziale, la voce roca e secca. Jude indietreggiò, togliendosi dall'ingresso.

« Sì, sono io. E tu sei... »

« Luke Findley. Ma sai già chi sono, vero? »

« A quanto pare sì, sappiamo qualcosa l'uno dell'altro. Entra, Findley. Lanore è qui, ma mi perdonerai se non la faccio chiamare, in questo momento: non è nelle condizioni di ricevere visite, ora come ora. » Con sommo divertimento di Adair, l'uomo obbedì come in trance, addentrandosi lentamente nel corridoio. Luke si fermò sulla soglia della stanza in cui erano ancora radunati gli altri, scrutandoli come se cercasse di associare un nome a ciascun volto di quelle persone di cui aveva sentito parlare senza credere che esistessero veramente. Il suo sguardo si soffermò in particolare su Jonathan, che esaminò con maggior attenzione senza però dire nulla.

Adair osservò Luke dalla testa ai piedi. « Dunque tu saresti l'amante di Lanore. A dire il vero, sono un po' sorpreso. Non prenderla male, ma ti trovo francamente deludente. Non mi sembri all'altezza dei suoi soliti standard. Lanore preferisce uomini più... più belli. »

« E anche tu, a quanto ne so » replicò automaticamente Luke.

Adair fu colto alla sprovvista da quella risposta pronta. Forse quell'uomo non era affatto innocuo come aveva creduto se aveva il coraggio, o la stupidità, di dire qualcosa del genere a lui. Coraggioso o meno, comunque, Adair non perse tempo e reagì come avrebbe fatto di fronte a qualsiasi offesa: sferrò un pugno in faccia a Luke. Qualcosa si ruppe dentro la bocca del dottore e il sangue prese a colargli dal labbro inferiore, che si era morso. Luke sputò schegge di denti nel palmo della mano.

« Ti consiglio di non farmi arrabbiare ulteriormente o scoprirai cosa succede ai miei uomini » lo ammonì Adair, esaminandosi una sbucciatura sulle nocche dovuta al dente di Luke. « Credi forse che i suoi gusti siano cambiati e ora sia in cerca di una figura paterna, vecchio? » disse flettendo le dita, anche se ormai il taglio era scomparso come se non fosse mai esistito. «Non avrebbe mai funzionato tra voi due. Non sarebbe mai durata a lungo. Saresti diventato poco più che un animaletto da compagnia, un giocattolo con cui intrattenersi per sentirsi meno sola. Lei odia stare da sola, sai. Accoglierebbe perfino il diavolo nel suo letto in cambio della promessa di risvegliarsi con lui accanto.» Osservò l'altro fare una smorfia di dolore. «Esatto: non puoi essere che questo per lei, un servo nei momenti in cui le sei utile e un giocattolo quando sei inutile. E se credi che non sappia essere spietata, ti sbagli di grosso.»

«Immagino che nessuno meglio di te lo sappia» borbottò Luke con la bocca insanguinata. «In fondo di te si è liberata, no?»

Uno dei presenti si lasciò sfuggire un sibilo, un altro un grugnito. Stavolta Adair non rispose, si limitò a sferrare un altro potente pugno allo stomaco di Luke, che si accasciò a terra, contorcendosi per il dolore. Adair si sporse su di lui. «Non hai alcuna speranza contro di me. Ti consiglio di non mettere ulteriormente alla prova la mia pazienza.»

Fece un gesto con il braccio al branco di sciacalli alle sue spalle: di colpo era stufo marcio di averli attorno. Ed era anche stufo di Tilde e di Alejandro, che aspettavano il loro turno con la preda. Ma del resto era da lui che avevano imparato tutto, no? Adair poteva incolpare soltanto se stesso per come stavano le cose. «Andatevene, tutti quanti. Lasciatemi da solo con lui.» Uscirono alla chetichella, lanciandogli sguardi con la coda dell'occhio mentre gli sfilavano accanto, forse perplessi dal suo strano comportamento. Che siano pure confusi, pensò Adair, non mi interessa per nulla.

Adair sapeva che i sentimenti di Lanore per Luke erano autentici: in un certo senso, erano altrettanto forti di quelli che aveva provato per Jonathan, anche se rappresentavano una forma diversa di amore. Lo irritava profondamente il fatto di rischiare di perdere Lanore per quell'uomo insignificante. Comprese che non ci voleva un dio del sole come Jonathan per portargliela via, bastava anche qualcuno di ordinario come quello.

Sferrò un calcio a Luke, ancora a terra, sempre nello stomaco, e poi un secondo calcio, stavolta in faccia. Picchiarlo lo faceva stare bene, esorcizzava la sua rabbia. «Come hai osato venire qui?» chiese dopo aver smesso di accanirsi su di lui, quando la furia cieca che l'aveva assalito iniziò a sfumare. «Credi forse di meritarla più di me? Credi di avere anche il minimo diritto su di lei? Che cosa mai credevi di poter fare venendo qui?»

«Dovevo venire» riuscì a dire Luke tra un singulto e l'altro, con le braccia strette allo stomaco, sputando sangue sul parquet. «Sapevo che era qui e non potevo abbandonarla. Preferisco morire piuttosto che vivere senza di lei.» Adair avrebbe voluto disprezzare quell'uomo a pezzi di fronte a lui, ma non poteva: erano troppo simili, entrambi ridotti all'impotenza dal loro amore per Lanore.

Non riuscendo a risolversi a uccidere quel poveraccio innamorato, volle almeno toglierselo di torno. Si scostò i capelli intrisi di sudore dagli occhi e poi si avvicinò a Luke. «Ho finito con te. Per ora» disse Adair, poi lo sollevò da terra con una mano sola. «Mentre non ci sono, voglio che tu rifletta bene su ciò che stai facendo. Arrenditi. Rinuncia. Non tornerai mai con lei, io non lo permetterò.» Dire quelle cose lo rassicurò, come se potesse determinare il futuro con la sola forza delle parole, come se bastasse la forza di volontà per far avverare i suoi desideri.

Spinse Luke lungo il corridoio. «Ascoltami bene. Se riesci ad accettare quello che ti ho detto, non ti ucciderò. Ti rimanderò dalla tua famiglia, dalle tue figlie. So che hanno ancora bisogno di te. Pensa alle tue responsabilità nei loro confronti. Non c'è da vergognarsi se abbandoni lei per tornare da loro. Anzi, è una cosa onorevole.» Adair infilò una mano nella tasca di Luke e prese il cellulare. «Adesso ti metterò in un posto tranquillo e isolato, così potrai riflettere su ciò che ti ho detto. Ricorda, non voglio ucciderti. Perciò non costringermi a farlo.»

31

Adair conosceva un solo posto dove nascondere Luke: il garage, grande quanto una caverna e capace di accogliere quattro veicoli. Sistemò Luke accanto a un pilastro, con le mani legate dietro la schiena. Non c'era motivo di preoccuparsi a lasciare il prigioniero senza sorveglianza, poiché il garage era distante dall'andirivieni della casa. E poi, quell'uomo ormai era a malapena cosciente, perdeva sangue sul pavimento di cemento chiazzato d'olio del garage. Difficile che potesse causare dei guai.

Dopo essersi preso cura del visitatore inatteso, Adair seppe che era giunto il momento di passare alla questione che più lo vessava: Jonathan. Il suo disagio in presenza di Jonathan ormai era quasi insopportabile. Era evidente che Jonathan era cambiato dopo la sua permanenza nell'altro mondo, al punto che Adair non era più sicuro nemmeno di cosa fosse diventato. Nonostante le apparenze, non era più un essere umano, né una creatura soltanto di questo mondo. A volte sembrava un oracolo, cui era stato dato il dono di prevedere il futuro. Forse era stato tramutato in una sorta di portale tra i due mondi, un tramite per i messaggi delle entità superiori. Eppure, altre volte Jonathan sembrava semplicemente una spia di quella regina di cui parlava in modo così criptico.

L'esistenza di quella regina, sorprendentemente, riempiva Adair di terrore. Cosa voleva dire esattamente che esisteva una regina degli inferi? Se c'era una regina, doveva esserci anche un re, un uomo che forse si sentiva tradito dall'interesse della regina per Jonathan. Ma a inquietarlo era soprattutto la vaga sensazione di dover evitare quella donna e di dover fare di tutto per non incrociare mai i suoi passi. Non aveva idea del perché, ma aveva imparato a fidarsi del proprio istinto.

Tutte quelle incertezze lo sbilanciavano. Aveva passato tutta la sua vita a dare un nome all'incognito. Tuttavia, a quanto pareva per riuscire a comprendere quel mistero avrebbe dovuto abbandonare questo mondo, ed era un passo che non si sentiva affatto pronto a compiere.

Adair andò in cucina e scelse un coltello, largo e pesante, in acciaio, e lo soppesò. Poi risalì le scale, passando di stanza in stanza finché non trovò Pendleton in attesa con Jonathan, come un prete che ascolta la confessione di un condannato a morte.

«Che cosa vuoi fare con quel coltello?» gli chiese Pendleton, passando nervosamente lo sguardo dal volto deciso di Adair all'arma.

Adair indicò la porta. «Tu non c'entri. Lasciaci da soli» gli ordinò. Adair capì che Pendleton avrebbe voluto provare a convincerlo a non fare ciò che aveva in mente. Nei pensieri di Pendleton vide chiaramente un'ombra della solidarietà per gli altri esseri umani che un tempo gli era appartenuta. Ma essendo timoroso e non conoscendo ancora bene Adair, Pendleton esitò. Forse immaginava cosa gli sarebbe accaduto se si fosse opposto, presentiva il prezzo che avrebbe pagato, e questo bastò per convincerlo a uscire dalla camera, lasciando Jonathan indifeso e abbandonandolo al suo destino.

Ma Jonathan non sembrava affatto preoccupato. Anzi, pareva che si aspettasse da tempo quella situazione: loro due da soli, il coltello da macellaio. Fu lui a parlare per primo. «Non hai mantenuto la tua promessa su Lanny.»

Di colpo Adair sentì una tensione bruciante nell'aria. Forse era il suo senso di colpa. E anche il sospetto: come faceva Jonathan a sapere cos'era successo tra lui e Lanny? C'era forse una voce dell'altro mondo che gli sussurrava all'orecchio?

«Non provare a negarlo. Te lo leggo in faccia.»

Adair si voltò. «Allora dovresti anche sapere che mi sembra di essere all'inferno. L'ultima cosa che volevo era farle del male. Ma ho atteso questo giorno per troppo, troppo tempo… E non sono riuscito a trattenermi.»

«Le scuse sono inutili» rispose Jonathan. «Credi che importi il perché? Conta soltanto cosa hai fatto.»

«Ti aspettavi troppo da me» ruggì Adair, irritato dal tono di rimprovero di Jonathan.

«Sto parlando delle aspettative di Lanny, non delle tue.»

«Ciò che è successo era inevitabile. È la mia natura. Un uomo non può cambiare la propria natura.»

«Siamo tutti costretti ad affrontare la nostra natura. E se tu non riesci a superare la tua, vuol dire che sei un debole, Adair. Non sei degno del suo amore. Hai rovinato tutto, hai perso la tua occasione. Credi che Lanny potrà mai perdonarti o dimenticare, ora?»

Quelle parole provocarono in Adair un'ondata di rabbia e disperazione insieme. Lanore era il suo destino, ormai ne era certo. Quando pensava a lei, entrava in uno stato emotivo confusionale. Lo tormentava il fatto di non riuscire a controllarla. Era sempre stato in grado di costringere chiunque a piegarsi alla sua volontà, perché in fondo era sempre stato disposto a sacrificare i sentimenti degli altri verso di lui in cambio della pura e semplice obbedienza. Con Lanore però era diverso. Quando aveva accettato il fatto di aver bisogno di lei, si era sentito libero. Stranamente, arrendersi ai sentimenti lo aveva fatto sentire meglio. E lei era l'unica a cui era disposto ad arrendersi. Soltanto quando era con lei riusciva a dimenticare o ad accantonare tutto ciò che fino a poco prima gli sembrava importante.

Ma aveva sottovalutato l'impetuosità del proprio desiderio. E Jonathan l'aveva avvertito. Era stato stupido a pensare di poter cambiare così facilmente la propria natura. E adesso niente procedeva come aveva sperato, tutto stava andando a rotoli. Non stavano ripartendo da zero, lui e Lanore. Ed era tutta colpa sua, aveva rovinato tutto ancor prima che potesse ricominciare.

Del resto, era soltanto un uomo. Aveva dei limiti, non poteva cambiare completamente in un giorno. Aveva preteso troppo da se stesso, aveva fatto a Jonathan una promessa che non poteva mantenere. Maledetto Jonathan. Che fosse maledetto nell'inferno cui apparteneva. Adair decise di fare le cose a suo modo. E avrebbe iniziato proprio da Jonathan.

Era giunto il momento di rispedirlo nell'altro mondo. Il suo posto non era più oltre il velo che separava le due dimensioni. Non gli apparteneva più. Era un fantasma, un'apparizione vestita di carne e ossa, forse una spia, un imbroglione, mandato per indurre Adair in tentazione. E poi Adair sentiva fin nel midollo che non doveva permettere un incontro tra lui e Lanore, che in qualche modo, se ciò fosse accaduto, le conseguenze sarebbero state… catastrofiche. Gli bastava anche solo pensare a una simile eventualità per rabbrividire.

E poi a Lanore sarebbe bastato uno sguardo al volto rovinato di Jonathan per incolpare Adair. Avrebbe capito subito che era lui il responsabile, magari avrebbe anche pensato che l'avesse fatto per ripicca. Adair sentì lo stomaco contrarsi e inacidirsi al pensiero della delusione di Lanore. Continuava a deluderla.

Maledizione. Maledetto Jonathan, e maledetta anche lei. Era stata lei stessa a causare tutto questo, pensò.

Un senso di vergogna assalì Adair, bruciante come olio bollente; vergogna per non essere capace di controllarsi e per non essere nemmeno riuscito a nasconderlo a Jonathan. Vergogna perché Jonathan sembrava sapere sul suo conto più cose di quante ne sapesse lui stesso. Vergogna perché le osservazioni taglienti di Jonathan erano fin troppo vere, anche se non sapeva perché. E vergogna per la gelosia che provava. «Non devi più preoccuparti di Lanore, Jonathan. Ora lei appartiene a me.» Passò il pollice sul filo della lama. «E siccome ho riavuto Lanore, non ho più bisogno di te. Questo non è più il tuo posto. È ora che tu faccia ritorno da quella tua regina di cui parli.»

«Puoi mentire a te stesso, ma non a me. So perfettamente perché vuoi rimandarmi indietro, Adair. Hai paura di lei, e ti posso dire che fai bene ad averne. Fidati, è meglio che non venga mai a cercarti. Ma non è questo il motivo per cui ora mi ucciderai.» Gli occhi scuri di Jonathan lo fissarono in modo inquietante. «È perché non vuoi che Lanny mi veda. Per quanto io sia... malridotto ora, hai ancora paura che lei possa preferire me a te. E questo ti distruggerebbe.»

Le sue parole centrarono il bersaglio, fu come se una freccia gli si fosse conficcata in petto. Adair sapeva che Jonathan aveva ragione: l'avrebbe *distrutto* vedere il volto di Lanore illuminarsi per Jonathan. Non l'avrebbe sopportato. Preferiva passare per meschino e codardo piuttosto che permettere ai due amanti di riunirsi. Ma decise che era una componente essenziale della punizione di Lanore. Per quello che gli aveva fatto, non avrebbe mai più rivisto Jonathan. Se lui doveva soffrire, allora anche loro due avrebbero sofferto. Se lui non poteva essere felice, nessuno lo sarebbe stato.

«Quello che pensi non ha alcuna importanza per me, Jonathan» disse, brandendo il coltello. «Ti rimanderò nel mondo da cui sei venuto, nelle braccia della tua nuova amante.»

Jonathan sollevò una mano per fermare il coltello. «Allora lascia che ti dia un ultimo consiglio, Adair. Tu vuoi l'amore di Lanny: so che è così, ed è giusto che tu lo voglia. Perché nessuno ti ha mai amato, Adair. Né i tuoi cosiddetti amici, né la tua famiglia. Di certo non i tuoi leccapiedi. Nessuno di loro è venuto a cercarti, vero? No, forse sei davvero l'unica anima del creato che non ha mai conosciuto l'amore. L'unica nella storia di tutta l'umanità che non è stata mai amata. E Lanny è la tua ultima occasione, Adair.»

Quella rivelazione fu troppo per Adair. Sommerso dall'imbarazzo, affondò il coltello nella gola di Jonathan con un unico gesto fluido. Non si ingannò dicendosi che si era mosso troppo in fretta perché Jonathan potesse opporre resistenza: il cadavere non si mosse nemmeno, accolse il colpo perché voleva ritornare nel posto da dove era venuto. Adair si aspettava che il collo di Jonathan fosse rigido e difficile da recidere, ma la lama attraversò le ossa e i tendini come se fossero burro, e la testa fu tagliata di netto. Non ci fu un fiotto di sangue, solo una strana sostanza scura e collosa che colava. Il corpo rimase in piedi, sospeso, i muscoli ancora contratti, poi espirò e cadde al suolo, come una marionetta con i fili tagliati. Era come se per tutto quel tempo fosse stato un fantasma, un golem, e non un uomo vero. Abbassando lo sguardo sul cadavere, Adair rabbrividì.

Pendleton era in attesa nell'ombra del corridoio, gli occhi incavati come un monaco penitente. Adair gli consegnò il coltello. «Di' a Tilde di mandare qualcuno a portar via il corpo. Voglio che sia buttato in acqua, in profondità, dove non potrà mai essere recuperato.» Proseguì lungo il corridoio senza attendere che Pendleton dimostrasse di aver compreso i suoi ordini. Pendleton vide il corpo decapitato sul tappeto persiano e rimase immobile.

32

Quando Adair se ne andò, io rimasi immobilizzata a letto, piegata su un fianco in posizione fetale, con le ginocchia al petto. Dovevo aver contratto tutti i muscoli durante lo stupro, perché perfino respirare era doloroso. La mascella, le costole, i fianchi – tutto mi faceva male. E sentivo quel dolore perché lui aveva voluto che lo sentissi. Al pensiero di ciò che mi aveva fatto, mi rattrappii ancora di più e piansi, terrorizzata e sconvolta, sapendo che ciò che mi attendeva era quello, e anche peggio.

Ed era già un miracolo che non fosse andata subito malissimo. Adair non mi aveva picchiata, non aveva alzato le mani su di me. Non mi aveva minacciata, né sfidata, non sembrava godere dei miei tormenti. Anzi, se ricordavo bene – l'accaduto era avvolto in un manto di confuso terrore – aveva perfino cercato di baciarmi. E dopo l'orgasmo era fuggito subito, come se si vergognasse. Non era andata proprio come mi ero immaginata dopo la cattura. Non aveva alcun senso.

Stava arrivando qualcuno: udii la maniglia cigolare. La porta si aprì ed entrò uno dei figliastri di Tilde, Mika, snello e impaziente come un puledro. Era talmente pallido da sembrare un fantasma. Con sguardo furtivo, fissò non il mio volto o le mie mani legate ma più in basso, attratto dall'inattesa nudità del mio corpo, con la gonna ancora sollevata all'altezza dei fianchi. Cercai di sistemarmela, imbarazzata, e lui non si mosse per aiutarmi, non urlò chiedendo aiuto, non lasciò trasparire né commozione né rabbia né paura. Si limitò a fissarmi.

«Aiutami, ti prego» dissi, sperando di impietosirlo.

Lui continuò a fissarmi per un secondo o due e poi scosse il capo. «Quell'uomo... Mi ha detto di slegarti le mani, così ti puoi lavare.» Ma certo, non aveva bisogno di dirmi chi l'avesse mandato: nessun altro avrebbe osato. Mika si avvicinò ed esaminò la corda, ma io l'avevo strattonata con tanta forza durante lo stupro che il nodo era diventato inestricabile. Prese un coltellino dalla tasca e segò fino a tagliarla. «Tu sai chi è quell'uomo che è venuto da Birgit?» mi chiese mentre si dava da fare con il coltellino. Era chiaramente sconvolto dalla gelosia. «Perché è qui?»

Il mio primo istinto fu di proteggere Mika da ciò che stava succedendo attorno a lui, mi sembrava ancora troppo giovane per quelle cose. «È pericoloso. Stagli lontano e non fidarti di lui.» Mi massaggiai le abrasioni sui polsi, sapendo che sarebbero scomparse ben presto, anche se in quella stanza in penombra era difficile che lui si accorgesse del prodigio.

Un lieve sorriso gli increspò gli angoli della bocca. «Mi ha detto lo stesso di te. Ha detto che sei una sirena e che non devo ascoltare le tue parole.»

«Sei un adulto ormai. Decidi tu di chi ti puoi fidare o meno.» Pensavo che fosse chiaro di chi si dovesse fidare, data la situazione, ma dalla sua espressione distaccata compresi che non gli importava nulla di me o di che cosa mi fosse successo. Viveva in un mondo tutto suo e in quel momento aveva soltanto una cosa in mente.

«Erano amanti?» mi domandò.

Esitai. «Ascolta, ci sono delle cose che non sai sul conto della tua matrigna...»

«So più di quanto immagini» mi interruppe, quasi con orgoglio. Iniziò a slacciarsi la camicia. Io mi ritrassi di scatto, pensando che volesse approfittare della situazione per aggredirmi anche lui, come Adair, ma non erano quelle le sue intenzioni. Si sfilò la camicia, mostrando il candore perfetto della sua schiena – quasi perfetto, perché in realtà era coperta di piccoli geroglifici neri, una serie di lettere che non avevo mai visto prima, formule magiche che non sapevo leggere. Probabilmente era una scrittura antica e perduta. Ma era chiaro chi gli avesse fatto questo: le piccole punture di inchiostro nero potevano essere state tracciate soltanto da una mano, la stessa che secoli prima, con aghi e una bottiglietta di inchiostro di china, mi aveva marchiato il braccio. Tilde.

Si levò la camicia lasciandola cadere a terra e mi mostrò che tutto il suo corpo era ricoperto di tatuaggi: sulle scapole scheletriche e sul collo, fino al punto in cui veniva allacciato il collare; e sulle braccia fino ai polsi, dove venivano legate le manette. Le lettere gli percorrevano la spina dorsale e sparivano sotto le ascelle. I tatuaggi erano un segreto che lui nascondeva sotto i vestiti, e solo Dio sapeva che cosa ci fosse scritto davvero, ma credevo di sapere perché lei l'avesse fatto. Tilde l'aveva marchiato come sua proprietà e per metterlo alla prova, così che dimostrasse fino a che punto era disposto ad arrivare per compiacerla. Era una messinscena con cui Tilde aveva ricreato le abitudini di Adair, mettendosi al suo posto per formare una propria dinastia. Ma i suoi uomini non erano immortali, e per quanto facesse di tutto per tenerli con sé, erano tutti destinati ad abbandonarla prima o poi.

Il ragazzo si guardò la scritta sull'avambraccio destro, incantato, come se vi si fosse appena posato un uccello raro. «Lei dice che sono formule magiche che mi legano a lei, e talismani per proteggermi» spiegò, poi alzò lo sguardo su di me, sperando che confermassi le sue illusioni, ma non potevo farlo. Sapevo che Tilde non era in grado di praticare nessuna magia. Non era Adair. E quelli erano solo tatuaggi che si sarebbe portato addosso per il resto della sua vita con imbarazzo e vergogna, prove della sua giovanile stupidità.

«Sì, ora sei legato a lei» dissi, e in un certo senso era vero, ma lo dissi soltanto per compiacerlo, anche se mi nauseò farlo.

Lui sorrise contento come un bambino e si rimise la camicia sopra i tatuaggi, riallacciandosi i bottoni. «L'uomo che è venuto a trovarla, lui sembra... malato. C'è qualcosa che non va in lui» ammise con riluttanza. «Questi tatuaggi mi proteggeranno anche da lui?»

Un volto pieno di speranza innocente. Voleva essere il giovane salvatore di Tilde. «Ascoltami bene» dissi, cercando di penetrare il suo stato di sottomissione. «Non c'è niente che possa proteggerti da Adair. Niente. Stai alla larga da lui, hai capito? Non rimanere mai da solo con lui, per nessuna ragione, e per l'amor di Dio non metterti in aperto contrasto con lui.»

Ma il ragazzo sorrise, pieno di sicurezza nella sua follia. «Non ti preoccupare di me, me la so cavare.» E probabilmente, nella sua totale ingenuità, era convinto di essere capace di qualsiasi cosa, di essere anzi un prescelto. In fondo, era riuscito a sedurre la sua matrigna: non era già una prova di quanto fosse speciale? «Adair ha detto di darti una ripulita» concluse, uscendo dalla stanza. «Presto tornerà a trovarti.»

Quando Mika mi lasciò, andai nella piccola doccia dentro il bagno della domestica e rimasi a lungo sotto il getto d'acqua bollente, sperando che potesse lavar via tutto ciò che Adair mi aveva fatto. Ma l'acqua poteva soltanto ripulirmi il corpo, non la mente. Avevo paura di Adair ma non c'era nulla che potessi fare per fermarlo. Ero inerme, non potevo rifiutargli nulla, perché la mia vita ormai era appesa ai suoi umori. Sarebbe stata un'esistenza sopportabile, nei suoi momenti di calma, e un inferno quando invece si fosse sentito in vena di vendicarsi di nuovo o anche soltanto fosse stato arrabbiato per qualcosa che non c'entrava niente con me.

Ero ancora sotto la doccia quando sentii la porta aprirsi e non mi sorprese trovare Adair sdraiato sul letto, con lo sguardo perso nelle pieghe delle lenzuola, nel punto in cui mi aveva bloccato e stuprato. Quando aprii la porta del bagno, inondando di vapore la camera, alzò lo sguardo e mi vide nuda e ancora bagnata sulla soglia. Ma nei suoi occhi non comparve rabbia, né desiderio, sembrava scosso quanto me da ciò che era accaduto poco prima.

Levò il lenzuolo dal materasso e me lo gettò. «Avevo detto a quel ragazzo di portarti degli asciugamani» disse. Mi avvolsi il lenzuolo attorno e mantenni le distanze, anche se lui sembrava imbarazzato e umiliato e non dell'umore di aggredirmi di nuovo. «Vestiti» disse. «Voglio parlarti, ma non qua dentro.» Sembrava che entrambi ci sentissimo a disagio dentro quella camera ancora intrisa della sua violenza.

Iniziai a raccogliere i vestiti abbandonati sul pavimento, strappati e macchiati, ma lui mi porse un abito nuovo. «Ti ho portato qualcosa di pulito da mettere» disse. Era la vestaglia che avevo visto appesa nella camera di Alejandro a Barcellona, quella che un tempo era appartenuta a Adair. La seta antica color verde oliva, screziata d'oro, era consunta dall'età e sottile come nebbia, ma quando la infilai e allacciai la cintura mi ricordai delle occasioni in cui l'avevo indossata io stessa, a casa di Adair a Boston, subito dopo essere stata fra le sue braccia.

Mentre attraversavamo la casa notai che pareva vuota – non c'era nessuno dei familiari di Tilde nel salotto e non udivo voci provenire dalle altre stanze. Adair mi condusse in una piccola biblioteca, con le pareti piene di scaffali di libri. Lui si mise su una poltrona mentre io mi adagiai su un divanetto, il più possibile distante da lui. Coperta soltanto di quella seta leggerissima e con ancora i capelli bagnati, tremavo dal freddo. I suoi occhi mi esaminarono da capo a piedi, e dal suo sguardo, dalla piega della sua bocca e dall'espressione corrucciata capii che aveva qualcosa in mente.

«Adesso cosa succede?» gli domandai, attenta a non mostrare quanto temevo la sua risposta.

Lui inarcò le sopracciglia. «È proprio di questo che vorrei discutere con te, di ciò che succederà adesso... Naturalmente, tu verrai con me.»

Non volevo sembrargli acquiescente, perciò tacqui.

«Troveremo un posto in cui vivere e tu dormirai nel mio letto e mangerai alla mia tavola» proseguì. «Finché ti comporterai bene e farai ciò che ti dirò di fare, senza cercare di scappare, non ti rinchiuderò. Sarai la padrona di casa, ma dovrai rispettare le mie regole.»

Volevo che fosse chiaro con me, che mi dicesse come sarebbero state le cose fra di noi. Sarebbe stato com'era a Boston? Si aspettava che mi comportassi come se lo adorassi e avrei dovuto stare attenta a ciò che dicevo? O non gli importava che lo detestassi, purché non mi mostrassi apertamente ostile? «Quindi devo essere come Uzra? Devo prendere il suo posto?»

«Mi auguro che tra noi le cose vadano meglio di com'erano tra me e Uzra.»

«E se non faccio quello che vuoi?»

Sospirò, deluso. «Forse sarebbe meglio per te se la smettessi di illuderti di avere scelta, Lanore.» Attese che prendessi nota del suo consiglio e poi continuò. «Partiremo presto, forse già domani. Pendleton in questo momento sta scegliendo il posto in cui vivremo. Voglio abbandonare gli altri. Voglio che siamo soltanto noi due, non sopporterei di essere di continuo oggetto dei loro sguardi e dei loro pettegolezzi.» Mi chiesi se fosse un brutto segno, se l'isolamento serviva a far sì che lui si sentisse meno limitato nelle sue azioni. «E quando avremo ricominciato a vivere insieme, cercheremo un posto che ti vada più a genio. Possiamo andare dove vuoi, che cosa ne dici?»

Lo disse in modo così pacato che mi colse di sorpresa. E il suo desiderio di compiacermi... Ancora una volta mi parve un trucco ingannevole. Mentre ascoltavo le sue parole, pensavo anche a Jonathan: mi chiedevo se Adair l'avesse portato con sé, se fosse in quella casa. Ma non sapevo come chiederglielo senza rischiare di provocare di nuovo la sua rabbia.

«C'è però un'ultima cosa per cui ho bisogno del tuo aiuto» disse poi. «C'è qui il tuo amico... L'uomo con cui ti sei messa... Il dottore del Maine. È venuto a cercarti.»

Luke era lì? Fui assalita dal panico. Aveva commesso un'enorme stupidaggine a seguirmi, e come aveva fatto a trovarmi? Non gli avevo detto dove stavo andando e chi avrei incontrato. Per un attimo il terrore mi impedì di pensare. Ma nonostante il buonsenso e la preoccupazione, ero anche grata e stupita dal fatto che Luke mi amasse tanto da cercarmi.

Mi sporsi verso Adair. «Ti prego, lascialo andare.»

Adair si passò una mano nei capelli, osservandomi con attenzione. «È proprio quello che ho intenzione di fare ma, a giudicare dalla tua reazione, forse dovrei ripensarci. Mi sembra che tu tenga molto a lui. Forse tenerlo un po' con noi potrebbe essermi utile.»

«Non è necessario. Farò tutto quello che vuoi, Adair, se lo lasci andare. Te lo prometto.»

Mi guardò, cinico, rattristato.

Con estrema cautela, posai una mano sulla sua. «Che cos'hai da perdere? Hai già me, e in questo modo avrai anche la mia gratitudine. Adair, hai tu il coltello dalla parte del manico, puoi anche permetterti un piccolo atto di generosità. Per favore.»

Abbassò gli occhi sulla mia mano. «Le tue promesse sono sempre seducenti, Lanore, ma anche in passato hai fatto certe promesse e ora guardane le conseguenze. Ami quell'uomo quanto basta da consegnarti a me pur di salvarlo. Prima Jonathan, adesso lui. Mai per me. Perciò, dimostrami che ti darai a me in tutti i sensi. Dimostrami che sei mia. Vieni a sederti sul mio grembo.»

Non avevo altra scelta, perciò mi alzai e mi avvicinai alla sua sedia. Con estrema lentezza, mi sedetti su di lui. La vestaglia era così leggera che ero quasi nuda e sentivo chiaramente i movimenti delle sue cosce e del suo inguine. Emanava forza e desiderio allo stesso tempo, un desiderio tanto intenso da schiacciarmi, anche se non aveva mosso le braccia.

«Va bene» disse con voce roca. «Baciami, Lanore.»

Avevo paura di farlo, paura di ciò che avrebbe potuto intuire da quel bacio, ma obbedii. Gli presi il volto tra le mani, la sua barba mi punse i palmi, con i pollici gli toccai gli zigomi. Avvicinai le labbra alle sue e per un attimo il suo alito caldo rimase sospeso tra noi. Poi lo baciai, con tutta la tenerezza che riuscii a impormi. Temevo che bastasse quel bacio perché scoprisse tutto di me: la paura che lui mi incuteva, il timore per Luke, la preoccupazione per ciò che era successo a Jonathan – e che, furioso e vendicativo, avrebbe fatto a pezzi l'uomo a cui dovevo tanto. Ero stata io a segnare il destino di Luke, nel momento stesso in cui nel mio egoismo l'avevo convinto ad aiutarmi a scappare da St. Andrew. Non sarei stata capace di vivere con quel rimorso, perciò baciai Adair profondamente, troppo per non sentire qualcosa anch'io, che Dio mi perdoni, un mormorio simile a un tuono in lontananza.

Soddisfatto, Adair ricambiò il mio bacio con passione, come ai vecchi tempi, quando si lasciava andare dentro di me senza pudore alcuno. E poi la sua bocca fu ovunque: sulle mie guance, sul lobo dell'orecchio, lungo il collo. Aprì la vestaglia e il suo volto e i suoi capelli affondarono tra i miei seni, che si portò alla bocca affamata con dita tremanti. Pochi minuti dopo ero sdraiata sul divanetto e lui era sopra di me, dentro di me. Stare con lui in quel modo riaccese il mio antico desiderio per lui, dovevo ammetterlo; era come se le braci sopite si fossero riattizzate, ricordandomi che non era tutto scomparso nel tempo. Ma ciò che provavo era una strana mescolanza di emozioni; era come essere montata da un leone, bloccata da una forza impetuosa e allo stesso tempo travolta da una passione ferina... E, proprio come un animale selvaggio, c'era anche il rischio che decidesse di uccidermi da un momento all'altro, poiché bastava un istante perché il suo amore si tramutasse in odio. Quando venne, si accasciò su di me, poggiando la testa sul mio petto come un bambino, come se il battito del mio cuore lo rassicurasse. Giacqui sotto di lui, chiedendomi se ero stata abbastanza brava da convincerlo, tanto efficace da fare in modo che non si sentisse più minacciato da Luke e decidesse perciò di liberarlo.

Quando l'eccitazione sfumò, Adair mi aiutò ad alzarmi dal divanetto, sistemandosi i vestiti mentre io lisciavo la vestaglia sul mio corpo. Mi prese per mano e mi guardò. «Allora è deciso» disse, contento, scegliendo di credere che ora le cose fra di noi fossero diverse. «Andiamo da questo Luke. Mandalo via.»

Adair mi portò al garage, dove aveva abbandonato Luke come un cane alla catena, sul pavimento chiazzato d'olio e benzina, le braccia legate dietro la schiena. Restai senza fiato quando vidi il suo volto, coperto di lividi e tagli, un occhio tanto gonfio da essere chiuso e le labbra tumefatte e spaccate, con sangue raggrumato agli angoli. Probabilmente gli sarebbero rimaste delle cicatrici per il resto della sua vita, e le ossa spezzate non si sarebbero rinsaldate tanto facilmente. Era probabile che non tornasse mai più lo stesso di prima, ed era tutta colpa mia. Non potevo urlare e chiedere aiuto, perciò dovetti soffocare le parole che mi affiorarono alla bocca e impedire alle lacrime di scendere.

Cullai la sua testa fra le mani e lui si svegliò, strizzando l'occhio, confuso. Ero imbarazzata a stargli così vicino, ero sicura che sentisse l'odore di Adair su di me e che si fosse accorto che ero nuda sotto la vestaglia. Avrebbe capito che cosa avevo fatto. Dovevo usare questa cosa a mio beneficio.

«Lanny?» mormorò.

«Luke. Non dovevi seguirmi.»

«Non potevo lasciarti... da sola... ad affrontare...»

«Come hai fatto a trovarmi?»

Per un attimo parve confuso dalla mia domanda. «Il tuo cellulare... Ti ricordi quel programma che abbiamo scaricato, quello con la cartina di Parigi che mi avrebbe mostrato la tua posizione nel caso in cui mi fossi perduto? Mi ha mostrato dov'eri. L'ho usato per seguirti...»

«Luke, ascoltami bene.» Posai un dito sulle sue labbra per impedirgli di parlare. «Hai frainteso. Sono venuta qui di mia volontà.»

Scosse il capo lentamente, come un ubriaco.

«E sono stata fortunata. Adair mi ha perdonato. Vuole riprendermi con sé.»

Luke chiuse l'occhio e deglutì.

«Perciò non tornerò con te. Adesso sto con Adair.»

«Stai cercando di proteggermi, ma non funziona. Non puoi cacciarmi via come se fossi un bambino» rispose subito senza esitazione.

Mi guardai alle spalle e vidi Adair pochi passi indietro, a braccia conserte, che ci osservava con un'espressione mista di dolore e tristezza e – anche se non mi pareva possibile – di profonda vulnerabilità. E poi, come una nuvola che passa davanti al sole, quell'espressione scomparve, rimpiazzata da qualcosa di indecifrabile come una lastra di pietra.

Mi accovacciai accanto a Luke. «Non ti sto proteggendo, Luke: è ora che ti dica la verità. Vedi, ho commesso un errore quando ho creduto di poter stare con te. Quella notte a St. Andrew, quando ci siamo conosciuti, volevo soltanto scappare dalla polizia. Mi è bastato guardarti per capire che mi avresti aiutato. Sei un boy scout, Luke, un bravo ragazzo. Ce l'hai scritto in faccia. Sapevo che sarei riuscita a ingannarti e a convincerti a portarmi oltre confine, in Canada... E a quel punto avevo tutte le intenzioni di scappare e lasciarti.»

Sospirò di dolore. «Stai inventando tutto... Non ti credo...»

«Dovresti, invece, perché è la verità. Dopo quello che ho fatto a Jonathan non riuscivo a pensare chiaramente. Ero stufa della mia vita e avevo paura a rimanere da sola. Credevo di essere pronta a cambiare, volevo che le cose fossero diverse. E pensavo che tu... Insomma, sei così corretto e onesto, credevo che mi avresti aiutata. Sei un brav'uomo, Luke, e sei stato molto buono con me. Ci hai provato, non è colpa tua... Ma potresti provarci fino alla fine dei tempi e non servirebbe a niente. Non vai bene per me. Non riesco ad amarti come dovrei.»

Luke si morse il labbro inferiore e scosse il capo automaticamente, ma la sua mano smise di stringere la mia.

Continuai a parlare, sperando che mi stesse ancora ascoltando. «Non volevo ingannarti. Non credevo che sarei mai tornata da Adair, mai. Non credevo che mi avrebbe mai perdonata. Ma ritornare fra i miei simili mi ha fatto ricordare cosa vuol dire vivere. Come dovrebbe essere questa vita. Noi ci capiamo l'un l'altro. Non serve nascondere i propri sentimenti e continuare a rassicurare l'altra persona che non importa se sta invecchiando e diventa più lenta, più debole.» Accusò il colpo. Mi addolorava dirgli quelle cose, moltissimo, ma dovevo fare in modo che mi odiasse così che non gli rimanesse alcun rimpianto. Così che rompesse con me per sempre. Ed evidentemente c'era qualcosa di convincente nel mio inganno, perché scorsi l'ombra del dubbio sul suo volto.

«Insomma, Luke» continuai, più fluidamente possibile, «la mia non è una vita qualsiasi e non posso far finta che lo sia. Non sono fatta per crescere i figli di qualcun altro. Credi davvero che sarei felice nella tua casetta di St. Andrew a lavare montagne di panni sporchi e ad aspettare che le bambine rientrino da scuola per preparargli i biscotti?»

Luke lottò contro la corda che gli legava i polsi. «Stai mentendo, lo so...» borbottò. «Non andresti mai con lui. Tu hai *paura* di lui.»

«Non mi aspetto che tu capisca. Adesso che sono con lui ho capito che... mi è mancato. Mi è mancato il senso di liberazione che mi può dare soltanto l'abbandonarmi ai miei istinti più oscuri. Mi ero dimenticata di com'era.» Mi alzai e rimasi in piedi sopra di lui. «Non è facile dirti queste cose, Luke. Potevamo anche lasciarti qui e non avresti mai saputo nulla. Ma ho pensato che fosse giusto dirti la verità. Così potrai tornare dalle tue figlie e dimenticarmi.»

Aspettai un segno che avesse capito che stavo mentendo. Aveva intravisto un'esitazione nel mio sguardo, un'ombra di rimorso per il dolore che gli stavo provocando? No, ero brava a mentire. Avevo ingannato Adair una volta, no? Ed era più facile ingannare un uomo innocente e onesto, fiducioso e corretto come Luke.

Adair intervenne. «Hai sentito, omuncolo? Lei ha scelto me. Non ti vuole più.»

Luke guardò il suo aguzzino. «Vaffanculo.»

Mi gettai di fronte a Adair per impedirgli di prendere a calci Luke e lo spostai, così che potessimo parlare lontani dalle orecchie di Luke.

«L'hai sentito, Adair. Non mi crede» dissi.

«Non ti stai sforzando abbastanza per convincerlo, allora» ringhiò Adair.

«Non crederà mai che io voglia tornare con te di mia volontà, non dopo tutto quello che ha sentito sul tuo conto.»

Lui mi rivolse ancora quello strano sguardo. «Quindi è tutto qui quello che sa di me, le cose cattive? È questo l'unico modo in cui hai pensato a me?»

Fui colta alla sprovvista. Come si aspettava che pensassi a lui?

«Come mai non ritiene plausibile che tu provi anche solo un frammento di amore per me?»

Quando mancai di rispondergli con prontezza, il suo sguardo si fece gelido. «In questo caso, forse, mia cara, dovresti migliorare le tue abilità di attrice. Da quanto ricordo, riuscivi a recitare molto meglio quando ti faceva comodo.»

Ero allo stremo delle forze. Non riuscii a fermare le lacrime. «Devi per forza essere così crudele? Ho fatto come mi hai chiesto, ci ho provato. Ma tu hai dei poteri, no? Non puoi fare tu qualcosa?»

«Sì. Potrei ucciderlo» disse Adair. E poi si addolcì, sfiorandomi la guancia bagnata con un dito. «Ma quello non funzionerebbe, vero?»

«Ti prego, Adair. Se gli risparmi la vita avrai per sempre la mia gratitudine.»

Fece una smorfia alle parole «per sempre». Mi asciugò ancora le lacrime. «Lo ami e non vuoi che soffra per averti amato. Vuoi che io faccia qualcosa per alleviare le sue sofferenze. È questo che intendi, vero?»

Chinai il capo. «Sì.»

«Va bene, posso capirlo. Se solo fosse così facile per tutti noi alleviare le pene del nostro cuore... Ma per quest'uomo c'è qualcosa che posso fare.» Alzò lo sguardo su Luke, dietro di me. «Farò in modo che dimentichi di averti conosciuta. Entrerò nella sua mente e cancellerò ogni ricordo che ha di te. Adesso devi tornare nella tua camera ad aspettarmi. Non uscire. Non cercare di vederlo per un'ultima volta dalle finestre. Non deve rivederti prima di andar via di qui, o l'incantesimo svanirebbe.»

Capii che quella era l'ultima volta che vedevo Luke. Era coperto di sangue e semincosciente, ed era tutta colpa mia. Sì, forse era davvero la cosa migliore che si dimenticasse di me.

«Grazie, Adair. Ti ringrazio per la tua... gentilezza.» Feci una lunga pausa, e un pensiero mi bloccò, mi impedì di muovermi, di staccare i piedi dal pavimento in cemento del garage. «Ma come faccio a sapere che manterrai la promessa? Come faccio a sapere che non lo ucciderai comunque?» gli chiesi.

Adair mi scrutò con quegli occhi terrorizzanti, gelidi come le pietre preziose cui assomigliavano, e mi disse: «Non lo saprai mai».

33

Lago di Garda

La casa che Pendleton ci aveva trovato era un castello sulla riva settentrionale del lago di Garda, nell'Italia del Nord, a pochi chilometri lungo un sentiero sulle rive del Sarca, vicino alle famose pareti rocciose ripide alle pendici delle Dolomiti. Adair era stato in quella zona molto tempo prima, quando ancora era abitata da tribù sparse che vivevano di ciò che riuscivano a ottenere, con fatica, dal suolo. Aveva ricordi molto vividi delle bande di briganti che aggredivano i mercanti sui passi di montagna, e dei monaci e dei preti che vivevano in chiese e monasteri costruiti in alta montagna, lontano dalla civiltà, vecchi prelati ignoranti e bigotti che amministravano le loro parrocchie come despoti.

Adesso quella zona attraeva visitatori per le più diverse attività sportive – arrampicate, windsurf, mountain bike – ma la gente si concentrava per lo più nella valle, nelle piccole cittadine medievali sulle rive del lago, molto lontano dal nostro castello del Cinquecento nascosto dietro una grossa cancellata in ferro battuto. Lo stesso cancello che, insieme alla lunga e tortuosa discesa verso la città, mi rendeva impossibile lasciare la casa. Ma c'era qualcosa che compensava il mio isolamento: una vista magnifica sul lago, con la sua superficie nera che suggeriva le profondità indecifrabili delle acque.

Adair avrebbe preferito che ci trasferissimo lì da soli, ma alla fine decise di portarsi anche Pendleton. Jude tornò a Boston a far soldi, come un bambino rimandato in camera sua a giocare ai videogiochi; e Alejandro, nonostante le sue insistenze per tornare a servire Adair, fu rispedito al suo studio fotografico a Barcellona. Lasciare Tilde, per lo meno, non fu così imbarazzante, poiché fu lei stessa a dire a Adair che preferiva continuare a vivere la sua vita. Si era sistemata bene, a suo modo: era ricca e del tutto indipendente. Credo che volesse mantenere il percorso che aveva intrapreso, riproducendo con precisione ciò che faceva Adair, raccogliendo attorno a sé una corte di persone malate che cercavano solo qualcuno che le punisse per i loro peccati. Ma per quanto tentasse di imitare Adair, ne era al massimo una pallida copia; anche se aveva denti e artigli da affondare nelle sue vittime, l'unico modo in cui poteva tenerle in suo potere era tramite l'umiliazione sessuale, e non ci sono poi molte persone che cercano proprio quello.

Nel castello, Adair passava la maggior parte del giorno con Pendleton, per apprendere tutto sul nuovo mondo in cui viveva, sulla tecnologia, la scienza e la storia, su tutto ciò che si era perso. Io rimanevo da sola a leggere o a guardare la tv o a comprare cose su Internet. Non mi era permesso di andare a fondovalle nei negozi veri e propri, nemmeno con una scorta, ma potevo farmi consegnare i vestiti nuovi e le altre cose al castello.

Mi dedicavo anche alle notizie on line e leggevo tutti gli articoli sul ritorno di Luke a St. Andrew, dopo la latitanza. Secondo i giornali, non si ricordava di me e, dato che aveva superato con successo il test della macchina della verità e gli esami al cervello, non c'era niente che la polizia potesse fare. Le accuse furono lasciate cadere. Quando la sua storia smise di fare notizia, provai a continuare a seguirlo, ma il suo nome scomparve dall'elenco dei dottori dell'ospedale e poco dopo la sua fattoria risultò in vendita sul sito di un'agenzia immobiliare, benché fossi certa che il mio avvocato avesse estinto il mutuo, come gli avevo chiesto. Capivo perché Luke se n'era andato: la curiosità dei vicini doveva essere insopportabile e probabilmente ben pochi credevano che non si ricordasse di me, di ciò che era successo quella notte all'ospedale o di ciò che aveva fatto durante i mesi di fuga. L'aveva fatto, era andato via da St. Andrew, e io ero contenta per lui.

Quanto a ciò che restava della mia vita precedente, avrei voluto contattare Henri, il mio avvocato, per riscattare i miei investimenti e chiudere i conti, per sistemare tutto per bene, ma Adair non me lo consentì. Ormai avevo chiuso con tutto quello, disse. L'incendio della casa di Parigi aveva gettato un'ombra di sospetto su tutto e aveva lavorato a suo vantaggio, poiché voleva che tutti credessero che ero sparita dalla faccia della terra.

Non voleva lasciare alcun indizio, nel caso qualcuno tentasse di rintracciarmi. E poi, aggiunse, era giusto che io perdessi tutto, proprio come era successo a lui per colpa mia.

La perdita di tutti quei soldi, benché fossero nulla a confronto della ricchezza di Adair, fece impazzire Pendleton, che implorò Adair di considerarla la mia dote, ma Adair non cambiò idea. Non gli dissi che avevo chiamato Henri per acquistare la fattoria di Luke, anche perché avrei messo Henri in pericolo. Alla fine, credo che Adair volesse semplicemente ridurmi in povertà, rendendomi così ancora più difficile scappare.

Le settimane passarono e io mi convinsi che nessuno nei paesi circostanti sapesse di noi o fosse interessato a noi, ma poi notai che i giardinieri e i camerieri, che venivano dal paese ogni mattina, sembravano stranamente curiosi ogni volta che li incrociavo. Non chiesero mai chi eravamo o da dove venivamo – forse l'agenzia che li aveva ingaggiati aveva raccomandato discrezione assoluta – perciò un giorno trovai una cameriera che parlava un po' di inglese e le domandai che cosa si dicesse di noi in paese, convinta che quanto meno potesse confermarmi che nessuno era interessato a chi aveva affittato il castello.

La cameriera sorrise quando le fu consentito di affrontare l'argomento con i suoi misteriosi datori di lavoro e mi disse che in paese dicevano che eravamo degli attori di Hollywood in vacanza sotto anonimato. I suoi occhi scuri mi implorarono di confermare la sua convinzione e io non ebbi il coraggio di deluderla. Probabilmente quella menzogna ci rendeva molto più interessanti ai suoi occhi; e ho scoperto che ci sono ben pochi prodigi su questa terra capaci di competere con Hollywood.

Adair dedicava le serate a noi due soli. Mi aspettavo che non vedesse l'ora di rifarsi di due secoli di privazioni, ritornando ai suoi vecchi modi, perciò mi preparai ad affrontare nottate in night club e altri divertimenti, come cene, feste e orge insieme agli atleti che venivano a sfidare le montagne; ma con mia sorpresa sembrava aver perso ogni interesse verso tutto quello e preferiva rimanere in casa. Ci mettevamo sul mezzanino del secondo piano, in penombra, ad ammirare il panorama delle montagne sospese sopra le luci dei paesi attraverso le alte vetrate del castello, animate dal riflesso della luna sul lago scuro come inchiostro.

Come Sheherazade, Adair mi fece raccontare ogni dettaglio della mia vita dopo Boston, dal viaggio in nave fino all'Europa al momento in cui Jonathan mi abbandonò, in Marocco, fino ai vagabondaggi nell'Africa del Nord e lungo la via della seta, quando avevo conosciuto Savva. Volle anche sapere di tutti gli uomini che mi avevano amata e che io avevo inconsciamente usato per riempire il vuoto lasciatomi da Jonathan. Adair ascoltò tutto con attenzione, interrompendomi di tanto in tanto con una domanda o una spiegazione, ma voleva che ci toccassimo per tutto il tempo. Mi accarezzava il braccio o mi stringeva la mano, oppure si avvolgeva i miei capelli attorno a un dito, come fili d'oro sulla spola.

Gli ripetevo spesso che era imbarazzante parlare così a lungo di me stessa, e gli chiesi di raccontarmi qualcosa del suo passato, se non altro per distrarmi dal suono della mia stessa voce. Lui rifiutava sempre, spiegandomi che mi aveva già raccontato una volta un capitolo della sua vita passata e ne aveva pagato le conseguenze. Ero stata l'unica a indovinare il suo segreto più profondo. Meno sapevo di lui meglio era, insisteva a dirmi. «E poi» mi provocava, «le mie storie ti farebbero impazzire di gelosia. Preferisco che ci costruiamo la nostra storia. Come quella volta, ricordi...» disse, attirandomi a sé, «quella volta che siamo andati ad ascoltare una conferenza su... Oh, non mi ricordo nemmeno di che cosa parlassero, perché eri così irresistibile quel giorno che non riuscivo ad ascoltare nemmeno una parola dell'oratore. Ti ho fatta alzare e siamo andati in fondo alla sala e abbiamo fatto l'amore per terra dietro all'ultima fila di sedie, ricordi? Riesco ancora a vedere i volti strabiliati di quei ragazzi che sbirciavano oltre lo schienale delle loro sedie, sconvolti dal vederti tanto in estasi... Ricordo la tua gonna di seta alzata sui fianchi, in mezzo a noi, e il suono dei tuoi lamenti di piacere mi risuona ancora nelle orecchie...»

«Sì, ricordo» dissi, arrossendo.

«Dimmi che ritorneremo così, Lanore» disse all'improvviso, serio. «Dimmi che ti piacerà ancora stare tra le mie braccia.»

Non sapevo cosa rispondere. Fu come essere travolta da un'onda, gettata a terra, sommersa. Ogni pensiero fu scacciato dalla mia mente e io esitai, incapace di trovare una risposta che potesse accontentarlo, e lui, infelice, lasciò perdere.

Fedele alla sua promessa, mi portava a letto con sé ogni sera. Sulle prime la cosa mi preoccupò, perché non ero capace di lasciarmi andare. Non riuscivo a smettere di pensare a Luke, di chiedermi se stesse bene e se avesse mai riflettuto sul motivo per cui lui non si ricordava di una donna di cui tutti invece si ricordavano. Giacere nuda con Adair mi faceva sentire sporca, ma se lui se ne accorse non me lo fece capire. Molte notti cercava di sedurmi; altre pareva accontentarsi di poter fare del mio corpo ciò che voleva. Io però mi facevo delle domande sulla mia situazione. Mi trattava come se fossi un'ospite quando in effetti ero sua prigioniera. Ero grata per essere sfuggita alle punizioni orribili che credevo mi spettassero, ma vivevo in uno stato di continua tensione. Avevo paura di vivere una specie di sogno e che un giorno mi sarei svegliata e a letto con me ci sarebbe stato il vecchio Adair del mio passato. Vivevo col terrore che un giorno il terribile carattere di Adair sarebbe esploso e io sarei precipitata nell'inferno che temevo.

Un pomeriggio vagavo per il castello da sola, in cerca di qualcosa da fare per passare il tempo, quando vidi Pendleton trottare giù da una scala verso di me. «Eccoti, ti ho cercata dappertutto» mi richiamò. «Adair vuole vederti.»

Sapevo che l'avrei trovato in biblioteca, dove passava quasi tutti i giorni con Pendleton. Era una stanza magnifica, forse la migliore del castello. Come il mezzanino, aveva una parete di finestre alte che davano sul lago e di pomeriggio il sole entrava splendente, illuminando le decine di scaffali alle pareti, così che la stanza sembrava un lucente mosaico di coste di libri rilegati in pelle di diverse tonalità, con le scritte dorate che rilucevano.

Il pavimento era occupato da tre grossi tavoli rotondi, ognuno circondato da poltrone, e Adair aveva scelto il tavolo in mezzo, quello con la vista migliore. Il suo nuovo computer portatile era appoggiato in mezzo a pile di libri e ritagli dei giornali internazionali che i camerieri gli portavano dal paese. Era concentrato sullo schermo, ma quando entrai lo chiuse. «Ah, Lanore, ti prego, siediti.» Indicò la sedia accanto alla sua.

«Cosa c'è?» Ero curiosa di scoprire che cosa avesse in mente; chiedere di me durante il giorno non era la solita routine.

Per un attimo mi fissò con aria severa, ma poi parve rendersi conto della durezza della sua espressione e addolcì lo sguardo. Era così da quando Tilde mi aveva consegnata a lui, era come se dentro di lui si stesse svolgendo una battaglia tra mente, anima e cuore. «Dunque, da quanto tempo siamo qui, due mesi? Ti piace la tua vita qui?»

«È gradevole» risposi.

«Non è certo all'altezza della sistemazione che avevi trovato tu per me, ma è sicura, e del resto deve essere comoda, visto che io devo condividere con te la prigionia.»

Anche con Uzra era cominciato tutto così? mi chiesi. Era stato gentile, l'aveva corteggiata all'inizio, incoraggiandola a parlargli della sua infanzia, dei suoi sogni? Riuscivo a immaginare come la situazione tra loro avesse iniziato a peggiorare. Un altro uomo, o una donna, se c'era da credere a Savva, aveva attratto l'interesse di Uzra, forse, o forse lui aveva ripreso a sedurre altre donne. Oppure ancora, diversamente da me, lei l'aveva sempre odiato per averle tolto la libertà. Forse avevano avuto una conversazione come quella che stavamo per fare ora io e lui, e se non gli dicevo quello che voleva sentire, la mia punizione sarebbe veramente, pienamente, cominciata.

«Eccoci di nuovo, Lanore, io e te insieme. Sono contento di vedere che, per parte tua, stai rispettando il nostro accordo. Non hai provato a scappare e non hai contattato nessuno all'esterno.»

Il nostro *accordo*. Un termine innocente e allo stesso tempo ingannevole: come se fosse stata davvero una decisione condivisa. Ripensai a Luke, al suo volto ferito dai pugni e dai calci di Adair, l'ultima volta che l'avevo visto. Esiste davvero un obbligo morale a rispettare una promessa estorta? «Abbiamo un accordo» risposi.

«Già. Un accordo.» Una pausa carica di tensione. «Ora che sono passati due mesi, posso dirti onestamente che pensavo che sarebbe stato diverso. Forse mi riterrai ingenuo, ma credevo che avremmo riavuto quello che c'era fra noi a Boston.» Sapevo cosa intendeva. C'era stato un periodo a Boston in cui ero stata davvero attratta da Adair, in cui ero lusingata dal fatto che un uomo di mondo come lui avesse scelto una come me... In cui ero grata per il suo amore.

«Devi capire una cosa. Quei giorni a Boston con te sono stati gli unici davvero felici della mia vita. Ma sto iniziando a capire che potrebbe essere impossibile ritornare a quei tempi» proseguì. Poi parve incapace di guardarmi e si fissò le mani. «Credevo che il problema tra noi, prima, fosse Jonathan. Era così bello che per lo meno riuscivo a capire perché tu lo amassi. Ma adesso che lui non c'è più, credevo che saresti stata felice con me. Eppure c'è quel dottore, né bello né ricco, che ha preso il posto di Jonathan nel tuo cuore. E ancora una volta non c'è spazio per me. Non riesco a capirlo, non ce la faccio.»

Per un secondo la rabbia lo pervase e io ebbi paura. Conoscevo fin troppo bene la sua furia. Se quell'attacco fosse durato più di un secondo, le cose sarebbero finite molto male per me. E mi ricordai anche che avevo già vissuto quella vita, con lo stomaco sempre contratto dal terrore, impaurita dai suoi momenti di rabbia. E non volevo più vivere così. Si accorse della mia paura e chiuse gli occhi, non sopportava di vedermi così.

«Sai bene, credo» continuò, con più calma di prima, «che ho delle abilità... uniche. Non c'è nessuno al mondo che possa darti ciò che posso darti io. E c'è stato un tempo in cui avrei fatto qualsiasi cosa tu mi avessi chiesto. Avrei fatto splendere il sole per ventiquattr'ore al giorno o avrei fermato le onde sulla sabbia. Avrei fatto fiorire il mondo intero, i campi, le pianure, perché ti celebrasse. Avrei creato una seconda luna in cielo o avrei fatto scomparire tutti gli altri, ogni anima da qui fino alla fine dei tempi, così che potessimo avere il creato tutto per noi, io e te.

«C'è soltanto un uomo che possa fare tutto questo per te, che ti possa offrire il cielo e la terra, che sappia comandare le forze della natura. Eppure...» Lo sguardo gli si appannò, si fece confuso e triste. «Eppure tu non mi vuoi. Potrei somministrarti una pozione e farti innamorare di me, ma non sarebbe lo stesso. Non è ciò che voglio da te. Speravo che col tempo tu riuscissi a perdonarmi e forse ad amarmi, ma inizio a convincermi che ciò non succederà finché ci sarà qualcun altro nel tuo cuore. Ho provato ad accettarlo, ma non mi è possibile.»

Trattenni il fiato, in attesa che la sua furia esplodesse come una tempesta. Più mi magnificava la grandezza del suo amore, più intensa sarebbe stata la sua delusione. Mi feci piccola, preparandomi a subire i fuochi dell'inferno, punita per il mio cuore insensibile, la mia intransigenza. Ma non potevo farci niente, non riuscivo a ricambiare il suo amore come avrebbe voluto, proprio – capii in quel momento – come Jonathan non era riuscito a ricambiare il mio.

Stava ancora parlando, ma il panico mi aveva impedito di ascoltare. «... e mi distrugge vedere che ti rendo così infelice. Perciò ho deciso di... di lasciarti andare.»

Sollevai di scatto la testa, sorpresa. Avevo sentito bene? Ero sicura di aver frainteso, di aver udito ciò che le mie orecchie volevano udire, ed era impossibile capirlo dalla sua espressione indecifrabile. No, non indecifrabile: addolorata. Aveva il cuore spezzato.

«Come hai detto?» gli domandai nervosa.

«Ti lascio libera. Puoi tornare dall'uomo che ami.»

Era una cosa troppo grande perché potessi comprenderla subito, e mi era impossibile dare un senso ai fatti così come li conoscevo. Adair mi voleva lasciare libera di tornare dall'uomo che amavo, ma Luke non si ricordava più di me. Ero stata cancellata dalla sua memoria.

Adair scosse il capo. «So cosa stai pensando, Lanore, ma c'è ancora una speranza. Sarà una sfida, ma devi convincerlo che ti conosce e che avete trascorso dei bellissimi momenti insieme. Vai da lui, Lanore, e fallo innamorare di nuovo di te. Se è destino, accadrà.»

Rimasi impietrita, non osavo muovermi per non rompere l'incantesimo che sembrava aver preso possesso di Adair. Il lago emanava riflessi e, accanto, scorgevo la strada che lo circondava per poi condurre nel mondo esterno. Non ne sapevo la ragione, ma era accaduto un miracolo. Il cuore di pietra di Adair si era incrinato e io ora ero libera.

«Io... Io non capisco, Adair» balbettai. «Che cosa è successo, cosa ti ha fatto cambiare idea?»

Lui chinò la testa, in cerca di parole che spiegassero la sua trasformazione. «Quando tu ti innamori, Lanore, il tuo è un amore fiero e totale. L'abbiamo visto entrambi, entrambi abbiamo constatato il suo potere. Ed è questo l'amore che voglio da te. Avendolo visto non una volta ma ben due volte, ormai, non posso accontentarmi di qualcosa di inferiore. Non mi soddisfa la compagnia pallida e cortese che mi fai ora. Perciò ho deciso di diventare degno del tuo amore. Scoprirò cosa ci vuole per farti innamorare di me.

« Capisco che tutto deve essere diverso, perché tutto ciò che c'è stato fra noi finora non ha funzionato, perciò *io* devo cambiare. Ho intenzione di mandare via Pendleton e poi io stesso me ne andrò in un posto dove ricominciare da capo. Insegnerò a me stesso a cambiare. È questo il potere dell'amore » disse. « So che un giorno io e te avremo una vita magnifica insieme... Sì, vedo i dubbi nel tuo sorriso, ma l'eternità è un tempo molto lungo, mia cara. Ma non succederà mai se adesso non ti libero. Devo correre questo rischio. C'è una forza della natura che non riesco a comandare: la tua volontà. Forse un giorno comprenderai che, nonostante le mie manchevolezze, non c'è nessun uomo al mondo che ti ami quanto ti amo io, e scoprirai nel profondo del tuo cuore che anche tu mi ami. »

Per un tempo che mi parve infinito restai seduta, scossa e incredula. Il suo discorso mi aveva travolto, dandomi il capogiro come se mi avessero costretto a piroettare. Ero felice e diffidente allo stesso tempo. Il mio cuore era sul punto di esplodere: ero libera! Potevo correre da Luke, implorarlo di ascoltarmi, cercare di fargli recuperare i ricordi.

Ma allo stesso tempo mi chiedevo se non fosse una trappola. Adair mi aveva rivolto parole che chiunque avrebbe voluto sentirsi dire dal proprio innamorato, promettendo amore eterno, ma allo stesso tempo mi stava adescando con la promessa della libertà, facendomi dondolare davanti agli occhi la chiave di una prigione che lui stesso mi aveva eretto attorno. Era forse una prova per vedere chi avrei scelto, quando in realtà non c'era scelta? Se gli avessi chiesto di aprirmi il cancello, mi avrebbe forse trascinata nelle segrete che immaginavo fossero state preparate nei sotterranei del castello? Avrebbe costretto il mio corpo dentro l'orribile imbastitura di legacci con cui mi aveva già torturata una volta? Tremai al pensiero.

E non si può vivere con la paura del proprio amante. Gli schiavi non possono amare i propri padroni. Non riuscivo a immaginare di rimanere sempre con Adair, costretta a camminare in punta di piedi, attenta a non irritarlo, preoccupata di mantenerlo sempre di buon umore. Mi raddrizzai e lo guardai dritto in faccia. «Fatico a credere a ciò che mi hai detto.»

«Credici. Se decidi di andartene, l'auto partirà fra un'ora e ti porterà all'aeroporto di Verona.» I suoi occhi rimasero fissi sul mio volto, senza tradire alcuna emozione.

«Se è davvero così, allora scelgo...» Avvertii un tuffo al cuore. «Scelgo di partire.»

Provò a nascondere la delusione, ma uno scintillio negli occhi tradì il suo profondo dolore. Annuì e ci alzammo insieme. Non mi ritrassi quando mi baciò la guancia e poi tenne la sua guancia contro la mia. Per il secondo in cui i nostri volti si accarezzarono, sentii appena sotto pelle il fuoco di un tempo. Un fuoco speciale che esisteva soltanto in Adair, e in nessun altro degli uomini che avevo conosciuto, e per un attimo quasi rimpiansi di essere sul punto di perderlo.

«La macchina ti attenderà davanti alla casa» disse con voce asciutta, diversa dalla sua solita. Poi si voltò e uscì dalla stanza senza darmi l'occasione di rispondere.

Feci le valigie in tutta fretta, ancora incredula per il colpo di fortuna, quasi temendo che avrebbe cambiato idea e mi avrebbe inseguita lungo il corridoio con un pezzo di corda in mano per legarmi e trascinarmi via, come avevamo fatto io e Jonathan con lui la notte in cui lo avevamo imprigionato dietro un muro. Mentre riempivo la valigia, mi accorsi che la casa era diventata improvvisamente silenziosa – quando chiusi le serrature lo schiocco metallico risuonò fino all'alto soffitto a cassettoni della mia camera – e mi parve di essere rimasta da sola.

C'erano ancora due questioni di cui dovevo occuparmi, ed entrambe richiedevano un favore da parte di Adair, anche se non me la sentivo di sfidare il destino una seconda volta chiedendoglielo di persona. Perciò mi misi alla scrivania e scrissi un biglietto. Come prima cosa, gli chiesi di liberare Savva, se era ciò che Savva voleva davvero. *Se vuoi che ti ami*, scrissi, *devi essere capace di provare compassione*. Poi aggiunsi che speravo che un giorno mi dicesse che cosa ne era stato di Jonathan. Gli dissi che avevo trascorso gli ultimi due mesi sperando di apprendere qualche dettaglio almeno sul destino di Jonathan, ma lui aveva scelto di non dirmi nulla. Capivo che il mio amore per Jonathan era per lui un argomento doloroso, ma gli dissi che non aveva niente da temere a quel riguardo, non più, e che speravo che prima o poi sarebbe stato disposto a dirmi ciò che volevo sapere.

Una volta terminata la lettera, la lasciai sulla scrivania e mi preparai a dire addio a quel castello. Corsi lungo il corridoio, guardando a destra e sinistra nelle porte aperte, sperando di vedere qualche inserviente o Pendleton, ma non trovai nessuno. Non c'erano ombre alla luce dorata del pomeriggio, nessuna conversazione a bassa voce proveniva dalla cucina, nessun giardiniere all'opera era visibile dalle alte finestre.

Mi fermai davanti alle porte chiuse della camera da letto di Adair e pensai per un attimo di entrare a parlargli, ma capii subito che sarebbe stata una follia, perciò scappai. Oltrepassai anche la porta della biblioteca, dove di solito Adair e Pendleton passavano il pomeriggio, ma non lo trovai. Mi chiesi se cercare Pendleton per dirgli addio ma decisi di lasciar perdere. Trascinai la mia valigia oltre la soglia dell'ingresso e vidi una berlina nera in cortile, col motore acceso. Mi sentivo come la principessa di una favola che scappa mentre tutti nel castello dormono a causa di un incantesimo. Per una volta, l'incantesimo era a mio favore.

L'autista scese per accogliermi. Lo riconobbi, era lo stesso che portava gli inservienti al castello ogni mattina a bordo di un furgone per poi venirli a riprendere la sera. Mise la mia valigia nel portabagagli e poi mi tenne la portiera aperta. Mi accomodai sul sedile posteriore, frugando nella borsa per controllare di non aver dimenticato qualcosa per la fretta. L'autista si sporse verso di me e mi passò una grossa busta.

«Il signore mi ha chiesto di dargliela» disse con un sorriso di scusa per il suo inglese incerto, poi si voltò e accese il motore.

Uscimmo lentamente dal cancello aperto. Guardai la busta, fatta di una carta pesante color crema e chiusa da una cordicella attorno a un sigillo. Era spessa come un album di fotografie. Mentre l'auto sobbalzava sulla stradina sconnessa di montagna, sfilai la cordicella rossa, con mani tremanti per la curiosità, e poi mi feci scivolare in grembo il contenuto.

Riconobbi subito l'oggetto più voluminoso, poiché l'avevo

già visto in precedenza. Era uno degli antichi libri di incantesimi di Adair, con la copertina fatta di due assi di legno che teneva insieme una serie di fogli sparsi e irregolari, di carta o di pergamena. Lo soppesai tra le mani per un momento, chiedendomi come mai avesse deciso di affidarmelo. Forse voleva farmi capire che aveva rinunciato alla magia e all'alchimia, o forse credeva che potesse rassicurarmi, come pegno del fatto che non avrebbe usato i suoi poteri contro di me in futuro.

Il secondo oggetto era a sua volta una busta, fatta di una carta molto rigida. Dopo aver controllato lo specchietto retrovisore per assicurarmi che l'autista non mi stesse spiando, aprii la busta ed estrassi diversi fogli di carta piegati. Erano coperti dalla scrittura di Adair, l'inchiostro tratteggiato in linee decise e segni appuntiti da un pennino, e assorbito dalla carta porosa e famelica. Ma la cosa più strana era che le scritte erano in una lingua che non conoscevo e che non avrei dovuto comprendere, eppure mi bastò concentrarmi per accorgermi che riuscivo a interpretarla. Potevo leggerla.

Mia cara Lanore,
perdona la mia intrusione nella tua partenza, ma devo chiederti un ultimo favore. Nella speranza che un giorno tu possa tornare da me, dopo avermi meglio compreso, vorrei metterti a parte di alcune cose che non ho mai rivelato a nessuno. Voglio affidarti questa conoscenza perché ora capisco che non dev'esserci niente di segreto fra di noi se voglio che il mio amore sia ricambiato. Nessun altro riuscirà a leggere queste pagine, soltanto tu. Ti sto affidando il più segreto dei saperi, mia cara, e un sapere segreto è un sapere potente. Partirò dall'inizio: 1038.

Il mio cuore accelerò i battiti. Se quella storia cominciava nel 1038, risaliva a molto prima di quanto mi avesse confessato in precedenza. Le pagine tremarono tra le mie mani.

Volevo davvero conoscere tutti i segreti di Adair? Adesso ero libera da lui. Potevo dimenticare tutto ciò che era accaduto. Ma non ero sicura di poterlo fare, non ero certa di poter impedire che le sue memorie mi tormentassero ogni notte, tentandomi, cercando di attirarmi nel loro vortice.

Ancora una volta guardai lo specchietto retrovisore. L'autista aveva gli occhi fissi sulla strada. Negli ultimi bagliori dorati del pomeriggio, colsi uno spiraglio del castello nello specchietto, un'ombra scura che si protendeva dalla montagna e che rimpicciolìva sempre più. Vidi un riflesso delle acque del lago, ondose e scintillanti. Cullata dal silenzio nell'auto, mi appoggiai al sedile in pelle, sfogliai le pagine un'ultima volta e iniziai a leggere.

Sono nato in una fortezza di pietra alle pendici della catena montuosa di Ceahlău Massif in Romania. Il castello era aggrappato alle pareti di roccia, rudi e selvagge, con la stessa forza con cui io, malaticcio sin dalla nascita, mi aggrappai subito alla vita...

# Ringraziamenti

Nessuno è più noioso di uno scrittore durante la stesura del primo libro, perciò vorrei ringraziare i miei amici e la mia famiglia per la generosità con cui mi hanno sostenuto mentre scrivevo *Immortal*. In particolare, ringrazio Barbara e Joe, Margaret e Bruce, Geoff e Janis, Diana e Bob, Linda e Dennis, John e Joann, i miei suoceri Noralie e John, Barbara Webster, Eileen McGervey e le meravigliose ragazze di One More Page Books, Terry e Lelia Nebeker, e Katie Fransen. Grazie a Michaela Hacker e Kathy Crewe per aver controllato la prima stesura del romanzo. Grazie ai tantissimi blogger che si sono innamorati di *Immortal*, specialmente a Jennifer Lawrence e a Swapna Krishna per le piacevolissime chiacchierate. Grazie a Janet Cadsawan, la mia psicologa. Grazie al Writer's Center e alla Community of Writers di Squaw Valley per il loro supporto.

Sentiti ringraziamenti a Jamie Ford, Danielle Trussoni, Scott Westerfeld, Kresley Cole, MJ Rose, Meg Waite Clayton, Keith Donohue e Alexi Zentner per aver sottratto un po' di tempo ai loro numerosi impegni per recensire con parole meravigliose *Immortal*.

Un semplice «grazie» non basterebbe mai a esprimere la gratitudine che provo per la mia editor di Gallery Books, Tricia Boczkowski, che ha dedicato un'impressionante mole di lavoro e di energie mentali a questo romanzo. Romanzo che non esisterebbe se non fosse stato per la sconfinata determinazione e la sapiente lucidità di Trish. E le sono grata anche per la serenità e l'allegria che mi ha dimostrato in tutto il percorso.

Sono grata a Louise Burke, Anthony Ziccardi e Jen Bergstrom per aver sostenuto con tanta convinzione la trilogia di *Immortal*. Ringrazio tutti alla Gallery Books, un gruppo di lavoro fantastico: Alexandra Lewis, Kate Dresser, Mary McCue, Natalie Ebel e Ed Schlesinger. Grazie anche a Liz Perl, Jennifer Robinson e Wendy Sheanin di Simon & Schuster per il loro generoso aiuto.

Grazie ad Anna Jean Hughes per essersi presa cura della trilogia di *Immortal* presso la mia casa editrice inglese, Century Books/Random House UK, e a Ruth Waldram e Sarah Page. Sono grata per il lavoro che la Intercontinental Literary Agency svolge per me, specialmente a Sam Edenborough, Nicki Kennedy e Katherine West, e a Gray Tan della Grayhawk Agency. Grazie anche a Matthew Snyder della CAA.

La mia profonda gratitudine va al mio agente, Peter Steinberg, per essermi sempre stato accanto durante un anno a dir poco tumultuoso, e ai suoi colleghi Edward Graham e Lisa Kopel.

E infine ringrazio mio marito, Bruce, per il suo amore e il suo appoggio.

Indice

ALMA KATSU

IMMORTAL

È un inverno che non dà scampo quello che avvolge nel gelo e nella neve il piccolo paese di St. Andrew, nel Maine, a pochi chilometri dal confine canadese. Luke, giovane medico di turno al pronto soccorso, si ritrova davanti una ragazza dall'apparente età di diciannove anni e dalla bellezza eterea e struggente. È atterrita e chiusa nel silenzio, ma i suoi occhi sembrano gridare. Ha appena ucciso un uomo, abbandonandone il cadavere nel bosco. Si chiama Lanny e, con voce appena udibile, sostiene di aver ucciso quell'uomo perché era stato lui a chiederglielo. Prega Luke di aiutarla a scappare. Quando il dottore rifiuta, Lanny afferra un bisturi e si squarcia il petto nudo. Quello che succede dopo cambierà le loro vite per sempre. Luke, sconvolto, accetta di aiutarla a scappare oltre confine. E durante la fuga, lei gli rivela il proprio passato. Lanny è immortale e ha più di duecento anni. Il suo è il racconto di una donna travolta da un amore torbido, appassionato e mai ricambiato abbastanza. È il racconto di un uomo ossessionato dalla bellezza e dal bisogno oscuro di possederla, un uomo che trasforma la passione fisica in uno strumento di dominio. È il racconto del terribile prezzo da pagare in cambio della vita eterna.

LONGANESI

Finito di stampare
nel mese di febbraio 2014
per conto della Longanesi & C.
dal Nuovo Istituto Italiano
d'Arti grafiche - Bergamo
Printed in Italy